FRANKENSTEIN

e Mathilda

MARY SHELLEY

FRANKENSTEIN
e Mathilda

TRADUÇÃO
SILVIO ANTUNHA

Principis

Traduzido dos originais em inglês
Frankenstein e *Mathilda*

Texto
Mary Shelley

Editora
Michele de Souza Barbosa

Tradução
Silvio Antunha

Produção editorial
Ciranda Cultural

Diagramação
Linea Editora

Revisão
F. Bernachi

Capa
Laerte Silvino

Dados Internacionais de Catalogação na Publicação (CIP) de acordo com ISBD

S545f Shelley, Mary.

Frankenstein e Mathilda / Mary Shelley ; traduzido por Silvio Antunha. – Jandira, SP : Principis, 2025.
384 p. ; 15,50cm x 22,60cm. - (Clássicos da literatura mundial - Superluxo).

ISBN: 978-65-5097-312-4

1. Literatura inglesa. 2. Terror. 3. Amor. 4. Horror. 5. Filmes. 6. Clássicos. I. Antunha, Silvio. II. Título. III. Série.

2024-2325 CDD 823.91
CDU 821.111-3

Elaborada por Lucio Feitosa - CRB-8/8803

Índice para catálogo sistemático:
1. Literatura inglesa 823.91
2. Literatura inglesa 821.111-3

1ª edição em 2025
www.cirandacultural.com.br

Esta obra reproduz costumes e comportamentos da época em que foi escrita.

SUMÁRIO

FRANKENSTEIN

Carta 1

Para a sra. Saville, Inglaterra

São Petersburgo, 11 de dezembro de 17...

Pode ficar feliz em saber que nenhum desastre acompanhou o início daquela empreitada que você não via com bons olhos. Cheguei ontem, e minha primeira tarefa foi tranquilizar minha querida irmã quanto ao meu bem-estar e reforçar minha crescente confiança no sucesso do meu empreendimento.

Já estou bem longe de Londres, e quando ando pelas ruas de Petersburgo, sinto a brisa gelada do Norte bater no meu rosto, o que me enche de prazer e fortalece os meus nervos. Consegue entender tal sensação? Essa brisa, que veio das regiões para onde me dirijo, é para mim um aperitivo daqueles climas gélidos. Inspirado por esse vento promissor, meus devaneios se tornam cada vez mais fortes e ardentes. Em vão, tento me convencer de que o polo é um ponto frígido e desolado, pois ele sempre se apresenta para a minha imaginação como uma região de encantos e belezas. Lá, Margaret, o sol é sempre visível, com seu enorme disco à beira do horizonte, difundindo um perpétuo resplendor. De lá, com a sua licença, minha irmã, e dando crédito a alguns navegantes anteriores, a neve e o gelo foram banidos; e, navegando num mar calmo, seremos levados a uma terra que supera em maravilhas e belezas cada região até agora descoberta no globo habitável. Suas características e seus produtos devem ser incomparáveis, assim como os fenômenos dos corpos celestes que, sem dúvida, ocorrem nessas solidões desconhecidas. O que não se pode esperar em um país de luz eterna? Lá, eu posso descobrir o prodigioso poder que atrai a agulha da bússola e fazer milhares de observações celestiais que exigem apenas essa viagem para tornar suas aparentes excentricidades consistentes para sempre. Vou saciar a minha curiosidade ardente com a visão de uma parte do mundo nunca antes visitada e vou pisar num solo jamais tocado pelo pé de outro homem. Para mim, essas atrações bastam para conjurar todo o medo de perigo ou de morte, e me induzem a iniciar essa trabalhosa viagem com a mesma alegria de uma criança em férias que embarca num pequeno bote com seus amigos, numa expedição para fazer o descobrimento de um rio em sua terra natal. Mas, supondo que todas essas conjecturas sejam falsas, você não pode contestar o inestimável benefício que poderei conceder a toda a humanidade, até a última geração, se eu encontrar, perto do polo, uma passagem para aqueles países que atualmente levam tantos meses para serem alcançados; ou por esclarecer o segredo do magnetismo, cuja compreensão, se for possível, só pode ser revelada por uma iniciativa como a minha.

Essas reflexões dissiparam a agitação com a qual comecei a carta, e sinto o coração brilhar com um entusiasmo que me eleva aos céus, pois nada contribui mais para tranquilizar a mente do que um firme propósito, um ponto no qual a alma possa fixar seu olhar intelectual. Essa expedição foi meu sonho favorito na infância. Li com paixão os relatos das várias viagens feitas com a perspectiva de chegar ao Oceano Pacífico Norte pelos mares que circundam o polo. Você deve lembrar que a biblioteca inteira do nosso bom tio Thomas era composta pelas histórias de todas as viagens feitas para fins de descobrimento. Minha educação foi negligenciada, embora eu gostasse apaixonadamente de ler. Esses livros foram os meus estudos, dia e noite, e a familiaridade com eles só aumentava aquela tristeza que senti, ainda criança, quando soube da ordem de meu pai agonizante, que proibia meu tio de autorizar meu embarque numa vida de marinheiro.

Essas visões se dissiparam quando examinei, pela primeira vez, aqueles poetas cujas efusivas manifestações penetraram na minha alma e a elevaram aos céus. Também me tornei poeta e, durante um ano inteiro, vivi no paraíso da minha própria criação. Imaginava que também poderia obter um nicho no templo onde os nomes de Homero e Shakespeare são consagrados. Você está bastante acostumada com os meus fracassos e sabe o peso que a desilusão tem para mim, mas foi justamente nessa época que herdei a fortuna do meu primo, e os meus pensamentos retornaram ao curso natural a que se inclinavam antes.

Seis anos se passaram desde que me decidi pela presente empreitada. Ainda hoje, consigo me lembrar do exato momento em que passei a me dedicar a esse grande empreendimento. Comecei acostumando o corpo às privações. Acompanhei os pescadores de baleias em várias expedições ao Mar do Norte; voluntariamente enfrentei o frio, a fome, a sede e o sono; frequentemente trabalhei mais do que os marinheiros comuns durante o dia e dediquei as minhas noites a estudar matemática, teoria de medicina, e aqueles ramos das ciências físicas de que o aventureiro naval pode tirar a maior vantagem prática. Por duas vezes, realmente me engajei como ajudante em um baleeiro da Groenlândia e me saí admiravelmente bem. Devo admitir que me senti um pouco orgulhoso quando o capitão me ofereceu o segundo posto na embarcação e insistiu, com a maior seriedade, que eu continuasse, de tão valiosos que ele considerava os meus serviços.

E agora, querida Margaret, será que não mereço realizar algum grande feito? Minha vida poderia ter sido passada no meio do conforto e do luxo, mas preferi a glória a cada tentação que a riqueza colocou no meu caminho. Ora, com certeza alguma voz encorajadora poderia me responder afirmativamente!

Minha coragem e minha decisão são firmes; mas as esperanças flutuam, e muitas vezes meu espírito se deprime. Estou me preparando para prosseguir numa longa e difícil viagem, cujas emergências exigirão todas as minhas forças. Sou obrigado não só a levantar o moral dos outros, quando o deles falha, mas, às vezes, também a sustentar o meu próprio.

Essa é a época mais favorável para se viajar pela Rússia. As pessoas deslizam rapidamente sobre a neve em seus trenós; o movimento é prazeroso, e, na minha opinião, muito mais agradável do que numa diligência inglesa. O frio não é excessivo, se estivermos usando agasalhos de peles, uma roupa à qual eu já havia me adaptado, pois existe uma grande diferença entre caminhar no convés e ficar horas sentado imóvel, quando então nenhum exercício impedirá o sangue de realmente congelar nas suas veias. Não tenho a mínima vontade de perder a vida na rota postal entre São Petersburgo e Arcangel.

Devo partir para essa última cidade em duas ou três semanas. Minha intenção é alugar um barco por lá, o que se consegue facilmente com o pagamento de um seguro ao proprietário; e, contratar os marinheiros necessários, entre os acostumados com a pesca da baleia. Não pretendo navegar antes do mês de junho. Quando devo retornar? Ah, minha querida irmã, como posso responder a essa questão? Se eu for bem-sucedido, muitos e muitos meses, talvez até anos, passarão antes de nos reencontrarmos. Se eu fracassar, você me verá em breve, ou nunca mais.

Adeus, minha querida e adorável Margaret. Que os céus despejem uma chuva de bênçãos sobre você, e me protejam, para que sempre e sempre eu possa testemunhar a minha gratidão por todo o seu amor e bondade.

Com o carinho do seu irmão,

R. Walton

Carta 2

Para a sra. Saville, Inglaterra

Arcangel, 28 de março de 17...

Como o tempo demora a passar por aqui... Ainda mais quando estou cercado de gelo e neve! Apesar disso, dei um segundo passo no que se refere à minha empreitada. Aluguei um navio e estou ocupado com a escolha dos meus marinheiros. Os que já contratei parecem ser homens com os quais eu possa contar, e que seguramente possuem uma coragem sem limites.

Mas tenho um desejo que jamais consegui satisfazer, e cuja lacuna me causa profundo desgosto: não tenho amigos, Margaret. Quando em mim brilha o entusiasmo pelo sucesso, não há ninguém para compartilhar da minha alegria. Quando a decepção me assola, não há ninguém para alentar meu abatimento. Posso registrar os meus pensamentos no papel, é verdade; mas essa é uma triste maneira de comunicar sentimentos. Preciso da companhia de alguém que entenda o que estou passando, cujo olhar corresponda ao meu. Você pode me achar um romântico, minha querida irmã, mas sinto amargamente a falta de um amigo. Não tenho perto de mim ninguém que seja amável, mas corajoso, dotado de mente aberta e, ao mesmo tempo, educado, cujos gostos sejam parecidos como os meus, para aprovar ou corrigir os meus planos. Como esse amigo consertaria os erros de seu pobre irmão! Sou fervoroso demais nas realizações, e impaciente demais com as dificuldades. O fato de ser autodidata ainda é um grande problema para mim. Durante os primeiros catorze anos da minha vida, eu corri solto e não li outra coisa a não ser os livros de viagens do tio Thomas. Desde aquela idade, passei a conhecer os poetas mais aclamados do nosso próprio país; porém, só depois que perdi a possibilidade de tirar maior proveito dessa situação, foi que percebi a necessidade de me familiarizar com outros idiomas, além daquele da minha terra natal. Agora, tenho vinte e oito anos e, na realidade, sou mais ignorante do que muitos estudantes de quinze anos de idade. É verdade que sonhei longe demais. Meus devaneios são exuberantes e, como dizem os pintores, necessitam de "harmonia e equilíbrio". Preciso imensamente de um amigo que tenha bom-senso suficiente para não me desconsiderar como romântico, e que tenha afeto suficiente para me ajudar no esforço de domar a minha mente.

Bem, essas queixas não resolvem nada. Certamente jamais encontrarei algum amigo no imenso oceano e muito menos entre os mercadores e marinheiros aqui em Arcangel, embora alguns sentimentos não ligados à espúria natureza humana, possam bater até mesmo nesses corações rudes. Meu imediato, por exemplo, é um homem extraordinário, dotado de coragem e iniciativa, e que almeja desesperadamente alcançar a glória, ou melhor, para me expressar de forma mais adequada, pretende escancaradamente subir na carreira. Ele é inglês, e, apesar dos preconceitos nacionais e profissionais, não melhorados pela educação, preserva ainda algumas das mais nobres qualidades do ser humano. Eu o conheci a bordo de um navio baleeiro. Ao saber que ele estava nessa cidade, desempregado, logo o contratei para me ajudar no meu empreendimento.

O mestre é uma pessoa com excelente disposição, que se destaca no navio pela gentileza e pela moderação de sua disciplina. Tal circunstância, e mais sua reconhecida integridade e a audaciosa coragem, me deixaram com muita vontade de contratá-lo. A juventude passada na solidão, e meus melhores anos vividos debaixo da sua doce e feminina proteção, minha irmã, refinaram tanto os alicerces do meu caráter que não consigo superar o intenso desgosto com a habitual brutalidade exercida a bordo dos navios. Jamais acreditei que fosse necessário, mas quando ouvi falar desse marinheiro, notável pela bondade de seu coração e pela obediência e respeito a ele tributados por sua tripulação, senti-me particularmente afortunado de ser capaz de garantir seus serviços. Ouvi falar dele pela primeira vez, de um jeito um tanto romântico, por uma senhora que lhe devia a felicidade de sua vida. Em resumo, a história é a seguinte: há alguns anos, ele gostava de uma jovem russa de moderada riqueza; e, como tinha acumulado uma considerável fortuna de prêmios auferidos em dinheiro, o pai da moça consentiu o matrimônio. Ele esteve com a amada uma vez antes da cerimônia combinada; mas ela se banhou em lágrimas e se atirou a seus pés, rogando-lhe que a dispensasse, confessando ao mesmo tempo que amava outro, que era pobre, e que o pai dela jamais permitiria essa união. O generoso marujo tranquilizou a suplicante e, após ser informado do nome de quem ela amava, imediatamente desistiu de sua pretensão. Com o dinheiro, ele já havia comprado uma fazenda, onde pretendia passar o resto da vida; apesar disso, deu-a de presente ao rival, junto com o que sobrou do dinheiro da fortuna de prêmios, para que este comprasse suprimentos. E, então, pessoalmente pediu ao pai da jovem o consentimento para que ela se casasse com o rapaz que ela amava. O velho obstinado, porém, recusou, pois se considerava ligado por laços de honra ao meu companheiro. Este, deixou o país ao perceber que a decisão do pai era inexorável; só voltou quando soube que sua antiga paixão havia se casado de acordo com sua preferência. "Mas que homem mais nobre!", você exclamará admirada. Ele, de fato, é assim; mas não tem nenhuma instrução, é calado como um turco, e uma espécie de ignorância ingênua o rodeia. Isso, embora torne sua conduta ainda mais surpreendente, reduz o interesse e a simpatia que, caso contrário, ele conquistaria.

Apesar disso, porque me queixo um pouco, ou porque posso conceber algum consolo para as minhas labutas, o qual posso nunca conhecer, não suponha que esteja vacilante em minhas resoluções. Elas são tão fixas quanto o destino, e minha viagem só atrasará até que o tempo permita meu embarque. O inverno tem sido terrivelmente severo, mas a primavera promete ser amena, e já pode ser considerada uma estação bastante precoce, de modo que talvez eu possa navegar mais cedo do que esperava. Não faço nada de maneira precipitada. Você me conhece o suficiente para acreditar na minha prudência e consideração sempre que a segurança de outras pessoas é confiada aos meus cuidados.

Não consigo descrever para você as minhas sensações sobre a perspectiva da empreitada que se aproxima. É impossível comunicar a concepção do trêmulo sentimento, meio prazeroso e meio temível, com a qual preparo a minha partida. Vou para regiões inexploradas, para "a terra do nevoeiro e da neve", mas não pretendo matar nenhum albatroz. Portanto, não tema pela minha segurança, nem se preocupe se eu voltar para você num estado tão desgastado e lamentável quanto o "velho marinheiro". Você vai rir da minha ideia, mas vou revelar um segredo. Muitas vezes atribuo meu apego, meu apaixonado entusiasmo pelos perigosos mistérios do oceano, à produção dos poetas modernos mais imaginativos. Existe algo em processo de elaboração na minha alma que eu não entendo. Sou muito dedicado, praticamente um operário cuidadoso que executa seu trabalho com perseverança. Apesar disso, sinto amor pelas maravilhas da criação, tenho crença nas maravilhas da natureza, que permeiam todos os meus projetos e me afastam dos caminhos comuns dos homens, inclusive para me levar aos mares inóspitos e às regiões desconhecidas que estou prestes a explorar.

Mas voltando a questões mais amenas, será que só vou encontrá-la de novo depois de ter atravessado imensos mares e retornado pelo cabo mais ao Sul da África ou das Américas? Não me atrevo a esperar tal sucesso, mas não posso deixar de observar o reflexo da minha imagem no espelho. Por enquanto, continue a me escrever em todas as oportunidades. Conto com receber as suas cartas naqueles momentos em que mais preciso delas para sustentar o meu espírito. Amo você com muitíssima ternura. Lembre-se de mim com afeto, mesmo que nunca mais ouça falar de mim novamente.

Com carinho, do seu irmão,

Robert Walton

Carta 3

Para a sra. Saville, Inglaterra

7 de julho de 17...

Minha querida irmã,

Escrevo algumas linhas às pressas para dizer que estou são e salvo e bem adiantado em minha viagem. Esta carta chegará à Inglaterra por um navio mercante, agora voltando de Arcangel para casa, mais afortunado do que eu, que talvez não veja minha terra natal ainda por muitos anos. Estou, no entanto, de bom humor: meus homens são intrépidos e, ao que parece, firmes de propósito. Nem as placas flutuantes de gelo que continuamente passam por nós, indicando os perigos da região para a qual estamos avançando, parecem incomodá-los. Já atingimos uma latitude bastante alta, mas estamos no auge do verão. Embora não tão quentes como na Inglaterra, os ventos do Sul, que nos levam rapidamente para aquele litoral que tão ardentemente desejo alcançar, fazem-me respirar calor numa temperatura bem revigorante que eu não esperava.

Nenhum incidente digno de nota ocorreu até agora. Um ou outro vento mais forte e a detecção de um vazamento são acidentes que navegadores experientes raramente se lembram de registrar. Ficarei muito contente se nada pior acontecer conosco durante a viagem.

Adeus, querida Margaret. Tenha certeza de que, por interesse próprio, e também por você, não vou me colocar precipitadamente em perigo. Serei frio, perseverante e prudente.

Mas o sucesso deve coroar os meus esforços. Por que não? Já cheguei tão longe, traçando uma rota segura por mares nunca dantes navegados, que as próprias estrelas são testemunhas e comprovam o meu triunfo. Por que não prosseguir sobre esse elemento indomável, por enquanto ainda obediente? O que pode deter o coração determinado e a vontade resoluta de um homem?

Assim inflamado, involuntariamente meu coração transborda, mas preciso terminar. Que os céus a abençoem, minha amada irmã!

R.W.

Carta 4

Para a sra. Saville, Inglaterra

5 de agosto de 17...

Aconteceu conosco um acidente tão estranho que não posso deixar de registrá-lo, embora seja bem provável que você me veja antes que esses papéis possam estar em suas mãos.

Na última segunda-feira, dia 31 de julho, estávamos quase totalmente cercados de gelo, que bloqueava o navio por todos os lados, deixando apenas aberto o espaço de mar onde a embarcação flutuava. Nossa situação era um pouco perigosa, especialmente porque estávamos envoltos por um nevoeiro muito espesso. Decidimos aguardar, desejando que ocorresse alguma mudança na atmosfera e no tempo.

Por volta das duas da tarde, a névoa desapareceu, e vimos, estendendo-se em todas as direções, vastas e acidentadas planícies de gelo que pareciam não ter fim. Alguns dos meus companheiros resmungaram, e minha mente começou a entrar em alerta com pensamentos ansiosos, quando de repente uma estranha visão chamou a atenção e nos desviou do cuidado com a nossa própria situação. Percebemos um carregamento baixo, fixado num trenó e puxado por cães, passando rumo ao Norte, a cerca de oitocentos metros de distância. Um ser com forma de homem, mas aparentemente de estatura gigantesca, estava sentado no trenó e guiava os cães. Com os nossos telescópios, acompanhamos o rápido avanço do viajante, até que ele se perdeu entre as distantes irregularidades no relevo do gelo.

Esse aparecimento atiçou nossa admiração sem reservas. Estávamos, de fato, muitas centenas de quilômetros afastados de qualquer terra firme. No entanto, aquela aparição sugeria que, na realidade, não estávamos assim tão distantes como imaginávamos. Porém, imobilizados pela geleira, era impossível seguirmos seu rastro, o qual observávamos com a maior atenção.

Cerca de duas horas depois dessa ocorrência, escutamos um barulho no fundo mar, e antes de anoitecer o gelo rachou e soltou o nosso navio. Nós, entretanto, permanecemos ali até o amanhecer, temendo encontrar na escuridão aquelas massas de gelo de grandes proporções, que flutuavam soltas, após a geleira se partir. Dessa vez, aproveitei para descansar algumas horas.

De manhã, porém, assim que clareou, fui ao convés e encontrei os marinheiros agitados, todos reunidos de um só lado do navio, aparentemente falando com alguém no mar. Era, de fato, um trenó, como o que havíamos visto antes, que havia flutuado à deriva até nós durante a noite, num grande pedaço de gelo. Apenas um dos cães estava vivo. Dentro do trenó havia um homem, que os marinheiros tentavam convencer a entrar no navio. Não parecia, como o outro viajante, um habitante selvagem de alguma ilha desconhecida, mas um europeu. Quando surgi no convés, o mestre disse:

– Este é o nosso capitão, e ele não permitirá que você pereça no mar aberto.

Ao me ver, o estranho falou comigo em inglês, embora com sotaque estrangeiro.

– Antes de subir a bordo do seu navio – ele disse –, poderia ter a bondade de me informar para onde vai?

Você pode imaginar meu espanto ao ouvir tal pergunta dirigida a mim por um homem à beira da destruição, e a quem eu deveria supor que minha embarcação seria um recurso que ele não trocaria nem pela mais preciosa riqueza que a terra pudesse pagar. Respondi, no entanto, que estávamos em uma viagem de descoberta rumo ao Polo Norte.

Ao ouvir isso, ele pareceu satisfeito e concordou em subir a bordo. Bondoso Deus, Margaret! Se você tivesse visto o homem que assim se entregou para se salvar, a sua surpresa teria sido infinita. Os braços e pernas dele haviam quase congelado, e seu corpo estava devastado pela fadiga e pelo sofrimento. Jamais vi alguém numa condição tão deplorável. Tentamos levá-lo para uma cabine, mas assim que deixou o ambiente ao ar livre, ele desmaiou. Então, nós o trouxemos de volta ao convés e o reanimamos, esfregando e o forçando a engolir um pouco de aguardente. Assim que ele mostrou sinais de vida, nós o envolvemos em cobertores e o colocamos perto da chaminé do fogão da cozinha. Lentamente ele foi se aquecendo, tomou um pouco de sopa, e se recuperou muito bem.

Dois dias se passaram dessa maneira, antes que ele conseguisse falar; várias vezes, temi que o sofrimento dele o privasse de compreensão. Quando, de alguma forma, ele se recuperou, eu o levei para minha própria cabine e cuidei dele tanto quanto o meu dever permitia. Nunca vi criatura mais interessante: seus olhos geralmente tinham uma expressão de selvageria e até mesmo de loucura; mas, em alguns momentos, quando alguém faz um gesto de bondade, ou realiza o serviço mais banal para ele, todo o seu rosto se ilumina, por assim dizer, com um facho de benevolência e doçura como nunca vi igual. De um modo geral, ele se mostra melancólico e desesperado, e, às vezes, range os dentes, como se estivesse incomodado com o peso das desgraças que o oprimem.

Quando meu convidado se recuperou um pouco, tive grande dificuldade para afastar os tripulantes, que queriam lhe fazer mil perguntas. Eu não poderia permitir que ele, com o corpo e a mente num estágio de recuperação que evidentemente dependia de muito repouso, fosse atormentado pela curiosidade ociosa dos outros. Uma vez, porém, o imediato perguntou por que ele tinha chegado tão longe no gelo, num veículo tão estranho.

O semblante dele instantaneamente assumiu o aspecto da mais profunda escuridão e ele respondeu:

– Para buscar alguém que fugiu de mim.

– E o homem que você perseguiu viajou da mesma maneira?

– Sim.

– Então imagino que o vimos. Um dia antes de encontrarmos você, vimos alguns cães no gelo, puxando um trenó com um homem a bordo.

Isso despertou a atenção do desconhecido, que então fez uma série de perguntas sobre o caminho que o demônio – como o chamava – tinha seguido. Pouco depois, ao ficar a sós comigo, ele disse:

– Sem dúvida tenho aguçado a sua curiosidade, assim como a dessa boa gente. Apesar disso, você é cuidadoso ao fazer perguntas.

– Com certeza seria de fato muito impertinente e desumano da minha parte incomodá-lo com qualquer curiosidade minha.

– Mesmo assim, você me livrou de uma situação estranha e perigosa. Com desprendimento, restaurou a minha vida.

Logo depois, ele perguntou se eu achava que o rompimento do gelo teria destruído o outro trenó. Retruquei que não poderia responder com nenhum grau de certeza, pois o gelo só havia quebrado, de fato, perto da meia-noite, e o viajante poderia ter chegado a um local seguro antes desse horário; portanto, eu não tinha como julgar.

A partir desse momento, um novo sopro de vida reanimou o corpo decaído do estranho, que manifestou grande desejo de subir ao convés para observar o trenó que antes havia aparecido. No entanto, eu o persuadi a permanecer na cabine, pois ele estava fraco demais para suportar o rigor do clima.

Prometi que alguém ficaria vigiando, e que avisaria imediatamente se qualquer novo objeto fosse vislumbrado.

São essas as minhas anotações diárias com relação a tão estranha ocorrência até agora. Gradualmente a saúde do estranho melhorou; mas ele se cala e se sente desconfortável quando alguém, exceto eu, entra em sua cabine. No entanto, seus modos são tão conciliadores e gentis que todos os marinheiros estão interessados nele, embora quase não tenham comunicação com ele. Da minha parte, começo a amá-lo como a um irmão, e seu permanente e profundo pesar me enche de afinidade e compaixão por ele. Nos bons tempos, ele deve ter sido uma criatura nobre, para se manter mesmo agora, em destroços, tão interessante e amável.

Eu disse em uma de minhas cartas, querida Margaret, que jamais encontraria um amigo no imenso oceano. No entanto, encontrei um homem que, antes que seu espírito fosse destruído pela ruína, eu gostaria de tê-lo considerado como meu irmão de coração.

Continuarei meu diário a respeito desse desconhecido em intervalos, sempre que tiver algum incidente novo para registrar.

13 de agosto de 17...

Meu apego pelo meu convidado aumenta a cada dia que passa. Ele desperta em mim ao mesmo tempo admiração e piedade, e num grau surpreendente. Como posso ver tão nobre criatura devastada pelo sofrimento, sem sentir a dor mais pungente? Ele é bastante gentil e também muito inteligente; é incrivelmente culto, e quando fala, suas palavras são escolhidas com todo o requinte; mas ainda assim fluem com rapidez e eloquência incomparáveis.

Agora, que já está quase totalmente recuperado, ele não sai do convés, aparentemente procurando pelo outro trenó que o antecedeu. No entanto, embora entristecido, não se preocupa exclusivamente com sua própria desgraça, mas se interessa sinceramente pelos projetos dos outros; muitas vezes quer saber de coisas a meu respeito e conversamos sem rodeios. Ele participa ativamente de todas as minhas discussões, a favor do meu eventual sucesso, e toma conhecimento de cada mínimo detalhe das medidas que adoto para protegê-lo. A simpatia que ele manifesta me leva facilmente a usar a linguagem do coração, a dar vazão ao entusiasmo ardente de minha alma, e a dizer, com todo o fervor que me aquece, com que alegria eu sacrificaria minha fortuna, minha existência, e todas as minhas esperanças, para o avanço da minha empreitada. A vida ou morte de um homem seria apenas um pequeno preço a pagar pela aquisição do conhecimento que eu buscava, pelo controle que eu precisava adquirir e transmitir sobre os inimigos naturais da nossa espécie. Contudo, enquanto me escutava, uma nuvem sombria pareceu cobrir o rosto de meu interlocutor. No começo, percebi que ele tentou conter a emoção, colocando as mãos diante dos olhos. Minha voz tremeu e falhou quando vi lágrimas escorrendo pelos seus dedos. Então, um lamento explodiu no peito dele. Parei de falar. Por fim, ele respondeu, com a voz embargada:

– Desgraçado! Você compartilha da minha loucura? Também experimentou da mesma poção venenosa? Ouça, vou revelar a minha história, e você vai afastar esse cálice para longe dos seus lábios!

Tais palavras, como você pode imaginar, aguçaram fortemente a minha curiosidade, mas o paroxismo do sofrimento tomou conta do desconhecido e superou suas forças debilitadas. Muitas horas de conversa tranquila e repouso foram necessárias para restaurar a serenidade nele.

Depois de dominar o turbilhão de seus sentimentos, ele pareceu desprezar a si mesmo por ser escravo da paixão; e, reprimindo a lúgubre tirania do desespero, voltou a conversar sobre os meus assuntos pessoais. Quis saber da minha história de anos anteriores. Meu relato foi rápido, mas despertou várias linhas de reflexão. Falei do desejo de encontrar um amigo, da sede de entendimento mais íntimo com um companheiro de espírito que nunca esteve ao meu alcance, e expressei minha convicção de que um homem que não desfrutasse dessa bênção, bem pouca felicidade poderia ostentar.

– Concordo com você – respondeu o estranho. – Somos criaturas fora de moda, feitos apenas pela metade, carentes de outra metade que seja mais sábia, melhor e mais querida do que nós mesmos, como um amigo deve ser, que nos ajude a aperfeiçoar nossas naturezas fracas e imperfeitas. Certa vez, eu tive um amigo, a mais nobre das criaturas humanas. Tenho, portanto, o direito de julgar, quando se trata de amizade. Você tem esperanças e o mundo pela frente, e não tem motivos de desespero. Mas eu... e eu perdi tudo e não posso começar a vida outra vez...

Ao dizer isso, o semblante dele passou a estampar uma tristeza calma, melancólica que tocou meu coração, mas ele permaneceu em silêncio e logo se retirou para sua cabine.

Mesmo com o moral abalado, ninguém apreciava mais intensamente as belezas da natureza do que ele. O céu estrelado, o mar e todas as paisagens oferecidas nessa maravilhosa região ainda parecem ter o poder de enlevar sua alma na Terra. Esse homem tem uma dupla condição existencial: ele pode sofrer a desgraça e ficar abatido com as decepções; mas, quando se recolhe em si mesmo, parece um espírito celestial, com um escudo de luz ao redor, cuja proteção nenhuma dor ou insensatez se arrisca enfrentar.

Você debocharia do entusiasmo que manifesto a respeito desse divino andarilho? Não o faria se o conhecesse. Você tem sido educada e tutelada pelos livros, desconhece o mundo real; então, é um pouco simplória. Isso, porém, só a torna ainda mais apta a apreciar os méritos extraordinários desse homem maravilhoso.

Às vezes, tento descobrir qual qualidade ele possui, que o eleva tão desmesuradamente acima de qualquer outra pessoa que já conheci. Creio que é o discernimento intuitivo, o poder de julgar rapidamente sem jamais falhar, o poder inigualável de penetrar com clareza e precisão nas causas das coisas. Ademais, junte a tudo isso uma facilidade de expressão e uma voz cujas entonações variadas conquistam a alma como música.

19 de agosto de 17...

Ontem, o estranho me disse:

– Como você pode perceber facilmente, capitão Walton, sofri infortúnios assombrosos, muito difíceis de superar. Eu já havia decidido que a memória desses males deveria morrer comigo, mas você me convenceu a mudar de ideia. Você busca conhecimento e sabedoria, como eu já busquei. Desejo ardentemente que a recompensa da sua ambição não seja uma serpente a atormentá-lo, como aconteceu comigo. Não sei se o relato dos meus tropeços lhe será útil; porém, quando penso que está seguindo o mesmo curso, expondo-se aos mesmos perigos que me tornaram o que sou, imagino que poderá tirar da história alguma lição capaz de guiá-lo na realização da sua empreitada, ou que o console, caso falhe. Prepare-se para ouvir falar de fatos que normalmente seriam considerados prodigiosos. Se estivéssemos no meio de um cenário da natureza mais domesticado, eu temeria enfrentar sua incredulidade, talvez o ridículo; mas muitas coisas, que provocariam riso nos incautos que ignoram os poderes multifacetados da natureza, certamente parecerão possíveis nessas regiões selvagens e misteriosas, não tenho dúvidas. No conjunto, meu relato transmite evidências internas da verdade dos acontecimentos que o compõem.

Como você pode facilmente imaginar, fiquei muito satisfeito com a comunicação oferecida, mas não suportava a ideia de que ele renovasse sua dor ao relatar seus infortúnios. Eu estava muito ansioso para ouvir a narrativa prometida, em parte por curiosidade e em parte pelo forte desejo de melhorar o destino dele, se isso estivesse ao meu alcance. Manifestei esses sentimentos em minha resposta.

– Agradeço a consideração, mas é inútil – ele respondeu. – Meu destino está quase cumprido. Resta apenas mais um evento para que eu possa descansar em paz. Compreendo o seu sentimento – ele continuou, ao perceber que eu pretendia interrompê-lo –, mas está enganado, meu amigo, se me permite chamá-lo assim. Nada pode alterar tal situação: ouça minha história e perceberá que o meu destino foi traçado inexoravelmente.

Então ele me disse que começaria sua narrativa no dia seguinte, quando eu estaria de folga. Essa promessa recebeu de mim os mais sinceros agradecimentos. Decidi registrar, toda noite, quando não estiver imperativamente ocupado com os meus deveres, o que ele relatou durante o dia, se possível com suas próprias palavras. Se estiver atarefado, pelo menos farei anotações. Sem dúvida, esse manuscrito trará a você o maior prazer. Para mim, por outro lado, que conheço e ouço pessoalmente o estranho, um dia no futuro lerei esse relato com grande interesse e simpatia! Ainda agora, quando começo a minha tarefa, a voz dele ecoa em meus ouvidos, cheia de entonação; seus olhos brilhantes fixam-se em mim, com toda a melancolia e a doçura; vejo sua mão fina erguer-se animada, enquanto o contorno de seu rosto é irradiado desde o fundo da alma. Estranha e angustiante deve ser a história da espantosa tempestade que engolfou o imponente navio em seu curso, e desse modo o naufragou!

CAPÍTULO 1

Sou cidadão genebrino, pois minha família é uma das mais ilustres da república de Genebra. Por muitos anos, meus antepassados foram conselheiros e administradores desse cantão suíço, e meu pai ocupou vários cargos públicos com dignidade e respeito. Todos o conheciam pela integridade e pela incansável dedicação aos negócios públicos. Passou a juventude eternamente ocupado com os assuntos de seu país. Várias circunstâncias fortuitas o impediram de se casar cedo; foi só no acaso da vida que ele se tornou marido e pai de família.

Como as circunstâncias do casamento ilustram o caráter dele, não posso deixar de relacioná-las. Um de seus amigos mais íntimos era comerciante que, por causa de inúmeras desventuras, saiu de uma situação de prosperidade para mergulhar na pobreza. Esse homem, que se chamava Beaufort, era possuidor de uma energia insuperável, da qual se orgulhava, mas não suportava viver na pobreza e no esquecimento, no mesmo país onde antes se destacara pela posição e generosidade. Depois de pagar suas dívidas, agindo, portanto, da maneira mais honrada, ele se retirou com a filha para a cidade de Lucerna, onde vivia incógnito e na penúria. Meu pai nutria por Beaufort a mais verdadeira amizade, e ficou extremamente consternado com a partida dele nessas circunstâncias infelizes. Lamentava amargamente o falso orgulho que levara o amigo a uma conduta tão pouco digna do afeto que os unia. Não perdeu tempo nem poupou esforços em tentar procurá-lo, na esperança de persuadi-lo a partir e reconquistar o mundo novamente, por meio de seu auxílio e crédito.

Beaufort havia tomado medidas eficazes para se esconder, e meu pai demorou dez meses para descobrir sua toca. Radiante de alegria com a descoberta, meu pai correu até a casa, localizada numa rua ruim perto do rio Reuss. Quando entrou, só encontrou miséria e desespero para recebê-lo. Beaufort tinha guardado apenas uma pequena soma em dinheiro resultante da ruína de sua fortuna, o suficiente para sustentá-lo por alguns meses, na esperança de obter algum emprego respeitável na loja de um comerciante. Esse intervalo de tempo, porém, foi gasto em inatividade. Seu sofrimento só se intensificava e o ressentia mais quando ele tinha tempo livre para refletir; mas, por fim, incrustou-se de tal maneira e tão depressa em sua mente que, ao cabo de três meses, ele jazia prostrado e doente no leito, incapaz de realizar qualquer esforço.

A filha cuidava dele com a maior ternura, mas desesperava-se ao ver suas poucas economias diminuírem rapidamente, sem nenhuma outra perspectiva de apoio. Contudo, Caroline Beaufort possuía uma mente forjada num molde fora do comum; por isso, sua coragem cresceu para apoiá-la na adversidade. Ela conseguiu um trabalho simples, de trançar palha. E, desdobrando-se como podia, de várias maneiras, ganhava uma miséria suficiente apenas para sustentar a vida.

Assim, vários meses passaram. O pai piorava; o tempo dela era inteiramente dedicado a cuidar dele. Seus meios de subsistência minguavam. No décimo mês, o pai morreu em seus braços, deixando-a órfã e desamparada. Esse último golpe a abateu, e ela se ajoelhou junto ao caixão de Beaufort, para chorar amargamente. Foi quando meu pai entrou no velório: ele surgiu como um espírito protetor para a pobre moça, que se comprometeu a ficar sob seus cuidados. Então, após o enterro do amigo, ele a conduziu a Genebra e a colocou sob a proteção de um parente. Dois anos depois desse episódio, Caroline se tornou sua esposa.

Havia uma diferença considerável de idade entre os meus pais, mas tal circunstância parecia uni-los com laços de afeto ainda mais fortes. Havia um senso de justiça e integridade na mente de meu pai que exigia que ele admirasse muito uma criatura para poder amá-la fortemente. Talvez, em anos anteriores ele tivesse sofrido com a descoberta tardia de alguma indignidade de uma pessoa amada, e, por isso, estivesse predisposto a atribuir um valor ainda maior àquilo que experimentava. Em seu apego à minha mãe, ele dava demonstrações de agradecimento e adoração que diferiam completamente do gosto afetuoso da idade, pois eram sentimentos inspirados em reverência às virtudes dela e ao desejo de, em certa medida, ser o meio de recompensá-la pelo sofrimento que ela havia suportado, mas que só acrescentava uma graça indescritível ao seu comportamento. Tudo foi feito para atender aos desejos e à conveniência dela. Ele se esforçou para abrigá-la, como uma planta exótica cultivada pelo jardineiro, protegida de cada vento mais forte e cercada de tudo o que pudesse levá-la a animar alguma emoção prazerosa em sua mente terna e benevolente. Sua saúde e inclusive a serenidade de seu espírito, até então estáveis, haviam sido abaladas pelo drama que ela passou. Nos dois anos anteriores ao casamento, meu pai foi gradativamente abandonando todas as suas funções públicas. Assim, imediatamente após a união, eles procuraram o agradável clima da Itália. A mudança de cenário e o interesse que a viagem a essa terra magnífica desperta, foram decisivos para restaurar o quadro debilitado em que ela se encontrava.

Depois da Itália, eles visitaram a Alemanha e a França. Eu, o filho mais velho, nasci em Nápoles e, ainda bebê, acompanhei-os em suas andanças. Durante vários anos, permaneci como filho único. Por mais que fossem ligados um ao outro, pareciam ter inesgotáveis reservas de afeto, extraídas de uma mina de amor, para entregá-las a mim. A ternura do carinho de minha mãe, e o sorriso de benevolente prazer de meu pai, ao me olhar, são as minhas primeiras lembranças. Eu era brinquedo e talismã, ou melhor, era o filho deles: uma criatura inocente e indefesa, concedida a eles pelos céus, para ser educada como uma pessoa pronta para fazer o bem; uma criança cujo futuro estava nas mãos deles, para ser encaminhada à felicidade ou à desgraça, conforme eles cumprissem suas obrigações para comigo. Com essa profunda consciência do que eles representavam para o ser ao qual tinham dado a vida, somada ao ativo espírito de ternura que animava ambos, pode-se imaginar que, enquanto durou cada hora da minha vida infantil, eu recebi lições de paciência, de caridade e de autocontrole. Eu era de tal forma conduzido por um cordão de seda, que tudo me parecia um trem de alegria.

Por muito tempo, fui a única preocupação deles. Minha mãe queria muito ter uma filha, mas eu continuava sendo o único herdeiro. Quando eu contava uns cinco anos, numa viagem além das fronteiras da Itália, meus pais passaram uma semana nas margens do lago de Como. A predisposição para a bondade muitas vezes os fazia entrar em casas de gente pobre. Isso, para minha mãe, era mais do que um dever: era uma necessidade, uma paixão. Ela se lembrava do que sofrera e de como foi socorrida; agora, era a vez de ela agir como anjo da guarda para os aflitos. Durante um passeio no campo, um casebre paupérrimo à margem de um pequeno vale chamou-lhe a atenção pelo fato de ser particularmente acanhado, enquanto que o número de crianças seminuas reunidas ao redor, falava por si só da penúria em sua pior forma. Um dia, meu pai viajou sozinho para Milão; então, minha mãe e eu, visitamos essa moradia. Lá, ela encontrou um camponês e sua esposa, alquebrados pelo trabalho duro, atordoados por tantos cuidados e tarefas, distribuindo uma refeição escassa para cinco filhos famintos. Entre eles, havia uma menina que despertou bem mais interesse em minha mãe do que os outros. Ela parecia de um tipo diferente; os demais eram quatro garotos de grandes olhos escuros. Essa criança era magra e de boa aparência, seu cabelo era o dourado mais brilhante. Apesar da pobreza das roupas, ela parecia ter uma coroa de princesa colocada na cabeça. Suas sobrancelhas eram bem delineadas, e os olhos azuis eram tranquilos. Seus lábios e o formato do rosto expressavam tanta sensibilidade e doçura que ninguém podia contemplá-la sem enxergá-la como se de uma espécie distinta, um ser enviado pelos céus, portando a marca ou o selo do divino em todos os seus traços.

A camponesa, percebendo que minha mãe fitava a linda garota com olhos de admiração e encantamento, contou avidamente a história da menina, que não era filha dela, mas de um nobre milanês. A mãe era alemã e faleceu ao dar à luz. A criança foi deixada aos cuidados daquela boa gente. Na época, eles viviam em melhor condição, haviam se casado havia pouco tempo, e o filho mais velho acabara de nascer. O pai da menina abrigada era um daqueles italianos que se nutriam da memória de glórias passadas da Itália; ele era um dos *schiavi ognor frementi* ("escravos sempre enraivecidos"), que lutavam pela liberdade de seu país, e se tornou vítima da própria fraqueza. Ninguém sabia se ele havia morrido, ou se ainda resistia nas masmorras da Áustria. Seus bens foram confiscados, a filha ficou órfã e desamparada. Ela continuou com os pais de criação, e cresceu naquela rude morada, mais bela que uma rosa de jardim no meio de uma folhagem de ramos escuros cheios de espinhos.

Quando meu pai voltou de Milão, ele encontrou, brincando comigo no saguão da nossa casa, uma criança mais bela que a pintura de um anjo, uma criatura radiante, cuja forma e movimentos eram mais leves e graciosos que uma cabra-montesa. A presença da menina foi explicada; e, com a permissão dele, minha mãe teve primazia para tomar conta dela, em detrimento dos tutores camponeses, que gostavam da doce órfã cuja presença era uma bênção para eles; mas seria injusto mantê-la pobre e carente quando a providência divina lhe proporcionava uma proteção tão poderosa. Eles consultaram o pároco da vila, e o resultado foi que Elizabeth Lavenza passou a morar na casa de meus pais, tornou-se mais do que uma irmã para mim, uma bela e adorada companheira de todas as minhas ocupações e de todos os meus prazeres.

Todo mundo gostava de Elizabeth. O apego apaixonado, quase reverente, com o qual todos a consideravam, se tornou, enquanto compartilhei dele, meu orgulho e meu deleite. Na noite anterior à chegada de Elizabeth em casa, minha mãe disse em tom de brincadeira:

– Tenho um lindo presente para o meu Victor. Amanhã você o receberá.

No dia seguinte, quando ela me apresentou Elizabeth, como havia prometido, eu interpretei suas palavras literalmente, com seriedade infantil, e a considerei como minha propriedade. Era minha para amar, proteger e acalentar. Recebi todos os elogios feitos a ela, como algo que me pertencia. Nós a chamávamos familiarmente de "prima". Nenhuma palavra, nenhuma expressão podia exteriorizar o tipo de relação que ela tinha comigo. Para mim, ela era muito mais do que irmã, já que até a morte deveria ser apenas minha.

CAPÍTULO 2

Fomos criados juntos; havia menos de um ano de diferença entre nossas idades. Desnecessário dizer que éramos completamente avessos a qualquer espécie de desunião ou disputa. A harmonia era a alma da nossa convivência; e, a diferença e o contraste subsistentes em nossas personalidades nos uniam ainda mais. Elizabeth tinha um temperamento mais calmo e mais concentrado; mas eu, apesar de todo o meu ardor, era capaz de ser fortemente aplicado, e era bem mais profundamente marcado pela sede de conhecimento. Ela se ocupava das criações etéreas dos poetas; e, no cenário majestoso e imponente que cercava o nosso lar, com os contornos sublimes das montanhas suíças, as mudanças das estações, as tempestades e calmarias, o silêncio do inverno e a animação e turbulência dos nossos verões alpinos, ela encontrou amplo espaço para admiração e prazer. Enquanto minha companheira apreciava de forma contemplativa a magnífica aparência das coisas, com o espírito sério e satisfeito, eu me dedicava à investigação de suas causas. Para mim, o mundo era um segredo que eu desejava desvendar. A curiosidade e o estudo sério para aprender as leis ocultas da natureza, junto com o contentamento que beirava a euforia, na medida em que elas se revelavam para mim, estão entre as primeiras sensações de que me recordo.

Por ocasião do nascimento do meu segundo irmão, sete anos mais novo do que eu, meus pais desistiram totalmente da vida nômade que levavam, e fixaram-se em sua terra natal. Residíamos em Genebra e tínhamos casa de campo em Belrive, na costa oriental do lago, distante cerca de uma légua da cidade. Ficávamos por mais tempo nesse último local, e meus pais viviam consideravelmente isolados. Era do meu temperamento evitar multidões e me apegar com afinco a poucas pessoas. Eu era, portanto, refratário aos colegas de escola em geral, mas me uni com um deles por laços da amizade mais íntima. Henry Clerval era filho de um comerciante de Genebra, um garoto dotado de talento singular e sofisticado, que adorava empreendimentos arriscados, aventuras, dificuldades e até o próprio perigo por si mesmo. Ele conhecia profundamente os livros de romance e cavalaria. Compunha canções heroicas e começou a escrever contos muito bonitos, cheios dos encantos e das aventuras cavalheirescas. Procurou encenar peças de teatro e organizar bailes de máscaras conosco, com personagens que representavam os heróis de Roncesvalles, o rei Artur e a Távola Redonda, e todo o séquito dos cavaleiros que derramaram seu sangue para redimir o santo sepulcro das mãos dos infiéis.

Nenhum ser humano poderia ter passado uma infância mais feliz do que eu. Meus pais eram possuídos pelo próprio espírito da bondade e da indulgência. Sentíamos que eles não eram tiranos que governavam nossos destinos de acordo com seus caprichos, mas os agentes criadores das muitas alegrias de que desfrutávamos. Quando nos reuníamos com outras famílias, eu entendia perfeitamente como a minha sorte era peculiar. E, assim, a gratidão acompanhou o desenvolvimento do meu amor filial.

Às vezes, meu temperamento era agressivo e minhas paixões, calorosas. Mas, por algum traço da minha índole, não se voltaram para as correrias infantis, mas para o desejo ansioso de aprender e também de não aprender qualquer coisa indiscriminadamente. Confesso que nem a estrutura dos idiomas, nem os códigos dos governos, nem a política de vários estados possuíam atrativos para mim. Eram os segredos dos céus e da terra que eu queria conhecer. E, quer eu me ocupasse da substância externa das coisas, do espírito interior da natureza ou dos mistérios da alma humana, ainda assim minhas pesquisas eram encaminhadas, acima de tudo, para os segredos físicos e metafísicos do mundo.

Enquanto isso, Clerval ocupava-se, por assim dizer, com as relações morais das coisas. As movimentadas fases da vida, as virtudes dos heróis e as ações dos homens eram os temas que o interessavam. A esperança, seu sonho, era se tornar um daqueles nomes registrados pela história na galeria dos galantes aventureiros benfeitores da nossa espécie. A alma santa de Elizabeth brilhava em nosso lar tranquilo como uma lâmpada sagrada num santuário. Sua compaixão era a nossa; seu sorriso, sua voz suave, o doce relance de seu olhar celestial, estavam sempre lá para nos abençoar e nos animar. Ela era o espírito vivo do amor, para abrandar e atrair. Posso ter me tornado sisudo por causa dos estudos, pelo ardor da minha natureza; mas lá estava ela para me conter, nos limites de sua própria delicadeza. E Clerval... Poderia alguma coisa de ruim se entrincheirar no espírito nobre de Clerval? Ainda assim, ele não seria tão perfeitamente humano, tão atencioso em sua generosidade, tão cheio de bondade e ternura em meio à sua paixão por proezas de aventureiros, se ela não tivesse revelado para ele a graça real da caridade e tornado o ato de fazer o bem o alvo e a meta da sua crescente ambição.

Sinto imenso prazer em lidar com as recordações da infância, antes da desgraça ter me infectado a mente e transformado suas brilhantes visões, de vasta utilidade, em reflexões sombrias e mesquinhas sobre mim mesmo. Além disso, ao traçar a imagem dos meus primeiros dias, também registro os eventos que culminaram, por meio de passos imperceptíveis, na minha história desventurada; porque, quando me dou conta do nascimento da paixão que depois governaria o meu destino, vejo-a surgir, como um rio na montanha, de nascentes insignificantes, quase ignoradas, que avança serpenteando para se transformar na torrente caudalosa que, em seu curso, haveria de varrer todas as minhas esperanças e alegrias. A filosofia natural foi o gênio que regulou minha obra; desejo, portanto, com essa narrativa, determinar aqueles fatos que levaram à minha propensão por essa ciência. Quando eu tinha treze anos de idade, fomos todos em um grupo de amigos ao balneário perto de Thonon; entretanto, a inclemência do clima nos obrigou a permanecer um dia confinados à pousada. Nessa hospedaria, encontrei por acaso um volume das obras de Cornelius Agrippa, que abri sem o menor interesse; mas a teoria que ele tenta demonstrar e os fatos maravilhosos que ele relaciona, imediatamente transformaram tal sentimento em entusiasmo. Uma nova luz pareceu alvorecer em minha mente. Saltando de alegria, comuniquei a descoberta a meu pai, que olhou negligentemente o título na capa do livro e disse:

– Ah, Cornelius Agrippa! Meu caro Victor, não perca seu tempo com isso; é um lixo.

Se, em vez dessa observação, meu pai tivesse se dado ao trabalho de me explicar que os princípios de Agrippa tinham sido inteiramente desmascarados, e que um sistema moderno de ciência com muito mais poderes que o antigo havia sido instituído, pois os poderes do antigo eram quiméricos, enquanto que os do novo eram reais e práticos, em tais circunstâncias certamente eu deveria ter deixado Agrippa de lado. Assim minha imaginação, aquecida como estava, estaria satisfeita, e eu poderia retornar com mais empenho aos meus estudos anteriores. Inclusive, é possível que o trem das minhas ideias jamais tivesse recebido o impulso fatal que levou à minha ruína, mas o olhar superficial de meu pai naquele volume de maneira nenhuma me garantia que ele estivesse familiarizado com o conteúdo desse livro, e eu continuei a lê-lo com a maior avidez. Quando voltei para casa, minha primeira providência foi conseguir as obras desse autor e, em seguida, de Paracelso e de Albertus Magnus. Eu li e estudei com prazer as fantasias selvagens desses escritores; pareciam tesouros conhecidos por pouca gente além de mim. Eu sempre me descrevi como imbuído do desejo ardente de penetrar nos segredos da natureza. Apesar do labor intenso e das descobertas maravilhosas dos filósofos modernos, eu sempre voltava descontente e insatisfeito dos meus estudos. Atribui-se a sir Isaac Newton a afirmação de que ele se sentia como uma criança catando conchinhas ao lado do grande e inexplorado oceano da verdade. Todos os seus sucessores, em cada ramo da filosofia natural com os quais eu estava familiarizado pareciam aprendizes envolvidos na mesma busca, até mesmo para as minhas preocupações de menino.

O camponês inculto observa os elementos ao redor e se familiariza com seus usos práticos. O filósofo mais instruído sabe um pouco mais. Ele desvenda apenas parcialmente a face da natureza, cujos traços imortais ainda representam maravilhas e mistérios. Consegue dissecar, anatomizar, nomear; mas, para não falar da causa final, mesmo as causas secundárias e terciárias são totalmente desconhecidas para ele. Eu, havia observado as fortificações e obstáculos que pareciam impedir a entrada dos seres humanos na cidadela da natureza; mas, de maneira precipitada e ignorante, refuguei.

Mas ali estavam livros, ali estavam homens que tinham ido mais fundo e sabiam mais. Levei em consideração tudo o que eles afirmavam, e me tornei discípulo deles. Pode parecer estranho que isso tenha acontecido no século XVIII. Embora estivesse seguindo a rotina educacional das escolas de Genebra, eu era, em alto grau, autodidata com relação aos meus estudos favoritos. Meu pai não era cientista, e fui largado para lutar pelo conhecimento com a cegueira de uma criança e a sede de um estudante. Sob a orientação dos meus novos preceptores, entrei com a maior diligência na busca pela pedra filosofal e pelo elixir da vida; mas este último tema logo monopolizou toda a minha atenção. A riqueza era um objetivo inferior; mas que glória acompanharia a descoberta, se eu pudesse banir as doenças do corpo humano e tornar o homem invulnerável a tudo, menos à morte por violência! Contudo, essas também não eram minhas únicas visões. A captura de fantasmas ou demônios era uma promessa generosamente outorgada pelos meus autores favoritos, cujo cumprimento eu buscava com a maior voracidade; e, se meus feitiços eram sempre malsucedidos, eu atribuía o fracasso não à minha própria inexperiência ou a algum erro meu, mas à uma falta de habilidade ou fidelidade dos meus instrutores. E assim, durante um certo tempo, estive ocupado com sistemas duvidosos, misturando, como discípulo aplicado, mil teorias contraditórias, atolado desesperadamente num pântano de conhecimentos multifacetados, guiado pela imaginação ardente e pelo raciocínio infantil, até que mais uma vez um acidente mudou a corrente das minhas ideias. Quando eu tinha uns quinze anos de idade, passávamos uma temporada em nossa casa perto de Belrive, quando assistimos a uma tempestade das mais violentas e terríveis, avançando por trás da Cordilheira do Jura. A trovoada explodiu de uma só vez, com intensidade assustadora, nos vários quadrantes do céu. Eu fiquei, enquanto a tempestade durou, observando sua progressão com curiosidade e prazer. Estava na porta quando, de repente, observei um facho de fogo sair de um velho e belo carvalho a cerca de 20 metros da nossa casa. Então, assim que a luz ofuscante sumiu, o carvalho havia desaparecido. Nada mais restava, a não ser um toco destroçado. Na manhã seguinte, encontramos a árvore singularmente despedaçada. Não havia sido estilhaçada pelo choque: ficou inteiramente reduzida a fitas de madeira. Nunca vi nada tão completamente destruído.

Antes disso, eu não estava familiarizado com as leis mais óbvias da eletricidade. Nessa ocasião, um grande conhecedor de filosofia natural estava conosco. Agitado com essa catástrofe, ele passou a explicar uma teoria que havia elaborado sobre a eletricidade e o galvanismo, um assunto ao mesmo tempo novo e surpreendente para mim. Tudo o que ele disse jogou na obscuridade os senhores da minha imaginação, Cornelius Agrippa, Albertus Magnus e Paracelso; mas, por alguma fatalidade, a derrocada desses homens me desestimulou a prosseguir com os meus estudos habituais. Parecia-me que nada seria ou poderia ser conhecido. Tudo o que por tanto tempo envolveu a minha atenção, de repente se tornou insignificante. Por um desses caprichos da mente, a que somos talvez mais vulneráveis na juventude, imediatamente desisti dessas minhas antigas ocupações, definindo a história natural e toda sua descendência como uma criação deformada e abortiva; e, passei a nutrir um imenso desdém por uma pretensa ciência que jamais conseguiria sequer se aproximar do limite do conhecimento real. Com esse estado de espírito, eu me reorientei para a matemática e para os ramos de estudo pertencentes a essa ciência, por serem disciplinas estabelecidas sobre bases seguras; dignas, portanto, da minha consideração.

Com essa estranheza as nossas almas são construídas e, por ligamentos assim frouxos, nos unimos à prosperidade ou à ruína. Quando olho para trás, parece-me que essa quase milagrosa mudança de inclinação e interesses foi uma sugestão providencial do anjo da guarda da minha vida, o último esforço feito pelo espírito de preservação para evitar a tempestade que até então pairava nas estrelas, pronta para me engolir. Sua vitória foi anunciada por uma alegria de alma, uma tranquilidade incomum, seguida pelo abandono de meus antigos estudos, que ultimamente me atormentavam. Dessa maneira, fui ensinado a associar a maldade com sua perseguição, a felicidade com seu desprezo.

Foi um grande esforço do espírito do bem. Ineficaz, é verdade. O destino era muito poderoso, e suas leis imutáveis já haviam decretado minha terrível e total aniquilação.

CAPÍTULO 3

Quando completei dezessete anos, meus pais decidiram que eu deveria estudar na Universidade de Ingolstadt. Até então eu frequentara as escolas de Genebra, porém meu pai achou necessário, para concluir a minha educação, que eu deveria me familiarizar com outros costumes além daqueles da minha pátria. Minha partida foi, então, fixada para uma data próxima; mas, antes do dia marcado, ocorreu a primeira desgraça da minha vida; um presságio, por assim dizer, da minha futura desgraça. Elizabeth pegara febre escarlatina; era uma doença grave, e ela corria grande perigo. Durante a enfermidade, muitos argumentos foram necessários para convencer minha mãe a abster-se de atendê-la. A princípio, ela atendeu às nossas súplicas; mas, quando soube que a vida de sua favorita estava ameaçada, não conseguiu mais controlar a ansiedade. Ela cuidou da moça doente no leito, e sua atenciosa vigilância triunfou sobre a malignidade da doença. Elizabeth foi salva, mas as consequências dessa imprudência foram fatais para sua cuidadora. No terceiro dia, minha mãe adoeceu; a febre foi acompanhada dos sintomas mais alarmantes. Os olhares de seus médicos prognosticavam o pior evento. Mesmo no leito de morte, a força e a bondade dessa excelente mulher não a abandonaram. Ela juntou as mãos de Elizabeth e as minhas, para dizer:

– Meus filhos, minhas esperanças mais firmes de felicidade no futuro estão depositadas na perspectiva da união de vocês. Essa expectativa agora será o consolo de seu pai. Elizabeth, meu amor, você deve ocupar o meu lugar no coração do meu filho mais novo. Ai de mim! Lamento ser tirada de vocês; pois, feliz e amada como tenho sido, não é difícil deixar todos vocês? Mas esses não são pensamentos dignos de mim. Vou me esforçar para me resignar alegremente com a morte, satisfeita na esperança de encontrá-los em outro mundo.

Calmamente, ela morreu. Mesmo na morte, seu semblante expressava afeto. Não preciso descrever os sentimentos daquelas pessoas cujos laços mais queridos são cortados por esse mal irreparável, o vazio que fica na alma, o desespero estampado no rosto. Demora muito para a mente se convencer de que ela, a quem víamos todos os dias, e cuja existência parecia fazer parte da nossa própria, havia partido para sempre; que o brilho do olhar querido teria se apagado; e, que o som de uma voz tão amada e familiar para os ouvidos, poderia ter se calado para nunca mais voltar a ser ouvido. Essas são as reflexões dos primeiros dias; mas quando o tempo decorrido comprova a realidade do mal, começa a verdadeira amargura do luto. No entanto, de quem essa mão rude ainda não cortou alguma ligação querida? E por que devo descrever uma tristeza que todos já sentiram ou devem sentir? Enfim chega o tempo em que a dor é mais uma indulgência do que uma necessidade; e em que o sorriso que surge nos lábios, embora possa ser considerado sacrilégio, não é banido. Minha mãe estava morta, mas ainda tínhamos obrigações a cumprir; precisávamos continuar a nossa caminhada com os outros; tínhamos que aprender a nos considerar afortunados, enquanto alguém continuasse como aquele que o saqueador não pegou. Minha partida para Ingolstadt, adiada pelos acontecimentos, agora estava novamente decidida. Obtive do meu pai um descanso de algumas semanas. Parecia-me sacrilégio deixar tão cedo o recolhimento semelhante à morte da casa de luto e correr para a plenitude da vida. Eu era novo para me lamentar, mas não me abalava menos. Não estava disposto a deixar de ver aqueles que me restavam; e, acima de tudo, eu desejava ver minha doce Elizabeth consolada em alguma medida.

De fato, ela guardou seu luto e se esforçou para consolar a todos. Passou a olhar a vida de frente. Realizava suas obrigações com coragem e zelo e se dedicava às pessoas que aprendera a chamar de tio e de primos. Jamais foi tão encantadora como no momento em que recuperou o esplendor de seu sorriso e o espalhou sobre nós. Esqueceu até mesmo de seu próprio pesar, na tarefa de se esforçar para que esquecêssemos.

Enfim, o dia da minha partida chegou. Clerval passou a última noite conosco. Ele havia tentado convencer seu pai a permitir que me acompanhasse e se tornasse meu colega de universidade; mas foi em vão. O pai dele era um comerciante de mentalidade estreita, e enxergava apenas ociosidade e ruína nas aspirações e na ambição do filho. Henry sentiu profundamente a desventura de ser excluído de uma educação liberal. Ele conversou pouco; mas, enquanto falava, notei em seus olhos incendiados e em seu olhar animado, uma firmeza contida, mas resoluta, de não se tornar escravo das mesquinharias execráveis da atividade comercial.

Conversamos até tarde. Não conseguíamos nos afastar um do outro, nem nos persuadíamos a dizer a palavra "adeus". Foi dita, por fim, e nós nos retiramos com a desculpa de buscar repouso, cada um achando que enganava o outro. Mas, quando na madrugada seguinte eu desci para pegar a diligência que me levaria embora, estavam todos lá: meu pai, para me abençoar novamente; Clerval, para apertar minha mão mais uma vez; minha Elizabeth, para renovar seus apelos de que eu escrevesse sempre, e para conceder as últimas atenções femininas a seu amigo e parceiro.

Atirei-me no assento que me levaria embora e me entreguei às mais melancólicas reflexões. Eu, que vivia cercado por companhias amáveis, continuamente empenhado em desfrutar do prazer de estar junto, agora ficava sozinho. Na universidade, para onde seguia, deveria formar o meu círculo exclusivo de amigos e ser meu próprio protetor. Minha vida até então fora extremamente isolada e familiar; isso tinha me causado uma aversão incorrigível a novos rostos. Eu amava os meus irmãos, Elizabeth e Clerval; eram "velhos rostos familiares"; mas eu me considerava totalmente inepto para a companhia de estranhos. Tais eram as minhas reflexões quando comecei a jornada; mas, conforme prossegui, meus humores e esperanças se recuperaram. Desejava ardentemente adquirir conhecimento. Muitas vezes, em casa, achava um castigo ter que passar a juventude confinado em um só lugar. Almejava entrar no mundo e ocupar meu espaço entre outros seres humanos. Agora meus desejos se cumpriam, e o arrependimento seria, de fato, uma loucura.

Tive tempo suficiente para esses e muitos outros pensamentos durante a viagem para Ingolstadt, que foi longa e cansativa. Por fim, o alto e branco campanário da cidade estava diante dos meus olhos. Desembarquei e fui levado ao meu apartamento solitário, para passar a noite como quisesse.

Na manhã seguinte, entreguei minhas cartas de apresentação e visitei alguns dos principais professores. O acaso, ou melhor, a influência maligna, do Anjo da Destruição, que impunha seu poder onipotente sobre mim desde o momento em que deixei para trás, com passos relutantes, a porta de meu pai, me levou primeiro ao sr. Krempe, professor de filosofia natural. Era um homem grosseiro, mas profundamente mergulhado nos segredos de sua ciência. Ele me fez várias perguntas sobre os meus progressos nos diferentes ramos das ciências pertencentes à filosofia natural. Respondi sem me abalar; e, em parte como provocação, mencionei os nomes de meus alquimistas como os principais autores que havia estudado. O professor se admirou:

– Você realmente perdeu tempo estudando essas bobagens? – disse ele.

Respondi afirmativamente.

– Cada minuto – continuou o sr. Krempe, exaltado –, cada instante gasto nesses livros foi totalmente desperdiçado; você sobrecarregou a sua memória com sistemas duvidosos e nomes inúteis... Santo Deus, em que terra desértica você vivia? Por que ninguém teve a gentileza de informá-lo de que essas fantasias, que você absorve sofregamente, têm mil anos e são tão antigas quanto obsoletas? Eu não esperava, na atual época científica e iluminada, encontrar um discípulo de Albertus Magnus e Paracelso. Meu caro, o senhor precisa recomeçar os seus estudos do zero.

Assim dizendo, ele se afastou para anotar uma lista de vários livros que tratavam da filosofia natural, que ele queria que eu adquirisse, e então me dispensou, depois de mencionar que no começo da semana seguinte pretendia iniciar uma série de palestras sobre as relações gerais da filosofia natural, e que o sr. Waldman, professor associado, faria palestras sobre química nos dias alternados que ele faltasse.

Voltei para casa, não desapontado, porque havia muito eu considerava inúteis esses autores que o professor reprovava; mas não voltei nem um pouco mais inclinado a recorrer a esses estudos de modo algum. O sr. Krempe era um homem pequeno e atarracado, de voz rouca e rosto repulsivo; o professor, portanto, não me predispunha em favor de suas recomendações. Numa atitude bastante filosófica e conectada, certamente, levei em consideração as conclusões a que havia chegado a respeito delas em meus primeiros anos. Quando criança, eu não ficava satisfeito com os resultados prometidos pelos professores modernos das ciências naturais. Com uma confusão de ideias, só explicada pela minha extrema juventude e pela falta de orientação sobre tais assuntos, retrocedi os passos do conhecimento ao longo do caminho do tempo e troquei as descobertas dos pesquisadores recentes pelos sonhos esquecidos dos alquimistas. Além disso, eu desprezava os usos da filosofia natural moderna. Tudo era muito diferente quando os mestres da ciência buscavam o poder e a imortalidade; tais visões, embora fúteis, eram grandiosas. Agora, porém, o cenário havia mudado. A ambição dos pesquisadores parecia limitar-se à aniquilação das visões sobre as quais meu interesse pela ciência especialmente se fundava. Eu era obrigado a trocar quimeras de grandeza infinita por realidades de pouco valor.

Essas foram as minhas reflexões nos primeiros dois ou três dias de permanência em Ingolstadt, período que passei principalmente buscando conhecer os locais e os moradores mais importantes da minha nova terra. Mas, assim que a semana seguinte começou, pensei nas informações que o sr. Krempe me dera a respeito das palestras. E, embora eu não pudesse admitir que ouviria aquele pequeno presunçoso despejar frases de um púlpito, lembrei do que ele havia falado do sr. Waldman, que eu sequer tinha visto, porque até então ele estivera fora da cidade.

Em parte por curiosidade e em parte pela ociosidade, fui para a sala de conferências, na qual o sr. Waldman entrou pouco depois. Esse professor era muito diferente do seu colega. Aparentava cerca de cinquenta anos de idade, mas com um aspecto expressivo da maior benevolência; alguns cabelos grisalhos cobriam suas têmporas, mas eram quase pretos na parte de trás da cabeça. Ele era baixo, mas incrivelmente aprumado; sua voz era a mais doce que eu já tinha ouvido. Começou a palestra recapitulando a história da química e as várias melhorias feitas por diferentes estudiosos, pronunciando com fervor os nomes dos descobridores mais ilustres. Em seguida, ele expôs um panorama superficial do estado atual da ciência e explicou vários termos elementares. Depois de fazer algumas experiências preparatórias, concluiu com um panegírico sobre a química moderna, cujos termos jamais esquecerei:

– Os mestres antigos dessa ciência prometeram coisas impossíveis – disse ele –, e nada realizaram. Os mestres modernos não prometeram quase nada, pois sabem que os metais não podem ser transmutados e que o elixir da vida é uma quimera. Mas esses filósofos, cujas mãos parecem feitas apenas para revirar sujeira, e os olhos para se debruçar sobre o microscópio ou sobre o crisol, realmente fizeram milagres. Eles penetram nos recônditos da natureza e mostram como ela trabalha em seus escaninhos. Eles subiram aos céus: descobriram como o sangue circula, a natureza do ar que respiramos; adquiriram poderes novos e quase ilimitados; podem comandar os trovões do céu, imitar terremotos e até mesmo zombar do mundo invisível com suas próprias sombras.

Essas foram as palavras do professor. Aliás, palavras do destino, devo dizer, pronunciadas para me destruir. Enquanto ele continuava, senti como se minha alma estivesse lutando contra um inimigo palpável; uma a uma, foram tocadas as várias teclas que formam o mecanismo do meu ser, soando acorde após acorde. Logo minha mente se encheu de pensamentos, concepções, propósitos. "Muita coisa já foi feita", exclamava a alma de Frankenstein, "eu, porém, vou conseguir mais, muito mais: pisando nos passos já demarcados, vou abrir novos caminhos, explorar poderes desconhecidos e revelar para o mundo os mais profundos mistérios da criação".

Naquela noite, não fechei os olhos. Meu ser interior encontrava-se em estado de turbulência e insurreição; senti que dali surgiria alguma ordem, mas eu não tinha poderes para produzi-la. Aos poucos, durante a madrugada, o sono chegou. Quando acordei, os pensamentos da noite anterior eram como um sonho. Só restava a decisão de retomar meus antigos estudos e de me dedicar a uma ciência para a qual eu acreditava possuir um talento natural. No mesmo dia, fiz uma visita ao sr. Waldman. Suas maneiras, no âmbito privado eram ainda mais sutis e agradáveis do que em público; aquele ar de dignidade conveniente que ele exibia na palestra, foi substituído por um comportamento mais afável e bondoso em sua própria casa. Apresentei a ele quase o mesmo relato das minhas atividades anteriores que coloquei para o professor Krempe. Ele ouviu atento a pequena narrativa dos meus estudos e sorriu com os nomes de Cornelius Agrippa e Paracelso, mas sem o desprezo exibido pelo sr. Krempe. Então, ele disse:

– É a esses homens de zelo infatigável que os filósofos modernos devem a maior parte dos fundamentos de seus conhecimentos. Eles deixaram para nós a tarefa mais fácil de atribuir novos nomes e organizar em classificações conexas os fatos que, em grande medida, foram instrumentos que lançaram luz sobre as trevas. A labuta dos homens de gênio, por mais equivocados que estivessem, quase nunca deixava de cumprir a finalidade de oferecer, em retorno, sólida vantagem para a humanidade.

Ouvi essa declaração ser feita sem nenhum exagero ou presunção. Em resposta, afirmei que a palestra dele tinha removido os meus preconceitos contra os químicos modernos. Eu me expressei em termos comedidos, com a modéstia e a deferência devidas por um jovem a seu instrutor, sem deixar escapar (minha inexperiência de vida me envergonhava) qualquer entusiasmo que estimulasse meu pretendido trabalho. Solicitei conselhos sobre os livros que deveria procurar.

– Fico feliz – disse o sr. Waldman – de ter conseguido um discípulo. Se a sua aplicação for igual à sua capacidade, não tenho dúvidas do seu sucesso. A química é o ramo da filosofia natural em que as maiores melhorias foram e podem ser feitas. Foi por conta disso que fiz meu estudo peculiar; mas, ao mesmo tempo, não negligenciei os outros ramos da ciência. Um homem seria apenas um químico muito triste se atendesse exclusivamente a esse departamento do conhecimento humano. Se o seu desejo é se tornar realmente um homem de ciência, e não apenas um mero e reles experimentalista, eu o aconselho a aplicar-se a todos os ramos da filosofia natural, inclusive à matemática.

Então, ele me levou ao laboratório e me explicou os usos de várias máquinas, instruindo-me sobre quais eu deveria possuir, prometendo-me deixar usar o equipamento dele quando eu tivesse progredido suficientemente na ciência, para não desarranjar nenhum mecanismo. Ele também me forneceu a lista de livros que solicitei. Eu me despedi e fui embora.

Assim terminou aquele dia memorável, que decidiu o meu destino futuro.

CAPÍTULO 4

A partir desse dia, o estudo da filosofia natural, e particularmente da química, no sentido mais abrangente do termo, tornou-se minha ocupação quase exclusiva. Eu lia as obras com ardor, tão cheias da genialidade e do discernimento que os pesquisadores modernos usaram para escrever sobre esses assuntos; assistia às palestras e cultivava o conhecimento dos homens de ciência da universidade; e, até mesmo no sr. Krempe encontrei uma grande quantidade de informações sensíveis e reais, combinadas com sua fisionomia e modos repugnantes, é bem verdade, mas não por isso menos valiosas. No sr. Waldman, achei um verdadeiro amigo, cuja gentileza jamais foi turvada pelo dogmatismo. Suas instruções eram dadas com um ar de tamanha franqueza e boa índole que baniam toda ideia de pedantismo. De mil maneiras, ele aplainou para mim o caminho do conhecimento e tornou as questões mais abstrusas claras e fáceis de assimilar. Inicialmente, minha aplicação aos estudos era vacilante e incerta; mas ganhou força conforme prossegui, e logo se tornou tão ávida e ardente, que as estrelas muitas vezes desapareciam na claridade da manhã, enquanto eu ainda estava em meu laboratório.

Como me apliquei com tanto afinco, pode-se imaginar facilmente que meu progresso foi rápido. Meu entusiasmo foi realmente uma grande surpresa para os alunos e minha proficiência, para os mestres. O professor Krempe frequentemente me perguntava, com um sorriso malicioso, como estava Cornelius Agrippa, enquanto que o sr. Waldman manifestava o mais sincero contentamento pelos meus progressos. Dois anos se passaram desta maneira; durante esse período, não fiz nenhuma visita a Genebra, pois estava empenhado, de coração e alma, na realização de algumas descobertas que esperava fazer. Ninguém, a não ser quem já a experimentou, pode imaginar a sedução da ciência. Em outros estudos, você vai tanto longe quanto os outros foram antes de você, e não há nada mais para saber; mas na investigação científica há alimento contínuo para descobertas e maravilhas. Qualquer mente de capacidade moderada, que siga de perto algum estudo, fatalmente alcança grande competência nessa área. Assim, eu, que buscava continuamente a realização de um objetivo de pesquisa, e que estava exclusivamente envolvido nisso, me aperfeiçoei tão rapidamente que, no fim de dois anos, fiz algumas descobertas que melhoraram alguns instrumentos químicos e me proporcionaram grande estima e admiração na universidade. Quando cheguei a esse ponto e conhecia tão bem a teoria e a prática da filosofia natural quanto era possível pelas lições dos professores de Ingolstadt, minha permanência já não era mais necessária para o meu aperfeiçoamento. Eu pensava em voltar para os meus amigos e minha cidade natal, quando ocorreu um incidente que prorrogou minha estadia.

Um dos fenômenos que me chamou peculiarmente a atenção foi a estrutura do corpo humano e, de fato, de qualquer animal dotado de vida. Frequentemente eu me perguntava: qual o princípio da vida? Trata-se de uma questão séria, que sempre foi considerada um mistério; além disso, muita coisa nos levaria a ponto de nos tornarmos conhecidos, se a covardia ou a negligência não restringissem nossas investigações. Revirei essas circunstâncias na mente e decidi desde então aplicar-me mais particularmente aos ramos da filosofia natural que se relacionavam à fisiologia. A menos que fosse impulsionado por um entusiasmo quase sobrenatural, minha aplicação a esse estudo teria sido irritante, quase intolerável. Para examinar as causas da vida, devemos primeiro recorrer à morte. Familiarizei-me com a ciência da anatomia, mas não era suficiente; eu deveria também observar a decadência natural e a corrupção do corpo humano. Na minha educação, meu pai tinha tomado as maiores precauções para que minha mente não ficasse impressionada com nenhum horror sobrenatural. Jamais me lembro de ter tremido num conto de superstição ou de temer a aparição de algum espírito. A escuridão não afetava minha imaginação, e um cemitério era para mim apenas o receptáculo de corpos privados de vida, que, por abrigarem beleza e vigor, viravam alimento para os vermes. Agora eu era levado a examinar a causa e o progresso dessa decadência, e forçado a passar dias e noites em criptas e necrotérios. Minha atenção estava fixa nos objetos mais insuportáveis para a delicadeza dos sentimentos humanos. Vi como a fina forma do ser humano acabava degradada e desperdiçada; presenciei a corrupção da morte suceder ao florescente broto da vida; vi como os vermes herdavam as maravilhas dos olhos e do cérebro. Fazia pausas para examinar e analisar todas as minúcias da causalidade que apareciam exemplificadas na mudança da vida para a morte, e da morte para a vida; até que, no meio dessa escuridão, uma luz de repente tomou conta de mim, uma luz muito brilhante e prodigiosa, apesar de muito simples, que ao mesmo tempo em que me deixava atordoado com a imensidão da perspectiva que ilustrava, surpreendia-me pelo fato de que, entre tantos homens de gênio que tinham dirigido suas investigações para a mesma ciência, só a mim estivesse reservado descobrir um segredo tão surpreendente.

Lembre-se, não estou registrando a visão de um louco. Que o sol brilhe nos céus é tão verdadeiro quanto o que afirmo agora. Algum milagre poderia ter produzido isso, mas as etapas da descoberta foram distintas e prováveis. Depois de dias e noites de trabalho árduo e fadiga incríveis, consegui descobrir a causa da geração da vida; mais ainda, tornei-me capaz de gerar animação, de dar alma à matéria sem vida.

O assombro que experimentei inicialmente com essa descoberta, logo deu lugar a alegria e à empolgação. Depois de tanto tempo gasto em trabalhos penosos, chegar ao ápice dos meus desejos foi a consumação mais gratificante do meu trabalho. Entretanto, essa descoberta foi tão grande e avassaladora, que se obliteraram todos os passos pelos quais eu tinha sido progressivamente conduzido a ela: eu via apenas o resultado. O que havia sido o estudo e o desejo dos homens mais sábios desde a criação do mundo, estava agora ao meu alcance. Não que, como num passe de mágica, tudo se abrisse para mim de uma só vez: as informações que obtive eram mais destinadas a direcionar os meus esforços quando eu os apontasse para o objetivo da minha busca, do que para revelar esse objetivo já realizado. Eu era como o árabe enterrado com os mortos que encontra uma passagem para a vida, auxiliado apenas por uma luz fraca e aparentemente desprezível.

Percebo, meu amigo, pela ansiedade, admiração e expectativa que seus olhos expressam, que você espera ser informado do segredo que eu adquiri. Isso não é possível. Escute pacientemente a história até o fim, e você facilmente perceberá por que sou reservado a respeito desse assunto. Não vou arrastar você, como aconteceu comigo, desprotegido e ardente como eu era, forçosamente para a destruição e para a desgraça fatal. Aprenda, senão pelos meus conceitos, ao menos com o meu exemplo, o quanto é perigosa a aquisição do conhecimento, e o quanto mais feliz é aquele que acredita que sua terra natal é o mundo, em relação àquele que aspira a tornar-se maior do que sua natureza permite.

Quando me vi com um poder tão extraordinário em minhas mãos, hesitei por um longo tempo sobre a maneira como deveria empregá-lo. Apesar de eu possuir a capacidade de gerar animação, ou melhor, de dar alma, e mais ainda, de preparar um corpo para recebê-la, com todas as suas complexidades de fibras, músculos e veias, a tarefa, entretanto, permanecia uma obra de inconcebível dificuldade e trabalho. Para começar, fiquei em dúvida se deveria tentar a criação de um ser como eu, ou de um organismo mais simples; mas minha imaginação estava exaltada demais pelo meu primeiro sucesso para me permitir duvidar da minha capacidade de dar vida a um animal tão complexo e maravilhoso como o ser humano. Os materiais sob o meu comando, nesse momento, mal pareciam adequados a um empreendimento tão árduo; apesar disso, eu não tinha dúvidas de que seria bem-sucedido no final. Preparei-me para enfrentar uma multidão de contratempos; minhas operações poderiam ser permanentemente desconcertantes e, no final, meu trabalho ainda poderia ser imperfeito. Mas, ao observar as melhorias que todos os dias ocorrem na ciência e na mecânica, eu alimentava a esperança de que minhas tentativas atuais, no mínimo construíssem os alicerces do sucesso futuro. Eu também não poderia considerar a magnitude e a complexidade de meu plano como argumento de sua impraticabilidade. Assim, foi com tais sentimentos que comecei a criar um ser humano. Como a minúcia das partes se constituiu num grande obstáculo à minha velocidade, resolvi, contrariando minha intenção inicial, fazer a criatura ter uma estatura gigantesca, a saber, com quase dois metros e meio de altura, e proporcionalmente largo. Depois de ter formado essa convicção e de passar alguns meses coletando e organizando com sucesso os meus materiais, eu comecei.

Ninguém pode conceber a variedade de sentimentos que me assolaram, como um furacão, no primeiro entusiasmo do sucesso. A vida e a morte me pareciam limites ideais, que eu deveria primeiro romper e derramar uma torrente de luz em nosso mundo obscuro. Uma nova espécie me abençoaria como seu criador e fonte; muitas naturezas felizes e excelentes deveriam sua existência a mim. Nenhum pai poderia reivindicar a gratidão de seu filho tão completamente como eu deveria merecer a deles. Perseguindo essas reflexões, pensei que, se eu pudesse dar alma a uma matéria sem vida, poderia, no curso do tempo (embora agora eu achasse impossível) renovar a vida onde a morte, aparentemente, devotara o corpo à corrupção.

Esses pensamentos sustentavam meu espírito, enquanto eu prosseguia em minha empreitada com ardor incessante. Meu rosto ficou pálido com os estudos, e o confinamento me transformou numa pessoa raquítica. Por vezes, à beira da certeza, eu falhava; contudo, ainda me agarrava à esperança de que na próxima hora ou no próximo dia, poderia conseguir. Um segredo que só eu possuía era a esperança a que me dedicava. A lua vigiava meu trabalho noturno, enquanto que eu, sem fôlego e com uma ansiedade incontida, perseguia a natureza em seus esconderijos. Quem imaginaria os horrores do meu trabalho secreto, de mexer em mendigos insepultos no cemitério, ou torturar animais vivos, para dar alma à argila sem vida? Meus membros agora tremem, meus olhos boiam nas ondas das lembranças; mas naquele tempo, um impulso quase frenético me levava adiante; eu parecia ter perdido toda e qualquer alma ou sentimento não relacionados com aquela pesquisa. Foi, de fato, apenas um transe passageiro, que só serviu para me aguçar os sentidos, tão logo – com o estímulo antinatural cessando de operar – eu retornara para meus velhos hábitos. Eu pegava ossos nos necrotérios e bulia, com dedos profanos, os formidáveis segredos das carcaças humanas. Num quarto à parte, ou melhor, no sótão da residência, separado dos outros aposentos por uma galeria e uma escada, eu mantinha a oficina da minha criação imunda. Meus olhos ameaçavam saltar das órbitas quando observavam os detalhes da minha atividade. A sala de dissecação e o matadouro me forneciam várias matérias-primas. Muitas vezes, minha natureza humana voltava a sentir repugnância pela minha ocupação. Mesmo assim, ainda impulsionado por uma ansiedade que aumentava perpetuamente, eu levava o trabalho mais para perto da conclusão.

Os meses de verão passaram enquanto eu estava envolvido assim, de coração e alma, em uma só busca. A estação estava muito bonita; nunca os campos deram colheitas mais abundantes, ou as vinhas produziram safras mais luxuriantes. No entanto, meus olhos eram insensíveis aos encantos da natureza. E os mesmos sentimentos que me faziam ignorar as paisagens à minha volta, também me fizeram esquecer dos amigos, afastados a tantos quilômetros de distância, e que eu não via há muito tempo. Eu sabia que meu silêncio os inquietava. Então me lembrei bem das palavras de meu pai: "Sei que, enquanto você estiver satisfeito consigo mesmo, pensará em nós com afeição, e teremos notícias de você regularmente. Perdoe-me se considero qualquer interrupção em sua correspondência como prova de que as suas outras obrigações estão sendo igualmente negligenciadas".

Eu sabia bem, portanto, quais seriam os sentimentos de meu pai, mas não conseguia arrancar os pensamentos da minha atividade, repugnante em si mesma, mas que tinha assumido um irresistível controle de minha imaginação. E, eu desejava, por assim dizer, adiar tudo o que se relacionasse com meus sentimentos de afeto, até que o grande objetivo, que engolia cada rotina da minha natureza, fosse realizado.

Então, eu achava que meu pai seria injusto se atribuísse minha negligência a algum vício ou falha da minha parte, mas agora estou convencido de que ele foi justo ao imaginar que eu não estava totalmente livre de culpa. Um ser humano em perfeição deve sempre preservar a mente calma e pacífica, e jamais permitir que a paixão ou algum desejo transitório perturbem sua tranquilidade. Não creio que a busca do conhecimento seja uma exceção a essa regra. Se os estudos aos quais você se aplica tendem a enfraquecer suas afeições e a destruir seu gosto pelos prazeres simples que nenhuma liga consegue mesclar, então esses estudos certamente são ilegítimos; isto é, não condizem com a mente humana. Se essa regra fosse sempre observada, se nenhum homem permitisse que alguma pesquisa, qualquer que fosse, interferisse na tranquilidade de suas afeições domésticas, a Grécia não teria sido escravizada, César pouparia seu país, a América teria sido descoberta mais gradualmente e os impérios do México e do Peru não seriam destruídos.

Mas esqueço que estou sendo moralista na parte mais interessante da minha história. Além disso, seu olhar me pede para prosseguir. Meu pai não fazia nenhuma crítica em suas cartas; e só teve notícia da minha ciência quando indagou das minhas ocupações mais particularmente do que antes. O inverno, a primavera e o verão passaram durante os meus trabalhos. De tão profundamente que eu estava absorto em minhas ocupações, não assisti às flores brotarem e nem às folhas se expandirem, visões que antes sempre me proporcionaram supremo prazer. As folhas daquele ano secaram antes que meu trabalho se aproximasse do fim e, agora, cada novo dia me mostrava mais claramente o quanto eu havia progredido, mas meu entusiasmo era controlado pela minha ansiedade: eu parecia mais um condenado pela escravidão, a trabalhar nas minas, ou a qualquer outra tarefa perniciosa, do que um artista ocupado com sua atividade favorita. Todas as noites eu era assolado por uma febre lenta e ficava nervoso no grau mais doloroso; a queda de uma folha me assustava e passei a evitar os meus companheiros, como se fosse culpado de um crime. Às vezes, eu me assustava com a calamidade em que acreditava ter me tornado. Só a energia do meu propósito me sustentava: logo meus trabalhos terminariam. Eu acreditava que os exercícios e a diversão logo afastariam a doença incipiente; então, prometi a mim mesmo me dedicar a essas duas atividades assim que minha criação estivesse completa.

CAPÍTULO 5

Foi numa lúgubre noite de novembro que cheguei à conclusão do meu trabalho. Com uma ansiedade quase beirando à agonia, juntei os aparelhos de vida ao meu redor, para que eu pudesse lançar uma faísca de existência na coisa inanimada que jazia a meus pés. Passava de uma hora da madrugada. A chuva tamborilava sinistramente nas vidraças. Minha vela já estava quase apagada, quando, no meio da claridade que restava daquela luz bruxuleante, vi o olho opaco, descorado, da criatura se abrir. A coisa respirava com dificuldade; um movimento convulsivo agitou seus membros.

Como posso descrever as minhas emoções diante dessa calamidade, ou como traçar um esboço daquela abominação que com tantas dores e tão infinitos cuidados eu havia tentado formar? Seus membros eram proporcionais, e eu tinha escolhido feições bem bonitas para ele. Bonitas? Meu Deus! Sua pele amarelada, pouco cobria da musculatura e das artérias que corriam por baixo; o cabelo era de um tom preto lustroso e escorrido; os dentes, de uma brancura perolada; mas esses detalhes viçosos só formavam um contraste ainda mais pavoroso com os olhos lacrimejantes, que pareciam ter quase a mesma cor esbranquiçada das órbitas em que estavam colocados; a pele era enrugada, e os lábios negros e retos.

Os diferentes acidentes da vida não são tão cambiáveis como os sentimentos da natureza humana. Eu havia trabalhado duro por quase dois anos, com o único propósito de lançar vida numa carcaça inanimada. Por esse motivo, abri mão de descansar e descuidei da saúde. Era o que eu desejava fazer, com um ardor que excedia em muito a moderação. Mas, agora que tinha terminado, a beleza do sonho desaparecera. Meu peito se encheu de horror e desgosto, e fiquei sem fôlego; incapaz de suportar a aparência do ser que tinha criado, eu saí correndo da sala, e fiquei por um longo tempo perambulando no meu quarto, sem conseguir me concentrar para dormir. Finalmente, o cansaço venceu a agitação que me amargurava. Eu me atirei na cama, com roupa e tudo, tentando encontrar alguns momentos de esquecimento. Mas foi em vão; dormi, é verdade, mas fui perturbado pelos sonhos mais insanos. Pensei ter visto Elizabeth andar pelas ruas de Ingolstadt esbanjando saúde. Encantado e surpreso, abracei-a, mas quando lhe dei o primeiro beijo, seus lábios ficaram lívidos, da cor da morte. Suas feições pareciam mudadas, e eu achei que segurava o cadáver de minha mãe morta em meus braços. Uma vestimenta branca envolvia seu corpo, e eu vi vermes de sepultura rastejando nas dobras da mortalha. Despertei do sono horrorizado. Um suor frio cobriu a minha testa, meus dentes rangeram, meus braços e pernas entraram em convulsão. Foi quando, sob a luz fraca e embaçada do luar, eu avistei o desgraçado, o miserável monstro que havia criado, forçando a passagem pelas venezianas da janela. Em seguida, ele levantou o cortinado sobre a cama e fixou os olhos em mim, se é que aquelas coisas podiam ser chamadas de olhos. Seus maxilares se abriram, e ele murmurou alguns sons inarticulados, enquanto um sorriso enrugava suas bochechas. Ele deve ter dito algo, mas não ouvi; uma de suas mãos se estendeu, aparentemente para me agarrar, mas eu escapei e desci as escadas. Fui me refugiar no pátio da casa onde morava, e lá permaneci o resto da noite, andando para cima e para baixo na maior agitação, escutando atentamente, captando e temendo cada ruído, como se cada som fosse anunciar a aproximação do cadáver demoníaco ao qual eu tão desgraçadamente tinha dado vida.

Oh! Nenhum mortal suportaria o horror daquele semblante. Uma múmia outra vez dotada de alma não seria tão medonha como aquele desgraçado. Eu tinha olhado para ele ainda inacabado. Era muito feio, então. Mas, quando seus músculos e articulações se tornaram capazes de movimento, ele se transformou numa coisa que nem Dante teria concebido.

Passei a noite como um imprestável. Às vezes, meu pulso batia tão rápido e vigorosamente que eu sentia a palpitação de cada artéria; outras vezes, eu quase caía no chão de abatimento e extrema fraqueza. Junto com esse horror, eu sentia a amargura do desapontamento. Os sonhos que tinham sido meu alimento e meu consolo agradável por tanto tempo, agora se tornaram um inferno para mim. A mudança foi muito rápida, e a derrocada foi total!

A manhã, triste e úmida, finalmente despertou e revelou para os meus olhos insones e doloridos a igreja de Ingolstadt, com seu campanário branco e o relógio, que indicava a sexta hora. O vigia abriu os portões do pátio, que naquela noite fora o meu asilo, e eu saí às ruas, andando com passos rápidos, como se tentasse evitar o desgraçado que eu temia encontrar em cada esquina. Eu não ousava voltar para o apartamento onde morava, mas senti-me impelido a me apressar, embora encharcado pela chuva que jorrava de um céu negro e inclemente.

Continuei caminhando dessa maneira por algum tempo, esforçando-me, pelo exercício físico, para aliviar a carga que pesava em minha mente. Atravessei as ruas sem nenhuma ideia clara de onde eu estava, ou do que estava fazendo. Meu coração palpitava, adoecido de medo. Eu me apressei com passos irregulares, não ousando olhar ao meu redor:

Como alguém que, solitário numa estrada,
Costuma andar com medo e pavor,
E, que depois de para trás olhar, avança,
Sem novamente a cabeça virar;
Porque sabe que um demônio assustador
Vem logo atrás, pisando em seu calcanhar.

(“O velho marinheiro”, de Samuel Taylor Coleridge)

Continuando assim, cheguei à frente da estalagem onde as várias diligências e carruagens costumavam parar. Ali fiquei, sem saber por que, alguns minutos com os olhos fixos num coche que vinha, do outro lado da rua, na minha direção. Ao se aproximar, observei que era a diligência suíça, que parou exatamente onde eu estava. A porta abriu e reconheci Henry Clerval, que, ao me ver, desceu imediatamente.

– Meu caro Frankenstein! – ele exclamou. – Como estou feliz por vê-lo. Que sorte você estar aqui no momento da minha chegada!

Nada podia ser tão agradável quanto ver Clerval. Sua presença trouxe de volta aos meus pensamentos meu pai, Elizabeth e todas aquelas cenas de casa tão caras à minha memória. Agarrei-lhe a mão e, no mesmo instante, esqueci do meu horror e infortúnio. De repente, senti uma alegria calma e serena pela primeira vez em muitos meses. Assim, da maneira mais cordial, dei as boas-vindas ao meu amigo, e caminhamos em direção à minha escola. Clerval continuou falando por algum tempo sobre nossos amigos mútuos e sobre sua própria boa fortuna que lhe permitira vir a Ingolstadt.

– Como você pode facilmente acreditar – ele disse –, tive enorme dificuldade para convencer meu pai de que nem todo o conhecimento necessário estava incluído na nobre arte da contabilidade. Bem, na verdade, acho que o deixei incrédulo até o fim. A resposta padrão às minhas incansáveis súplicas era a mesma do mestre-escola holandês no *Vigário de Wakefield*: "Eu ganho dez mil florins por ano sem falar grego e consigo comer à vontade sem falar grego". Mas a afeição dele por mim superou a antipatia aos estudos e ele me permitiu fazer uma viagem de descobertas na terra do conhecimento.

– Sinto o maior prazer em vê-lo. Mas conte-me como estavam meu pai, meus irmãos e Elizabeth, quando você partiu.

– Muito bem e muito felizes, apenas um pouco preocupados por só ouvirem falar de você tão raramente. A propósito, eu mesmo gostaria de lhe passar um sermão a esse respeito, por conta deles. Mas, meu caro amigo Frankenstein – ele mudou de assunto, de repente, para dizer na minha cara –, eu não havia reparado antes como você está doente, muito magro e pálido, parece que está com insônia há várias noites...

– Você acertou em cheio. Ultimamente tenho andado tão envolvido com uma atividade que não me permite descansar o suficiente, como você vê, mas espero, sinceramente espero, que todas essas agruras agora estejam terminando e que eu, enfim, esteja livre.

Eu tremia demais. Não suportava pensar, sequer por insinuação, nas ocorrências da noite anterior. Andei num ritmo rápido, e logo chegamos à escola. Então refleti, e esse pensamento me arrepiou, que a criatura que eu deixara em meu apartamento ainda poderia estar lá, viva, perambulando. Eu temia encarar o monstro; mas receava ainda mais que Henry o visse. Roguei a ele, então, que permanecesse alguns minutos ao pé da escada e disparei para o quarto. Minha mão já estava na fechadura da porta antes que eu percebesse. Então parei; um calafrio percorreu minha alma. Abri a porta com força, como as crianças costumam fazer quando esperam encontrar um fantasma aguardando-as do outro lado; mas nada apareceu. Entrei morrendo de medo: o apartamento estava vazio, e meu quarto também estava livre do hóspede hediondo. Eu mal podia acreditar que a boa sorte tivesse recaído sobre mim. Quando tive certeza de que meu inimigo tinha realmente fugido, bati palmas de alegria e desci para buscar Clerval.

Subimos para o meu quarto, e o criado logo trouxe o desjejum, mas eu não conseguia me conter. Não era apenas a alegria que tomava conta de mim; meus sentimentos estavam à flor da pele, e meu pulso batia acelerado. Não ficava um instante no mesmo lugar; pulava sobre as cadeiras, batia palmas e ria alto. A princípio, Clerval atribuiu esse bom humor incomum à alegria pela sua chegada; mas, quando me observou mais atentamente, viu um desvario nos meus olhos que ele não entendia. Minha risada alta, desbragada e insensível deixou-o assustado e perplexo.

– Meu caro Victor – ele exclamou –, qual é, pelo amor de Deus, o problema? Pare de rir desse jeito. Você está mesmo doente! Qual é a causa de tudo isso?

– Nem queira saber! – exclamei. Coloquei as mãos diante dos olhos, pois achei que tinha visto o temido espectro passar se esgueirando para o quarto. Pensei: "*ele* pode gritar: Ei! Salve-me, salve-me…". Imaginei que o monstro me pegava; eu me debati furiosamente e desmaiei tendo um ataque.

Pobre Clerval! Quais não seriam os seus sentimentos: um encontro, que ele imaginou que fosse acontecer com tanta alegria, de modo tão estranho se transformara em amargura, mas eu não testemunhava sua dor, pois estava desacordado e não recuperei os sentidos por um bom tempo.

Esse foi o início de uma febre nervosa que me deixou confinado por vários meses. Durante todo esse tempo, Henry foi o meu único cuidador. Depois tomei conhecimento que, sabendo da avançada idade de meu pai, e de sua incapacidade para uma viagem tão longa, e do estado lamentável em que minha doença deixaria Elizabeth, ele poupou-os desse sofrimento escondendo a gravidade do meu transtorno. Ele sabia que eu não poderia ter cuidador mais gentil e atencioso do que ele próprio. E, firmado na esperança que sentia da minha recuperação, ele não teve dúvidas de que, em vez de deixá-los mal, realizou a melhor ação que podia com relação a eles.

Mas eu estava mesmo muito doente. E, com certeza, nada além das atenções ilimitadas e incansáveis do meu amigo poderia ter me devolvido à vida. A forma do monstro a quem eu tinha concedido a existência estava para sempre diante dos meus olhos, e eu delirava incessantemente a respeito dele. Sem dúvida, as minhas palavras surpreenderam Henry. Primeiro, ele acreditou que eram desatinos da minha imaginação perturbada; mas a pertinácia com que eu continuamente recorria ao mesmo assunto, persuadiu-o de que minha desordem realmente devia origem a algum terrível evento incomum.

Lentamente, e com frequentes recaídas que alarmavam e entristeciam meu amigo, eu me recuperei. Lembro-me da primeira vez que fui capaz de observar objetos externos sentindo algum prazer: percebi que as folhas caídas haviam desaparecido e que ramos jovens brotavam nas árvores que sombreavam minha janela. A primavera estava divina. Essa estação contribuiu muito para minha convalescença. Senti também os sentimentos de alegria e afeição se reavivarem no meu peito. Minha tristeza desapareceu e, em pouco tempo, voltei a ser tão alegre como antes de ser atacado pela paixão fatal.

– Caro Clerval – exclamei –, como você é amável e bom para mim! Em vez de passar o inverno todo estudando, como prometeu a si mesmo, você o desperdiçou no meu quarto de doente. Sinto o maior remorso pela decepção que lhe causei, mas você vai me perdoar.

– Você me retribuirá completamente se não se desestabilizar e se ficar bem o mais rápido que puder. E, já que parece estar de bom humor, podemos conversar sobre um assunto?

Estremeci para valer. Conversar sobre um assunto! Qual seria? Poderia ele insinuar algo a respeito de um objeto sobre o qual eu não ousava sequer pensar?

– Controle-se – disse Clerval, ao observar a minha mudança de cor –, não vou tratar disso, se for para deixá-lo agitado, mas o seu pai e a sua prima ficariam muito felizes caso recebessem cartas suas, escritas de próprio punho. Eles sabem que você adoeceu e estão preocupados com o seu longo silêncio.

– É só isso, meu caro Henry? Como poderia pressupor que meus primeiros pensamentos não seriam dedicados a esses caros, a esses meus queridos amigos que tanto amo e que merecem todo o meu amor?

– Se esse é o seu estado de espírito atual, meu amigo, talvez fique contente de ver uma carta que está à sua espera há alguns dias e que eu acho que é da sua prima.

CAPÍTULO 6

Clerval, então, colocou a seguinte carta nas minhas mãos. Era mesmo da minha Elizabeth:

Meu primo mais querido,

Você esteve doente, muito doente, e nem mesmo as constantes cartas do caro Henry foram suficientes para me tranquilizar por sua causa. Você está proibido de escrever, de segurar a pena; contudo, uma palavra sua, querido Victor, é necessária para acalmar as nossas apreensões. Por muito tempo pensei que cada vinda do carteiro traria essa correspondência, e só minhas persuasões convenceram meu tio a desistir da viagem até Ingolstadt. Tenho impedido que ele encontre os inconvenientes e talvez os perigos de uma viagem tão longa. Além disso, quantas vezes me arrependi de não ser capaz de realizá-la eu mesma! Imagino que a tarefa de cuidar de você, em seu leito de enfermidade, tenha sido delegada a alguma enfermeira velha e mercenária, que jamais poderia adivinhar os seus desejos, nem os administraria com o cuidado e carinho de sua pobre prima. No entanto, isso agora acabou: Clerval escreve que você está melhorando, de fato. Espero ansiosamente que você logo confirme, com a própria letra.

Fique bem e volte para nós. Você vai encontrar uma casa alegre e feliz e amigos que o amam muito. A saúde do seu pai é vigorosa, e ele só pede para vê-lo, para ter certeza de que você está bem, e assim nenhuma preocupação jamais irá lhe obscurecer o semblante bondoso. Você ficaria muito satisfeito de observar o desenvolvimento do nosso Ernest! Ele agora tem dezesseis anos e está muito animado e cheio de vida. Deseja ser um verdadeiro suíço e entrar para o serviço estrangeiro; mas não podemos nos separar dele, pelo menos até que você, o irmão mais velho, volte para nós. Meu tio não está satisfeito com a ideia de uma carreira militar em um país distante, mas Ernest nunca teve o mesmo poder de aplicação que você tem. Ele vê os estudos como grilhões odiosos, gasta o tempo ao ar livre, escalando as colinas ou remando no lago. Receio que ele se torne um ocioso, a menos que cedamos nessa questão, permitindo que ele ingresse na profissão que escolheu.

Pouca alteração, exceto o crescimento das nossas queridas crianças, ocorreu desde que você nos deixou. O lago azul e as montanhas cobertas de neve nunca mudam. Penso que o nosso plácido lar e os nossos corações satisfeitos são regulados pelas mesmas leis imutáveis. Minhas ocupações insignificantes me preenchem o tempo e me distraem, e sou recompensada em meus esforços de não ver ninguém triste, mas apenas rostos felizes e amáveis ao meu redor. Desde que você nos deixou, apenas uma única mudança ocorreu em nossa pequena casa. Lembra-se da ocasião em que Justine Moritz entrou na família? Provavelmente não! Então vou lhe contar essa história em poucas palavras. A sra. Moritz, mãe dela, era uma viúva com quatro filhos, dos quais Justine era a terceira. Essa menina sempre foi a favorita do pai; mas, por uma estranha perversidade, a mãe não conseguia suportá-la e depois da morte do senhor Moritz, passou a tratá-la muito mal. Minha tia observou isso e quando Justine tinha doze anos, em sua mãe ganhou força a ideia de permitir que ela vivesse em nossa casa. As instituições republicanas de nosso país produziram maneiras mais simples e mais felizes do que as que prevalecem nas grandes monarquias que a cercam. Assim, há menos distinção entre as várias classes de seus habitantes. As pessoas das classes inferiores, não sendo tão pobres e nem tão desprezadas, são mais refinadas e morais em suas maneiras. Ser um serviçal em Genebra não significa a mesma coisa que ser um serviçal na França e na Inglaterra. Assim, Justine foi recebida em nossa família e aprendeu os deveres de uma criada, uma condição que, em nosso afortunado país, não inclui as ideias de ignorância e de sacrifício da dignidade do ser humano.

Justine, você vai se lembrar, sempre foi muito querida por vocês, e eu me lembro de você uma vez ter comentado que, se estivesse de mau humor, um olhar dela bastaria para dissipá-lo, pelo mesmo motivo de Ariosto, a respeito da beleza de Angélica: ela parecia muito sincera e feliz. Minha tia nutria grande apego por ela, o que a levou a lhe dar uma educação superior à inicialmente pretendida. Esse benefício foi totalmente retribuído. Justine era a criaturinha mais grata do mundo, mas não quero dizer que ela alardeasse isso; nunca seus lábios disseram algo a esse respeito, mas qualquer um podia ver em seus olhos que ela quase adorava sua protetora. Embora fosse de temperamento alegre e, em muitos aspectos, desprendida, ela dava a maior atenção a cada gesto de minha tia, a quem considerava um modelo de toda a excelência e procurava imitar a fraseologia e as maneiras, de um modo que, até hoje, muitas vezes me faz lembrar dela.

Quando minha querida tia morreu, todos estavam muito ocupados com sua própria dor para reparar na pobre Justine, que a acompanhara durante a doença com o afeto mais dedicado. A pobre Justine estava muito doente, mas outras provações estavam reservadas a ela.

Um a um, seus irmãos e a irmã morreram. E a mãe, com exceção da filha negligenciada, ficou sem filhos. A consciência da mulher estava pesada. Ela começou a pensar que as mortes de seus filhos favoritos eram julgamentos vindos dos céus para castigar sua parcialidade. Era católica romana, e creio que seu confessor confirmou a ideia que ela havia concebido. Assim, alguns meses depois da sua partida para Ingolstadt, Justine foi chamada de volta para sua casa pela mãe arrependida. Pobre garota! Chorou muito quando saiu do nosso lar. Ela estava muito abalada desde a morte de minha tia. A dor tinha dado suavidade, uma suavidade insuperável, às suas maneiras, que antes eram notáveis pela vivacidade. Nem o fato de residir na casa da própria mãe teve o condão de lhe restaurar a alegria. A pobre mulher era muito vacilante em seu arrependimento. Às vezes, suplicava a Justine para lhe perdoar a indelicadeza; mas muito mais frequentemente a acusava de ter causado a morte de seus irmãos. A perturbação perpétua acabou levando a sra. Moritz à decadência, o que aumentou sua irritabilidade, mas ela agora está em paz para sempre, pois morreu com a primeira aproximação do tempo frio, no início desse último inverno. Justine voltou para nós, e garanto-lhe que a amo com ternura. Ela é esperta e gentil e extremamente bela. Como mencionei antes, seu semblante e suas expressões continuamente me lembram de minha querida tia.

Preciso ainda dizer algumas palavras a você, meu querido primo, sobre o pequeno e gracioso William. Gostaria que pudesse vê-lo. Ele é bem alto para a idade, tem olhos azuis risonhos e cheios de doçura, cílios escuros e cabelos encaracolados. Quando sorri, duas covinhas aparecem em cada bochecha, rosadas de tanta saúde. Ele já teve uma ou duas pequenas "esposas", mas Louisa Biron, uma menina bonita com cinco anos de idade, é sua favorita.

Agora, querido Victor, ouso dizer que você gostaria de ser indulgente com algumas pequenas indiscrições sobre os bons cidadãos de Genebra. A bela srta. Mansfield já recebe as visitas de felicitações pela proximidade de seu casamento com um jovem escudeiro inglês, John Melbourne. A irmã feia, Manon, casou-se com Duvillard, o banqueiro rico, no outono passado. Seu colega de escola preferido, Louis Manoir, sofreu vários infortúnios desde a partida de Clerval para Genebra, mas ele já recuperou o ânimo e está prestes a se casar com uma francesa muito bonita, a senhora Tavernier, uma viúva, bem mais velha que ele; mas muito admirada e estimada por todos.

Escrevi de muito bom humor, querido primo. Mas, ao concluir, a ansiedade volta para mim. Escreva, querido Victor, uma linha que seja. Uma palavra sua será uma bênção para nós. Dez mil agradecimentos a Henry pela bondade, pelo afeto e pelas muitas cartas: somos sinceramente gratos. Adeus! Cuide-se, meu primo, e imploro para que escreva!

Elizabeth Lavenza

Genebra, 18 de março de 17...

– Minha querida Elizabeth! – Foi essa minha exclamação, quando li a carta dela. – Vou escrever imediatamente para aliviá-los da ansiedade que devem estar sentindo.

E, foi o que fiz. Escrevi, e esse esforço me cansou muito; mas minha convalescença tinha começado e prosseguia regularmente. Quinze dias depois, eu pude deixar os meus aposentos.

Um dos meus primeiros deveres na recuperação foi apresentar Clerval aos vários professores da universidade. Ao fazer isso, sofri uma espécie de pressão abusiva, pouco condizente com as feridas a que minha mente tinha suportado. Desde a noite fatal, do fim dos meus trabalhos e começo dos meus infortúnios, eu manifestava uma violenta antipatia até pelo nome da filosofia natural. Por outro lado, quando eu já estava com a saúde restabelecida, a mera visão de um instrumento químico renovava toda a agonia dos meus sintomas nervosos. Henry percebeu e afastou todos os meus equipamentos do alcance da minha visão. Ele também modificou o meu apartamento, pois percebeu que eu sentia aversão pela sala que antes tinha sido o meu laboratório. Apesar disso, esses cuidados de Clerval eram inúteis quando eu visitava os professores. O sr. Waldman infligiu-me uma tortura ao elogiar, com bondade e entusiasmo, os progressos surpreendentes que eu fizera nas ciências. Ele logo percebeu que eu não gostava do assunto; mas, sem adivinhar a verdadeira causa, atribuiu os meus sentimentos ao pudor e mudou de assunto, do meu aperfeiçoamento para a própria ciência, com o desejo de me elogiar, como evidentemente percebi. O que eu poderia fazer? Ele queria me agradar, mas me atormentava. Eu sentia como se estivessem colocando cuidadosamente no meu campo de visão, um por um, os instrumentos que depois seriam usados para provocar minha morte lenta e cruel. Eu me retorcia com as palavras dele, mas não ousava exibir a dor que sentia. Clerval, cujos olhos e sentimentos eram sempre rápidos em discernir as sensações dos outros, declinou o assunto, alegando, em desculpa, sua total ignorância; e assim, a conversa tomou um rumo mais geral. Agradeci de coração ao meu amigo, mas não falei nada. Eu sabia claramente que ele estava surpreso, mas nunca tentou tirar algum segredo de mim. Embora eu o amasse com uma mescla de afeto e reverência que não conhecia limites, jamais conseguiria me persuadir a lhe confidenciar aquele evento tão frequentemente presente em minha lembrança, mas cujos detalhes eu temia que só me marcariam ainda mais profundamente.

Com o sr. Krempe também não era fácil de lidar. Para minha condição naquela época, de sensibilidade quase insuportável, seus elogios rasgados e sinceros doíam ainda mais do que a benevolente aprovação do sr. Waldman.

– Rapaz danado – ele alardeava. – Pois eu garanto, sr. Clerval, que ele superou a todos nós. Entenda como quiser; mas é a pura verdade. Um jovem que há poucos anos acreditava em Cornelius Agrippa, tão firmemente como no evangelho, agora se coloca à frente da universidade; e, se não for logo derrubado, todos nós ficaremos para trás. Sim, sim – ele prosseguiu, observando a expressão de sofrimento em meu rosto –, Frankenstein é modesto, uma excelente qualidade num jovem. Os rapazes devem desconfiar de si mesmos, como você sabe, sr. Clerval: eu mesmo era assim quando jovem, mas isso se desgasta num tempo muito curto.

Agora o sr. Krempe começava a elogiar a si mesmo, fato que felizmente desviou a conversa de um assunto tão irritante para mim.

Clerval jamais simpatizara com o meu gosto pela ciência natural. Sua atividade literária diferia completamente daquela que me interessava. Ele chegou à universidade com o propósito de se tornar um mestre pleno em línguas orientais, o que lhe abriria um campo para o plano de vida que tinha traçado para si mesmo. Resolvido a não seguir nenhuma carreira inglória, voltou os olhos para o Oriente, como se para dar espaço ao seu espírito aventureiro. As línguas persa e árabe e o idioma sânscrito chamaram sua atenção, e eu acabei sendo facilmente induzido a entrar nos mesmos estudos. A ociosidade sempre foi irritante para mim e agora que eu queria fugir de reflexões e odiava meus estudos anteriores, senti um grande alívio em ser companheiro de classe do meu amigo, para encontrar não só instrução, mas também consolo nas obras dos orientalistas. Eu não tentava, como ele, obter conhecimento crítico desses dialetos, pois não pretendia fazer qualquer uso deles além da diversão passageira. Eu lia apenas para compreender os significados dos textos, o que compensava bem o meu esforço, pois são de uma melancolia reconfortante, cativam pela alegria e ainda elevam o espírito a um grau que jamais experimentei ao estudar os autores de qualquer outro país. Quando você lê esses escritos, a vida parece consistir num sol cálido e um jardim de rosas, nos sorrisos e nas carrancas de um inimigo justo e no fogo que consome o seu próprio coração. Bem diferente da poesia viril e heroica da Grécia e de Roma!

O verão passou nessas ocupações, com o meu retorno a Genebra fixado para o fim do outono; mas me atrasei por causa de vários acidentes. O inverno e a neve chegaram, as estradas ficaram intransitáveis, e minha viagem foi retardada até a primavera seguinte. Senti amargamente esse adiamento, pois ansiava voltar para minha cidade natal e rever meus amigos amados. Meu regresso só tardou pela falta de vontade de deixar Clerval num lugar estranho, sem que antes ele conhecesse alguns de seus habitantes. O inverno, entretanto, passou alegremente; e, embora a primavera estivesse excepcionalmente atrasada, quando veio, sua beleza compensou a demora.

O mês de maio já havia começado e eu aguardava a carta diária que deveria fixar a data da minha partida, quando Henry propôs uma caminhada nos arredores de Ingolstadt, para que eu pudesse fazer minha despedida pessoal àquela região que tinha habitado por tanto tempo. Aceitei com prazer essa proposta. Eu gostava de exercícios, e Clerval sempre havia sido o meu companheiro favorito nos passeios dessa natureza que fazíamos pelas paisagens da nossa terra natal.

Passamos uma quinzena nessas perambulações. Minha saúde e meus humores tinham sido restaurados havia muito tempo e ganharam força adicional com o ar saudável que eu respirava, os incidentes naturais do nosso progresso e as conversas do meu amigo. Os estudos tinham-me afastado sobretudo das relações com pessoas que eram meus colegas e eu me tornara antissocial, mas Clerval suscitou os melhores sentimentos do meu coração. Ele me ensinou novamente a amar aspectos da natureza e o rosto alegre das crianças. Excelente amigo! Como me ama sinceramente e se esforça para elevar minha mente até que atinja um nível como o dele próprio! A mania de perseguição egoísta me sufocou e me limitou até que a gentileza e a afeição dele reaqueceram e desprenderam os meus sentimentos. Voltei a ser a mesma criatura feliz que, havia alguns anos, era amada e querida por todos, sem tristezas ou inquietações. Quando me sinto feliz, a natureza inerte tem o poder de me conferir as mais deliciosas sensações. O céu sereno e os campos verdes me enchem de êxtase. A estação em andamento estava de fato divina. As flores da primavera ainda brotavam nas sebes, quando as do verão já estavam em botão. Não fui incomodado pelos pensamentos que no ano anterior tanto me pressionaram, apesar dos meus esforços para me livrar deles, como de um fardo insuportável.

Henry celebrava minha alegria e sinceramente simpatizava com meus sentimentos. Esforçava-se para me divertir e, ao mesmo tempo, externava as sensações que lhe enchiam a alma. Os recursos de sua mente nessas ocasiões eram de fato surpreendentes. Nossas conversas eram cheias de imaginação. Muitas vezes, imitando os escritores persas e árabes, ele inventava contos maravilhosos, repletos de paixões e fantasias. Outras vezes, recitava os meus poemas favoritos, ou me atraía para discussões, que ele sustentava com a maior ingenuidade.

Voltamos para a nossa universidade numa tarde de domingo. Os camponeses dançavam e cada pessoa que conhecemos parecia alegre e feliz. Meu bom humor era tanto que transbordava em explosões de riso e sentimentos de alegria desenfreada.

CAPÍTULO 7

Na volta, achei a seguinte carta de meu pai:

Meu querido Victor,

É provável que você esteja aguardando ansiosamente uma carta para marcar a data de seu retorno a nós, e eu fui tentado primeiro a escrever só algumas linhas, limitando-me a mencionar o dia em que devo esperá-lo, mas isso seria uma gentileza cruel e não ouso fazê-lo. Qual não seria a sua surpresa, meu filho, quando você espera uma acolhida feliz e contente e, ao contrário, é recebido, com lágrimas e desgraça? E como, Victor, posso relatar a nossa desventura? A ausência não tornaria você insensível às nossas alegrias e tristezas; mas será que posso infligir dor ao meu filho há tanto tempo ausente? Gostaria de prepará-lo para a triste notícia, mas sei que é impossível. Agora mesmo, seu olhar vasculha a página em busca das palavras que lhe transmitirão a terrível notícia: William está morto!

Aquele doce menino, cujos sorrisos deleitaram e aqueceram meu coração, que era tão gentil e tão alegre, Victor, foi assassinado! Não tentarei consolá-lo, mas simplesmente relacionar as circunstâncias do ocorrido.

Na última quinta-feira, dia 7 de maio, eu, minha sobrinha e seus dois irmãos fomos passear nos jardins de Plainpalais. A tarde estava quente e serena e prolongamos o nosso passeio além do habitual. Escureceu e pensamos em voltar. Então percebemos que não estávamos encontrando William e Ernest, que saíram na frente. Assim, descansamos num banco esperando que eles voltassem. Em seguida, Ernest veio e perguntou se tínhamos visto o irmão. Disse que estavam brincando, que William correu para se esconder, e que depois o procurou em vão. Depois, esperou um bom tempo por ele, mas ele não voltou.

Esse relato nos alarmou e continuamos a procurá-lo até a noite chegar, quando Elizabeth cogitou que ele poderia ter voltado para casa, mas ele não estava lá. Retornamos aos jardins, com tochas, pois eu não poderia descansar imaginando que meu querido menino estivesse perdido e exposto à umidade e ao orvalho da madrugada. Elizabeth também sofria extrema angústia. Por volta das cinco da manhã, descobri meu adorável garoto, que na noite anterior florescia no vigor da saúde, esticado na grama, lívido e imóvel, com as marcas dos dedos do assassino no pescoço.

Ele foi levado para casa, e a angústia visível em meu rosto revelou o segredo para Elizabeth. Ela queria muito ver o cadáver. No começo, tentei impedi-la, mas ela insistiu. Ao entrar na sala onde o corpo estava, examinou rapidamente o pescoço da vítima. Contraindo as mãos, ela exclamou:

– Meu Deus, matei a minha querida criança!

Ela desmaiou e só foi reanimada com extrema dificuldade. Recuperou os sentidos, mas não parava de chorar e soluçar. Ela me contou que naquela mesma noite, William a importunou para que o deixasse usar um camafeu muito valioso que ela possuía, com o retrato da mãe de vocês. Esse camafeu sumiu. Sem dúvida, foi a tentação que levou o assassino a cometer o ato. Não temos nenhum vestígio dele no momento; embora nossos esforços para descobri-lo sejam incessantes, nada disso trará de volta o meu amado William!

Venha, querido Victor. Só você pode consolar Elizabeth. Ela chora sem parar e se acusa injustamente de ser a causadora da morte dele. As palavras dela dilaceram o meu coração. Estamos todos infelizes. Meu filho, não seria esse um motivo adicional para você voltar e ser o nosso consolador? Sua querida mãe, Victor, infelizmente agora posso dizer, graças a Deus não viveu para testemunhar a morte cruel e desgraçada de seu querido filho caçula!

Venha, Victor, não nutrimos pensamentos de vingança contra o assassino; mas sentimentos de paz e gentileza, que curam, em vez de infectar as feridas da nossa mente. Entre na casa enlutada, meu querido, trazendo bondade e carinho para os que o amam e sem ódio para com os inimigos.

O seu afetuoso e aflito pai,
Alphonse Frankenstein
Genebra, 12 de maio de 17...

Clerval, que observara meu semblante ao ler essa carta, ficou surpreso de ver o desespero que sucedeu a alegria inicial que eu expressara por receber notícias de meus entes queridos. Atirei a carta sobre a mesa e cobri o rosto com as mãos.

– Meu caro Frankenstein! – exclamou Henry, quando me viu chorar amargurado. – Você está infeliz? Meu caro amigo, o que aconteceu?

Acenei para que ele pegasse a carta, enquanto passei a andar para cima e para baixo na sala, extremamente agitado. Lágrimas também brotaram dos olhos de Clerval, ao ler o relato de meu infortúnio.

– Não tenho como lhe oferecer consolo, meu amigo – ele disse. – Sua tragédia é irreparável. O que pretende fazer?

– Partir imediatamente para Genebra. Venha comigo, Henry, vamos arranjar cavalos.

Durante a caminhada, Clerval esforçou-se para dizer algumas palavras consoladoras; mas só conseguiu expressar a solidariedade que sentia em seu coração.

– Pobre William – ele disse –, querida e bela criança, que agora dorme com sua mãe angelical! Quem o viu cheio de vida e alegria em sua beleza infantil, agora chora sua perda prematura! Morrer tão desgraçadamente, estrangulado pelo assassino! Quantos assassinos mais ainda destruirão essa inocência radiante! Pobre pequeno companheiro. Um único consolo nós temos: os amigos lamentam e choram, mas ele descansa em paz. A dor acabou, o sofrimento dele teve um fim para sempre. A relva cobre o seu meigo corpo e ele não conhece a dor. Não mais será motivo de piedade; isso está reservado para os infelizes que sobrevivem.

Clerval assim falava enquanto nos apressávamos pelas ruas. Suas palavras incutiram-se na minha mente, e depois me lembrei delas na solidão, mas então, quando os cavalos chegaram, entrei apressado em um cabriolé e me despedi do meu amigo.

A viagem foi muito melancólica. A princípio, eu queria me apressar, pois desejava consolar e me solidarizar com meus entes amados e entristecidos. No entanto, quando me aproximei da minha cidade natal, relaxei a marcha. Eu mal conseguia aguentar a enorme quantidade de sentimentos que se acumulavam na minha mente. Passei por paisagens familiares da juventude, que eu não via fazia quase seis anos. Como tudo mudou nesse tempo! Foi uma mudança repentina e desoladora, mas milhares de pequenas circunstâncias gradualmente devem ter contribuído para outras alterações que, embora fossem feitas com mais tranquilidade, não foram menos decisivas. O medo venceu, eu não me atrevia a avançar, temendo inúmeros males sem nome que me faziam tremer, embora não fosse incapaz de defini-los.

Permaneci dois dias em Lausanne, nesse doloroso estado de espírito. Contemplei o lago: as águas eram plácidas e tudo ao redor era calmo. As montanhas nevadas, os "palácios da natureza", não haviam mudado. Aos poucos, a calma e o panorama celestial me restauraram e prossegui na viagem rumo a Genebra.

A estrada corria ao lado do lago, que se tornava mais estreito quanto mais eu me aproximava da minha cidade natal. Descortinei, com maior clareza, as vertentes negras do Jura e a cúpula brilhante do Mont Blanc. Chorei feito criança.

– Montanhas queridas! Meu próprio belo lago! Que maneira incrível de dar as boas-vindas a esse indivíduo errante. Seus cumes estão límpidos, o céu e o lago são azuis e plácidos. Será que é para prenunciar a paz, ou para zombar da minha infelicidade?

Temo, meu amigo, que eu me torne maçante por tratar dessas circunstâncias preliminares, mas eram dias de felicidade comparativa, nos quais penso com prazer. Era o meu país, o meu amado país! Que outra pessoa, senão um nativo, poderia falar do prazer que sente sempre ao ver esses córregos, essas montanhas e, acima de tudo, esse lago encantador!

Porém, quando me aproximei de casa, a tristeza e o medo voltaram a me assolar. A noite também chegou; e, como mal podia ver as montanhas na escuridão, eu me senti ainda mais soturno. A cena parecia um vasto e sutil palco da maldade e previ obscuramente que estava predestinado a me tornar o mais desgraçado dos seres humanos. Infelizmente, profetizei a verdade. Falhei apenas numa única circunstância, já que em toda a desgraça que imaginava e temia, não concebi a centésima parte da angústia que eu estava destinado a suportar.

A escuridão era total quando cheguei nos arredores de Genebra. Os portões da cidade estavam fechados e fui obrigado a passar a noite em Secheron, uma aldeia distante meia légua da cidade. O céu estava sereno e, como eu não conseguia descansar, resolvi visitar o local onde o pobre William fora assassinado. Como não pude atravessar a cidade, fui obrigado a atravessar o lago de barco, para chegar a Plainpalais. Durante essa curta viagem, vi os relâmpagos representando as figuras mais belas no cume do Mont Blanc. A tempestade parecia se aproximar rapidamente. Ao desembarcar, subi num monte baixo, para poder observar a progressão do temporal, que avançava no céu nublado. Logo, comecei a sentir gotas enormes caírem lentamente; em seguida, a chuva ganhou força depressa.

Desci do local onde estava e caminhei, embora a escuridão e a tempestade aumentassem a cada instante e a cada passo e a trovoada explodisse com estrondos ensurdecedores sobre a minha cabeça, ecoando desde o monte Salève, o maciço do Jura e os Alpes da Saboia. Relâmpagos fulgurantes deslumbravam os meus olhos e iluminavam o lago, fazendo-o parecer uma vasta lâmina de fogo. Então, por um instante, tudo desaparecia no negrume, até que o olho se recuperasse do clarão anterior. A tempestade, como frequentemente acontece na Suíça, surgiu de uma só vez em várias partes do céu; a parte mais concentrada e violenta parecia estar sobre o norte da cidade, em cima daquele trecho do lago que se encontra entre o promontório de Belrive e a aldeia de Coppet. Mais uma tormenta iluminava o Jura, com relâmpagos fracos e, ainda outra, às vezes, escondia e, às vezes, revelava o Môle, uma montanha pontuda a leste do lago.

Enquanto observava a tempestade, tão terrível quanto bela, eu perambulava apertando o passo. Essa admirável guerra no céu levantou o meu ânimo. Esfreguei as mãos e exclamei em voz alta:

– William, querido anjo, esse é o seu funeral, esse é o seu cântico!

Enquanto pronunciava essas palavras, percebi na escuridão um vulto se esgueirar atrás de um grupo de árvores perto de mim. Fiquei imóvel, olhei atentamente; eu não podia me enganar. Um relâmpago iluminou a área e estampou o contorno da figura claramente para mim. A estatura gigantesca, a aparência deformada, as formas muito mais monstruosas do que as pertinentes à humanidade, imediatamente me informaram que era o desgraçado, o diabo imundo ao qual eu tinha dado vida. O que ele fazia ali? Seria ele o assassino de meu irmão? Essa ideia nem tinha acabado de cruzar a minha imaginação (tremi só de pensar) e eu já estava convencido de que era verdade. Meus dentes rangiam, e fui forçado a me encostar numa árvore para me apoiar. O vulto passou por mim, fugaz; mas eu o perdi na escuridão. Nada em forma humana destruiria uma criança inocente. Ele era o assassino, eu não duvidava disso! A mera manifestação da ideia era prova irrecusável do fato. Pensei em perseguir o demônio, mas teria sido em vão, pois outro relâmpago o denunciou pendurado entre as rochas, na subida quase perpendicular do Monte Salève, um morro no limite do Plainpalais, ao sul. Ele logo alcançou o cume e desapareceu.

Fiquei sem ação. A trovoada cessou, mas a chuva ainda continuava, e a cena estava envolta numa escuridão impenetrável. Eu revolvia na mente os acontecimentos que até agora havia procurado esquecer: toda a sequência do meu progresso rumo à criação; o aparecimento da obra das minhas mãos junto à minha cama, e o seu sumiço. Quase dois anos tinham decorrido desde a noite em que ele recebeu a vida pela primeira vez. Teria sido esse o seu primeiro crime? Que lástima! Eu tinha colocado no mundo um miserável depravado, que se deleitava com a carnificina e com a desgraça. Não havia ele assassinado o meu irmão?

Ninguém pode conceber a angústia que sofri pelo resto da noite, molhado e passando frio ao relento, mas pouco me importavam as inconveniências do clima. Minha imaginação estava ocupada com cenas de maldade e desespero. Eu considerava o ser que havia lançado entre os homens dotado de vontade e poder para cometer atrocidades, como a ação que tinha acabado de realizar, quase como o meu próprio vampiro, meu próprio espírito liberto da sepultura e forçado a destruir tudo o que era mais caro para mim.

O dia amanheceu e eu dirigi meus passos para a cidade. Os portões estavam abertos; corri para a casa do meu pai. Meu primeiro pensamento foi revelar o que sabia do assassino e desencadear a perseguição instantânea que precisava ser feita. Entretanto, parei ao refletir sobre a história que teria que contar. Um ser que eu próprio tinha formado e dotado de vida me encontrou à meia-noite, entre os precipícios de uma montanha inacessível. Lembrei-me também da febre nervosa que me acometeu na mesma época de que datava a minha criação e que daria um ar de delírio a uma história de outra maneira tão completamente improvável. Sabia muito bem que, se qualquer outra pessoa comunicasse um tal relato a mim, eu olharia para ela como se estivesse delirando, à beira da insanidade. Além disso, a estranha natureza desse animal escaparia a qualquer perseguição, mesmo se eu conseguisse convencer meus parentes a iniciá-la. Então, qual seria a utilidade da perseguição? Quem poderia prender uma criatura capaz de escalar as escarpas salientes do Monte Salève? Essas reflexões me contiveram e eu resolvi permanecer em silêncio.

Eram quase cinco horas da manhã quando entrei na casa do meu pai. Eu disse aos criados para não incomodarem a família e fui para a biblioteca esperar o horário normal deles se levantarem.

Seis anos haviam decorrido e esse tempo passou como um sonho. Mas, por causa de algum traçado indelével, eu me encontrava no mesmo lugar onde abraçara o meu pai pela última vez antes da partida para Ingolstadt. Amado e venerável pai! Era ainda o que me restava. Olhei para o quadro da minha mãe sobre a lareira, que representava um tema histórico, pintado de acordo com o desejo de meu pai, mostrando Caroline Beaufort na agonia do desespero, ajoelhada junto ao caixão de seu pai falecido. A roupa dela era rústica e o rosto, pálido; mas havia um ar de dignidade e beleza que dificilmente admitiria o sentimento de piedade. Embaixo desse quadro havia um camafeu de William. Eu me debulhei em lágrimas ao olhar para ele. Ernest entrou enquanto estava assim entretido; ele me ouvira chegar e se apressou para me receber, expressando um prazer doloroso ao me ver:

– Bem-vindo, meu querido Victor – ele disse. – Ah! Como eu gostaria que você tivesse chegado três meses atrás; então teria encontrado a todos alegres e felizes. Agora você vem até nós para compartilhar uma desgraça que nada pode aliviar. Mas a sua presença, espero, reviverá nosso pai, que parece naufragar no infortúnio, e seus argumentos poderão induzir a pobre Elizabeth a parar com suas vãs e atormentadas autoacusações. Pobre William, ele era um querido para nós, o nosso orgulho!

Lágrimas incontidas transbordaram dos olhos do meu irmão. Um sentimento mortal de agonia percorreu a minha alma. Antes, eu só imaginava a desgraça da minha casa desolada. A realidade me atingiu como uma tragédia nova, mas não menos terrível. Tentei acalmar Ernest. Perguntei mais detalhadamente a respeito do meu pai e depois mencionei a minha prima.

– Ela, principalmente – disse Ernest –, precisa de consolo, pois acusa-se de ter provocado a morte do nosso irmão e isso a deixa muito infeliz, mas assim que o assassino for descoberto…

– O assassino descoberto... Meu Deus, como isso pode ter acontecido? Quem tentaria persegui-lo? É impossível, é como querer ultrapassar os ventos ou conter um córrego na montanha com uma palha. Ele estava livre ontem à noite!

– Não sei o que você quer dizer com isso – respondeu o meu irmão, admirado –, mas a descoberta que fizemos torna completa a desgraça para nós. Ninguém acreditou no começo, e até agora Elizabeth não ainda está convencida, apesar de todas as provas. Na verdade, ninguém acreditaria que Justine Moritz, que era tão amável e querida por toda a família, de repente fosse se tornar capaz de um crime tão pavoroso?

– Justine Moritz! Pobre moça, ela foi acusada? Mas está errado, todo mundo sabe. Ninguém acredita nisso, não é mesmo, Ernest?

– Ninguém acreditava a princípio; mas depois vieram várias circunstâncias que quase nos forçaram a convicção. Além disso, o comportamento dela própria foi tão confuso, que deu às evidências dos fatos um peso que, creio eu, não deixa nenhuma sombra de dúvida. Ela será julgada hoje e logo você ficará sabendo de tudo.

Ele então relatou que, na manhã em que o assassinato foi descoberto, Justine estava doente e acamada havia vários dias. Nesse intervalo de tempo, um criado, por acaso examinou a roupa que ela usara na noite do assassinato, descobrindo no bolso o camafeu com o retrato de minha mãe, considerado como a motivação do assassino. O criado imediatamente mostrou a outro, que, sem dizer uma palavra sequer a alguém da família, foi ao juiz. Após esse depoimento, Justine foi presa. Ao ser acusada do fato, a pobre menina confirmou a suspeita, em grande medida pela extrema confusão de seus modos.

A história era muito estranha, mas não abalou a minha fé. Então, eu respondi sinceramente:

– Vocês todos estão enganados. Eu sei quem é o assassino. Justine, a pobre Justine, é inocente.

Nesse instante, meu pai entrou. Vi a infelicidade profundamente estampada em seu rosto, mas ele se esforçou para me receber com alegria.

E, depois de trocarmos uma triste saudação, passaria a tratar de outros assuntos que não fossem a nossa tragédia, se Ernest não tivesse exclamado:

– Meu Deus, pai. Victor diz saber quem é o assassino do William!

– Nós também, infelizmente – respondeu o meu pai. – Porque, de fato, para mim teria sido melhor ficar sem saber para sempre, do que descobrir tanta depravação e tanta ingratidão em alguém que eu valorizava em tão alto grau.

– Meu querido pai, o senhor está enganado, Justine é inocente.

– Se for mesmo, que Deus não a permita sofrer como culpada. Ela deverá ser julgada hoje, e eu espero, espero sinceramente, que seja absolvida.

Essa fala me acalmou. Eu estava firmemente convencido em minha própria mente de que Justine, e, de fato, qualquer outro ser humano, eram inocentes no caso desse assassinato. Eu tinha medo, porém, de que qualquer evidência circunstancial pudesse ser apresentada com força suficiente para condená-la. Minha história não era para ser anunciada publicamente, pois seu espantoso horror seria visto como loucura pelo povo. Será que, exceto eu, o criador, alguém realmente acreditaria, a menos que seus sentidos o convencessem, na existência do monumento vivo da presunção e da ignorância precipitada que eu deixara solto no mundo?

Logo Elizabeth se juntou a nós. O tempo que passou desde a última vez em que a vi, transformara sua aparência. A exuberância que ela conquistara, superava em muito sua beleza juvenil, mas a mesma candura e vivacidade foram preservadas, agora aliadas a uma expressão mais cheia de sensibilidade e inteligência. Ela me acolheu com o maior carinho.

– Sua chegada, querido primo, me enche de esperança – Elizabeth me disse. – Você talvez encontre algum meio de fazer justiça à minha pobre e inocente Justine. Que pena! Quem estará seguro se ela for condenada pelo crime? Certamente que eu confio na inocência dela como na minha própria. A tragédia é duplamente difícil para nós: não só perdemos aquele adorável querido menino, como a essa pobre menina, a quem amo sinceramente e que está para ser arrebatada por um destino ainda pior. Se for condenada, nunca mais voltarei a sentir alegria, mas isso não acontecerá, tenho certeza de que não, então, ficarei feliz novamente, mesmo depois da triste morte de meu pequeno William.

– Ela é inocente, minha Elizabeth – eu disse –, e isso será provado. Não tema nada; tenha bom ânimo, deixe o seu espírito se animar, na certeza da absolvição.

– Como você é gentil e generoso! Todos acreditam na culpa dela. Isso tem me deixado muito infeliz, porque acho impossível vê-la condenada de maneira tão cruel pelo preconceito das pessoas; isso me deixa desesperada e perdida – ela lamentou.

– Querida sobrinha – disse meu pai –, enxugue suas lágrimas. Se, como você acredita, ela for inocente, confie na justiça de nossas leis e na minha atuação para impedir a menor sombra de parcialidade.

CAPÍTULO 8

Passamos algumas horas de espera aborrecida, até as onze horas, quando o julgamento deveria começar. Como o meu pai e o resto da família eram obrigados a comparecer como testemunhas, acompanhei-os ao tribunal. Durante todo esse trágico escárnio de justiça, eu sofreria um tormento infernal. Estava para ser decidido se o resultado da minha curiosidade e dos meus experimentos ilícitos seria a causa da morte de duas criaturas queridas: primeiro, de uma criancinha sorridente, cheia de inocência e alegria e, depois, de outra pessoa muito mais terrivelmente assassinada, com todos os agravantes infames que tornavam o assassinato memorável pelo horror. Justine também era uma garota de méritos e possuía qualidades que prometiam tornar-lhe a vida feliz. Agora, porém, tudo deveria ser obliterado numa sepultura ignominiosa, sendo eu o causador! Mil vezes eu teria me confessado culpado do crime atribuído a Justine, mas eu estava ausente quando o ato foi cometido e tal declaração seria considerada como o delírio de um louco e não teria inocentado aquela que sofria por minha causa.

Vestida de luto, Justine aparentava serenidade. Seu semblante, sempre atraente, tornou-se, pela altivez de seus sentimentos, estranhamente belo.

Ela, no entanto, parecia confiar na própria inocência e não tremia, embora fosse observada e execrada por milhares de pessoas. Toda bondade que, de outra maneira, sua beleza poderia despertar, foi ofuscada na mente dos espectadores pelo imaginário da atrocidade que ela teria cometido. Ela estava tranquila, mas essa tranquilidade evidentemente era forçada. E, como seu estado confuso antes havia sido apresentado como prova de culpa, ela preparou a mente para externar coragem. Quando entrou na sala do tribunal, lançou um olhar ao redor e rapidamente descobriu onde estávamos sentados. Uma lágrima pareceu nublar seus olhos quando nos viu, mas logo ela se recuperou e um olhar comovente de afeição pareceu atestar sua absoluta inocência.

O julgamento começou. Depois que o advogado contrário pronunciou a acusação, várias testemunhas foram chamadas. Muitos fatos estranhos combinados pesavam contra ela, o que poderia abalar qualquer pessoa sem tantas provas de sua inocência como eu tinha. Ela esteve fora a noite inteira em que o assassinato foi cometido e, na manhã seguinte, uma mulher do mercado a viu não muito longe do local onde o corpo da criança foi encontrado mais tarde. A mulher perguntou-lhe o que fazia ali, mas ela se mostrou arredia e só respondeu de forma confusa e ininteligível. Chegou em casa perto das oito horas e, quando alguém lhe perguntou onde passara a noite, ela respondeu que estava procurando a criança e queria saber insistentemente se alguma coisa fora ouvida a respeito do menino. Quando lhe mostraram o corpo, ela teve um violento ataque de histeria e ficou de cama por vários dias. Então, foi-lhe apresentado o camafeu que a criada encontrou em seu bolso. E, quando Elizabeth, com voz hesitante, revelou que aquele era o mesmo objeto que colocara no pescoço do menino uma hora antes dele se perder, um burburinho de horror e indignação tomou conta do tribunal.

Justine foi chamada para fazer sua defesa. Conforme o julgamento prosseguia, seu semblante se alterava. Surpresa, horror e infortúnio se manifestaram fortemente. Às vezes, ela lutava com as lágrimas; mas, quando foi instada a confessar sua culpa, juntou forças e falou num tom de voz audível, mas entrecortado:

– Deus sabe – ela disse – que eu sou inteiramente inocente; mas não pretendo que os meus protestos me absolvam: repouso a minha inocência sobre a pura e simples explicação dos fatos apresentados contra mim. Espero que o caráter que sempre carreguei incline os meus juízes a uma interpretação favorável, quando alguma circunstância parecer duvidosa ou suspeita.

Ela então contou que, com a permissão de Elizabeth, passou o entardecer daquele dia em que o assassinato foi cometido na casa de uma tia em Chêne, uma aldeia situada cerca de uma légua de Genebra. Ao voltar, às nove horas da noite, encontrou um homem que lhe perguntou se tinha visto alguma criança perdida; ficou alarmada com o relato e passou várias horas a procurá-la. Então, os portões de Genebra foram fechados. Como era madrugada, foi obrigada a ficar várias horas num celeiro anexo a uma casa de campo, pois não queria incomodar os moradores, que a conheciam bem. Passou a maior parte da noite em vigília; achou que tinha dormido alguns minutos pela manhã, mas passos a perturbaram e ela acordou. Ainda era madrugada quando deixou esse abrigo, para novamente procurar o menino. Se ela esteve perto do local onde o corpo dele estava, foi sem ter conhecimento. O fato de ter ficado perplexa ao ser questionada pela mulher do mercado não seria surpreendente, já que tinha passado a noite sem dormir e o destino do pobre William ainda era incerto. A respeito do camafeu, ela não saberia dar conta.

– Eu sei – continuou a infeliz vítima – quão pesada e fatalmente essa circunstância vai contra mim, mas não posso explicá-la. E, quando manifesto minha ignorância absoluta, é porque sou apenas levada a conjecturar a respeito das probabilidades do motivo pelo qual isso poderia ter sido colocado no meu bolso, mas aqui também estou sendo questionada. Não acredito que tenha inimigo na terra e ninguém certamente seria tão perverso para me destruir gratuitamente. Foi o assassino que o colocou ali? Não lhe dei nenhuma oportunidade para fazê-lo; ou, nesse caso, por que ele roubaria a joia para se livrar dela logo em seguida?

"Entrego a minha causa à justiça dos meus juízes, mas não vejo espaço para esperança. Peço permissão para que sejam examinadas algumas testemunhas a respeito do meu caráter e se o depoimento delas não suplantar minha suposta culpa, devo ser condenada, embora empenhe a minha salvação na minha inocência."

Várias testemunhas que a conheciam havia muitos anos foram chamadas e falaram bem dela, mas o medo e o ódio pelo crime do qual a julgavam culpada, deixava as pessoas inseguras, sem disposição para se envolverem ainda mais.

Elizabeth percebeu que até mesmo esse último recurso, as excelentes qualidades pessoais e a conduta irrepreensível, estava prestes a escapar da acusada. Então, embora extremamente agitada, pediu permissão para se dirigir ao tribunal.

– Sou prima do infeliz assassinado – ela disse –, ou melhor, sou irmã dele, pois fui educada e passei a viver com seus pais bem antes de ele nascer. Portanto, pode ser considerado indecente da minha parte me envolver nessa questão; mas, quando vejo uma criatura amiga prestes a perecer pela covardia de pretensos colegas, desejo autorização para falar, para que eu possa dizer o que sei sobre o caráter dela. Conheço bem a acusada, vivi na mesma casa com ela, numa primeira vez por cinco anos e em outra ocasião durante quase dois anos. Por todo esse período, ela me pareceu a mais amável e benevolente criatura humana. Cuidou da sra. Frankenstein, minha tia, com a maior dedicação e carinho, e depois acompanhou sua própria mãe durante uma enfermidade desgastante, de uma maneira que despertava a admiração de todos os que a conheciam. Depois, voltou a viver na casa do meu tio, onde era amada por toda a família e estava calorosamente ligada à criança agora morta, com relação à qual agia como uma mãe muito afetuosa. Da minha parte, não hesito em dizer que, apesar de todas as provas produzidas contra ela, acredito e confio em sua perfeita inocência. Ela não tinha motivos para cometer tal ato. Quanto ao pingente sobre o qual se escora a prova principal, se ela o desejasse ardentemente, eu teria lhe dado de bom grado, de tanto que a estimo e valorizo.

Um murmúrio de aprovação acompanhou o apelo simples e vigoroso de Elizabeth, mas essa manifestação era para aplaudir sua generosa intervenção, não era a favor da pobre Justine, sobre quem a indignação pública se voltou com renovada força, acusando-a da mais tenebrosa ingratidão. Ela mesma chorou enquanto Elizabeth falava, mas não replicou. Minha própria agitação e angústia foram extremas durante todo o julgamento. Eu acreditava na inocência dela, eu sabia disso. Poderia o demônio que (eu não tinha a menor dúvida), tinha assassinado meu irmão, ainda em sua diversão infernal, traiçoeiramente ter levado inocentes à morte e à ignomínia? Eu não conseguia aguentar o horror da minha situação. Quando percebi que a voz do populacho e o semblante dos juízes já haviam condenado a minha infeliz vítima, saí correndo do tribunal consumido pela agonia. O tormento da acusada não se equiparava ao meu; ela era alimentada pela inocência, mas as garras do remorso dilaceravam o meu peito e não largavam sua presa.

Passei a noite na mais abjeta lástima. De manhã, fui ao tribunal. Meus lábios e a minha garganta estavam ressecados. Não me atrevi a fazer a pergunta fatal; mas eu era conhecido, e o funcionário adivinhou a causa da minha visita. Os votos tinham sido contados: eram todos contrários, e Justine foi condenada.

Não pretendo descrever o que senti. Eu já tinha experimentado sentimentos de horror. Esforcei-me para encontrar expressões adequadas, mas não existiam palavras para transmitir a ideia do desespero que eu sofria. A pessoa a quem me dirigi acrescentou que Justine já havia confessado sua culpa.

– Essa evidência – ele observou – nem era necessária em um caso tão flagrante. Estou contente por isso; pois, de fato, nenhum dos nossos juízes gosta de condenar um criminoso sobre evidências circunstanciais, por mais decisivas que sejam.

Era um entendimento estranho e inesperado. O que poderia significar? Teriam os meus olhos me enganado? Estaria eu tão louco quanto o mundo inteiro acreditaria, se revelasse o objeto de minhas suspeitas? Apressei-me a voltar para casa. Elizabeth ansiosamente exigiu o resultado.

– Minha prima – respondi –, foi decidido da forma como você deve imaginar; todo juiz prefere o sofrimento de dez inocentes, à fuga de um culpado, mas ela confessou.

Esse foi um golpe terrível para a pobre Elizabeth, que confiava firmemente na inocência de Justine.

– Ai de mim! – ela lamentou. – Como poderei voltar a acreditar na bondade humana? Como Justine, a quem eu amava e estimava como minha irmã, poderia vestir esses sorrisos de inocência? Apenas para trair? Seus olhos suaves pareciam incapazes de qualquer maldade ou astúcia, mas ela cometeu um assassinato!

Logo em seguida, ouvimos dizer que a pobre vítima tinha manifestado o desejo de ver a minha prima. Meu pai desejou que ela não fosse, mas afirmou que deixava a decisão ao juízo e aos sentimentos da própria Elizabeth.

– Sim – disse ela –, eu vou, embora Justine seja culpada. E você, Victor, me acompanhará; não posso ir sozinha. A ideia dessa visita é um tormento para mim, mas não posso recusar.

Entramos na câmara sombria da prisão e vimos Justine sentada no chão coberto de palha, no canto oposto. Suas mãos estavam amarradas, a cabeça descansava nos joelhos. Ela se levantou ao nos ver entrar. Quando ficamos a sós, ela se atirou aos pés de Elizabeth, chorando amargamente. Minha prima também chorou.

– Oh, Justine – ela disse –, por que você me roubou meu último consolo? Confiei na sua inocência e, embora eu fosse então muito infeliz, não era tão desgraçada como sou agora.

– Você também acredita que sou tão, tão má assim? Também vai se juntar aos meus inimigos para me esmagar, para me condenar como assassina? – A voz dela foi sufocada por soluços.

– Levante-se, minha pobre moça – disse Elizabeth. – Por que se ajoelha, se é inocente? Não sou sua inimiga. Acreditei que era inocente, apesar das provas, até saber que você tinha declarado a sua culpa. Essa informação, você diz, é falsa; então, querida Justine, tenha certeza de que nada pode abalar a minha confiança em você nem por um momento, a não ser sua própria confissão.

– Confessei sim, mas confessei uma mentira, pensando que conseguiria a absolvição. Agora essa falsidade pesa mais no meu coração do que todos os meus outros pecados. Oh, Deus dos céus, me perdoe! Desde que fui condenada, meu confessor me cercou, me intimidou e me ameaçou, até que quase comecei a acreditar que era o monstro que ele afirmava que eu era. Ele me ameaçou com a excomunhão e o fogo do inferno em meus últimos momentos, se eu continuasse obstinada. Querida senhora, eu não tinha ninguém para me apoiar. Todos me viam como uma desgraçada, condenada à ignomínia e à perdição. O que eu poderia fazer? Num momento ruim, endossei uma mentira e agora estou realmente infeliz.

Ela parou, chorando. E continuou:

– Pensei, horrorizada, minha doce senhora, que você acabaria acreditando que a sua Justine, a quem a sua abençoada tia tão altamente honrou e que você amava tanto, fosse uma criatura capaz de cometer um crime que ninguém, a não ser o próprio diabo, poderia ter perpetrado. Amado William, querida criança abençoada! Em breve o verei novamente nos céus, onde todos seremos felizes. É isso o que me consola a caminho de sofrer ignomínia e morte.

– Oh, Justine, perdoe-me por ter desconfiado de você por um momento. Foi porque você confessou, mas não chore, querida menina. Não tema. Vou proclamar, vou provar a sua inocência, vou derreter o coração empedrado dos seus inimigos, com as minhas lágrimas e orações. Você não morrerá, não, nunca! Jamais sobreviverei a tão terrível desgraça.

Justine balançou a cabeça tristemente.

– Não tenho medo de morrer – ela disse. – Isso já passou. Deus levanta a minha fraqueza e me dá coragem para enfrentar o pior. Deixo um mundo triste e amargo. E se você se lembrar de mim e pensar em mim como uma pessoa condenada injustamente, vou enfrentar, resignada, o destino que me aguarda. Aprenda comigo, querida senhora, a se submeter pacientemente à vontade dos céus!

Durante todo o tempo dessa conversa, eu fiquei recolhido a um canto da cela, onde podia esconder a tremenda angústia que me assaltava. Que desespero! Quem ousaria falar assim? A pobre vítima, que no dia seguinte iria ultrapassar a terrível fronteira entre a vida e a morte, não sentia, como eu, uma agonia tão profunda e amarga. Rangi e apertei os dentes e deixei escapar um gemido que veio do recanto mais íntimo da minha alma. Justine se assustou. Quando viu quem era, aproximou-se de mim e disse:

– Caro senhor, é muita gentileza sua me visitar. O senhor, espero, não acredita que eu sou culpada?

Não consegui responder.

– Não, Justine – disse Elizabeth. – Ele está mais convencido de sua inocência do que eu: mesmo quando soube que você tinha confessado, não deu crédito.

– Agradeço de verdade. Nesses últimos momentos, sinto a mais sincera gratidão por aqueles que pensam em mim com bondade. Quão doce é a afeição dos outros para uma desgraçada como eu! Isso elimina mais da metade do meu infortúnio. Sinto que posso morrer em paz, agora que minha inocência é reconhecida por você, querida senhora, e pelo seu primo.

Assim, a pobre sofredora tentava confortar os outros e a si mesma. Ela realmente conquistou a resignação que desejava. Mas eu, o verdadeiro assassino, sentia vivo dentro de mim o verme que nunca morre, o que não permitia nenhuma esperança ou consolo. Elizabeth também chorou e sentiu-se infeliz, pois também era dela a desgraça da inocência; mas como uma nuvem passageira que encobre um belo luar por algum tempo, mas não consegue manchar seu brilho.

A angústia e o desespero haviam penetrado no fundo do meu coração. Eu carregava dentro de mim um fogo do inferno que nada conseguiria extinguir. Ficamos várias horas com Justine e foi com grande dificuldade que Elizabeth se despediu.

– Gostaria de morrer com você! – ela gritou. – Eu não suporto viver nesse mundo desgraçado.

Justine assumiu um ar de alegria, enquanto reprimia com dificuldade suas lágrimas amargas. Ela abraçou Elizabeth e disse, com a voz embargada e cheia de emoção:

– Adeus, doce senhora! Querida Elizabeth, minha amada e única amiga, que essa seja a última vez que você sofra uma desgraça! Viva e seja feliz e faça com que os outros também o sejam.

No dia seguinte, Justine morreu. A aflitiva eloquência de Elizabeth não conseguiu demover os juízes da convicção que eles estabeleceram sobre a criminalidade da santa sofredora. Meus apelos apaixonados e indignados também foram em vão para eles. Quando recebi as respostas frias e acompanhei o raciocínio duro e insensível desses homens, minha pretensa confissão morreu em meus lábios. Dessa maneira, eu me proclamaria como louco, mas não revogaria a sentença passada sobre minha vítima miserável. Ela pereceu no cadafalso como uma assassina!

Dos tormentos de meu próprio coração, voltei-me para contemplar o sofrimento calado e profundo da minha Elizabeth. Também essa era uma obra de minha autoria! Bem como a aflição de meu pai e a desolação daquele lar, outrora tão venturoso. E, tudo isso por conta das minhas mãos, triplamente amaldiçoadas! Chorem, infelizes, mas essas não serão as suas últimas lágrimas! Vocês novamente haverão de levantar o choro fúnebre, e o som das suas lamúrias será ouvido repetidas vezes! Frankenstein: a sua criança, o seu escudeiro, o seu irmão caçula, o amigo muito amado; aquele que gastaria até a última gota de sangue, de fluído vital, por sua causa, e que não tem outro pensamento nem alegria a não ser também se espelhar no exemplo do seu rosto querido; aquele que encheria o ar de bênçãos e passaria a vida servindo a você; ele, esse mesmo alguém, lhe ordena que chore, que derrame lágrimas incontáveis, que seja feliz além das suas esperanças, se assim o destino inexorável for satisfeito e se a destruição parar antes de a paz do túmulo triunfar sobre os seus tristes tormentos!

Assim falou a minha alma profética, quando, dilacerado pelos remorsos, o horror e o desespero, vi aqueles que eu amava despejarem tristeza em vão nas sepulturas de William e Justine, as primeiras vítimas infelizes das minhas atividades sacrílegas!

CAPÍTULO 9

Nada é mais doloroso para a mente humana, depois de passar por sentimentos exacerbados numa rápida sucessão de eventos, do que a inevitável calmaria da inação e a certeza que vem em seguida, privando a alma tanto de esperança como de medo. Justine morreu e descansou; e eu continuava vivo. O sangue fluía nas minhas veias; mas nada poderia remover o peso do desespero e do remorso que pressionavam o meu coração. O sono fugia dos meus olhos; eu vagava como um espírito diabólico, pois cometera indescritíveis atos de maldade e, atrás de tudo disso ainda viria mais, muito mais (eu estava convencido). Contudo, meu coração transbordava de bondade e amor pela virtude. Eu tinha começado a vida com intenções benevolentes, sequioso pelo momento em que deveria colocá-las em prática e me tornar útil para os meus semelhantes. Agora tudo havia desmoronado: em vez daquela serenidade de consciência que me permitia olhar para trás com satisfação e daí conquistar promessas de novas esperanças, fui tomado pelo remorso e pelo sentimento de culpa que me impeliu para um inferno de tormentos inaudito, que nenhuma linguagem pode descrever.

Esse estado de espírito assolava minha saúde, que talvez nunca tivesse se recuperado inteiramente do primeiro choque sofrido. Eu evitava encarar as pessoas; todos os sons, de alegria ou complacência, eram para mim uma tortura. E a solidão, uma solidão profunda, obscura e mortal, era o meu único consolo.

Meu pai observava com pesar a alteração perceptível na minha disposição e nos meus hábitos e se esforçava, por argumentos deduzidos dos sentimentos de sua serena consciência e da sua vida sem culpas, para me inspirar força moral e despertar em mim a coragem de dissipar a nuvem escura que pairava sobre minha cabeça.

– Você pensa, Victor – ele disse –, que eu também não sofro? Ninguém poderia amar um filho mais do que eu amava seu irmão. – Lágrimas brotaram em seus olhos enquanto ele falava. – Mas não é dever dos sobreviventes que se abstenham de aumentar sua infelicidade pela aparência de um sofrimento desmedido? Esse é também um favor devido a si mesmo, pois o sofrimento excessivo impede a melhoria ou a satisfação, ou até o desfrute do proveito diário, sem o qual nenhum homem é apto para a sociedade.

Esse conselho, embora bom, era totalmente inaplicável ao meu caso. Eu deveria ter sido o primeiro a esconder a minha dor e a consolar os meus amigos, se o remorso não tivesse misturado sua amargura e o terror, seu alarido, com as minhas outras sensações. Agora eu só conseguia responder ao meu pai com um olhar de desespero e tentava esconder-me de sua visão.

Por volta dessa época, nós nos retiramos para a nossa casa em Belrive. Essa mudança foi particularmente agradável para mim. O fechamento dos portões regularmente às dez horas da noite e a impossibilidade de permanecer no lago depois desse horário tornaram muito irritante para mim o nosso domicílio dentro das muralhas de Genebra. Mas agora eu estava livre.

Muitas vezes, depois de o resto da família se retirar para dormir, eu pegava o barco e passava horas na água. Às vezes, com as velas ajustadas, eu era levado pelo vento; outras vezes, depois de remar até o meio do lago, deixava o barco seguir seu curso, e dava vazão às minhas próprias reflexões infelizes. Frequentemente, eu era tentado, quando tudo estava em paz ao meu redor e eu era a única coisa inquieta vagando agitada naquele palco tão belo e celestial – e a não ser eu, exceto talvez algum morcego, ou as rãs, cujo coaxar áspero e entrecortado era ouvido apenas quando eu me aproximava da costa –, muitas vezes, confesso, fui tentado a mergulhar no lago silencioso, para que as águas pudessem se fechar sobre mim e sobre as minhas calamidades para sempre, mas eu me continha, quando pensava na heroica e sofredora Elizabeth, a quem eu amava ternamente e cuja existência estava ligada à minha. Pensava também no meu pai e no meu irmão sobrevivente. Deveria eu, com a minha rasa deserção, deixá-los expostos e desprotegidos à malícia do demônio que eu havia solto entre eles?

Nesses momentos, chorei com amargura e desejei que a paz voltasse à minha mente, apenas para que eu lhes desse consolo e felicidade, mas isso não podia acontecer. O remorso extinguia toda a esperança. Eu tinha sido autor de males incorrigíveis, e vivia no medo diário de que o monstro que eu tinha criado haveria de perpetrar alguma nova maldade. Tinha a obscura sensação de que nem tudo estava acabado e que ele continuaria a cometer algum crime sinalizador que, por sua monstruosidade, quase apagaria a lembrança do passado. Havia sempre margem para medo, enquanto existisse alguma coisa que eu gostasse deixada para trás. Minha aversão por esse demônio não pode ser concebida. Quando pensava nele, eu rangia os dentes, meus olhos se inflamavam e eu desejava, com ardor, extinguir aquela vida que eu tão impiedosamente havia concedido. Quando eu refletia sobre seus crimes e sua malícia, meu ódio e minha vingança rompiam todas as barreiras da moderação. E eu seria capaz de fazer uma peregrinação ao mais alto pico dos Andes, se lá estando pudesse atirá-lo do precipício. Queria vê-lo de novo, para provocar o mais extremo aborrecimento em sua cabeça e vingar as mortes de William e Justine. Nosso lar era uma casa de luto. A saúde de meu pai ficara profundamente abalada pelo horror dos acontecimentos recentes. Elizabeth andava triste e desanimada;

já não se agradava de suas ocupações habituais; todo o prazer lhe parecia um sacrilégio para com os mortos. Aflição eterna e lágrimas ela pensou, seriam o justo tributo a pagar pela inocência tão dilacerada e destruída. E, não era mais aquela criatura feliz, que no início da juventude perambulava comigo nas margens do lago e falava extasiada das nossas perspectivas futuras. O primeiro daqueles sofrimentos enviados para nos desligar da terra havia lhe visitado, e sua influência nefasta extinguira o que era mais adorável nela: o sorriso.

– Quando reflito, meu querido primo – ela disse –, na terrível morte de Justine Moritz, não vejo mais o mundo e suas obras como anteriormente pareciam. Antes, eu encarava os relatos de vícios e injustiças que lia em livros ou ouvia de outras pessoas, como histórias de dias antigos ou males imaginários; pelo menos eram remotos e mais familiares à razão do que à imaginação. Agora, porém, a desgraça voltou para casa e os homens parecem monstros com sede de sangue uns dos outros; mas sem dúvida, sou injusta. Todos acreditavam que aquela menina era culpada e, se ela pudesse ter cometido o crime pelo qual sofreu, seguramente teria sido a mais depravada das criaturas humanas: ter assassinado o filho de seu benfeitor e amigo, uma criança que ela cuidou desde o nascimento e que parecia amar como se fosse sua, por causa de uma joia! Eu não seria conivente com a morte de nenhum ser humano, e certamente acharia tal criatura imprópria para permanecer na sociedade dos homens, mas ela era inocente, eu sei, eu sinto que ela era inocente. Você tem a mesma opinião e isso confirma o que digo. Infelizmente! Victor, quando a falsidade fica tão parecida quanto a verdade, quem pode estar seguro de alguma felicidade? Sinto-me caminhando à beira de um precipício, onde milhares de pessoas se aglomeram e se empenham na tentativa de me atirar no abismo. William e Justine foram assassinados e o criminoso escapou; ele anda livre pelo mundo e talvez seja respeitado, mas até se eu fosse condenada a sofrer no mesmo patamar, pelos mesmos crimes, não trocaria de lugar com esse desgraçado.

Ouvi esse discurso com a mais extrema agonia. Eu era, não de fato, mas com efeito, o verdadeiro assassino. Elizabeth leu a angústia em meu semblante, pegou amavelmente minha mão e disse:

– Meu querido amigo, você deve se acalmar. Deus sabe o quanto esses eventos me afetaram profundamente, mas não estou tão infeliz quanto você. Há uma expressão de desespero e, às vezes, de vingança em seu rosto que me faz tremer. Caro Victor, afaste essas paixões obscuras. Lembre-se dos amigos ao seu redor, que concentram todas as esperanças em você. Nós perdemos o poder de torná-lo feliz? Ah! Enquanto nos amarmos, enquanto formos verdadeiros uns com os outros, aqui nessa terra de paz e beleza, a sua terra natal, podemos colher cada bênção tranquilamente. O que pode perturbar a nossa paz?

Essas palavras vindas da parte dela, que eu admirava com tanto carinho e acima de qualquer outro dom da fortuna, não deveriam ser suficientes para afugentar o demônio que espreitava o meu coração? Mesmo enquanto ela falava, eu me aproximava dela, como se estivesse aterrorizado, como se no mesmo instante o destruidor estivesse perto de me roubar dela.

Assim, nem a ternura da amizade, nem a beleza da terra ou do céu, poderiam resgatar a minha alma da aflição: até os apelos do amor eram ineficazes. Eu estava cercado por uma nuvem que nenhuma influência benéfica conseguiria penetrar. Um cervo ferido, que se arrasta com os membros desfalecidos até um ponto inacessível, para observar a flecha que o feriu e depois morrer: essa era a imagem que eu fazia de mim.

Às vezes, eu conseguia lidar com o desespero sombrio que me assolava; outras vezes, as paixões turbulentas da minha alma me levavam a procurar, pelo exercício corporal e pela mudança de lugar, algum alívio para as minhas sensações intoleráveis. Foi durante um acesso desse tipo que de repente saí de casa e virando os meus passos em direção aos vales alpinos, procurei na magnificência, na eternidade desse panorama, esquecer de mim mesmo e das minhas efêmeras, porque humanas, tristezas. Meus passos vacilantes foram direcionados para o vale de Chamonix, que eu visitava frequentemente na infância. Seis anos haviam se passado desde então: eu estava em cacos, mas nada havia mudado naquela paisagem selvagem e eterna.

Realizei a primeira parte da minha viagem a cavalo. Mais tarde, aluguei uma mula, mais segura e menos suscetível de sofrer lesões em estradas acidentadas. O clima estava bom; a época era por volta da metade do mês de agosto, quase dois meses depois da morte de Justine, aquele momento infeliz que marcava toda a minha aflição. O peso sobre meu espírito foi sensivelmente aliviado quando mergulhei ainda mais fundo no vale de Arve. As imensas montanhas e precipícios que me cercavam por todos os lados, os sons do rio ganhando força entre as rochas e as corredeiras das cachoeiras ao redor testemunhavam um poder supremo, onipotente; e eu, deixava de temer e de me curvar diante de qualquer ser menos poderoso do que aquele que havia criado e que governava os elementos, ali exibidos em seu esplendor mais fantástico. Assim, quanto mais alto eu subia, o vale assumia um caráter ainda mais magnífico e surpreendente. Castelos em ruínas nos precipícios das montanhas cobertas de pinheiros; o impetuoso Arve e as casinhas esparsas espreitando entre as árvores, compunham um palco de singular beleza, engrandecido e sublimado pelos poderosos Alpes, com pirâmides e pináculos brancos e brilhantes que se erguiam acima de tudo, como se pertencessem a outro planeta, a morada de outra raça de seres.

Passei pela ponte de Pelissier, onde a ribanceira, formada pelo rio se abriu diante de mim; então, comecei a subir a montanha que se eleva sobre ele. Logo depois, entrei no vale de Chamonix. Esse vale, embora mais maravilhoso e sublime, não era tão bonito e pitoresco como o de Servox, pelo qual eu acabara de passar. As montanhas altas e nevadas eram seus limites imediatos, mas não vi mais castelos em ruínas, nem campos férteis. Geleiras imensas aproximavam-se da estrada. Eu ouvia o trovejar retumbante da avalanche que caía e observava a fumaça de sua passagem. O Mont Blanc, o supremo e magnífico Mont Blanc, surgia entre as agulhas circundantes e sua enorme cúpula dominava o vale.

A relaxante sensação de prazer, há muito tempo perdida, muitas vezes me acompanhou nessa jornada. Alguma curva na estrada, algum objeto novo, percebido e reconhecido, de repente me lembrava dias passados, associados com a despreocupada alegria da infância. Os próprios ventos sussurravam calmamente e a mãe natureza não me deixava mais chorar. Então, novamente a influência generosa parou de agir e eu me vi de novo acorrentado ao pesar e entregue a toda sorte de pensamentos perniciosos. Passei a espicaçar meu animal, esforçando-me para esquecer o mundo, os medos e, acima de tudo, a mim mesmo; ou então, de maneira mais desesperada, apeava e me jogava na grama, abatido pelo horror e pelo desespero.

Por fim, cheguei à aldeia de Chamonix. O esgotamento sucedeu a extrema fadiga do corpo e da mente que eu tinha suportado. Por um breve período de tempo, fiquei na janela observando os relâmpagos pálidos que surgiam acima do Mont Blanc e ouvindo a correnteza do Arve, seguindo seu ruidoso caminho para baixo. Esses mesmos sons trêmulos agiam como canções de ninar para minhas sensações muito exacerbadas. Quando coloquei a cabeça sobre o travesseiro, o sono se arrastou por sobre mim; senti quando ele veio e abençoei o espírito doador do esquecimento.

CAPÍTULO 10

Passei o dia seguinte perambulando pelo vale. Parei ao lado da nascente do Arveiron, que brota de uma geleira e avança lentamente, descendo do topo das colinas para represar no vale. As encostas abruptas das vastas montanhas estavam à minha frente; a parede glacial da geleira pairava sobre mim; alguns pinheiros destroçados apareciam espalhados, e o silêncio solene desse glorioso salão de visitas da natureza majestosa era quebrado apenas pelas ondas murmurantes, a queda de algum galho maior, o estrondo da avalanche, ou a quebra, reverberada ao longo das montanhas, do gelo acumulado que, pelo trabalho silencioso de leis imutáveis, era sempre e rapidamente rachado e rompido, como se não passasse de apenas um brinquedo em suas mãos. Essas paisagens sublimes e magníficas me proporcionaram o maior consolo que eu seria capaz de receber. Elevavam-me de toda a pequenez de sentimentos e, embora não removessem meu sofrimento, elas o subjugavam e o tranquilizavam. Em certa medida, também, desviaram minha mente dos pensamentos sobre os quais eu havia meditado durante o último mês. Eu me recolhi para descansar à noite; meus cochilos, por assim dizer, foram assistidos e administrados pela assembleia de grandes formas que eu contemplara durante o dia. Congregavam-se ao meu redor; os cumes nevados, os pináculos resplandecentes, os bosques de pinheiros, os desfiladeiros de rocha nua, as águias, que subiam no meio das nuvens, todas essas maravilhas se reuniam ao meu redor e me pediam para ficar em paz.

Para onde elas tinham fugido quando acordei na manhã seguinte? Todas as inspirações da alma fugiram com o sono e com a melancolia sombria obscureceu cada pensamento. A chuva caía em torrentes, e grossas neblinas ocultavam os cumes das montanhas, de modo que eu não via mais os rostos daqueles amigos poderosos. Mesmo assim, eu penetraria nesse véu enevoado e os procuraria em seus retiros nublados. O que eram a chuva e a tempestade para mim? Minha mula foi trazida até a porta, e resolvi subir ao cume de Montanvert. Lembrei do efeito que a visão da formidável geleira, sempre em movimento, produziu na minha mente quando a vi pela primeira vez e que então me encheu com um êxtase sublime que dava asas à alma e permitia que ela saísse do mundo obscuro para a luz e para a alegria. A visão da natureza temível e majestosa tinha, de fato, sempre o efeito de tornar minha mente solene e de me fazer esquecer as inquietudes passageiras da vida. Decidi ir sem um guia, pois conhecia bem o caminho, e a presença de outra pessoa destruiria a grandeza solitária da paisagem.

A subida é íngreme, mas o caminho é recortado em trechos sinuosos, contínuos e curtos, que permitem contornar a perpendicularidade da montanha. É um cenário tremendamente desolado. Em milhares de pontos podem ser percebidos os traços da avalanche de inverno, com árvores despedaçadas espalhadas no solo; algumas inteiramente destruídas, outras vergadas, encostadas nas rochas salientes da montanha, ou inclinadas na transversal, sobre outras árvores. O caminho, à medida que subimos aos poucos, é interceptado por barrancos de neve, sobre os quais despencam continuamente pedras que rolam da parte de cima; um deles é particularmente perigoso, pois até mesmo o menor som, como uma conversa em voz alta, produz no ar uma trepidação suficiente para provocar um desmoronamento sobre a cabeça da pessoa que fala. Os pinheiros não são altos nem exuberantes, mas sombrios, e adicionam um ar de austeridade à cena. Olhei para o vale abaixo; imensos nevoeiros subiam dos rios que corriam por ali e se curvavam em grossas grinaldas ao redor das montanhas opostas, cujos cumes eram escondidos pelas nuvens uniformes, enquanto a chuva caía do céu escuro e se somava à melancólica impressão que eu recebia dos elementos à minha volta. Ai de mim! Por que o homem se gaba de sensibilidades superiores àquelas aparentes em estado bruto, na natureza? É só para se tornar um ser mais necessário. Se os nossos impulsos se limitassem à fome, à sede e ao desejo, poderíamos ser quase livres, mas agora somos movidos por todo vento que sopra e por qualquer palavra ou cena casual que essa palavra possa nos transmitir.

Descansamos; um sonho tem o poder de envenenar o sono.
Levantamos; um pensamento errante polui o dia.
Sentimos, concebemos ou raciocinamos; rimos ou choramos,
Abraçamos a afetuosa dor, ou lançamos nossos cuidados para longe.
É sempre a mesma coisa: quer seja na alegria ou na tristeza,
O caminho da partida ainda está livre:
O homem de ontem nunca pode ser o mesmo do dia seguinte;
Nada perdura, apenas a mutabilidade!

Era quase meio-dia quando cheguei ao final da subida. Por algum tempo, sentei sobre o rochedo que se eleva sobre o mar de gelo. Um nevoeiro cobria tanto essa como as montanhas circundantes. Logo, uma brisa dissipou a nuvem e eu fui até a geleira. A superfície é muito irregular, levanta-se em ondas, como num mar agitado, que desce devagar, intercaladas por fendas que mergulham profundamente. O campo de gelo tem quase uma légua de largura e eu levei quase duas horas para atravessá-lo. A montanha oposta é uma rocha perpendicular. Do lado onde eu estava agora, Montanvert ficava exatamente ao contrário, à distância de uma légua; acima dela, erguia-se o Mont Blanc, com toda sua impressionante majestade. Fiquei na cavidade de um rochedo, olhando para essa paisagem maravilhosa e estupenda. O mar, ou melhor, o vasto rio de gelo, serpenteava entre as montanhas adjacentes, cujos cumes aéreos pairavam sobre suas entranhas. Seus picos gelados e brilhantes reluziam à luz do sol sobre as nuvens. Meu coração, antes triste, agora inflava-se de alegria.

– Espíritos errantes, se de fato vagueiam e não descansam em seus leitos acanhados, permitam-me esta débil felicidade, ou levem-me, como seu companheiro, para longe das alegrias da vida! – exclamei.

Enquanto dizia isso, de repente vi a figura de um homem, a alguma distância, avançando em minha direção com velocidade sobre-humana. Ele saltava sobre as fendas no gelo, entre as quais eu andara com cautela; sua estatura, também, à medida que se aproximava, parecia exceder à de um homem. Fiquei perturbado: uma névoa turvou meus olhos e senti uma fraqueza tomar conta de mim, mas rapidamente me restabeleci com o vento frio das montanhas. Percebi, à medida que o vulto se aproximava (uma visão tremenda e abominável!), que era o desgraçado que eu havia criado. Tremi de raiva e horror, mas resolvi esperar sua chegada, para então entrar em combate mortal com ele. Ele se acercou; seu semblante evidenciava amargura e angústia, combinadas com desdém e malignidade, enquanto sua feiura sobrenatural o tornava quase medonho para o olhar humano, mas eu pouco reparei nisso; a raiva e o ódio me privaram de qualquer declaração, e só me recuperei para superar tais sentimentos com palavras exaltadas que expressavam repugnância e desprezo.

– Demônio! – exclamei. – Como ousa se aproximar de mim, sem temer a feroz vingança do meu braço sobre a sua cabeça infeliz? Para trás, inseto vil, ou melhor, fique, para eu esmagá-lo até virar pó! Ah, como gostaria de restaurar as vítimas que você tão diabolicamente assassinou com a extinção da sua miserável existência!

– Eu esperava essa recepção – disse o diabo. – Todos os homens odeiam os desgraçados; pois bem, devo ser odiado, como o mais infeliz de todos os seres vivos que sou, mas você, meu criador, detesta e despreza a sua criatura, a quem você está ligado por laços que só podem ser desfeitos pela aniquilação de um de nós. Você tem a intenção de me matar. Como se atreve a brincar assim com a vida? Cumpra o seu dever para comigo, que eu cumprirei o meu em relação a você e ao resto da humanidade. Se aceitar as minhas condições, deixo você e eles em paz; mas, se recusar, vou me fartar da morte, até ser saciado com o sangue de seus amigos que restaram.

– Monstro abominável! Amaldiçoado seja. Que os tormentos do inferno sejam a vingança mais suave para seus crimes, ó desgraçado demônio! Se me reprova pela sua criação, venha, então, para que eu possa apagar a chama que tão negligentemente acendi.

Minha raiva não tinha limites. Pulei sobre ele, impulsionado por todos os sentimentos que podiam armar um ser contra a existência de outro. Ele me evitou facilmente e disse:

– Calma! Peço que me ouça, antes de desculpá-lo pelo seu ódio sobre a minha infeliz pessoa. Será que já não sofri o suficiente para que você busque aumentar a minha desgraça? A vida, embora possa ser apenas um acúmulo de angústia, é cara para mim. Lembre-se de que você me fez mais poderoso do que a si mesmo; minha altura é superior à sua, minhas articulações são mais flexíveis, mas não serei tentado a me opor a você. Sou a sua criatura, e serei até manso e dócil para o meu senhor e rei natural, se você também fizer a sua parte, a qual me deve. Oh, Frankenstein, não seja imparcial com os outros para pisotear somente a mim, a quem sua justiça, e inclusive sua clemência e afeição, é mais devida. Lembre-se de que sou criatura sua. Eu deveria ser o seu Adão, mas sou muito mais o anjo caído, que você desviou da alegria sem nenhuma mágoa. Por toda parte vejo felicidade, da qual sou irrevogavelmente excluído. Fui benevolente e bom; a desgraça me tornou um demônio. Faça-me feliz e voltarei a ser virtuoso.

– Para trás! Não vou ouvi-lo; não haverá nenhuma comunhão entre mim e você; somos inimigos. Para trás, ou vamos medir nossas forças numa luta, na qual um de nós deve perecer.

– Como poderei comovê-lo? Não existem súplicas que o levem a ter um olhar favorável para a sua criatura, que implora a sua bondade e compaixão? Acredite em mim, Frankenstein: eu era benevolente, minha alma brilhava de amor e humanidade. Veja: eu não estou só, desgraçadamente, só? Você, meu criador, me abomina. Que esperança posso obter de criaturas companheiras suas, que nada me devem, que me desprezam e me odeiam? As montanhas desertas e as geleiras sombrias são o meu refúgio. Perambulei por aqui muitos dias; as cavernas de gelo, que somente eu não temo, são a minha morada, a única que os homens não cobiçam. Eu saúdo esses céus sombrios, porque são mais amáveis para mim do que os seus companheiros vivos. Se a multidão da humanidade soubesse da minha existência, faria o que você fez e se armaria para a minha destruição. Não devo, pois, odiar quem me abomina? Não farei acordos com os meus inimigos. Sou um desgraçado e eles devem compartilhar a minha desgraça. Embora esteja em seu poder me recompensar e livrá-los de um mal que só persiste porque você o torna tão grande, pois não somente você, mas a sua família e milhares de outros, serão engolidos nos turbilhões dessa ira. Deixe a sua compaixão ser tocada e não me despreze. Ouça a minha história; depois de ouvi-la, abandone-me ou tenha compaixão de mim, como julgar que eu mereça. Mas me escute. Os culpados têm o direito, pelas leis humanas, por mais sangrentos que sejam, a falarem em defesa própria, antes de serem condenados. Escute-me, Frankenstein. Você me acusa de assassinato; e ainda assim, com a consciência satisfeita, destruirá sua própria criatura. Oh! Louvada seja a justiça eterna do homem! Contudo, não lhe peço que não me poupe, mas que me ouça. E, então, se puder e se quiser, destrua a obra de suas mãos.

– Por que traz à minha lembrança – respondi – as circunstâncias, as quais estremeço ao refletir, de que fui a origem e o autor? Maldito o dia, demônio abominável, em que pela primeira vez você viu a luz! Malditas (embora amaldiçoe a mim mesmo), sejam as mãos que o formaram! Você me tornou indescritivelmente infeliz; não me deixou poder para pensar se sou justo ou não. Afaste de mim a visão da sua forma detestável.

– Vou afastá-la de você, meu criador – disse ele, e colocou diante dos meus olhos suas mãos odiosas que eu repudiei com violência. – Desse modo, eu retiro a visão que abomina. Mesmo assim, você não quer me ouvir nem me conceder a sua compaixão. Pelas virtudes que um dia possuí, exijo isto de você. Ouça a minha história, que é longa e estranha. A temperatura desse lugar não é apropriada para as suas melhores sensações; vamos para a cabana na montanha. O sol ainda está alto no céu. Antes que ele desça para se esconder atrás dos precipícios nevados, para iluminar outros mundos, você terá ouvido a minha história. Resta a você decidir se vou deixar para sempre a proximidade dos homens e levar uma vida inofensiva, ou se vou me tornar o flagelo de criaturas companheiras suas e o autor da sua própria e rápida ruína.

Ao dizer isso, ele guiou o caminho pelo gelo e eu o segui. Meu coração estava endurecido, não respondi; mas, enquanto avançávamos, pesei os vários argumentos usados e decidi ao menos ouvir a história. Em parte, fui incitado pela curiosidade, e a compaixão confirmou a minha decisão. Até então, eu acreditara que ele era o assassino do meu irmão e procurava ansiosamente a confirmação ou a negação dessa crença. Pela primeira vez também senti as responsabilidades de um criador em relação à sua criatura. Eu devia torná-lo feliz, antes de me queixar de sua maldade. Esses motivos me levaram a concordar com seu pedido. Portanto, atravessamos o gelo e subimos a rocha oposta. O ar estava frio e a chuva voltou a cair. Entramos na cabana, o demônio com um ar exultante; eu, com o coração pesado e o ânimo deprimido, mas concordei em ouvir e, assim que me sentei ao lado da fogueira que meu odioso companheiro acendeu, ele começou a contar sua história.

CAPÍTULO 11

– É com considerável dificuldade que me lembro da época inicial da minha existência: todos os eventos desse período parecem confusos e indefinidos. Uma estranha multiplicidade de sensações tomou conta de mim, e eu enxergava, sentia, ouvia e sentia cheiros, ao mesmo tempo. E, de fato, passou muito tempo antes que eu aprendesse a distinguir as operações dos meus vários sentidos. De maneira gradual, eu me lembro, uma luz mais forte pressionou os meus nervos, de modo que fui obrigado a fechar os olhos. Assim, a escuridão veio até a mim e me incomodou; mas quase não senti isso, quando, ao abrir os olhos, como agora suponho, a luz se esparramou sobre mim novamente. Andei e creio que me abaixei, mas logo achei uma grande alteração nas minhas sensações. Antes, corpos escuros e opacos me rodeavam, inacessíveis ao meu toque ou à visão, mas descobri que podia andar em liberdade, sem obstáculos que não pudesse superar ou evitar. A luz se tornou cada vez mais opressiva e, como o calor me cansava enquanto eu andava, procurei um lugar em que pudesse receber sombra, na floresta perto de Ingolstadt, onde fiquei ao lado de um riacho, descansando da minha fadiga, até me sentir atormentado pela fome e pela sede. Isso me despertou do estado quase adormecido e eu comi algumas frutas que encontrei penduradas nas árvores, ou caídas no chão. Saciei a sede no ribeirão; depois, deitado, fui vencido pelo sono.

"Estava escuro, quando acordei; senti frio também e fiquei meio assustado, acho que instintivamente, porque me senti muito solitário. Antes de sair do seu apartamento, numa sensação de frio, eu me cobri com algumas roupas, insuficientes para me proteger do orvalho da noite. Eu era um pobre desgraçado, desamparado, infeliz, que não sabia e nem poderia entender nada. Então, sentindo a dor me invadir por todos os lados, sentei e chorei.

– Logo uma luz suave assaltou os céus e me deu uma sensação de prazer. Despertei e vi uma forma radiante se levantar dentre as árvores (era a lua). Observei-a com uma espécie de admiração. Ela se movia lentamente, mas iluminava o meu caminho. Saí novamente em busca de frutas. Ainda sentia frio, quando, embaixo de uma árvore, encontrei um enorme manto com o qual me cobri e me sentei no chão. Eu sentia claridade, fome, sede e escuridão; inúmeros sons tocavam meus ouvidos e, de todos os lados, vários aromas me saudavam. A única coisa que eu conseguia distinguir era a lua brilhante, e fixei meus olhos nela com prazer.

"Várias mudanças do dia para noite se sucederam, e a esfera noturna diminuiu muito; foi quando comecei a distinguir minhas sensações umas das outras. Pouco a pouco, vi plenamente o fluxo límpido que me fornecia o que beber e as árvores que me sombreavam com sua folhagem. Fiquei encantado quando descobri pela primeira vez que um som agradável, que muitas vezes saudava meus ouvidos, procedia das gargantas dos pequenos animais alados que muitas vezes haviam interceptado a luz dos meus olhos. Comecei também a observar, com maior precisão, as formas que me rodeavam e a perceber os limites do teto radiante de luz que me cobria. Às vezes, eu tentava imitar as canções agradáveis dos pássaros, mas era incapaz disso. Às vezes, eu desejava expressar minhas sensações do meu próprio modo, mas os sons grosseiros e desarticulados, que se rompiam de mim me assustaram e me deixaram de novo em silêncio.

"A lua havia desaparecido da noite e novamente voltou a ficar com a forma diminuída, enquanto eu ainda permanecia na floresta. Meus sentimentos, dessa vez, tinham se tornado distintos e minha mente recebia ideias adicionais todos os dias. Meus olhos se acostumaram com a luz e percebiam os objetos em suas formas corretas; distingui o inseto da erva e, gradualmente, uma erva das outras. Descobri que o pardal não soltava senão notas ásperas, enquanto as do melro e dos sabiás eram doces e sedutoras.

"Um dia, quando estava oprimido pelo frio, encontrei uma fogueira, abandonada por mendigos errantes. A friagem foi superada com o prazer do calor que experimentei. Em minha alegria, coloquei a mão nas brasas vivas, mas rapidamente puxei-a de novo, com um grito de dor. Que estranho, pensei, a mesma causa pode produzir efeitos tão opostos! Examinei o material do fogo e, para a minha alegria, descobri que era composto de lenha. Rapidamente recolhi alguns galhos, mas estavam molhados e não queimavam; fiquei aborrecido com isso e parei para observar a operação do fogo: a lenha úmida que eu tinha colocado perto do calor secou e ela mesma se inflamou. Refleti sobre isso e, ao tocar em vários galhos, descobri a causa e me ocupei em coletar uma grande quantidade de lenha, para que secasse e eu tivesse um abundante suprimento de fogo. Quando a noite chegou, trazendo o sono com ela, senti o maior temor de que minha fogueira se apagasse. Eu a cobri cuidadosamente com lenha e folhas secas e coloquei galhos molhados sobre ela. E, então, estendendo o meu manto, deitei-me no chão e mergulhei no sono.

"Era de manhã quando acordei, e o meu primeiro cuidado foi visitar a fogueira. Retirei a cobertura de folhas, e uma brisa suave soprou rapidamente, avivando a chama. Observei isso e inventei um abano de ramos, que despertava as brasas quando estavam quase apagadas. A noite voltou, e descobri, com prazer, que a fogueira irradiava luz e calor e que a descoberta desse elemento era útil em minha comida, pois percebi que alguns restos que os viajantes tinham deixado estavam assados e achei isso muito mais saboroso do que as frutas que pegava nas árvores. Experimentei, então, preparar a comida da mesma maneira, colocando-a sobre as brasas vivas. Descobri que as frutas estragavam nesse processo e que as castanhas e raízes ficavam muito melhores.

"A comida, porém, tornou-se escassa e eu passava o dia inteiro procurando em vão por algumas nozes para aliviar as dores da fome. Quando percebi, resolvi sair do lugar que habitara até então, para buscar outro onde os poucos desejos que eu experimentava pudessem ser mais satisfeitos com mais facilidade. Nessa emigração, lamentei muito a perda da fogueira que tinha obtido por acidente, pois não sabia como reproduzi-la. Dediquei várias horas a uma séria consideração dessa dificuldade, mas fui obrigado a desistir de toda tentativa de superá-la. Assim, envolvendo-me no meu manto, saí pelo bosque em direção ao sol poente. Passei três dias nessas andanças e, por fim, encontrei uma região descampada. Uma grande nevasca tinha ocorrido na noite anterior, e os campos ficaram cobertos de um branco uniforme; a aparência era desolada, e eu percebi meus pés resfriados pela substância fria e úmida que cobria o chão.

"Eram cerca de sete horas da manhã, e eu ansiava por obter comida e abrigo; em dado momento, percebi uma pequena cabana em um aclive, que sem dúvida tinha sido construída para a conveniência de algum pastor. Foi uma nova visão para mim. Examinei a estrutura com grande curiosidade; encontrando a porta aberta, entrei. Havia um ancião sentado ali, perto de uma fogueira, sobre a qual ele preparava o desjejum. Ele se virou ao ouvir barulho e, quando me viu, gritou alto e saiu da cabana, correndo pelos campos com uma velocidade da qual sua forma debilitada dificilmente parecia capaz. A aparência dele, diferente de qualquer outra que eu tivesse visto antes, e sua fuga me surpreenderam um pouco, mas fiquei encantado com o aspecto da cabana; ali, a neve e a chuva não podiam penetrar, o chão estava seco e, para mim, o local se apresentou como um retiro tão requintado e divino quanto o Pandemônio pareceu aos demônios do inferno, após seus sofrimentos no lago de fogo. Devorei os restos do desjejum do pastor, que consistia de pão, queijo, leite e vinho;

deste último, no entanto, não gostei. Então, vencido pela fadiga, deitei-me no meio da palha e adormeci.

"Era meio-dia quando acordei, e, seduzido pelo calor do sol, que refletia brilhantemente no chão branco, decidi recomeçar minhas viagens. Então, depositando os restos do desjejum do camponês numa bolsa que encontrei, prossegui pelos campos por várias horas, até que cheguei a uma aldeia, ao pôr do sol. Tudo aquilo parecia um milagre! As cabanas, os chalés elegantes e as casas majestosas, absorveram a minha admiração por etapas. As plantações dos jardins, o leite e os queijos que eu via colocados nas janelas de algumas casas, despertaram o meu apetite. Entrei numa das melhores residências; mas mal coloquei o pé dentro da porta e as crianças passaram a gritar; além disso, uma mulher desmaiou. A aldeia inteira despertou; algumas pessoas fugiram, outras me atacaram, até que, gravemente ferido por pedras e vários outros tipos de armas de arremesso, escapei para o descampado. Com muito medo, busquei refúgio numa pequena choupana completamente vazia, de aparência miserável, que achei depois dos palácios que tinha visto na aldeia. Esse casebre, no entanto, se juntava a uma casa de campo de aparência agradável e bem-cuidada, mas depois de ter pago muito caro pela minha experiência anterior, não ousei entrar nela. O local do meu refúgio era construído de madeira, mas tão baixo que eu tinha dificuldade para ficar em pé ali. Porém, nenhuma tábua de madeira foi colocada sobre a terra, que estava seca e formava o chão. Embora o vento entrasse por inumeráveis fendas, considerei o lugar adequado para me proteger da neve e da chuva.

"Ali, então, eu me recolhi e me deitei, feliz por ter encontrado um abrigo, por mais miserável que fosse, da inclemência da estação e, ainda mais, da barbárie do ser humano. Logo que amanheceu, saí da minha toca para ver a casa de campo ao lado e descobrir se poderia ficar na habitação que tinha encontrado. Ela estava situada na parte de trás da casa e era cercada nas laterais, onde ficavam expostos ao ar livre um chiqueiro e um poço de água limpa. Uma parte estava aberta e por ali entrei; então passei a cobrir com pedras e madeira toda fenda pela qual eu pudesse ser percebido, de tal modo que conseguisse remover esse material na ocasião da saída; toda luz que eu desfrutava vinha do chiqueiro e isso era suficiente para mim.

"Tendo assim arrumado a minha moradia, acarpetada com palha limpa, eu me retirei, pois vi a figura de um homem a distância e lembrei-me muito bem do tratamento da noite anterior, para me confiar ao seu poder. Antes, porém, providenciei meu sustento para aquele dia: um pedaço de pão que roubei e uma taça, com a qual podia beber, mais convenientemente do que com a mão, a água pura que fluía no meu retiro. O chão era um pouco elevado e por isso se mantinha perfeitamente seco, e também pela vizinhança com a chaminé da casa de campo, ficava toleravelmente aquecido.

"Estando tudo assim arranjado, decidi residir nesse casebre até que acontecesse algo que alterasse a minha determinação. Era de fato um paraíso, em comparação com a minha antiga moradia na floresta desolada, com terra úmida e galhos que caem quando chove. Comi o desjejum com prazer e estava prestes a retirar uma tábua para buscar um pouco de água, quando ouvi passos; olhei por uma pequena rachadura e vi uma criatura, com um balde na cabeça, passar diante do meu casebre. A menina era jovem e de comportamento gentil, ao contrário do que eu achava dos criados das casas de campo e das fazendas. Apesar disso, ela estava malvestida: um saiote azul grosseiro e uma jaqueta de linho eram seu único traje; seu bonito cabelo estava trançado, mas sem enfeites. Ela parecia calma, mas tristonha. Eu a perdi de vista, mas cerca de um quarto de hora depois ela voltou, com o balde agora parcialmente cheio de leite. Conforme ela caminhava ao longe, aparentemente incomodada pelo peso, um homem jovem, cujo semblante expressava profundo desânimo, encontrou-se com ela. Emitindo alguns sons melancólicos, tirou o balde da cabeça da moça e levou-o ele próprio para a casa de campo. Ela o seguiu e eles desapareceram. Logo vi o jovem novamente, com algumas ferramentas na mão, atravessar o campo atrás da cabana, e a garota também estava ocupada, às vezes na casa e, às vezes, no quintal.

"Ao examinar minha moradia, descobri que uma janela do casebre antes fazia parte dele, mas as vidraças estavam preenchidas com madeira. Numa delas havia uma fenda, pequena e quase imperceptível, por onde o olho podia penetrar. Por meio dessa rachadura, uma saleta caiada e limpa, mas quase sem móveis, era visível. Num canto, perto de uma pequena lareira, um velho estava sentado, apoiando a cabeça nas mãos, em atitude desconsolada. A moça se ocupava em arrumar a casa; mas pouco depois, tirou de uma gaveta algo que lhe permitia tecer com as mãos. Então, ela sentou-se ao lado do velho, que pegou um instrumento e começou a tocar, produzindo sons mais doces do que a voz do sabiá ou do rouxinol. Era uma visão encantadora, até para mim, pobre desgraçado, que nunca tinha visto nada bonito antes. O cabelo prateado e o semblante bondoso do velho camponês ganharam a minha reverência, enquanto que os modos gentis da menina atraíram o meu amor. Ele tocou uma canção tão doce e triste que, eu percebi, arrancaram lágrimas dos olhos de sua amável companheira, mas o velho não lhe deu atenção, até ela soluçar de forma audível. Ele então pronunciou alguns sons, e a bela criatura, parando seu trabalho, ajoelhou-se a seus pés. Ele a levantou e sorriu com tanta bondade e afeição que eu tive sensações, de natureza peculiar, excessivamente poderosas. Senti uma mistura de dor e prazer, de um jeito como nunca tinha experimentado antes, fosse de fome ou de frio, calor ou alimento; então, eu me afastei da janela, incapaz de suportar essas emoções.

"Logo depois, o jovem voltou, trazendo sobre os ombros uma carga de madeira. A moça foi encontrá-lo na porta; ajudou-o a aliviar o carregamento e, levando um pouco de lenha para dentro da casa, colocou-a na lareira. Então, ela e o jovem se afastaram para um canto e ele mostrou-lhe um pão grande e um pedaço de queijo. Ela ficou contente e foi ao jardim pegar algumas plantas e raízes, que colocou na água e em seguida no fogo. Depois disso, ela continuou seu trabalho, enquanto que o jovem foi para o jardim e parecia diligentemente empregado em cavar e puxar as raízes.

Após se ocuparem desse modo por cerca de uma hora, a moça se juntou a ele, e voltaram para a casa.

"O velho, entretanto, estava pensativo, mas com o aparecimento dos outros dois, assumiu um ar mais alegre. Sentaram-se para comer, e a refeição foi rapidamente devorada. A moça voltou a se ocupar da arrumação da casa, o velho saiu para caminhar ao sol por alguns minutos, apoiado no braço do jovem. Nada podia superar em beleza o contraste entre essas duas excelentes criaturas: o velho, tinha cabelos prateados e o semblante irradiava bondade e amor; o mais jovem, era esbelto e gracioso de perfil e suas feições eram moldadas com a mais fina simetria, mas seu olhar e sua atitude expressavam suprema tristeza e desânimo. O velho voltou para a casa e o jovem, com ferramentas diferentes daquelas que ele usara pela manhã, dirigiu seus passos pelos campos.

"A noite se fechou rapidamente; mas para minha extrema admiração, descobri que os camponeses tinham um meio de prolongar a luz com o uso de velas. Fiquei encantado ao descobrir que o pôr do sol não colocava fim ao prazer que eu experimentava ao observar os meus vizinhos humanos. À noite, a jovem e seu companheiro se dedicaram a várias ocupações que eu não entendia; e o velho, pegou de novo o instrumento que produzia os sons divinos que me haviam encantado pela manhã. Logo que ele terminou, o jovem começou não a tocar, mas a pronunciar sons monótonos, que não se assemelhavam nem à harmonia do instrumento do velho, nem ao canto dos pássaros. Foi então, que eu descobri que ele lia em voz alta, mas nessa ocasião, eu não sabia nada da ciência das palavras ou das letras.

"A família, depois de ter assim se ocupado por um breve tempo, apagou as luzes e se recolheu, como eu conjecturei, para descansar."

CAPÍTULO 12

– Deitei-me na palha, mas não consegui dormir. Pensei nas ocorrências do dia. O que mais me impressionou foram as boas maneiras daquelas pessoas. Eu queria me juntar a elas, mas não me atrevia. Lembrava-me muito bem do tratamento sofrido na noite anterior, por parte dos aldeões bárbaros. Resolvi que, qualquer que fosse o rumo de conduta que achasse certo seguir dali em diante, ficaria bem quieto na minha cabana, observando e tentando descobrir os motivos que influenciavam as ações das pessoas.

"Os camponeses se levantaram na manhã seguinte, diante do sol. A moça arrumou a casa e preparou a comida, e o jovem partiu depois de fazer a primeira refeição.

"Esse dia foi passado na mesma rotina do anterior. O jovem estava constantemente ocupado do lado de fora das portas; e a moça, em várias ocupações laboriosas dentro da casa. O ancião, que eu logo percebi que era cego, empregava suas horas de lazer no instrumento ou na meditação. Nada podia exceder o amor e o respeito que os moradores mais novos exibiam em relação ao seu venerável companheiro, e executavam com carinho, todos os pequenos gestos de afeto e dedicação para ele, que os recompensava com seu sorriso bondoso.

"Eles não eram inteiramente felizes: o jovem e sua companheira muitas vezes se afastavam e pareciam chorar. Eu não via nenhuma causa para a infelicidade, mas ficava profundamente incomodado com ela. Se aquelas criaturas adoráveis eram infelizes, não era de se estranhar que eu, um ser imperfeito e solitário, fosse um desgraçado. Então, por que aqueles seres gentis seriam infelizes? Eles possuíam uma casa encantadora (pois assim parecia aos meus olhos) e todos os luxos; tinham uma fogueira para aquecê-los quando fazia frio e deliciosas refeições quando estavam com fome; vestiam-se com roupas excelentes e, mais ainda, desfrutavam da companhia e da conversa uns dos outros, trocando a cada dia olhares de afeição e bondade. O que aquelas lágrimas implicavam? Será que realmente expressavam dor? No começo, eu era incapaz de resolver essas questões, mas o tempo e a atenção constantes explicaram muitas aparências que inicialmente eram enigmáticas para mim.

"Um período de tempo considerável decorreu antes que eu descobrisse uma das causas da inquietação dessa amável família: era a pobreza, e eles sofriam desse mal num grau muito angustiante. Seu alimento consistia inteiramente das plantações do jardim e do leite de uma vaca, que produzia muito pouco durante o inverno, quando seus donos quase não conseguiam alimento para sustentá-la. Muitas vezes, creio, eles sofriam as dores de uma fome muito pungente, especialmente os dois camponeses mais novos, que várias vezes colocavam comida diante do velho, sem reservar nada para si mesmos.

"Esse traço de bondade me comoveu sensivelmente. Eu me acostumara a roubar durante a noite uma parte do suprimento deles, para o meu próprio consumo, mas quando percebi que ao fazer isso infligia dor aos camponeses, abstive-me e me contentei com frutas, nozes e raízes, que colhia num bosque vizinho.

"Descobri também outros meios pelos quais me capacitei para auxiliar o trabalho deles. Percebi que o jovem passava grande parte do dia coletando lenha para a fogueira da família. Muitas vezes, durante a noite, eu pegava as ferramentas dele, cujo uso rapidamente aprendi e trazia para casa combustível suficiente para o consumo de vários dias.

"Da primeira vez que fiz isso, eu me lembro que a jovem, quando abriu a porta pela manhã, pareceu espantada ao ver uma grande pilha de lenha do lado de fora. Ela pronunciou algumas palavras em alta voz; o jovem juntou-se a ela e também expressou surpresa. Observei, com prazer, que ele não foi para a floresta naquele dia, que aproveitou para reparar a casa e cultivar o jardim.

"Pouco a pouco, fiz uma descoberta de importância ainda maior. Descobri que essas pessoas possuíam um método de comunicar sua experiência e sentimentos, uns aos outros, por meio de sons articulados. Percebi que as palavras que eles falavam, às vezes, produziam prazer ou dor, sorrisos ou tristezas, na mente e no semblante dos ouvintes. Essa era realmente uma ciência divina, que eu desejava ardentemente conhecer, mas ficava confuso a cada tentativa que fazia para esse propósito. A pronúncia deles era rápida, e as palavras que diziam, não tendo nenhuma conexão aparente com os objetos visíveis, não revelavam nenhum indício pelo qual eu pudesse desvendar o mistério de suas referências. Porém, com grande aplicação, depois de ter permanecido durante o espaço de vários ciclos da lua em minha cabana, descobri os nomes que eram dados a alguns objetos mais familiares da conversa. Aprendi e apliquei as palavras 'fogo', 'leite', 'pão' e 'lenha' e também os próprios nomes dos moradores. O jovem e sua companheira tinham cada um deles vários nomes, mas o velho tinha apenas um, que era 'pai'. A menina era chamada de 'irmã', ou 'Agatha'; e o jovem, de 'Felix', 'irmão' ou 'filho'. Não consigo descrever o prazer que senti quando compreendi as ideias apropriadas a cada um desses sons e consegui pronunciá-los. Distingui várias outras palavras, como 'bom', 'querido', sem poder ainda entendê-las ou aplicá-las, infelizmente.

"Passei o inverno dessa forma. As maneiras gentis e a beleza dos camponeses me agradavam muito. Quando estavam infelizes, eu me sentia deprimido; quando eles se alegravam, eu simpatizava com suas alegrias. Vi poucos seres humanos ao lado deles, e se por acaso acontecesse de outras pessoas entrarem na casa de campo, suas maneiras ásperas e seu modo rude só realçavam para mim as qualidades superiores dos meus amigos. O homem velho, pelo que pude perceber, procurava frequentemente incentivar os filhos. Isso eu descobri, porque ele, às vezes, os chamava para afastá-los da melancolia; então, falava num tom alegre, com uma expressão de bondade que me dava prazer. Agatha escutava com respeito, às vezes, com os olhos cheios de lágrimas que ela se esforçava por enxugar. Reparei que geralmente o semblante e o tom de voz dela ficavam mais alegres depois de ouvir as exortações do pai. Não era assim com Felix, sempre o mais triste do grupo. Até mesmo para os meus sentimentos inexperientes, seu sofrimento parecia mais profundo do que o de seus parentes, mas enquanto seu semblante era mais triste, sua voz era mais alegre do que a da irmã, especialmente quando se dirigia ao velho.

"Eu poderia mencionar inúmeros exemplos, que, embora triviais, marcavam as atitudes desses amáveis camponeses. Em meio à pobreza e à miséria, Felix levou com prazer para a irmã a primeira florzinha branca que brotou embaixo do solo coberto de neve. De manhã cedo, antes de Agatha se levantar, ele limpava a neve que obstruía o caminho até a leiteria, tirava água do poço e carregava a lenha que estava fora da casa, onde, para seu eterno espanto, achava o suprimento sempre reabastecido por uma mão invisível. Durante o dia, creio, de vez em quando ele trabalhava para um fazendeiro vizinho, pois muitas vezes saía e não retornava antes do jantar, mas não trazia lenha com ele. Outras vezes, trabalhava no jardim, mas como havia pouco a fazer na estação gelada, lia para o velho e Agatha.

"No começo, essa leitura me deixava intrigado demais, mas aos poucos, descobri que ele pronunciava muitas vezes os mesmos sons, tanto quando lia, como quando falava. Conjecturei, portanto, que ele encontrava no papel sinais para falar, sinais que ele compreendia. Desejei ardentemente também compreendê-los, mas como isso seria possível, quando eu nem sequer sabia os sons que eles representavam como sinais? Contudo, eu me aperfeiçoei em tal ciência, mas não o suficiente para acompanhar qualquer tipo de conversa, apesar de ter aplicado toda a minha mente à empreitada, pois percebi facilmente que, embora ansiasse muito para me revelar aos camponeses, não faria nenhuma tentativa nesse sentido antes de me tornar mestre na linguagem deles, cujo conhecimento me tornaria capaz de fazê-los ignorar a deformidade da minha aparência, pois o contraste que se apresentava perpetuamente aos meus olhos me levava a prestar atenção a esse fator.

"Eu admirava as formas perfeitas dos moradores da casa de campo, a graça, a beleza e a pele delicada; mas fiquei muitíssimo aterrorizado quando me vi numa lagoa transparente! No começo, recuei, incapaz de acreditar que era realmente eu quem estava refletido na água. Quando me convenci totalmente de que eu era realmente o monstro que sou, fiquei cheio das mais amargas sensações de desânimo e mortificação. Ah! Eu ainda não conhecia inteiramente os efeitos fatais dessa desgraçada deformidade.

"Conforme o sol se tornava mais quente e a luz do dia, mais longa, a neve desaparecia, e passei a reparar nas árvores desfolhadas e na terra escura. A partir desse momento, Felix ficou mais ocupado e os tocantes indícios de fome iminente desapareceram. A comida deles, como descobri mais tarde, era rústica, mas saudável e eles procuravam ter sempre o suficiente. Muitas novas espécies de plantas brotavam no jardim que eles cuidavam. E, esses sinais de conforto aumentavam diariamente na medida em que a estação avançava.

"O velho, apoiado no braço do filho, caminhava todos os dias perto do meio-dia, quando não tinha chuva, que, pelo que descobri, era como se chamava aquilo que ocorria quando os céus derramavam suas águas. Acontecia com frequência, mas o vento forte secava rapidamente a terra, e a estação tornava-se muito mais agradável do que antes.

"O meu modo de vida na cabana era regular: durante a manhã, acompanhava os movimentos dos camponeses e quando eles estavam dispersos em várias ocupações, adormecia; depois, passava o resto do dia na observação dos meus amigos. Quando eles se recolhiam para descansar, se havia alguma lua, ou se a noite era estrelada, eu ia para o bosque obter meu próprio alimento e recolhia lenha para a casa. Quando voltava, como tantas vezes era necessário, limpava a neve do caminho para eles e executava as tarefas que tinha visto serem feitas por Felix. Em seguida, descobri que esses trabalhos, realizados por mão invisível, muito os surpreendia e uma ou duas vezes eu os ouvi, nessas ocasiões, pronunciarem as palavras 'bom espírito' e 'maravilhoso', mas não entendia o significado desses termos.

"Meus pensamentos então se tornaram mais ativos e eu desejava descobrir os motivos e os sentimentos dessas adoráveis criaturas. Estava curioso para saber por que Felix parecia tão infeliz e Agatha, tão triste. Eu pensei (tolo desgraçado!) que poderia estar em meu poder restaurar a felicidade dessas pessoas merecedoras. Quando eu dormia ou estava ausente, as formas do venerável pai cego, da gentil Agatha e do excelente Felix voavam diante de mim. Eu olhava para eles como seres superiores, que seriam os árbitros do meu destino futuro, formando na minha imaginação milhares de quadros de como me apresentar a eles e a recepção que teriam a mim. Imaginava que ficariam desgostosos, até que eu ganhasse, pelo comportamento gentil e pelas palavras conciliadoras, primeiro o favor e depois o amor deles.

"Esses pensamentos me animavam e me levavam a me aplicar com renovado ardor na aquisição da arte da linguagem. Apesar de emperrados, os meus órgãos eram, de fato, flexíveis, e embora o meu tom de voz fosse muito diferente do suave tom musical da fala deles, ainda assim, quando pronunciava palavras, eu as entendia com facilidade tolerável. Era como no caso do asno e do cachorrinho. Sem dúvida, o asno tinha as intenções mais afetuosas, e assim, apesar de suas maneiras rudes, mereceria ter melhor tratamento do que pancadaria e execração.

"As agradáveis chuvaradas e o calor agradável da primavera alteraram grandemente o aspecto da terra. Os homens, que antes dessa mudança pareciam escondidos em cavernas, espalharam-se e eram empregados nas várias atividades do cultivo. Os pássaros cantavam em notas mais alegres, e as folhas começaram a brotar nas árvores. Feliz, terra feliz! Morada própria para deuses, que, havia bem pouco tempo, era sombria, úmida e insalubre. Meus humores melhoraram com a aparência encantadora da natureza; o passado foi apagado da minha memória, o presente estava tranquilo, e o futuro era dourado por brilhantes raios de esperança e antecipações de alegria."

CAPÍTULO 13

– Agora vou me apressar para chegar à parte mais comovente da minha história. Vou relatar os eventos que me marcaram com os sentimentos que, a partir do que fui, me tornaram o que sou.

"A primavera avançou rapidamente, o tempo ficou bom, e os céus, sem nuvens. Fiquei surpreso, porque o que antes era deserto e sombrio, agora floresceria com as mais belas flores e o mais vibrante verdor. Meus sentidos eram gratificados e refrescados por milhares de aromas de prazer e milhares de paisagens de beleza incomparável.

"Num desses dias, quando os camponeses descansavam periodicamente do trabalho, o velho tocava seu violão e os filhos ouviam, observei que o semblante de Felix estava melancólico além da expressão e que ele suspirava com frequência. Assim que o pai parou de tocar a música, conjecturei, pelo seu modo de agir, que ele perguntaria a causa da tristeza ao filho. Felix respondeu num tom de voz alegre e o velho recomeçou a música, até que alguém bateu à porta.

"Era uma mulher a cavalo, acompanhada por um morador local como guia. Ela estava vestida com um traje escuro e coberta com um véu preto grosso. Agatha fez uma pergunta, à qual a estranha respondeu pronunciando apenas o nome de Felix, num tom de voz doce. Esse tom de voz dela era musical, mas diferente daquele dos meus amigos. Ao escutar essa palavra, Felix se aproximou de súbito da desconhecida; ela, quando o viu, levantou o véu; e eu, observei um rosto angelical, em beleza e expressão. Seus cabelos eram negros, reluzentes e curiosamente trançados; os olhos eram escuros, mas gentis e vivos; as feições, de proporções regulares, e a cútis, maravilhosamente bela, com as maçãs do rosto tingidas de um belo tom rosado.

"Felix pareceu ficar deslumbrado de prazer ao vê-la. Todo traço de tristeza desapareceu de seu rosto e instantaneamente ele expressou um grau de alegria eufórica, de que eu dificilmente acreditaria que ele fosse capaz de alcançar; seus olhos faiscavam, enquanto seu rosto corava de prazer; nesse momento, eu o achei tão bonito quanto a estrangeira. Ela parecia afetada por diferentes sentimentos, limpava algumas lágrimas de seus belos olhos, estendia a mão para Felix, que a beijava com entusiasmo, chamando-a, pelo que pude distinguir, de 'minha querida árabe'. Ela não parecia compreendê-lo, mas sorria. Ele ajudou-a a apear e, dispensando o guia, conduziu-a para dentro da casa. Houve alguma conversa entre ele e seu pai, e a jovem estranha se ajoelhou aos pés do velho, para beijar-lhe a mão, mas ele a levantou e abraçou-a afetuosamente.

"Logo percebi que a estranha, embora emitisse sons articulados e parecesse possuir uma linguagem própria, não era entendida e nem compreendida pelos camponeses. Eles faziam muitos sinais que eu não compreendia, mas vi que sua presença difundiu alegria pela casa, dissipando a tristeza tanto quanto o sol dissipa as névoas da manhã. Felix parecia particularmente feliz e saudava sua árabe com sorrisos de prazer. Agatha, a sempre gentil Agatha, beijou as mãos da adorável moça e, apontando para o irmão, fez sinais que me pareciam significar que ele andava triste até a chegada dela. Algumas horas foram passadas assim, enquanto eles, por seus semblantes, expressavam uma alegria cuja causa eu não compreendia. Depois, descobri, pela frequente repetição de algum som que a estranha repetia para eles, que ela se esforçava para aprender a linguagem deles e instantaneamente me ocorreu a ideia de que eu deveria usar as mesmas instruções para chegar ao mesmo fim. Ela aprendeu cerca de vinte palavras na primeira lição; a maioria delas, na verdade, eram aquelas que eu havia entendido antes, mas aproveitei as outras.

"Conforme a noite veio, Agatha e a árabe se recolheram cedo. Quando se separaram, Felix beijou a mão da moça e disse: 'Boa noite, doce Safie'. Sentou-se e conversou por mais algum tempo com o pai. Com a frequente repetição do nome dela, conjecturei que sua adorável convidada seria o assunto da conversa. Desejava ardentemente compreendê-los e inclinei todas as minhas capacidades para esse propósito, mas percebi que era totalmente impossível.

"Na manhã seguinte, Felix saiu para o trabalho e, depois de terminadas as ocupações habituais de Agatha, a árabe sentou-se aos pés do velho, pegou o violão dele e tocou algumas canções de beleza tão fascinante que logo se derramaram lágrimas de tristeza e prazer dos meus olhos. Quando cantava, sua voz fluía numa cadência rica, alçando ou baixando, como um rouxinol dos bosques.

"Quando terminou, ela entregou o violão a Agatha, que a princípio não o quis aceitar; porém, logo depois, ela tocou uma canção simples, e sua voz acompanhou-a com tonalidades suaves, mas sem a maravilhosa intensidade da estrangeira. O velho se mostrou encantado e disse algumas palavras que Agatha se esforçou para explicar a Safie e pelas quais ele parecia querer expressar que ela lhe concedeu um prazer enorme com sua música.

"Nesse momento, os dias transcorriam tão pacíficos como antes, com a mudança de que a alegria tomara o lugar da tristeza nos semblantes dos meus amigos. Safie estava sempre alegre e feliz; ela e eu melhoramos rapidamente no conhecimento da linguagem, de modo que, em dois meses, comecei a compreender a maioria das palavras proferidas pelos meus protetores.

"Enquanto isso, o terreno dos fundos também ficou coberto de relva; as cercas verdes entremeavam-se de inumeráveis flores, doces no perfume e suaves aos olhos, como estrelas de pálido resplendor entre os bosques ao luar. O sol ficou mais quente, as noites eram claras e amenas e os meus passeios noturnos eram um prazer extremo para mim, embora fossem consideravelmente encurtados pelo atraso do pôr do sol e pela antecipação da aurora. Eu jamais me aventurava a sair no exterior durante a luz do dia, receoso de receber o mesmo tratamento que havia sofrido na primeira aldeia em que entrei.

"Meus dias eram passados com estrita atenção para que eu pudesse mais depressa dominar a linguagem, e posso me vangloriar de que melhorei mais rapidamente do que a árabe, que entendia muito pouco e conversava com sotaque recortado, ao passo que eu compreendia e podia imitar quase todas as palavras que eram faladas.

"Enquanto melhorava na fala, aprendi também a ciência das letras, da maneira como era ensinada à estrangeira e isso abriu diante de mim um amplo campo de admiração e prazer.

"O livro pelo qual Felix instruía Safie era *As ruínas dos impérios*, de Volney. Eu não teria entendido a substância desse livro se Felix não o tivesse lido com explicações bem detalhadas. Ele escolheu essa obra, pelo que disse, porque o estilo declamatório era moldado em imitação dos autores orientais. Nessa obra, obtive algum conhecimento superficial da história, uma visão dos vários impérios existentes no mundo até o presente e discernimento sobre as maneiras, os governos e as religiões das diferentes nações da Terra. Ouvi falar dos asiáticos preguiçosos; do estupendo gênio e da atividade mental dos gregos; das guerras e das virtudes maravilhosas dos primeiros romanos, de sua subsequente degeneração e do declínio desse poderoso império; da cavalaria, do cristianismo e dos reis. Ouvi falar da descoberta do hemisfério americano e chorei com Safie pelo destino infeliz de seus habitantes originais.

"Essas maravilhosas narrativas inspiraram estranhos sentimentos em mim. Será que o homem era, de fato, tão poderoso, tão virtuoso e magnífico, mas tão depravado e vil? Num momento ele parecia um mero descendente do princípio do mal e, em outro, como tudo o que pode ser concebido de nobre e divino. Ser um homem grande e virtuoso parecia a maior honra a ser concedida a uma pessoa sensível; ser vil e depravado, como havia registro de muitos, parecia a mais baixa degradação, uma condição mais abjeta do que a da toupeira cega ou do verme inofensivo. Por um longo tempo eu não concebia como um homem podia matar seu camarada, ou mesmo por que existiam leis e governos; mas quando soube dos detalhes da depravação e do banho de sangue, meu encantamento cessou e eu me afastei com nojo e repugnância.

"Então, cada conversa dos camponeses abria novas maravilhas para mim. Enquanto escutava as instruções que Felix dava à árabe, o estranho sistema da sociedade humana me foi explicado. Ouvi falar da divisão da propriedade, de imensas riquezas e de esquálidas pobrezas, de posição, de descendência e de sangue nobre.

"As palavras me induziram a pensar em mim mesmo. Aprendi que as posses mais estimadas por tais criaturas, que são semelhantes a você, eram uma ascendência elevada e imaculada, unida à riqueza. Um homem poderia ser respeitado por apenas uma dessas vantagens, mas se não tivesse nenhuma, era considerado, salvo em raríssimos casos, um vagabundo ou um escravo, condenado a desperdiçar seus poderes para o lucro de poucos escolhidos! E eu, o que era? Da minha criação e do meu criador eu era absolutamente ignorante. Sabia que não possuía dinheiro algum, nenhum amigo, nenhum tipo de propriedade. Eu era, além disso, dotado de uma aparência horrorosamente deformada e repugnante, não possuía sequer a mesma natureza dos homens. Era mais ágil do que eles e podia sobreviver com uma dieta mais grosseira; capaz de enfrentar os extremos de calor e de frio com menores danos à minha carcaça; e, minha estatura excedia a deles. Quando olhava ao redor, não via e nem ouvia falar de alguém como eu. Então, será que eu era um monstro, uma nódoa sobre a Terra, alguma coisa da qual todos os homens fugiam e a quem todos repudiavam?

"Não posso descrever a agonia que essas reflexões infligiram à minha pessoa. Tentei dissipá-las, mas a tristeza só aumentou com o conhecimento. Oh! Porque não havia ficado para sempre no bosque onde nasci, sem conhecer ou sentir nada além das sensações de fome, sede e calor!

"De que estranha natureza é o conhecimento! Ele se apega à mente, quando ela já se apegou a ele, como o musgo sobre a rocha. Às vezes, eu desejava afastar todo pensamento e sentimento; mas aprendi que havia apenas um meio de superar a sensação de dor, que era a morte, um estado que eu temia, embora não compreendesse. Eu admirava as virtudes e os bons sentimentos, gostava das boas maneiras e das qualidades amigáveis dos meus camponeses, mas estava excluído de me comunicar com eles, a não ser por meios obtidos furtivamente, quando eu era invisível e desconhecido; o que aumentava, mais do que satisfazia, meu desejo de me tornar companheiro deles. Não eram para mim as palavras gentis de Agatha, nem os sorrisos animados da encantadora árabe; as meigas exortações do velho e a viva conversa do querido Felix não eram para mim, desgraçado, infeliz desgraçado!

"Outras lições me impressionaram muito mais profundamente. Ouvi falar da diferença de sexos, do nascimento e crescimento das crianças; de como o pai idolatrava os sorrisos do bebê e as brincadeiras animadas da criança mais velha; de como toda a vida e os cuidados da mãe se envolviam nessa preciosa missão, e de como a mente da juventude se expandia e ganhava conhecimento. Também ouvi falar de irmão, irmã e todas as várias relações que ligam os seres humanos uns aos outros em laços mútuos.

"Mas onde estavam os meus amigos e parentes? Nenhum pai tinha observado os dias da minha infância, nenhuma mãe me abençoou com sorrisos e carícias; ou, se isso aconteceu, toda a minha vida passada era agora um borrão, um vazio cego, no qual eu nada distinguia. Desde a minha primeira lembrança, eu havia sido como era então, em altura e proporções. Nunca vi nenhum ser semelhante a mim, ou que reivindicasse qualquer relação comigo. O que eu era? A questão recorrente, era sempre respondida apenas com lamentações.

"Logo explicarei as consequências desses sentimentos. Agora, porém, permita-me voltar aos camponeses, cuja história despertou em mim sentimentos tão variados como indignação, prazer e admiração, mas que terminou, de minha parte em relação aos meus protetores (como eu gostava de chamá-los, no meu inocente e meio doloroso autoengano), com muito mais amor e reverência."

CAPÍTULO 14

– Algum tempo passou antes de eu tomar conhecimento da história dos meus amigos. Era algo que não poderia deixar de impressionar profundamente a minha mente, porque se desdobrava numa série de circunstâncias, todas interessantes e maravilhosas para alguém tão inexperiente como eu.

"O nome do velho era De Lacey, descendente de uma boa família na França, onde viveu durante muitos anos em abastança, respeitado pelos superiores e estimado pelos iguais. Seu filho foi criado a serviço do país, e Agatha convivia com mulheres da mais alta distinção. Poucos anos antes da minha chegada, eles viviam numa cidade grande e luxuosa chamada Paris, rodeados de amigos e possuíam todos os prazeres que a virtude, o refinamento do intelecto ou do gosto, acompanhados por uma fortuna moderada, poderiam proporcionar.

"O pai de Safie tinha sido a causa da ruína deles. Tratava-se de um comerciante turco, que morava em Paris havia muitos anos, quando, por alguma razão que eu desconheço, tornou-se inconveniente para o governo. Ele foi preso no dia em que Safie chegou de Constantinopla para se juntar a ele. Foi julgado e condenado à morte. A injustiça da sentença era tão flagrante que toda Paris ficou indignada. Acreditava-se que a religião e a riqueza, mais do que o crime atribuído a ele, tinham sido as causas da condenação.

"Felix, por acaso, estava presente no julgamento. Seu horror e indignação foram incontroláveis quando ele ouviu a decisão do tribunal. Naquele momento, fez um voto solene de soltá-lo; então, passou a procurar os meios ao redor. Depois de várias tentativas infrutíferas de conseguir autorização para entrar na prisão, encontrou, numa parte desprotegida do prédio, uma janela fortemente gradeada, que iluminava o calabouço onde o infeliz maometano, acorrentado, aguardava em desespero a execução da bárbara sentença. À noite, Felix visitou a grade e deu a conhecer ao prisioneiro suas intenções em favor dele. O turco, maravilhado e encantado, tentou incentivar o zelo de seu libertador com promessas de recompensas e riquezas. Felix rejeitou essas ofertas com desprezo, mas quando viu a linda Safie, que tinha permissão para visitar seu pai e que, por gestos, expressava a mais viva gratidão, o jovem não pôde deixar de acreditar que o cativo possuía um tesouro que recompensaria plenamente o desgaste e o perigo que corria.

"O turco rapidamente percebeu a impressão que sua filha tinha causado no coração de Felix e procurou garantir mais inteiramente seus interesses com a promessa da mão dela em casamento, tão logo ele fosse levado a um lugar seguro. Felix era sensível demais para aceitar essa oferta, embora visse a probabilidade do evento como a consumação de sua felicidade.

"Nos dias seguintes, enquanto avançavam os preparativos para a fuga do comerciante, o zelo de Felix foi aquecido por várias cartas que ele recebeu dessa linda garota, que encontrava meios de expressar seus pensamentos na linguagem de seu amado com a ajuda de um velho criado de seu pai, que compreendia o francês. Ela lhe agradecia, nos mais ardentes termos, pelos serviços que ele pretendia fazer a seu pai e, ao mesmo tempo, deplorava profundamente seu próprio destino.

"Tenho cópias dessas cartas, pois encontrei meios, durante a minha residência no casebre, de adquirir os instrumentos de escrever, e as cartas muitas vezes estavam nas mãos de Felix ou de Agatha. Antes de partir, vou dá-las a você, como prova da verdade da história que conto; mas no momento, como o sol já está bem enfraquecido, eu só terei tempo de lhe repetir o conteúdo delas.

"Safie relatou que sua mãe era uma cristã-árabe, que foi raptada e escravizada pelos turcos; admirada pela beleza, ganhou o coração do pai de Safie, que se casou com ela. A moça falava com entusiasmo e em termos elevados da mãe, que, nascida em liberdade, desprezava a escravidão a que estava reduzida naquele momento. Ela educou a filha nos princípios de sua religião e a ensinou a aspirar a maiores poderes de intelecto e uma independência de espírito que eram proibidas às seguidoras de Maomé. Essa mulher morreu, mas suas lições ficaram marcadas de forma indelével na mente de Safie, que adoecia com a perspectiva de voltar à Ásia e ficar enclausurada nas paredes de um harém, com permissão apenas para se ocupar de diversões infantis, mal adaptadas ao temperamento de sua alma, agora acostumada a grandes ideias e a uma nobre emulação pela virtude. A perspectiva de casar-se com um cristão e permanecer num país onde as mulheres podiam ocupar uma posição na sociedade era encantadora para ela.

"O dia para a execução do turco foi fixado; mas na noite anterior, ele escapou da prisão e, antes do amanhecer, estava muitas léguas distante de Paris. Felix adquiriu passaportes em nome de seu pai, da irmã e de si próprio, e já havia comunicado seus planos ao turco, que ajudou na trama, deixando sua casa, a pretexto de fazer uma viagem, para se esconder, com a filha, numa parte obscura de Paris.

"Felix conduziu os fugitivos pela França até Lyon; dali eles atravessaram a passagem do Monte Cenis para Livorno, onde o comerciante decidiu esperar uma oportunidade favorável de passagem para alguma parte dos domínios turcos.

"Safie resolveu ficar com o pai até o momento de sua partida. Antes disso, o turco renovou a promessa de que ela deveria se unir a seu libertador.

Felix permanecia com eles na expectativa desse evento; enquanto isso, porém, desfrutava da companhia da árabe, que demonstrava para com ele o mais simples e terno afeto. Eles conversavam um com o outro com a ajuda de um intérprete e, às vezes, com a interpretação de olhares, e Safie cantava para ele as divinas canções de sua terra natal.

"O turco permitia que essa intimidade ocorresse e encorajava as esperanças dos jovens enamorados, embora em seu coração tivesse formado outros planos. Ele detestava a ideia de que sua filha se unisse a um cristão, mas temia o ressentimento de Felix, em caso de malogro, pois sabia que ainda estava em poder de seu libertador, que se quisesse, poderia denunciá-lo ao estado italiano em que se encontravam. Ele maquinava mil planos que lhe permitissem prolongar a farsa até que não fosse mais necessária, para então secretamente levar a filha com ele quando partisse. Seus planos foram facilitados por notícias que chegaram de Paris.

"O governo da França tinha ficado muito enraivecido com a fuga daquela vítima e não poupava esforços para detectar e punir o libertador. A trama de Felix rapidamente foi descoberta. De Lacey e Agatha foram lançados na prisão. A notícia chegou até Felix e despertou-o de seu sonho de prazer: o pai cego e idoso e a gentil irmã, jaziam num calabouço infecto, enquanto ele desfrutava da boa vida ao ar livre e da companhia daquela que amava. Essa ideia era uma tortura para ele. Rapidamente combinou com o turco que, se este encontrasse uma oportunidade favorável de escapar antes de Felix voltar à Itália, Safie permaneceria como interna num convento em Livorno. Assim, deixando a adorável árabe, correu para Paris e entregou-se à vingança da lei, na esperança de libertar De Lacey e Agatha com essa atitude.

"Não deu certo. Eles ficaram presos cinco meses antes do julgamento, cujo resultado privou-os de sua fortuna e os condenou ao exílio perpétuo de sua terra natal.

"Então, eles encontraram um asilo miserável naquela casa de campo da Alemanha, onde eu os descobri. Felix logo soube que o turco enganador, por causa de quem ele e sua família suportavam uma opressão tão inaudita, ao descobrir que seu libertador estava assim reduzido à pobreza e à ruína, tornou-se um traidor do bom sentimento e da honra e abandonou a Itália com a filha, enviando insultuosamente a Felix uma migalha de dinheiro, para ajudá-lo, como ele disse, em algum plano futuro de manutenção.

"Foram esses os acontecimentos que assolaram o coração de Felix e que o tornaram, quando o vi pela primeira vez, o mais infeliz de sua família. A miséria ele suportava; pois, embora esta aflição fosse a recompensa por sua virtude, vangloriava-se dela, mas a ingratidão do turco e a perda da amada Safie, eram infortúnios mais amargos e irreparáveis. A chegada da árabe incutiu nova vida em sua alma.

"Quando as notícias de que Felix perdera riqueza e posição chegaram a Livorno, o comerciante mandou a filha não pensar mais no amado e se preparar para voltarem à terra natal. A natureza generosa de Safie ultrajou-se com essa postura; ela tentou se queixar com o pai, mas ele a deixou com muita raiva, ao reiterar sua ordem tirânica.

"Poucos dias depois, o turco entrou no apartamento da filha e lhe disse apressadamente que tinha razões para acreditar que a presença deles em Livorno havia sido divulgada e que ele logo seria entregue ao governo francês; consequentemente, contratou uma embarcação para levá-lo a Constantinopla, cidade para qual deveria navegar em poucas horas. Ele pretendia deixar a filha aos cuidados de um criado de confiança, para seguir depois, quando quisesse, com a maior parte de seus bens, que ainda não tinham chegado a Livorno.

"Ao ficar sozinha, Safie decidiu em sua mente o plano de conduta que lhe convinha nessa emergência. Morar na Turquia era uma ideia abominável para ela; sua religião e seus sentimentos eram igualmente adversos à ideia. Por meio de alguns papéis de seu pai, que caíram em suas mãos, ela soube do exílio do amado e descobriu o nome do local onde ele morava. Hesitou por algum tempo; mas, por fim, formou sua convicção. Levando uma soma em dinheiro e algumas joias que lhe pertenciam, ela saiu da

Itália com uma criada nativa de Livorno, mas que compreendia a língua comum da Turquia e partiu para a Alemanha.

"Ela chegou em segurança a uma cidade a cerca de vinte léguas da casa de De Lacey. Então, a criada ficou muito doente. Safie cuidou dela com o mais dedicado afeto, mas a pobre moça morreu. A árabe ficou sozinha, sem conhecer a língua do país e ignorando os costumes do mundo, mas ela caiu em boas mãos: a italiana havia mencionado o nome do lugar para onde estavam se dirigindo, e depois da morte da criada, a mulher da casa em que elas viviam tomou providências para que Safie chegasse em segurança à casa de seu amado."

CAPÍTULO 15

– Essa história de meus amados camponeses me impressionou profundamente. Aprendi, a partir dos pontos de vista da vida social que ali foram desenvolvidos, a admirar as virtudes e a depreciar os vícios da humanidade.

"Até então, eu via o crime como um mal distante, a bondade, e a generosidade estavam sempre presentes diante de mim, incitando o desejo de me tornar um ator no agitado palco onde tantas qualidades admiráveis eram suscitadas e exibidas. Mas, ao prestar contas do progresso do meu intelecto, não devo omitir uma circunstância que ocorreu no início do mês de agosto desse mesmo ano.

"Uma noite, durante a minha visita habitual ao bosque vizinho, onde recolhia minha própria comida e trazia lenha para a casa dos meus protetores, encontrei no chão uma maleta de couro, contendo vários artigos de vestuário e alguns livros. Avidamente peguei o presente achado e voltei para o meu casebre. Felizmente, os livros eram escritos na língua dos rudimentos que eu tinha adquirido na casa de campo; consistiam de *Paraíso perdido*, um volume das *Vidas*, de Plutarco e *Os sofrimentos do jovem Werther*. A posse desses tesouros me deu um deleite extremo; agora eu continuamente estudava e exercitava a minha mente com essas histórias, enquanto meus amigos estavam ocupados com suas tarefas normais.

"Mal consigo descrever o efeito desses livros. Eles produziram em mim uma infinidade de novas imagens e sentimentos que, às vezes, me levavam ao êxtase, mas com mais frequência me afundavam no mais baixo abatimento. Em *Os sofrimentos do jovem Werther*, além do interesse da história simples e afetiva, tantas opiniões são examinadas e tantas luzes lançadas sobre temas que até então tinham sido obscuros para mim, que nesse livro eu encontrei uma fonte inesgotável de especulação e assombro. Os modos gentis e domésticos que descreve, combinado com sensações e sentimentos sublimes, que tinham por objeto algo fora de si, concordavam bem com a minha experiência entre os meus protetores e com as necessidades que estavam, para sempre, vivas em meu próprio peito. Porém, eu achava Werther um ser mais divino do que eu já tinha visto ou imaginado; seu caráter não continha nenhuma pretensão, mas fracassou inteiramente. Os questionamentos sobre a morte e o suicídio foram calculados para me encherem de admiração. Eu não pretendia entrar nos méritos do caso, mas me inclinava para as opiniões do herói, cuja extinção chorei, sem entender exatamente.

"Conforme lia, no entanto, aplicava muito pessoalmente aos meus próprios sentimentos e à minha própria condição. Eu me achava semelhante, mas ao mesmo tempo estranhamente diferente dos seres a respeito dos quais eu lia e de cujas conversas era ouvinte. Simpatizava com eles e em parte os compreendia, mas a minha mente era imatura. Eu não era dependente de ninguém e não me relacionava com ninguém. 'O caminho da minha partida estava livre' e não havia ninguém para lamentar o meu aniquilamento. Minha pessoa era horrorosa, minha estatura era gigantesca. O que isso significava? Quem era eu? O que eu era? De onde eu vim? Qual seria o meu destino? Essas questões eram sempre recorrentes, mas eu era incapaz de resolvê-las.

"O volume das *Vidas* de Plutarco que eu possuía continha as histórias dos primeiros fundadores das antigas repúblicas. Esse livro teve um efeito muito diferente sobre mim depois dos *Sofrimentos* de Werther. Aprendi, com a imaginação de Werther, sobre abatimento e tristeza, mas Plutarco me ensinou altos pensamentos; ele me elevou acima da miserável esfera de minhas próprias reflexões para admirar e amar os heróis dos tempos passados. Muitas coisas que li ultrapassavam o meu entendimento e a minha experiência. Eu tinha um conhecimento muito confuso dos reinos, das amplas extensões dos países, dos rios poderosos e dos mares ilimitados; mas desconhecia as cidades e os grandes ajuntamentos de pessoas. A casa de meus protetores tinha sido a única escola na qual eu estudara a natureza humana; mas esse livro desenvolveu novas e mais poderosas cenas de ação. Li a respeito de homens envolvidos em assuntos públicos, governando ou massacrando suas espécies. Senti crescer dentro de mim grande ardor pela virtude e, ainda, aborrecimento pelo vício, na medida em que compreendia o significado desses termos, por mais relativos que fossem, quando os aplicava, sozinho, ao prazer e à dor. Induzido por esses sentimentos, fui naturalmente levado a admirar pacíficos legisladores, como Numa, Sólon e Licurgo, preferencialmente Rômulo e Teseu. As vidas patriarcais de meus protetores fizeram com que essas impressões ganhassem firmeza na minha mente; talvez, se minha primeira introdução à humanidade tivesse sido feita por um jovem soldado, inflamado por glórias e matanças, eu estivesse imbuído de diferentes sensações.

"Mas *Paraíso perdido* despertou emoções diferentes e muito mais profundas; eu o li, como tinha lido os outros volumes que caíram em minhas mãos, como uma história de verdade. Ele mexia com todos os sentimentos de admiração e temor que a imagem de um Deus onipotente, em guerra com suas criaturas, seria capaz de animar. Muitas vezes eu referi as várias situações, quando a semelhança delas me atingia, à minha própria condição. Como Adão, aparentemente eu não estava unido por nenhum vínculo a nenhum outro ser existente, mas o estado dele era muito diferente do meu em cada aspecto. Ele saiu das mãos de Deus como uma criatura perfeita, feliz e próspera, guardada pelo cuidado especial de seu Criador; ele podia conversar e adquirir conhecimento de seres de natureza superior. Muitas vezes, considerei Satanás como o emblema mais adequado da minha condição, pois sempre, como ele, quando eu via a felicidade de meus protetores, o amargo veneno da inveja crescia dentro de mim.

"Outras circunstâncias fortaleceram e confirmaram esses sentimentos: logo depois de minha chegada na cabana, descobri alguns papéis no bolso da roupa que veio do seu laboratório. A princípio, eu os negligenciei; mas depois, quando me tornei capaz de decifrar os caracteres em que estavam escritos, comecei a estudá-los com diligência. Era o seu diário, dos quatro meses que precederam à minha criação. Nesses papéis, você descreveu minuciosamente cada passo que seguiu no progresso do seu trabalho. Essa história se mistura com relatos de ocorrências domésticas. Você, sem dúvida, recorda-se desses papéis: aqui estão eles. Cada coisa que se refere à minha origem maldita, está relacionada neles; todos os detalhes dessa série de circunstâncias repugnantes que a produziram está exposta à vista. A descrição minuciosa de minha odiosa e repugnante pessoa era feita numa linguagem que pintava os seus próprios horrores e que me marcou de forma indelével. Adoeci quando li tudo isso. 'Odioso o dia em que recebi a vida!', exclamei em agonia. 'Criador maldito, por que me formou um monstro tão horrendo que até você se afastou de mim enojado? Deus, piedoso, fez o homem à sua imagem, bonito e sedutor, mas minha forma é um tipo borrado da sua, mais horrível, mesmo tendo a mesma semelhança. Satanás teve seus companheiros, demônios amigos, para admirá-lo e encorajá-lo; mas eu, eu sou solitário e aborrecido.'

"Essas foram as reflexões das minhas horas de abatimento e solidão; mas quando contemplava as virtudes dos camponeses, suas disposições amáveis e benevolentes, eu me convenci de que caso se familiarizassem com a minha admiração por suas virtudes, eles se compadeceriam de mim e ignorariam a minha deformidade pessoal. Será que fechariam a porta para alguém, por mais monstruoso que fosse, que lhes solicitasse compaixão e amizade? Resolvi, pelo menos, não me desesperar, mas em todos os sentidos me preparar para uma entrevista com eles, que decidiria o meu destino. Adiei essa tentativa por alguns meses mais, pois a importância ligada a seu sucesso me inspirava o temor de que falharia. Além disso, descobri que a minha compreensão melhorava tanto com a experiência de cada dia, que não estava disposto a começar a essa empreitada até que alguns meses mais fossem acrescentados à minha sagacidade.

"Várias mudanças, enquanto isso, ocorreram na casa de campo. A presença de Safie difundiu felicidade entre os moradores; também descobri que reinava ali um maior grau de abundância. Felix e Agatha passavam mais tempo em diversão e conversas e eram assistidos em seus trabalhos por serviçais. Eles não pareciam ricos, mas satisfeitos e felizes; seus sentimentos eram serenos e pacíficos, enquanto os meus se tornavam cada vez mais tumultuados. O aumento de conhecimento só me revelou com mais clareza o pária desgraçado que eu era. Eu nutria esperanças, é verdade, mas elas desapareciam quando eu via a minha pessoa refletida na água, ou a minha sombra à luz da lua, mesmo como frágil imagem e sombra inconstante.

"Esforçava-me para esmagar esses medos e fortificar-me para o julgamento a que, em poucos meses, resolvi me submeter e, às vezes, permitia que os meus pensamentos, sem o controle da razão, passeassem pelos campos do Paraíso e se atrevessem a imaginar amáveis e adoráveis criaturas simpatizando com os meus sentimentos e animando a minha tristeza, com seus semblantes angelicais estampando sorrisos de consolação, mas tudo não passava de sonho; nenhuma Eva amenizava os meus sofrimentos, nem compartilhava os meus pensamentos; eu estava sozinho. Lembrei-me da súplica de Adão ao seu Criador, mas onde estava o meu? Ele me abandonara e, na amargura do meu coração, eu o amaldiçoei.

"O outono passou. Vi, surpreso e entristecido, as folhas murcharem e caírem, e a natureza voltar a assumir a aparência estéril e desolada que vestia quando vi pela primeira vez o bosque e a adorável lua. Contudo, não dei atenção à inclemência do clima. Eu estava mais bem preparado pela minha conformação para resistir ao frio do que ao calor. Apesar disso, meus principais agrados eram a visão das flores, os pássaros e todos os alegres adornos do verão; quando eles me deixaram, destinei mais atenção aos camponeses. A felicidade deles não diminuiu pela ausência do verão. Eles gostavam e simpatizavam uns com os outros; e suas alegrias, que interdependiam de todos, não eram interrompidas pelos incidentes ao redor. Quanto mais eu os observava, maior era o meu desejo de reivindicar a proteção e a bondade deles. Meu coração ansiava ser conhecido e amado por aquelas amáveis criaturas. Ver seus doces olhares dirigidos a mim com carinho, era o limite máximo de minha ambição e eu não ousava pensar que eles os desviariam de mim com desdém e horror. Os pobres que batiam à porta deles nunca eram expulsos. Eu pedia, é verdade, maiores tesouros do que um pouco de comida ou descanso: eu solicitava bondade e simpatia. Não acreditava que fosse totalmente indigno disso.

"O inverno avançou, e um giro completo das estações havia ocorrido desde que eu despertara na vida. Minha atenção, nesse momento, era dirigida unicamente para o meu plano de me apresentar na casa dos meus protetores. Examinei vários projetos e, por fim, fixei-me naquele de entrar na habitação quando o velho cego estivesse sozinho. Tive sagacidade suficiente para descobrir que a condição hedionda e monstruosa da minha pessoa era o principal objeto de horror daqueles que tinham me visto anteriormente. Minha voz, embora rude, não tinha nada de terrível. Pensei, portanto, que se pudesse ganhar a boa vontade e a mediação do velho De Lacey na ausência de seus filhos, eu poderia, por meio dele, ser tolerado pelos meus protetores mais jovens.

"Um dia, quando o sol brilhava sobre as folhas vermelhas que se espalhavam pelo solo e difundia satisfação, embora negando calor, Safie, Agatha e Felix partiram numa longa caminhada pelo campo, e o velho, a seu próprio desejo, foi deixado sozinho na casa de campo. Quando seus filhos se afastaram, ele pegou o violão e tocou várias canções tristes, porém doces; muito mais doces e mais tristes do que eu jamais o tinha ouvido tocar antes. No começo, seu semblante estava iluminado de prazer, mas conforme continuava, ficou pensativo e triste; finalmente, deixando de lado o instrumento, permaneceu absorto em reflexões.

"Meu coração batia rápido; tinha chegado a hora e o momento da tentativa que definiria as minhas esperanças ou realizaria os meus medos. Os serviçais saíram para uma feira na vizinhança. Tudo estava em silêncio dentro e em volta da casa: era uma excelente oportunidade. Apesar disso, quando dei início à execução do meu plano, as pernas me falharam e eu me afundei no chão. Novamente me levantei e exercendo toda a firmeza de que era mestre, removi as tábuas que colocara diante do meu casebre para ocultar o meu refúgio. O ar fresco me reviveu e, com renovada determinação, aproximei-me da porta da cabana.

"Bati. 'Quem está aí', o velho perguntou. 'Entre.' E eu entrei. 'Perdoe a intromissão', eu disse, 'sou um viajante em busca de algum descanso; o senhor muito me agradaria se me permitisse ficar alguns minutos diante do fogo'.

"'Entre', disse De Lacey, 'e tentarei aliviar as suas necessidades; mas infelizmente meus filhos estão fora de casa e, como sou cego, receio que tenha dificuldade em conseguir comida para você'.

"'Não se preocupe, meu amável anfitrião, tenho comida, é só de calor e descanso que eu preciso.'

"Eu me sentei, e um silêncio se seguiu. Sabia que cada minuto era precioso para mim, mas permanecia indeciso sobre a maneira de começar a entrevista, quando o velho homem se dirigiu a mim.

"'Pela sua língua, estranho, suponho que seja meu compatriota. É francês?'

"'Não, mas fui educado por uma família francesa e só compreendo essa língua. Estou a caminho de reivindicar a proteção de alguns amigos, a quem sinceramente amo e de cujo favor tenho algumas esperanças.'

"'São alemães?'

"'Não, são franceses, mas vamos mudar de assunto. Sou uma criatura infeliz e solitária. Olho ao redor e não tenho nenhuma relação ou amigo sobre a Terra. Essas pessoas amáveis a quem busco nunca me viram e pouco sabem de mim. Estou cheio de medos, porque se falhar, serei para sempre um proscrito no mundo.'

"'Não se desespere. Estar desamparado é, de fato, uma desgraça, mas os corações humanos, quando não prejudicados por nenhum interesse evidente, são cheios de caridade e amor fraternal. Confie, portanto, em suas esperanças, e se esses amigos são bons e amáveis, não se desespere.'

"'Eles são bondosos, são as criaturas mais excelentes do mundo; mas, infelizmente, são preconceituosos contra mim. Possuo boas intenções, minha vida até agora tem sido inofensiva e, em certo grau, até benéfica, mas um preconceito fatal turva os olhos deles e onde deveriam ver um amigo sensível e amável, enxergam apenas um monstro detestável.'

"'Isso é realmente ruim; mas se você é realmente irrepreensível, não consegue fazê-los mudar de ideia?'

"'Estou prestes a empreender essa tarefa. E é por conta disso que sinto medos tão esmagadores. Amo esses amigos com ternura; tenho, sem o conhecimento deles, por muitos meses, feito parte em hábitos de bondade diária para com eles; mas eles acreditam que quero feri-los e é esse preconceito que eu desejo superar.'

"'Onde moram esses amigos?'

"'Perto deste local.'

"O velho fez uma pausa e continuou: 'Se você me confiar sem reservas os detalhes da sua história, talvez eu possa ser útil para dissuadi-los. Sou cego, não posso julgar o seu semblante; mas em suas palavras existe algo que me convence de que você é sincero. Sou pobre e exilado; mas isso me proporcionará o verdadeiro prazer de ser, de algum modo, útil a uma criatura humana.'

"'Excelente homem! Agradeço e aceito a sua generosa oferta. Vai me levantar do pó com essa bondade; confio que, com a sua ajuda, não serei afastado da sociedade e da simpatia dos seus semelhantes.'

"'Deus me livre! Mesmo se você fosse realmente um criminoso. Pois só isso poderia levá-lo ao desespero e deixaria de instigá-lo à virtude. Também sou infeliz, eu e minha família fomos condenados; julgue, portanto, o que não sinto pelos seus infortúnios.'

"'Como posso agradecê-lo, meu melhor e único benfeitor? Dos seus lábios pela primeira vez ouvi a voz da bondade dirigida a mim. Eu lhe serei grato para sempre e sua presente humanidade me assegura do sucesso com os amigos que estou a ponto de encontrar.'

"'Posso saber os nomes e o local da residência desses amigos?'

"Fiz uma pausa; achei que aquele fosse o momento da decisão, que haveria de me roubar ou de me conceder a felicidade para sempre. Lutei, em vão, por firmeza suficiente para responder a ele; mas o esforço destruiu toda a minha força restante. Afundei na cadeira e passei a soluçar alto. Nesse momento, ouvi os passos de meus protetores mais jovens. Não tinha um momento a perder. Então, pegando na mão do velho, gritei: 'chegou a hora! Proteja-me! Você e sua família são os amigos que procuro. Não me abandone na hora da provação!'.

"'Bom Deus', exclamou o velho. 'Quem é você?'

"Nesse mesmo instante, a porta da casa se abriu. Felix, Safie e Agatha entraram. Quem poderia descrever o horror e a consternação deles ao me verem? Agatha desmaiou; Safie, incapaz de ajudar sua amiga, saiu correndo da casa. Felix, com uma força sobrenatural, me arrancou de seu pai, a cujos joelhos eu me agarrei. Ele, num transporte de fúria, me lançou ao chão e me golpeou violentamente com uma bengala. Eu poderia tê-lo rasgado membro a membro, como o leão rasga o antílope; mas o meu coração afundou dentro de mim como se com uma doença amarga, e eu me abstive. Ele estava a ponto de repetir o golpe, quando eu, dominado pela dor e pela angústia, saí da casa e, no tumulto geral, escapei despercebido para a minha cabana."

CAPÍTULO 16

– Maldito criador, maldito! Por que vivo? Por que, naquele instante, não apaguei a faísca de existência que você tão desnecessariamente concedeu a mim? Nada sei! O desespero ainda não tinha tomado posse de mim; meus sentimentos eram de raiva e vingança. Eu poderia, com prazer, ter destruído a casa de campo e seus moradores e ter me divertido, a fartar, com os gritos e a infelicidade deles.

"Quando a noite chegou, saí do meu refúgio e vaguei pelo bosque. Não mais restrito pelo medo da descoberta, dei vazão à minha angústia, soltando uivos terríveis. Eu era como um animal selvagem que tinha quebrado os grilhões: destruía os objetos que obstruíssem a minha passagem e percorria o bosque com a rapidez de uma corça. Que noite miserável passei! As estrelas frias brilhavam zombeteiras, as árvores nuas agitavam seus galhos acima de mim. De vez em quando, a doce voz de um pássaro explodia em meio à calmaria geral. Todos, exceto eu, estavam satisfeitos ou descansavam. Eu, como o arquidemônio, tinha um inferno dentro de mim, e sentindo-me incomodado, queria destruir as árvores, espalhar destroços assim como provocar destruição ao meu redor, para depois sentar e apreciar a ruína.

"Mas essa luxúria de sensações não podia perdurar. Fiquei exausto com o excesso de esforço físico e afundei na relva úmida, com a impotência doentia do desespero. Não havia um só homem, entre as miríades existentes, que me ajudasse ou se apiedasse de mim. Devia eu sentir bondade para com os meus inimigos? Não! A partir desse momento, declarei guerra permanente contra a espécie e, acima de tudo, contra aquele que me formou e me destinou a essa insuportável desgraça.

"O sol se levantou. Ouvi o vozerio dos homens e soube que seria impossível voltar ao meu retiro durante aquele dia. Em consequência, escondi-me num matagal espesso, determinando a dedicar as horas seguintes a refletir sobre a minha situação.

"O agradável brilho do sol e o ar puro do dia restabeleceram em mim um certo grau de tranquilidade e, quando considerei o que havia passado na casa de campo, não pude deixar de crer que tinha sido precipitado demais em minhas conclusões. Era evidente que minha conversa interessara o pai em meu favor, e que eu havia sido um tolo expondo minha pessoa ao horror de seus filhos. Devia ter familiarizado o velho De Lacey comigo, para gradualmente me revelar ao resto da família, quando eles estivessem preparados para a minha abordagem. Apesar disso, não acreditava que os meus erros fossem irrecuperáveis. Depois de muita consideração, resolvi voltar para a casa, procurar o velho e, com as minhas explicações, conquistá-lo para o meu lado.

"Esses pensamentos me acalmaram e, à tarde, mergulhei em profundo sono; mas a febre no meu sangue não me permitia ser visitado por sonhos pacíficos. A horrível cena do dia anterior estava atuando diante dos meus olhos, as mulheres fugiam e o enfurecido Felix me arrancava dos pés de seu pai. Acordei exausto. Achando que já era noite, saí de meu esconderijo e fui em busca de comida.

"Quando a fome foi pacificada, dirigi os passos pelo bem conhecido caminho que levava ao chalé. Tudo estava em paz. Rastejei para me infiltrar no meu casebre, onde, em silenciosa expectativa, aguardei a hora costumeira de a família se levantar. Esse horário passou, o sol se erguia alto nos céus, mas os camponeses não apareciam. Eu tremia violentamente, pressentindo alguma terrível desgraça. O interior da casa estava escuro e eu não escutava nenhum movimento. Não posso descrever a agonia desse suspense.

"Em seguida, dois moradores locais passaram por ali; mas pararam perto da casa e entraram em conversa, utilizando gesticulações violentas. Não entendi o que disseram, pois falavam a linguagem do país, que diferia daquela dos meus protetores. Pouco depois, porém, Felix se aproximou com outro homem. Fiquei surpreso, pois sabia que ele não havia saído da cabana naquela manhã e esperava ansiosamente descobrir, pela sua fala, o significado daqueles aparecimentos incomuns.

"'Está considerando', disse o companheiro a ele, 'que você será obrigado a pagar três meses de aluguel e que vai perder a produção do seu jardim? Não desejo tirar nenhuma vantagem injusta, e por isso, peço que leve alguns dias para considerar a sua determinação'.

"'É totalmente inútil', Felix replicou, 'jamais voltaremos a morar na sua casa. A vida de meu pai está correndo o maior perigo, devido à terrível circunstância que relatei. Minha mulher e a minha irmã nunca se recuperarão desse horror. Peço que não discuta mais comigo. Tome posse da sua propriedade e me deixe sumir desse lugar'.

"Felix tremia fortemente ao dizer isso. Ele e seu companheiro entraram no chalé, onde permaneceram alguns minutos e depois partiram. Nunca mais vi ninguém da família de De Lacey.

"Continuei o resto do dia na minha cabana, num estado de desespero absoluto, insuportável. Meus protetores tinham partido e estava quebrado o único elo que me prendia ao mundo. Pela primeira vez, os sentimentos de vingança e ódio encheram o meu peito e não me esforcei para controlá-los; mas deixando-me levar pela correnteza, voltei a mente para a injúria e para a morte. Quando pensei nos meus amigos, na voz suave de De Lacey, nos doces olhos de Agatha e na beleza exuberante da árabe, esses pensamentos desapareceram, e um jorro de lágrimas me acalmou um pouco, mas novamente, quando refleti que eles haviam me desprezado e abandonado, a raiva voltou como uma ira furiosa. Incapaz de ferir qualquer ser humano, direcionei minha fúria para objetos inanimados. Quando a noite avançou, coloquei uma variedade de combustíveis ao redor da casa, e, depois de ter destruído cada vestígio de cultivo no jardim, esperei impaciente até a lua afundar para dar início às minhas operações.

"À medida que a noite avançava, um vento feroz soprou do bosque e rapidamente dispersou as nuvens que flutuavam no céu. A explosão rompeu como uma avalanche poderosa e produziu nos meus espíritos uma espécie de insanidade que ultrapassou os limites da razão e da reflexão. Iluminei o galho seco de uma árvore e dancei com furor em volta da casa condenada, com os olhos ainda fixos no horizonte ocidental, cuja borda quase tocava a lua. Uma parte de sua esfera finalmente se escondeu. Agitei a minha tocha e com um grito vigoroso, incendiei a palha, a urze e os galhos que havia recolhido. O vento abanou o fogo e a casa foi rapidamente envolvida pelas chamas que se agarraram a ela, lambendo-a com suas labaredas bifurcadas e destruidoras.

"Assim que me convenci de que nenhuma ajuda poderia salvar qualquer parte da habitação, saí de cena e busquei refúgio na floresta.

"E agora, com o mundo diante de mim, para onde devia direcionar os passos? Resolvi fugir do cenário dos meus infortúnios, mas, para mim, odiado e desprezado, qualquer país devia ser igualmente horroroso. Por fim, a sua lembrança cruzou a minha mente. Pelos seus papéis, eu ficara sabendo que você era o meu pai, o meu criador: a quem eu poderia recorrer mais adequadamente senão àquele que me dera a vida? Entre as lições que Felix concedeu a Safie, a geografia não tinha sido omitida; eu aprendi a respeito das situações relativas aos diferentes países da Terra. Você tinha mencionado Genebra como o nome de sua cidade natal, e foi para esse lugar que eu resolvi prosseguir.

"Mas quem era eu para dirigir a mim mesmo? Sabia que devia viajar em direção ao Sudoeste para chegar ao meu destino; mas o sol era o meu único guia; não sabia os nomes das cidades pelas quais passava, nem poderia pedir informações a nenhum ser humano, mas não me desesperei. Somente de você eu poderia esperar socorro, embora não lhe tivesse outro sentimento que não fosse o de ódio. Insensível criador sem coração! Você me dotou de percepções e paixões e então me lançou fora como um objeto de desprezo e horror para a humanidade. Apesar de tudo, só a você eu poderia apresentar qualquer reivindicação de piedade e remediação e de você eu decidi buscar a justiça que em vão tentei ganhar de qualquer outro ser que usasse a forma humana.

"Minhas viagens foram longas, e intensos foram os sofrimentos que enfrentei. Era final do outono quando deixei o distrito onde residi por tanto tempo. Eu viajava apenas à noite, temendo encontrar o rosto de algum ser humano. A natureza decaía ao meu redor; o sol, ficou sem calor; a chuva e a neve derramavam-se em torno de mim; os rios poderosos congelaram; a superfície da terra se tornou dura, fria e nua. Eu não encontrava abrigo. Oh, Terra! Quantas vezes lancei maldições sobre a causa do meu ser. A suavidade da minha natureza fugiu, e tudo dentro de mim se transformou em fel e amargor. Quanto mais perto eu chegava da sua moradia, mais profundamente sentia o espírito de vingança aceso em meu coração. A neve caiu, as águas endureceram, mas eu não descansei. Alguns incidentes de vez em quando me guiavam, e eu tinha um mapa do país; mas muitas vezes, vagava longe do meu caminho. A agonia dos meus sentimentos não me permitia trégua. Não acontecia nenhum incidente do qual a minha raiva e a minha infelicidade não conseguiam extrair alimento, mas uma circunstância que aconteceu quando cheguei aos confins da Suíça, quando o sol recuperou seu calor, e a terra novamente começou a ficar verde, confirmou de forma especial a amargura e o horror de meus sentimentos.

"Geralmente, eu descansava durante o dia e só viajava pela noite, quando estava protegido da visão do homem. Uma manhã, entretanto, percebendo que meu trajeto seguia por um bosque imenso, arrisquei continuar a viagem depois que o sol se levantou. O dia, que era um dos primeiros da primavera, animou até mesmo a mim, pela beleza do amanhecer e pela brandura do ar. Senti as emoções de tranquilidade e prazer, que havia muito pareciam mortas, reviverem dentro de mim. Meio surpreso com a novidade dessas sensações, permiti-me ser levado por elas, e, esquecendo-me da solidão e da deformidade, ousei ser feliz, mas lágrimas sutis voltaram a salpicar meu rosto e até levantei os olhos úmidos em agradecimento ao sol abençoado que derramava essa alegria sobre mim.

"Continuei a serpentear pelos caminhos do bosque, até chegar ao seu limite, que era contornado por um rio profundo e rápido, sobre o qual muitas das árvores curvavam seus ramos, agora brotando no início da primavera. Então, fiz uma pausa, sem saber exatamente qual caminho percorreria; foi quando ouvi o som de vozes que me induziram a me ocultar à sombra de um cipreste. Mal me escondi, quando uma moça veio correndo para o lugar onde eu estava escondido, rindo, como se fugisse de alguém numa diversão. Ela continuou seu percurso ao longo das margens íngremes do rio, quando, de repente, seu pé deslizou e ela caiu na correnteza. Saí correndo do meu esconderijo e, com extrema dificuldade, pela força da água, salvei-a e a arrastei para a margem. Ela estava inconsciente e eu me esforcei com todos os meios ao meu alcance para lhe restaurar a animação. Subitamente, fui interrompido pela aproximação de um ignorante, que devia ser a pessoa de quem ela fugia de brincadeira. Ao me ver, ele se atirou em cima de mim, arrancou a menina dos meus braços e disparou em direção às partes mais distantes do bosque. Eu o segui depressa, sem saber por quê, mas quando o homem me viu chegar perto, apontou uma arma contra o meu corpo e disparou. Afundei no chão, e meu agressor escapou para o bosque com a maior rapidez.

"Essa foi, portanto, a recompensa da minha bondade! Salvei um ser humano da destruição e como recompensa agora me contorço sob a dor lazarenta de um ferimento, que machucou carne e osso. Os sentimentos de bondade e gentileza que eu tinha desfrutado apenas alguns instantes

antes, deram lugar à raiva infernal e ao ranger de dentes. Inflamado pela dor, jurei ódio eterno e vingança contra toda a humanidade, mas a agonia da minha ferida me dominou, meus pulsos pararam e eu desmaiei.

"Durante algumas semanas, levei uma vida miserável na floresta, tentando curar o ferimento. A bala entrou no meu ombro, e eu não sabia se ela havia saído ou se continuava ali. De qualquer modo, não tinha meios de extraí-la. Além da dor infligida, ao meu sofrimento ainda se juntaram os sentimentos opressivos da injustiça e da ingratidão. Minhas juras diárias aumentaram e passaram a exigir que eu fosse à forra, a uma desforra profunda e mortal, que sozinha compensasse os ultrajes e a angústia que eu suportava.

"Depois de algumas semanas, minha ferida sarou e continuei a jornada. As tarefas que eu realizava não eram mais aliviadas pelo sol brilhante, nem pelas brisas suaves da primavera. Toda alegria era apenas um escárnio que insultava minha desolação e me fazia sentir mais dolorosamente que eu não havia sido feito para o desfrutar do prazer.

"Mas minhas dificuldades agora se aproximavam de um fim e, a partir desse momento, em dois meses alcancei os arredores de Genebra.

"Era noite quando cheguei e me retirei para um esconderijo nos campos que cercam a cidade, para meditar de que maneira deveria me apresentar a você. Estava oprimido pela fadiga e pela fome e demasiado infeliz para apreciar as calmas brisas da noite, ou a perspectiva do pôr do sol atrás das estupendas montanhas do Jura.

"Nessa hora, um sono leve me aliviou da dor da reflexão, mas foi perturbado pela aproximação de uma bela criança, que veio correndo para o refúgio que eu tinha escolhido, com toda a energia da infância. De repente, enquanto olhava para o menino, uma ideia me assaltou: aquela pequena criatura não teria preconceito e tinha vivido um tempo curto demais para estar embebida do horror de deformidade. Se, portanto, pudesse agarrar o menino, para educá-lo como meu companheiro e amigo, eu não ficaria tão isolado naquela terra povoada.

"Impelido por esse impulso, peguei o menino quando ele passou e puxei-o para mim. Quando ele viu minha forma, colocou as mãos diante dos olhos e soltou um grito agudo. Puxei com força as mãos de seu rosto e disse: 'Filho, qual é o significado disso? Não pretendo machucá-lo, ouça-me.'

"Ele lutou violentamente. 'Deixe-me ir, ele gritou, 'monstro, feio miserável, você quer me comer e me rasgar em pedaços. Você é um ogro. Deixe-me ir, ou vou contar ao meu papai'.

"'Garoto, você nunca mais verá o seu pai novamente, você deve vir comigo.'

"'Monstro horrível, deixe-me ir embora. Meu pai é do governo. É o sr. Frankenstein. Ele vai puni-lo, não se atreva a me prender.'

"'Frankenstein? Então você pertence ao meu inimigo! Foi a ele que jurei vingança eterna. Você será minha primeira vítima.'

"A criança ainda lutava e me agredia com epítetos que traziam desespero ao meu coração. Agarrei o menino pela garganta para silenciá-lo e num instante ele estava morto aos meus pés.

"Olhei para a minha vítima, e meu coração inflou de exultação e triunfo infernal. Batendo palmas, exclamei: 'Também posso criar desolação; o meu inimigo não é invulnerável; essa morte vai levar desespero a ele; mil outras misérias o atormentarão e destruirão'.

"Quando fixei os olhos na criança, vi algo cintilando em seu peito; peguei: era o retrato de uma mulher adorável. Apesar da minha malignidade, ela me suavizou e me atraiu. Por alguns momentos, eu me deleitei com seus olhos escuros, orlados por cílios compridos, e seus belos lábios; mas logo a minha raiva retornou. Lembrei-me de que estava para sempre privado dos prazeres que tais belas criaturas podiam conceder e que a semelhança que eu contemplava, em relação a mim, mudava esse ar de bondade divina para uma expressão de nojo e pavor.

"Você pode imaginar como esses pensamentos me arrebataram de raiva? Só me arrependo de, naquele momento, em vez de expelir minhas sensações em exclamações e agonia, não ter corrido para a humanidade e perecido na tentativa de destruí-la.

"Dominado por tais sentimentos, saí do local onde cometi o assassinato e procurei um esconderijo mais isolado. Entrei num celeiro que parecia vazio. Uma mulher dormia sobre um pouco de palha. Era jovem, não tão bonita como o retrato que eu tinha, mas de um aspecto agradável, florescendo na beleza da juventude e da saúde. Aqui, pensei, está um daqueles sorrisos de alegria que são concedidos a todos, menos a mim. Então, inclinei-me sobre ela e sussurrei: 'Desperte, bela, seu amado está próximo, aquele que daria a própria vida apenas para obter um olhar de afeição dos seus olhos: desperte, amada minha!'.

"A moça adormecida se mexeu. Um arrepio de horror percorreu todo o meu ser. E se ela realmente acordasse, me visse, me amaldiçoasse e denunciasse o assassino? Certamente agiria assim, caso seus olhos escuros se abrissem e ela me visse. Esse pensamento era loucura e agitou o demônio dentro de mim: não eu, mas ela deveria sofrer; cometi o assassinato porque estava para sempre impossibilitado de obter tudo o que ela poderia me dar; ela devia padecer, sofrer as consequências. O crime tinha sua origem nela; a punição seria dela! Graças às lições de Felix e às sanguinárias leis dos homens, eu aprendera então a praticar o mal. Eu me inclinei sobre ela e coloquei o retrato firmemente numa dobra de seu vestido. Ela se mexeu novamente e eu fugi.

"Durante dias, assombrei o lugar onde essas cenas ocorreram, às vezes, desejando ver você, às vezes, decidido a abandonar o mundo e suas desgraças para sempre. Finalmente, perambulei em direção às montanhas, alcançando seus recônditos inacessíveis, consumido por uma paixão ardente que só você poderia saciar. Não podemos nos separar até que prometa atender à minha súplica. Sou solitário e desgraçado, nenhum homem se associará a mim, mas uma pessoa tão deformada e medonha como eu não se negaria a negá-la de mim. Minha companhia deve ser da mesma espécie e deve ter os mesmos defeitos que eu. É esse o ser vivo que você precisa criar."

CAPÍTULO 17

Aquele ser vivente terminou de falar e fixou seu olhar sobre mim, na expectativa de uma resposta, mas eu estava atônito, perplexo, incapaz de organizar minhas ideias o suficiente para entender toda a extensão da proposta dele, que continuou:

– Você deve criar uma fêmea para mim, com quem eu possa viver no intercâmbio daquelas simpatias necessárias à minha existência. Isso só você pode fazer e é algo que eu lhe peço como um direito que não deve se recusar a conceder.

A última parte dessa história despertou em mim a raiva que havia desaparecido enquanto ele narrava sua vida pacífica entre os camponeses. E, ao dizer isso, não pude mais reprimir a ira que ardia dentro de mim.

– Recuso veementemente – respondi. – E nenhuma tortura jamais extorquirá algum consentimento meu. Você pode me tornar o mais desgraçado dos homens, mas jamais me tornará vil aos meus próprios olhos. Devo criar outro ser como você, cuja iniquidade conjunta poderia devastar o mundo? Nunca! Minha resposta está dada; você pode me torturar, mas jamais consentirei.

– Você está errado – replicou o demônio. – E, em vez de ameaçá-lo, estou contente em discutir com você. Sou malicioso porque sinto uma gigantesca desolação. Não sou desprezado e odiado por toda a humanidade? Você, meu criador, pode me despedaçar e triunfar; lembre-se disso e me diga: por que devo ter misericórdia do homem mais do que ele se compadece de mim? Você não chamaria de assassinato se pudesse me atirar numa daquelas fendas de gelo e destruir a minha carcaça, trabalho de suas próprias mãos. Devo respeitar o ser humano que me condena? Que conviva comigo em intercâmbio de bondade; pois, em vez de feri-lo, eu concederia todos os benefícios a ele, com lágrimas de gratidão por sua aceitação, mas isso não pode acontecer; os sentimentos humanos são barreiras insuperáveis para a nossa união; mas meu sentimento não será a submissão da escravidão abjeta. Vingarei minhas chagas: se não posso inspirar amor, causarei medo. E, principalmente com relação a você, meu arqui-inimigo, por ser o meu criador, eu juro ódio inextinguível. Cuidado: trabalharei para a sua destruição e não desistirei antes de devastar o seu coração, para que você amaldiçoe a hora do seu nascimento.

Uma raiva diabólica o animava quando ele disse isso. O rosto enrugava em contorções horríveis demais para os olhos humanos contemplarem, mas então ele se acalmou e prosseguiu:

– Eu pretendia raciocinar. Essa paixão é prejudicial para mim, pois você não reflete que é a própria causa dos excessos dela. Se algum ser sentir emoções de benevolência para comigo, você deve devolvê-las cem vezes cem; pelo amor dessa criatura, eu faria a paz com toda a espécie! Mas agora me entrego a sonhos de bem-aventurança que não podem ser realizados. O que eu peço é razoável e moderado: quero uma criatura de outro sexo, mas tão horrenda quanto eu. A gratificação é pequena, mas é tudo o que eu posso receber e deve me contentar. É verdade que seremos monstros, separados de todo o mundo; mas, por isso mesmo, estaremos mais ligados um ao outro. Nossa vida não será feliz, mas será inofensiva e estará livre da miséria que agora sinto. Oh, meu criador, faça-me feliz! Deixe-me sentir gratidão por você por apenas um benefício. Deixe-me sentir que excito a simpatia de alguma coisa existente, não recuse o meu pedido!

Fiquei comovido. Estremeci quando pensei nas possíveis consequências do meu consentimento, mas senti que havia alguma justiça no argumento dele. A questão e os sentimentos que ele então expressava, provaram que ele era uma criatura de sensações finas. E eu, como seu criador, não lhe devia a porção de felicidade que estava em meu poder doar a ele? Ele percebeu a minha mudança de sentimentos e continuou:

– Se concordar, nem você nem outro ser humano jamais nos verão novamente. Vou para as vastas selvas da América do Sul. Minha refeição não é a mesma do homem; não destruo cordeiros, nem cabritos para saciar meu apetite; as castanhas e as frutas me proporcionam sustento suficiente. Minha companheira será da mesma natureza que eu e se contentará com a mesma refeição. Faremos o nosso leito de folhas secas; o sol brilhará sobre nós como sobre o homem e amadurecerá o nosso alimento. A imagem que lhe apresento é pacífica e humana e você precisa sentir que só pode negá-la por frouxidão de poder e crueldade. De alguém sem piedade, como você vinha sendo comigo, vejo agora compaixão por mim em seus olhos. Aproveite o momento favorável e convença-se a me prometer o que desejo tão ardentemente.

– Você propõe fugir das habitações humanas – respondi –, para morar nessas terras onde as feras dos campos serão os seus únicos companheiros. Como você, que há muito tempo anseia pelo amor e pela simpatia dos homens, vai perseverar nesse exílio? Você voltará para buscar novamente a bondade deles e reencontrará a abominação. Suas más paixões serão renovadas e então você terá uma companheira para ajudá-lo na tarefa de destruição. Não posso aceitar; pare de discutir tal assunto, pois não posso consentir.

– Quão inconstantes são os seus sentimentos! Há pouco você ficou comovido com os meus argumentos e por que agora endurece contra as minhas razões? Eu juro a você, pela terra que habito e por você que me fez, que com a companheira que me der deixarei a proximidade do homem e habitarei como for possível nos lugares mais selvagens. Meus perversos pecados terão fugido, porque me unirei com a bondade! A minha vida fluirá em silêncio e, nos meus momentos de fraqueza, não amaldiçoarei o meu criador.

As palavras dele exerceram um estranho efeito sobre mim. Eu me compadeci dele, e até senti desejo de consolá-lo, mas quando olhava para ele, quando via a massa repugnante que se mexia e falava, meu coração adoecia e os meus sentimentos mudavam para horror e ódio. Tentei sufocar tais sensações; pensava que, como não podia simpatizar com ele, não tinha o direito de privá-lo da pequena porção de felicidade que ainda estava em meu poder doar a ele.

– Você jura ser inofensivo – eu disse –, mas já não mostrou um grau de malícia suficiente para me fazer desconfiar de você? Não seria isso uma astúcia para aumentar o seu triunfo, permitindo um alcance ainda maior para a sua vingança?

– Como assim? Não estou de brincadeira e exijo uma resposta. Se não tenho laços nem afetos, o ódio e o vício devem ser a minha porção. O amor de outrem destruirá a causa dos meus crimes e eu me tornarei uma coisa de cuja existência todos vão ignorar. Meus vícios são filhos da solidão forçada, que eu abomino, e as minhas virtudes, surgirão necessariamente quando eu viver em comunhão com uma criatura igual. Sentirei as afeições de um ser sensível e me tornarei ligado à cadeia de existências e eventos, da qual atualmente estou excluído.

Fiz uma pausa para refletir sobre tudo o que ele havia relatado e sobre os vários argumentos que ele empregara. Pensei na promessa de virtudes que ele havia mostrado na abertura de sua existência e na subsequente praga que contaminara todo sentimento gentil pelo ódio e desprezo que seus protetores tinham manifestado para com ele. O poder e as ameaças dele não foram omitidos em meus cálculos: uma criatura que poderia existir em cavernas glaciais das geleiras e se esconder da perseguição entre cordilheiras de precipícios inacessíveis era um ser dotado de faculdades que seria em vão confrontar. Depois de uma longa pausa de reflexão, concluí que a justiça que era devida tanto a ele quanto aos meus semelhantes exigia que eu acatasse seu pedido. Voltando-me para ele, portanto, eu disse:

– Concordo com a sua exigência, sob o seu juramento solene de deixar para sempre a Europa e qualquer outro lugar próximo do ser humano, assim que lhe entregar em suas mãos uma fêmea que o acompanhe em seu exílio.

– Eu juro! – ele gritou. – Pelo sol e pelo céu azul do paraíso e pelo fogo do amor que arde em meu coração, que se você atender à minha prece, enquanto eles existirem jamais me verão novamente. Vá para a sua casa e comece os trabalhos. Observarei o seu progresso com indescritível ansiedade; mas não tema o meu aparecimento quando você estiver pronto.

Ao dizer isso, de repente ele me deixou, com medo, talvez, de qualquer mudança nos meus sentimentos. Eu o vi descer a montanha com velocidade maior do que o voo de uma águia e rapidamente o perdi de vista entre as ondulações do mar de gelo.

A história dele me ocupou o dia inteiro. O sol estava à beira do horizonte quando ele partiu. Eu sabia que devia apressar a minha descida para o vale, pois logo estaria cercado de trevas, mas meu coração estava pesado e meus passos eram lentos. O trabalho de serpentear por entre os pequenos caminhos das montanhas e de fixar firmemente os pés enquanto avançava, deixava-me perplexo, ocupado como estava pelas emoções que as ocorrências do dia haviam produzido. A noite estava bem avançada quando alcancei o local de descanso no meio do caminho e me sentei ao lado da fonte. As estrelas brilhavam em intervalos, enquanto as nuvens passavam por cima delas; os pinheiros escuros se erguiam diante de mim; de vez em quando, uma árvore quebrada jazia no chão. Era um cenário de uma solenidade maravilhosa, que agitava pensamentos estranhos dentro de mim. Chorei amargamente; e, apertando as mãos em agonia, exclamei: "Oh, estrelas, nuvens e ventos: todos vocês querem zombar de mim; mas se realmente tiverem compaixão, esmaguem as sensações e as lembranças, e que eu seja aniquilado. Caso contrário, sumam, sumam e me deixem nas trevas".

Eram pensamentos selvagens e miseráveis; mas não consigo descrever como o eterno cintilar das estrelas pesou sobre mim e como ouvi cada sopro de vento como se fosse uma rajada voraz a caminho de me consumir.

Amanheceu antes que eu chegasse à aldeia de Chamonix. Não descansei, pois voltei imediatamente para Genebra. Nem mesmo em meu próprio coração eu conseguia expressar as minhas sensações, que pesavam como uma montanha sobre os meus ombros, e esse peso excessivo, destruía a minha agonia. Assim, voltei para casa, e, ao chegar, apresentei-me à minha família. Minha aparência abatida e selvagem despertou intenso alarde; mas mal falei, não respondi a nenhuma pergunta. Sentia-me como se estivesse sob uma maldição, como se não tivesse o direito de reclamar a simpatia de ninguém, como se nunca mais pudesse desfrutar da companhia deles. Mesmo assim, eu os amava à beira da adoração e, para salvá-los, resolvi me dedicar à minha mais abominável tarefa. A perspectiva dessa atividade fazia com que todas as outras circunstâncias da existência passassem diante de mim como um sonho e só esse pensamento me representava a realidade da vida.

CAPÍTULO 18

Dia após dia, semana após semana, seguiram-se ao meu regresso a Genebra, e eu não consegui juntar a coragem necessária para recomeçar meu trabalho. Temia a vingança do demônio desapontado, mas era incapaz de superar minha repugnância pela tarefa encomendada. Descobri que não conseguiria compor uma fêmea sem que voltasse a dedicar vários meses a profundos estudos e laboriosos preparativos. Eu tinha ouvido falar de algumas descobertas feitas por um filósofo inglês, cujo conhecimento era importante para o meu sucesso, e, às vezes, pensava obter o consentimento de meu pai para visitar a Inglaterra com essa finalidade, contudo eu me apegava a cada possibilidade de atraso e recuava antes de dar o primeiro passo numa empreitada cuja necessidade imediata começou a parecer menos absoluta para mim. Uma mudança de fato ocorreu: minha saúde, que até então andava debilitada, agora estava praticamente restaurada. E, meus humores, quando não estavam dominados pela memória da minha promessa infeliz, recuperavam-se na mesma proporção. Meu pai assistiu a essa mudança com prazer e voltou seus pensamentos para o melhor método de erradicar os restos de minha melancolia, que, às vezes, retornavam em crises e com um negrume devorador que cobriam o sol que despontava. Nesses momentos, eu me refugiava na mais completa solidão. Passava dias inteiros sozinho no lago, num pequeno barco, observando as nuvens, ouvindo o murmúrio das ondas, em silêncio e relaxado, mas o ar fresco e o sol brilhante raramente deixavam de me restaurar um pouco de compostura. E, no meu retorno, eu reencontrava as saudações dos meus amigos com um sorriso mais satisfeito e o coração mais alegre.

Foi depois do meu retorno de um desses passeios, que meu pai, chamando-me de lado, assim se dirigiu a mim:

– Fico feliz em notar, meu querido filho, que você retomou seus antigos prazeres e parece estar voltando a ser o mesmo; mas ainda assim está infeliz e evita o nosso convívio. Durante algum tempo, fiquei perdido em conjecturas quanto à causa disso, mas ontem, uma ideia me ocorreu e, se for bem fundada, peço que a considere. A reserva em tal ponto não só seria inútil, como também atrairia desgraça tripla sobre todos nós.

Tremi violentamente diante desse preâmbulo. Meu pai continuou:

– Confesso, meu filho, que sempre vi o seu casamento com a nossa querida Elizabeth como o laço do nosso conforto doméstico e o esteio dos meus anos de declínio. Vocês estão ligados desde a mais tenra infância; estudaram juntos e parecem, em disposições e gostos, inteiramente adaptados um ao outro, mas tão cega é a experiência do homem, que o que eu concebia como um dos melhores apoios ao meu plano pode tê-lo destruído inteiramente: você talvez a considere como irmã, sem nenhum desejo de que ela se torne sua esposa; talvez tenha encontrado outra que possa amar, e considerando-se ligado por motivo de honra a Elizabeth, essa luta pode estar ocasionando o estado lastimável que você parece sentir.

– Meu querido pai, fique tranquilo. Amo a minha prima com ternura e sinceridade. Jamais conheci mulher que animasse, como Elizabeth, meu afeto e minha mais calorosa admiração. Minhas esperanças e perspectivas futuras estão totalmente ligadas à expectativa de nossa união.

– A manifestação dos seus sentimentos sobre tal assunto, meu querido Victor, me traz mais conforto do que tenho experimentado há algum tempo. Se é assim que você se sente, certamente ficaremos felizes, por mais que os acontecimentos presentes possam nos aborrecer. Pois, é essa tristeza, que parece ter dominado a sua mente com tanta força, que eu gostaria de dissipar. Diga-me, portanto, se você se opõe à imediata celebração do casamento. Temos sido desafortunados, e os acontecimentos recentes nos retiraram aquela tranquilidade diária adequada à minha idade e às minhas enfermidades. Você é jovem; mas nem por isso eu suponho, dotado como você é de uma fortuna razoável, que o casamento precoce poderia de algum modo interferir em quaisquer planos futuros de honra e utilidade que você possa ter. Não pense, porém, que eu queira ditar a sua felicidade, ou que um adiamento de sua parte me causaria alguma inquietação séria. Interprete minhas palavras com franqueza e me responda, eu lhe peço, com confiança e sinceridade.

Escutei meu pai em silêncio e, por algum tempo permaneci incapaz de oferecer qualquer resposta. Revirei rapidamente em meu cérebro uma multidão de pensamentos, esforçando-me para chegar a alguma conclusão. Doce ilusão! Para mim, a ideia de união imediata com minha Elizabeth era atroz e desanimadora. Eu estava manietado por uma promessa solene, que ainda não havia cumprido e não ousava quebrar; ou, se fizesse isso, quantas desgraças múltiplas iminentes não pairariam ameaçadoras sobre mim e minha dedicada família! Como poderia eu festejar com esse peso mortal ainda pendurado em volta do meu pescoço, curvando-me até o chão? Eu precisava cumprir com o meu compromisso e deixar o monstro partir com sua companheira, antes de me permitir desfrutar o prazer de uma união da qual eu esperava paz.

Lembrei ainda da necessidade imposta a mim de viajar à Inglaterra, ou entrar numa longa correspondência com os filósofos daquele país cujos conhecimentos e descobertas eram indispensáveis na minha atual empreitada. Esse último método de obter o conhecimento desejado era lento e insatisfatório. Além disso, eu sentia uma aversão intransponível à ideia de me envolver em minha tarefa repugnante na casa de meu pai, mantendo hábitos de relacionamento familiar com as pessoas que eu amava. Sabia que mil acidentes terríveis poderiam ocorrer, dentre os quais o menor deles revelaria uma história capaz de estremecer de horror todos aqueles que estivessem conectados comigo. Tinha também consciência de que, com frequência, perderia totalmente o autocontrole, perderia toda capacidade de esconder as terríveis sensações que me possuiriam durante o progresso da minha ocupação sobrenatural. Eu precisava me ausentar de tudo o que amava enquanto assim estivesse comprometido. Assim que começasse, logo terminaria, e então eu poderia ser devolvido para a minha família em paz e felicidade. Com a promessa cumprida, o monstro partiria para sempre. Ou, como a minha fantasia gostava de imaginar, nesse meio-tempo, algum acidente poderia ocorrer para destruí-lo e pôr um fim a minha escravidão para sempre.

Esses sentimentos ditaram a resposta ao meu pai. Expressei o desejo de visitar a Inglaterra, mas ocultei as verdadeiras razões desse pedido. Revesti meus desejos de um disfarce que não despertava suspeitas, enquanto insistia numa vontade que induzia o meu pai a concordar. Depois de tanto tempo de uma melancolia tão absorvente, que se assemelhava à loucura em sua intensidade e efeitos, ele se alegrou ao perceber que eu era capaz de sentir prazer na ideia dessa viagem e ele esperava que a mudança de cenário e alguma diversão variada, antes da minha volta, haveriam de me restabelecer inteiramente.

A duração da minha ausência foi deixada a meu critério: alguns meses, no máximo um ano, seria o período contemplado. Ele tomou uma espécie de precaução paterna para garantir que eu tivesse alguma companhia. Sem antes se comunicar comigo, ele, com o apoio de Elizabeth, providenciou para que Clerval se unisse a mim em Estrasburgo. Isso interferia na solidão que eu cobiçava, para a consecução da minha tarefa. Mas, no início da minha viagem, a presença do meu amigo não poderia de modo algum ser impedimento. Eu verdadeiramente me regozijei com isso, pois me poupou muitas horas de reflexão solitária e enlouquecedora. Não, Henry precisava ficar entre mim e a intrusão de meu inimigo. Se eu estivesse sozinho, será que ele não iria por vezes forçar sua presença abominável em mim, para me lembrar da tarefa, ou para contemplar seu progresso?

À Inglaterra, portanto, eu estava vinculado. Ficou acertado que a minha união com Elizabeth ocorreria imediatamente por ocasião do meu regresso. A idade de meu pai tornava-o extremamente hostil a quaisquer adiamentos. E, para mim, significava ainda uma recompensa que eu prometia a mim mesmo, pela execução dos meus trabalhos detestados. Era um consolo dos meus sofrimentos inauditos: a perspectiva do dia em que, liberto da minha infeliz escravidão, eu pudesse reivindicar Elizabeth e esquecer o passado, na minha união com ela.

Fiz então os arranjos para a viagem, mas um sentimento me assombrava e me enchia de medo e agitação. Durante a minha ausência, eu deixaria os meus amigos sem saber da existência do inimigo, desprotegidos de seus ataques, exasperado como ele poderia ficar pela minha partida, mas ele havia prometido me seguir aonde quer que eu pudesse ir. Portanto, será que ele não me acompanharia à Inglaterra? Essa ideia era terrível em si mesma, mas tranquilizadora, na medida em que pressupunha a segurança dos meus amigos. A ideia da possibilidade de que o inverso disso pudesse acontecer me agoniava, mas durante todo o período durante o qual fui escravo da minha criatura, deixei-me governar pelos impulsos do momento. E, minhas sensações naquele instante insinuavam fortemente que o demônio me seguiria e isentaria a minha família do perigo de suas maquinações.

Assim, foi no final de setembro que voltei a sair da minha terra natal. Como a viagem era sugestão minha, Elizabeth concordou, embora tomada de inquietação pela ideia de que, longe dela, eu sofresse com as incursões da infelicidade e do sofrimento. Foi o cuidado dela que providenciou para mim um companheiro como Clerval, ainda que os homens sejam cegos para mil circunstâncias minuciosas que exigem a atenção diligente das mulheres. Ela ansiava me pedir para que eu apressasse o retorno, mas mil emoções conflitantes a deixaram muda, quando se despediu de mim com adeus silencioso e em lágrimas.

Atirei-me na carruagem que me levaria embora, mal sabendo para onde iria, despreocupado com o que se passava ao redor. Lembrei-me apenas, e foi com amarga angústia que refleti a respeito disso, de ordenar que meus instrumentos químicos fossem empacotados para seguirem comigo. Cheio de ilusões terríveis, passei por muitas paisagens, belas e majestosas, mas com o olhar fixo e perdido. Eu só conseguia pensar no propósito das minhas viagens e no trabalho que haveria de me ocupar enquanto elas durassem.

Depois de alguns dias passados em apática indolência, durante os quais atravessei muitas léguas, cheguei a Estrasburgo, onde esperei Clerval por dois dias. Ele veio. Ai de mim, como era grande o contraste entre nós! Ele se mostrava mais disposto a cada nova paisagem; alegrava-se com a beleza do pôr do sol e ficava mais feliz ainda quando assistia ao astro-rei nascer e recomeçar um novo dia. Ele apontava para mim as cores cambiantes da paisagem e as mudanças na aparência do céu. "Isso é que é vida", ele exclamava, "como eu gosto de viver! Mas você, meu caro Frankenstein, não tem razão para estar desanimado e triste!". Na verdade, eu estava preocupado, com pensamentos sombrios, e nem reparei na descida da estrela vespertina, nem no nascer do sol dourado, refletido no Reno. Para você, meu amigo, seria muito mais divertido ouvir a jornada de Clerval, que observava a paisagem sentindo prazer e deleite, do que as minhas reflexões; logo eu, um caco imprestável, assombrado por uma maldição que fechava cada acesso ao entretenimento.

Tínhamos combinado descer o Reno num barco de Estrasburgo até Roterdã, onde poderíamos embarcar para Londres. Durante essa viagem, passamos por muitas ilhas graciosas e vimos várias cidades bonitas. Paramos um dia em Mannheim e, no quinto dia da nossa partida de Estrasburgo, chegamos em Mainz. O curso do Reno abaixo de Mainz torna-se bem mais pitoresco. O rio desce rapidamente e serpenteia entre colinas, não muito altas, mas íngremes e de belas formas. Vimos muitos castelos em ruínas à beira de precipícios, cercados por bosques enegrecidos, altos e inacessíveis. Essa parte do Reno, de fato, apresenta uma paisagem singularmente diversificada. Num lugar você vê colinas escarpadas e castelos em ruínas vigiando precipícios, com o escuro Reno correndo embaixo; em outro, na súbita virada de algum promontório, vinhedos florescentes, nas vertentes inclinadas das margens e enfim um rio sinuoso, com cidades populosas ocupando o cenário.

Viajamos na época da vindima e ouvíamos a canção dos trabalhadores enquanto deslizávamos pela correnteza. Mesmo eu, com a mente deprimida e o espírito continuamente agitado por sentimentos sombrios, estava satisfeito. Deitei-me no fundo do barco e, enquanto olhava para o céu azul sem nuvens, parecia beber uma tranquilidade que havia muito tempo me era estranha. E se essas eram as minhas sensações, quem poderia descrever as de Henry? Ele se sentia como se tivesse sido transportado para o mundo da fantasia e desfrutava de uma felicidade raramente experimentada por outro homem. "Já vi", ele disse, "as paisagens mais bonitas do meu próprio país; visitei os lagos de Lucerna e Uri, onde as montanhas nevadas descem quase perpendicularmente até a água, lançando sombras negras e impenetráveis que provocariam uma aparência lúgubre e melancólica, se não existissem as ilhas verdejantes que relaxam o olhar com seu aspecto alegre. Já vi esse lago agitado por tempestades, quando o vento rasga turbilhões na água, dando uma ideia do que seria uma tromba d'água no oceano imenso, e ondas arremessando-se com toda a fúria sobre a base da montanha, onde o padre e sua amante foram soterrados por uma avalanche e onde dizem que suas vozes moribundas ainda podem ser ouvidas entre as pausas do vento noturno. Vi as montanhas de La Valais e do Pays de Vaud, mas esse país, Victor, me agrada mais do que todas aquelas maravilhas. As montanhas da Suíça são mais majestosas e estranhas, mas há um encanto nas margens desse rio divino, nunca antes igualado. Olhe aquele castelo acima do precipício; e também essa ilha, quase escondida entre a folhagem daquelas lindas árvores;

observe agora aquele grupo de trabalhadores, que saem de suas vinhas; e aquela aldeia, meio escondida no recesso da montanha. Oh! Certamente o espírito que habita e guarda esse lugar tem uma alma mais em harmonia com o homem do que aqueles que se acumulam na geleira, ou repousam nos inacessíveis picos das montanhas do nosso próprio país". Clerval, caro amigo! Mesmo agora me agrada registrar suas palavras e fazer o elogio de que você é tão eminentemente merecedor. Trata-se de um ser formado na "verdadeira poesia da natureza". Sua imaginação selvagem e entusiasmada era castigada pela sensibilidade de seu coração. Sua alma transbordava de afeições ardentes e sua amizade era daquela natureza dedicada e maravilhosa que os levianos nos ensinam a procurar apenas na imaginação, mas nem mesmo as simpatias humanas eram suficientes para satisfazer sua mente efusiva. Ele amava com ardor o cenário da natureza externa, que os outros contemplam apenas com admiração:

[...] A sonora catarata
Assombrava-o como uma paixão: o alto rochedo,
A montanha e o bosque profundo e sombrio,
Suas cores e formas eram então para ele
Um apetite, um sentimento e um amor,
Que não necessitavam de nenhum encanto mais remoto,
Fornecido pelo pensamento, ou por qualquer interesse
Que não fosse transmitido pelo olhar.

(Do poema "Abadia de Tintern",
de William Wordsworth)

E, onde ele existe agora? Será que esse ser adorável e gentil foi perdido para sempre? Será que essa mente, tão repleta de ideias, imaginações fantasiosas e magníficas, que formavam um mundo, cuja existência dependia da vida de seu criador, será que essa mente pereceu? Será que agora só existe na minha memória? Não, não é assim. A sua forma, tão divinamente trabalhada e radiante de beleza, decaiu, mas o espírito ainda visita e consola seu amigo infeliz.

Perdoe esse ataque de tristeza; essas palavras ineficazes são apenas um ligeiro tributo ao valor de Henry; mas acalmam o meu coração, que transborda com a angústia evocada por sua lembrança. Vou continuar a história.

Depois de Colônia, descemos para as planícies da Holanda. Resolvemos apressar o resto do nosso caminho, pois o vento era contrário, e a correnteza do rio estava fraca demais para nos ajudar. Nossa viagem então perdera o interesse propiciado pelas belas paisagens, mas em poucos dias chegamos a Roterdã, de onde prosseguimos por mar para a Inglaterra. Foi numa manhã clara, no final de outubro, que vi pela primeira vez as falésias brancas da Grã-Bretanha. As margens do Tâmisa representavam um novo cenário. Eram planas, mas férteis e quase todas as cidades eram marcadas por alguma história. Vimos Tilbury Fort e nos lembramos da Armada Espanhola e, ainda, Gravesend, Woolwich e Greenwich, lugares de que ouvira falar até no meu país.

No final, vimos os muitos campanários de Londres, com destaque para o de St. Paul acima de todos, e a Torre, a fortaleza famosa pelo papel desempenhado na história inglesa.

CAPÍTULO 19

Londres foi, então, o ponto do nosso descanso. Resolvemos permanecer vários meses nessa maravilhosa e ilustre cidade. Clerval desejava travar conhecimento com os homens de gênio e de talento que floresciam nessa época, mas esse era para mim um objetivo secundário; eu estava principalmente ocupado com os meios de obter as informações necessárias para a realização da minha promessa. Assim, rapidamente me aproveitei das cartas de apresentação que tinha levado comigo, dirigidas aos mais distintos filósofos naturais.

Se essa viagem tivesse ocorrido durante os meus dias de estudo e felicidade, teria me proporcionado um prazer indescritível, mas uma nuvem pairava sobre a minha existência, e só visitava essas pessoas por causa das informações que elas poderiam me dar sobre o assunto em que o meu interesse era tão terrivelmente profundo. A companhia de alguém era irritante para mim; quando sozinho, eu podia encher a mente com as visões do céu e da terra. A voz de Henry me acalmava e eu poderia me enganar com uma paz transitória, mas rostos alegres, desinteressantes e atarefados, traziam de volta o desespero ao meu coração. Vi uma barreira intransponível ser colocada entre mim e amigos meus. Essa barreira havia sido selada com o sangue de William e Justine, e refletir sobre os acontecimentos relacionados com esses nomes enchia a minha alma de angústia.

Apesar disso, era em Clerval que eu via a imagem do meu antigo ser. Ele estava curioso e ansioso por adquirir experiência e instrução. A diferença de modos que observava, era para ele uma fonte inesgotável de conhecimentos e diversão. Também ele perseguia um alvo que tinha em vista fazia muito tempo. Seu projeto era visitar a Índia, na crença que ele tinha no conhecimento de suas diversas línguas e nas opiniões que havia colhido daquela sociedade, como meios de ajudar materialmente no progresso da colonização e do comércio europeu. E, só na Grã-Bretanha ele poderia complementar a execução de seu plano. Estava sempre ocupado, e o único freio a seus prazeres era minha mente triste e abatida. Tentei esconder isso tanto quanto possível, para não o privar dos prazeres naturais de quem estava entrando em uma nova cena de vida, sem ser perturbado por qualquer cuidado ou amarga lembrança. Muitas vezes recusei-me a acompanhá-lo, alegando outros compromissos, para que pudesse ficar sozinho. Comecei também a coletar os materiais necessários para a minha nova criação e isso era para mim como uma tortura de gotas d'água caindo continuamente sobre a minha cabeça. Cada pensamento dedicado a essa situação era uma angústia extrema e, a cada palavra dita em alusão a isso, meus lábios tremiam e meu coração palpitava.

Depois de passarmos alguns meses em Londres, recebemos uma carta de uma pessoa na Escócia, que antigamente nos visitava em Genebra, mencionando as belezas de sua terra natal, nos perguntando se essas não eram seduções suficientes para nos induzir a prolongar a nossa viagem para o Norte, até Perth, onde ele residia. Clerval quis ansiosamente aceitar esse convite e eu, embora aborrecido com atividades sociais, desejava ver novamente montanhas e riachos e todas as obras maravilhosas com as quais a natureza adorna suas moradas preferidas. Tínhamos chegado à Inglaterra no início de outubro e já era fevereiro. Decidimos, portanto, iniciar a jornada rumo ao Norte no final de mais um mês. Nessa expedição não pretendíamos seguir a grande estrada para Edimburgo, mas visitar Windsor, Oxford, Matlock e os lagos de Cumberland, resolvendo chegar à conclusão desse passeio por volta do final de julho. Empacotei meus instrumentos químicos e os materiais que havia coletado, decidido a terminar meus trabalhos em algum recanto obscuro no Norte da Escócia.

Saímos de Londres em 27 de março e ficamos alguns dias em Windsor, caminhando por sua bela floresta. Era uma paisagem nova para nós montanheses; os majestosos carvalhos, a quantidade de caça e os rebanhos de cervos majestosos, eram novidades para nós.

De lá, prosseguimos para Oxford. Conforme entramos na cidade, nossa mente foi preenchida com a lembrança dos eventos ocorridos ali, mais de um século e meio antes. Foi onde Carlos I reuniu seus exércitos. Essa cidade permanecera fiel a ele, depois da nação inteira abandonar sua causa para se juntar ao estandarte do parlamento e da liberdade. A memória desse rei infeliz e seus companheiros, o amável Falkland, o insolente Goring, sua rainha e seu filho, despertavam um interesse peculiar em todas as partes da cidade onde supostamente eles tinham habitado. O espírito dos velhos dias achou morada ali e nós nos deleitamos em seguir seus passos. Mesmo se tais sentimentos não proporcionassem nenhuma gratificação imaginária, ainda assim a aparência da cidade teria em si beleza suficiente para obter a nossa admiração. As universidades são antigas e pitorescas, as ruas são quase magníficas e o adorável rio Isis, que flui ao lado de prados de vegetação exuberante, espalha-se numa plácida extensão de águas, refletindo o majestoso conjunto de torres, torreões e cúpulas da região, embelezadas entre árvores envelhecidas.

Apreciei essa paisagem. E, embora o meu prazer estivesse amargurado pela memória do passado e pela antecipação do futuro, fiquei predisposto a um pouco de felicidade tranquila. Em meus dias de juventude, o descontentamento jamais visitou a minha mente e, quando o tédio me aborrecia, a visão do que é belo na natureza, ou o estudo do que é excelente e sublime nas produções do homem, sempre interessava o meu coração e comunicava oscilação aos meus humores, mas sou uma árvore destroçada, o dardo penetrou na minha alma e então senti que precisaria sobreviver para expor o que logo deixarei de ser: um miserável espetáculo de humanidade desgraçada, lamentável para os outros e intolerável para mim.

Passamos um período considerável em Oxford, perambulando nos arredores, tentando identificar cada ponto que pudesse estar relacionado a uma época mais animada da história inglesa. As nossas pequenas viagens de descoberta muitas vezes eram prolongadas pelas sucessivas atrações que se apresentavam. Visitamos o túmulo do ilustre Hampden e o campo onde o patriota tombou. Por um instante, minha alma elevou-se acima de seus medos degradantes e infelizes para contemplar as ideias divinas de liberdade e sacrifício pessoal, das quais aquelas visões eram monumentos e recordações. Por um instante ousei sacudir as correntes que me prendiam e olhei em volta de mim com espírito livre e elevado, mas os grilhões haviam devorado a minha carne e novamente eu me afundava, trêmulo e desesperado, em meu miserável ego.

Deixamos Oxford com arrependimento e prosseguimos para Matlock, a nossa próxima parada de descanso. Os campos perto dessa aldeia assemelham-se, em maior grau, às paisagens da Suíça, mas tudo em menor escala. As colinas verdes almejam a coroa dos Alpes brancos distantes, que sempre aparecem nas montanhas cheias de pinheiros do meu país natal. Visitamos as maravilhosas cavernas e os pequenos gabinetes de história natural, onde as curiosidades estão dispostas da mesma maneira que nas coleções de Servox e Chamonix. Esse último nome me fez tremer ao ser pronunciado por Henry; apressei-me para sair de Matlock, que assim ficou associada àquela terrível cena.

A partir de Derby, ainda viajando rumo ao Norte, passamos dois meses em Cumberland e Westmoreland. Então, eu quase me imaginava nas montanhas suíças. Os pequenos retalhos de neve que ainda permaneciam nas encostas laterais ao norte das montanhas, os lagos e o ímpeto dos riachos rochosos, eram paisagens familiares e queridas para mim. Ali também fizemos alguns conhecidos, que quase conseguiram me enganar com a felicidade. O deleite de Clerval era proporcionalmente maior que o meu, sua mente se expandia na companhia de homens de talento, e ele descobriu em sua própria natureza maiores capacidades e recursos do que poderia ter imaginado possuir enquanto se associava com pessoas inferiores.

– Eu poderia passar a minha vida aqui – ele me disse –, entre essas montanhas, quase não me arrependo de ter saído da Suíça e do Reno.

Mas ele descobriu que a vida do viajante inclui muita dor em meio a seus prazeres. Os sentimentos dele estavam sempre no limite e quando começava a mergulhar no repouso, via-se obrigado a abandonar aquilo em que repousava com prazer por algo novo, que mais uma vez atraía sua atenção e que ele também abandonava por outras novidades.

Mal tínhamos visitado os vários lagos de Cumberland e Westmoreland e nos afeiçoado a alguns habitantes, quando o período do encontro com nosso amigo escocês se aproximou e nós os deixamos para viajar. Da minha parte, eu não estava arrependido. Tinha negligenciado minha promessa por algum tempo e temia os efeitos da decepção no demônio. Ele poderia estar na Suíça e despejar sua vingança nos meus parentes. Essa ideia me perseguia e me atormentava em todos os momentos dos quais, de outra maneira, eu poderia obter repouso e paz. Aguardava a minha correspondência com impaciência febril: se as cartas atrasassem, eu me sentia infeliz, dominado por milhares de medos; quando chegavam e eu via Elizabeth ou meu pai como remetentes, dificilmente ousava ler para averiguar o meu destino. Às vezes, achava que o demônio me seguia e poderia agilizar a minha negligência, matando o meu amigo. Quando esses pensamentos me possuíam, eu não deixava Henry por nenhum momento, seguia-o como sombra para protegê-lo da raiva imaginada de seu destruidor. Sentia como se tivesse cometido algum grande crime, cuja consciência me perseguia. Era inocente, mas de fato tinha traçado uma terrível maldição sobre a minha cabeça, tão mortal quanto a do crime.

Visitei Edimburgo com melancolia nos olhos e na mente, ainda que a cidade pudesse interessar ao ser mais infeliz. Clerval não gostou tanto de lá como Oxford, pois a antiguidade dessa última cidade agradava mais a ele, mas a beleza e a simetria da nova cidade de Edimburgo, seu castelo romântico e seus arredores, os mais encantadores do mundo, o Assento de Artur, a Fonte de São Bernardo e as Colinas de Pentland, compensaram a mudança e o encheram de alegria e admiração, mas eu estava impaciente para chegar ao fim da minha viagem.

Deixamos Edimburgo em uma semana, em seguida passamos por Cupar, St. Andrew's e ao longo das margens do Tay, até Perth, onde o nosso amigo nos esperava. Porém, eu não estava disposto a rir e conversar com estranhos, ou a entrar nos sentimentos ou planos deles com o bom humor que se espera de um hóspede e assim, falei a Clerval que gostaria de fazer sozinho a turnê pela Escócia.

– Divirta-se – eu disse – e deixe que assim seja o nosso reencontro. Posso me ausentar por um mês ou dois, mas imploro que não interfira nos meus movimentos. Deixe-me em paz e solidão por um curto período de tempo e quando eu voltar, espero estar com o coração mais leve, mais adequado ao seu próprio temperamento.

Henry quis me dissuadir, mas ao me ver debruçado sobre esse plano, deixou de questionar. Ele me pediu para escrever sempre.

– Preferia estar com você – ele disse –, em suas caminhadas solitárias, do que com esse povo escocês, que não conheço. Apresse-se, meu caro amigo, para retornar, para que eu possa me sentir um pouco em casa novamente, o que não vai acontecer na sua ausência.

Tendo me separado do meu amigo, resolvi visitar algum ponto remoto da Escócia, para concluir o meu trabalho em solidão. Não duvidava, porém, que o monstro me seguia e que se revelaria a mim quando eu tivesse terminado, para receber sua companheira. Com essa resolução, atravessei as Highlands, as terras altas do Norte, e me fixei numa das mais remotas ilhas do arquipélago das Órcadas como cenário dos meus trabalhos. O local era adequado para tal tarefa, sendo apenas pouco mais do que um rochedo, com os altos flancos continuamente golpeados pelas ondas. O solo estéril, quase não proporcionava pastos para algumas vacas miseráveis e aveia para os habitantes, que se resumiam a cinco pessoas, cuja aparência esquelética e esquálida dava sinais da minguada alimentação. Legumes e pães, quando eles se entregavam a tais luxos e inclusive água fresca, deviam ser obtidos na ilha principal, que ficava a cerca de oito quilômetros.

Em toda a ilha, havia apenas três cabanas paupérrimas uma das quais estava vazia quando cheguei. Foi essa que arrendei. Ela consistia apenas de dois cômodos, que exibiam toda a penúria da pobreza mais extrema. O telhado havia desabado, as paredes não tinham reboco e a porta estava solta das dobradiças. Mandei consertar tudo, comprei alguns móveis e tomei posse do lugar, um incidente que, sem dúvida, teria causado alguma surpresa, se os sentidos dos camponeses não estivessem entorpecidos pela escassez e pela carência. Desse jeito, e apesar de mal-agradecido pelas migalhas de comida e roupas que dava, passei a viver sem medo e sem ser molestado, tanto era o sofrimento que afastava até as sensações mais grosseiras dos homens.

Nesse retiro, dedicava as manhãs ao trabalho. À noite, porém, quando o tempo permitia, eu caminhava à beira-mar pela praia rochosa, para escutar as ondas que rugiam e se precipitavam aos meus pés. Era uma cena monótona, porém em constante mudança. Pensei na Suíça, muito diferente dessa paisagem desolada e apavorante, com suas colinas cobertas de videiras e casas dispersas, espalhadas pelas planícies, com seus belos lagos que refletem o suave tom azul do céu. Mesmo quando essas águas são perturbadas pelos ventos, esse tumulto não passa de brincadeira de crianças, em comparação com os estrondos do oceano gigantesco.

Dessa maneira, eu distribuí as minhas ocupações quando cheguei, mas à medida que prosseguia, meu trabalho se tornava cada dia mais horrível e irritante para mim. Às vezes, não conseguia me convencer a entrar no meu laboratório por vários dias, outras vezes trabalhava dia e noite, para completar meu trabalho. Era, de fato, um processo imundo em que eu estava envolvido. Durante o meu primeiro experimento, uma espécie de frenesi entusiasmado me cegou para o horror da minha atividade, minha mente estava firmemente fixada na consumação do meu trabalho, e meus olhos se fecharam para o horror dos meus procedimentos; mas, dessa vez, entrei com sangue-frio, e o meu coração sempre adoecia com o trabalho das minhas mãos.

Assim situado, empenhado na ocupação mais detestável, imerso numa solidão onde nada poderia desviar a atenção da cena real em que estava imerso, meu espírito se tornou inconstante. Passei a ficar inquieto e nervoso. A cada momento temia encontrar o meu perseguidor. Algumas vezes, sentava-me com os olhos fixos no chão, temendo levantá-los, para que não encontrasse o objeto que tanto receava contemplar. Temia me afastar da visão das criaturas minhas amigas, para não ficar sozinho quando ele viesse buscar sua companheira.

Enquanto isso, eu trabalhava e o meu trabalho já estava consideravelmente avançado. Olhava para a conclusão com uma esperança trêmula e ansiosa, que não me atrevia a questionar, mas que estava misturada com presságios obscuros do mal, que deixavam o meu coração doente no peito.

CAPÍTULO 20

Uma noite sentei-me no laboratório. O sol se pôs, e a lua subia do mar. Não havia luz suficiente para executar minha tarefa, então fiquei ocioso e fiz uma pausa para considerar se devia deixar o trabalho para a calada da noite ou se apressava a conclusão, dedicando atenção ininterrupta a ele. Enquanto descansava, uma série de reflexões me ocorreu, o que me levou a considerar os efeitos do que eu estava fazendo. Três anos antes, eu estava envolvido do mesmo modo. Tinha criado um demônio, cuja barbaridade incomparável havia devastado o meu coração, enchendo-o para sempre com os mais amargos remorsos. Agora, eu estava a ponto de formar outro ser, de cujas disposições eu era igualmente ignorante. A criatura poderia se tornar dez mil vezes mais maligna do que seu companheiro e deleitar-se por si mesma com assassinatos e desgraças. Ele jurou deixar a proximidade do homem e se esconder nos desertos, mas ela não e poderia, com toda probabilidade, se tornar um animal pensante e racional, se recusar a cumprir um pacto feito antes de sua criação. Eles inclusive poderiam se odiar um ao outro. A criatura que já vivia detestava sua própria deformidade. Será que não poderia conceber repugnância ainda maior por si, quando a forma feminina chegasse diante de seus olhos? Ela também poderia voltar-se com desgosto contra ele e por causa da superior beleza do homem e abandoná-lo. E ele voltaria a ficar sozinho, exasperado pela nova provocação de ser abandonado por alguém de sua própria espécie.

Mesmo que saíssem da Europa para habitarem áreas desertas do Novo Mundo, contudo um dos primeiros resultados daquelas simpatias pelas quais o demônio tinha sede seriam as crianças, e uma raça de demônios seria propagada sobre a Terra, o que poderia colocar a própria existência da espécie humana em condição precária e cheia de terror. Teria eu o direito, para o meu próprio benefício, de infligir essa maldição sobre as gerações eternas? Antes eu já havia sido induzido pelos sofismas do ser que criara e fui nocauteado por suas diabólicas ameaças, mas agora, pela primeira vez, a maldade de minha promessa me assolava. Eu estremecia ao pensar que as gerações futuras poderiam me amaldiçoar como sua praga, como alguém cujo egoísmo não hesitara em comprar a sua própria paz pelo preço, talvez, da existência de toda a raça humana.

Tremi, e meu coração desfaleceu, quando, ao olhar para cima, vi, à luz do luar, o demônio na janela. Um sorriso medonho enrugava seus lábios, enquanto ele olhava para mim, sentado para realizar a tarefa que ele havia me atribuído. Sim, ele tinha me seguido nas minhas viagens; vagava pelas florestas, escondia-se em cavernas, ou se refugiava em brejos e desertos. E agora, vinha acompanhar o meu progresso e reivindicar o cumprimento da minha promessa.

Quando olhei para ele, seu semblante expressava malícia e traição em sua máxima dimensão. Pensei, com um sentimento de loucura, na minha promessa de criar outra criatura como ele. Tremendo de paixão, despedacei a coisa na qual estava empenhado. O desgraçado me viu destruir a criatura de cuja futura existência ele dependia para ter felicidade. E, com um uivo diabólico de desespero e vingança, retirou-se.

Saí da sala, tranquei a porta e fiz o voto solene em meu coração de jamais retomar aqueles trabalhos. Depois, com passos trêmulos, busquei meus próprios aposentos. Estava sozinho, não havia ninguém por perto para dissipar minha tristeza e me consolar pela opressão repugnante dos devaneios mais terríveis.

Várias horas passaram. Permaneci perto da janela, olhando para o mar. O ar estava quase imóvel, com ventos abafados, e toda a natureza repousava sob os olhos da lua tranquila. Só alguns barcos de pesca remexiam a água e, de vez em quando, uma brisa suave trazia o som de vozes, quando os pescadores chamavam uns aos outros. Eu sentia o silêncio, embora não tivesse consciência de sua extrema profundidade, até que os meus ouvidos de repente capturaram o ruído de remadas perto da costa, e uma pessoa desembarcou perto de minha casa.

Poucos minutos depois, escutei o rangido de minha porta, como se alguém tentasse abri-la suavemente. Tremi da cabeça aos pés. Tive o pressentimento de quem era e quis despertar um dos camponeses que moravam num chalé não muito distante do meu, mas fui dominado pela sensação de desamparo, tantas vezes sentida em sonhos aterradores, quando tentava em vão fugir de algum perigo iminente e fiquei enraizado ao local.

Logo ouvi o som de passos movendo-se no corredor. A porta se abriu, e o desgraçado a quem eu temia apareceu. Fechando a porta, ele se aproximou de mim e disse, com voz rouca:

– Você destruiu a obra que começou. O que pretende com isso? Como se atreve a quebrar sua promessa? Eu resisti ao cansaço e à miséria. Deixei a Suíça com você, rastejei ao longo das margens do Reno, entre ilhas graciosas e sobre os cumes das colinas. Morei vários meses nas charnecas da Inglaterra e nas áreas desérticas da Escócia. Suportei fadigas incalculáveis, frio e fome. Como ousa destruir as minhas esperanças?

– Vá embora! Quebrei minha promessa! Jamais criarei outra criatura semelhante a você, igual em deformidade e iniquidade.

– Escravo: argumentei antes com você, mas você se mostrou indigno de minha condescendência. Lembre-se de que tenho poderes. Você se considera um desgraçado, mas posso torná-lo tão miserável que a luz do dia lhe será odiosa. Você é o meu criador, mas eu sou o seu mestre, obedeça!

– A hora da minha indecisão já passou, e a época do seu poder chegou. Suas ameaças não vão me levar a cometer um ato de maldade. Pelo contrário, elas confirmam minha determinação de não criar para você uma companheira de vício. Será que devo a sangue-frio lançar sobre a terra um demônio cujo deleite está na morte e na desgraça? Vá embora! Estou decidido. Suas palavras somente hão de exasperar a minha raiva.

O monstro viu a determinação na minha cara e rangeu os dentes na impotência da raiva.

– Todo homem – ele clamou – deve encontrar uma esposa para o seu coração, toda fera tem sua companheira. E eu, fico sozinho? Tive sentimentos de afeto que foram pagos com repulsa e desprezo. Homem! Você pode odiar, mas tome cuidado! Suas horas passarão em pavor e aflição, e logo o raio cairá, arrebatando de você a sua felicidade para sempre. Você deve ser feliz, enquanto me arrasto na intensidade de minha desgraça? Pode destruir as minhas outras paixões, mas a vingança permanecerá. A vingança, doravante mais cara que a luz ou o alimento! Posso até morrer, mas antes, você, meu tirano e atormentador, haverá de amaldiçoar o sol que contempla a sua miséria. Cuidado, pois sou destemido e, portanto, poderoso. Vou vigiá-lo com a cobiça de uma cobra, para poder picá-lo com a minha peçonha. Homem, você há de se arrepender das injúrias que infligiu…

– Fora, diabo! Não envenene o ar com esses sons de malícia. Já declarei minha resolução a você. Não sou covarde para me dobrar a palavras. Deixe-me, minha decisão é inexorável.

– Está bem, eu vou, mas lembre-se: estarei com você na sua noite de núpcias.

Comecei a avançar e exclamei:

– Bandido, antes de assinar minha sentença de morte, certifique-se de que está seguro.

Eu o teria agarrado, mas ele me evitou e saiu da casa precipitadamente. Em instantes, eu o vi em seu barco, que disparou pelas águas com a rapidez de uma flecha e logo se perdeu no meio das ondas.

Tudo ficou novamente em silêncio, mas as palavras dele ecoavam em meus ouvidos. Eu ardia em raiva para perseguir o assassino da minha paz e precipitá-lo no oceano. Perturbado, caminhava para cima e para baixo apressadamente em meu quarto, enquanto minha imaginação repelia mil imagens que me atormentavam e me picavam. Por que não o segui, para entrar em luta mortal com ele? Mas eu o forcei a partir, e ele dirigiu seu rumo para a terra firme. Estremeci ao pensar quem seria a próxima vítima sacrificada por sua insaciável sede de vingança. E, então pensei novamente em suas palavras: "Estarei com você na sua noite de núpcias". Esse era, então, o período fixado para o cumprimento do meu destino. Nessa hora eu deveria morrer e satisfazer e extinguir sua malícia. A perspectiva não me fazia sentir medo; contudo, quando pensei na minha querida Elizabeth, em suas lágrimas e em seu sofrimento infinito, quando visse o amado tão barbaramente arrancado dela, as primeiras lágrimas que eu derramava em muitos meses, escorreram dos meus olhos, e resolvi não cair perante o meu inimigo sem uma luta feroz.

A noite foi embora, e o sol se levantou do oceano. Meus sentimentos se tornaram mais calmos, se é que pode haver calmaria quando a violência raivosa mergulha no desespero profundo. Saí de casa, palco da medonha discórdia da noite anterior, e andei pela praia, à beira-mar, que eu quase cheguei a considerar como uma barreira intransponível entre mim e os meus companheiros. Não, um desejo assim devia provar a realidade roubada de mim. Quis passar a vida sobre aquele rochedo árido, entediado, é verdade, mas resguardado de qualquer choque súbito de infelicidade. Se voltasse, haveria de ser sacrificado ou veria aqueles que eu mais amava morrerem sob as garras de um demônio que eu mesmo criara.

Caminhei pela ilha como um espectro inquieto, separado de tudo o que amava e infeliz com a separação. Quando o meio-dia chegou, e o sol estava a pino, deitei-me na grama. Fui dominado por um sono profundo. Fiquei acordado a noite anterior inteira, meus nervos estavam agitados e meus olhos, inflamados pela vigília e pela tristeza. O sono em que então me afundei me refrescou. Quando acordei, voltei a sentir como se pertencesse a uma raça de gente humana como eu. Comecei a refletir sobre o que havia acontecido com maior serenidade, ainda assim as palavras do demônio ecoavam em meus ouvidos como um lamento de morte. Elas pareciam um sonho, mas eram distintas e opressivas como a realidade.

O sol já tinha descido bastante. Eu ainda estava sentado na praia, satisfazendo meu apetite, que se tornara voraz, com um bolo de aveia. Foi quando vi um barco de pesca perto de mim. Um dos homens me trouxe um pacote, contendo cartas de Genebra e uma de Clerval, rogando-me que me juntasse a ele. Disse que estava gastando seu tempo inutilmente onde estava. Cartas dos amigos que conhecera em Londres desejavam seu retorno, para concluírem as negociações sobre a empresa indiana. Ele não podia mais adiar sua partida e, como sua viagem para Londres poderia ter prosseguimento ainda mais cedo do que ele imaginava, com sua viagem mais longa para a Índia, ele me rogava aproveitar minha amizade com ele o máximo que fosse possível. Pediu-me, pois, que deixasse minha ilha solitária para encontrá-lo em Perth, de onde prosseguiríamos para o Sul. Essa carta de certo modo me trouxe de volta à vida, e eu decidi deixar a ilha no prazo de dois dias.

No entanto, antes de partir havia uma tarefa a realizar, a respeito da qual estremeci só de pensar. Tinha que arrumar os meus instrumentos químicos. Para isso precisaria entrar na sala que havia sido o cenário da minha odiosa obra e devia lidar com utensílios cuja visão me afligia. Na manhã seguinte, ao amanhecer, reuni coragem suficiente e destranquei a porta do laboratório. Os restos da criatura semiacabada que eu tinha destruído jaziam espalhados no chão. Quase senti como se tivesse destroçado a carne viva de um ser humano. Fiz uma pausa para me concentrar e então entrei na câmara. Com a mão trêmula tirei os instrumentos da sala, mas refleti que não devia abandonar os restos mortais de meu trabalho para excitar o horror e a suspeita dos camponeses. Coloquei-os num cesto junto com uma grande quantidade de pedras e guardei-os, decidido a jogá-los no mar naquela mesma noite. Nesse meio-tempo, fiquei sentado na praia, ocupado com a limpeza e com a arrumação do meu aparato químico.

Nenhuma transformação poderia ser mais completa do que a que ocorreu em meus sentimentos desde a noite da aparição do demônio. Eu já havia considerado a promessa feita a um desânimo sombrio como uma coisa que sob quaisquer consequências deveria ser cumprida; no entanto, sentia como se uma película tivesse sido retirada da frente dos meus olhos e que eu, pela primeira vez, enxergasse claramente. A ideia de renovar as minhas atividades não me ocorreu por nenhum instante; a ameaça que eu escutara, pesava sobre os meus pensamentos, mas não refletia nenhum ato voluntário meu que pudesse evitá-la. Eu tinha decidido para mim mesmo que criar outro demônio como o que tinha feito da primeira vez seria um ato do egoísmo mais abjeto e mais atroz. Assim, bani da mente todo pensamento que pudesse levar a uma conclusão diferente.

Entre duas e três horas da madrugada, a lua se levantou. Então coloquei o cesto a bordo de um pequeno bote e naveguei cerca de seis quilômetros da costa. A cena era perfeitamente solitária. Alguns barcos voltavam para a terra, mas eu navegava bem longe deles. Sentia-me como se estivesse prestes a cometer um terrível crime e evitava com tremenda ansiedade qualquer encontro com criaturas semelhantes a mim. Em determinado momento, o luar, que antes era claro, de repente se espalhou por uma espessa nuvem. Aproveitei o instante de escuridão e joguei o cesto no mar. Ouvi o som borbulhante enquanto ele afundava e, então, naveguei para longe do local. O céu ficou nublado, o ar era puro, embora estivesse esfriando por causa da brisa nordeste, que soprava naquele momento. Isso me refrescou e me encheu de sensações tão agradáveis, que resolvi prolongar a permanência na água. E assim, fixando o leme em posição reta, estiquei-me no fundo do barco. As nuvens escondiam a lua, tudo estava obscuro, e eu só ouvia o som do barco cortando as ondas com a quilha. O murmúrio me acalmou e, em instantes, adormeci profundamente.

Não sei quanto tempo fiquei nessa situação, mas quando acordei, descobri que o sol já tinha subido consideravelmente. O vento estava alto, e as ondas ameaçavam continuamente a segurança do meu pequeno bote. Descobri que o vento era nordeste e que eu devia ter me afastado da costa onde embarcara. Tentei mudar o rumo, mas rapidamente descobri que, se fizesse nova tentativa, o barco instantaneamente encheria de água. Em tal situação, meu único recurso seria avançar conforme o vento. Confesso que tive algumas sensações de terror. Não trazia nenhuma bússola comigo e era tão pouco familiarizado com a geografia dessa parte do mundo que o sol não servia de nenhuma referência para mim. Eu poderia ser levado para o imenso Atlântico e sentir todas as torturas da fome ou ser engolido nas águas imensuráveis que rugiam e golpeavam ao meu redor. Já estava fora havia muitas horas e senti uma sede ardente me atormentar como um prelúdio dos meus outros sofrimentos. Olhei para os céus, cobertos de nuvens que voavam na frente do vento, só para serem substituídas por outras. Olhei para o mar. Aquele seria o meu túmulo.

– Demônio! – exclamei. – Sua tarefa já se cumpriu!

Pensei em Elizabeth, no meu pai e em Clerval, todos deixados para trás e sobre os quais o monstro poderia satisfazer suas paixões sanguinárias e impiedosas. Essa ideia me fez mergulhar na revelação, tão desesperada quanto terrível, de que mesmo agora, quando a cena estava a ponto de se fechar diante de mim para sempre, eu estremecia ao refletir sobre ela.

Algumas horas passaram assim, mas, gradualmente, à medida que o sol declinava na direção do horizonte, o vento desfalecia numa brisa suave e o mar deixava de quebrar em ondas, que deram lugar a uma forte ressaca. Sentia-me adoecido, quase incapaz de segurar o leme, quando, de repente, vi uma linha de terra alta rumo ao Sul.

Totalmente desgastado como estava, pela fadiga e pelo suspense terrível que suportei por várias horas, essa súbita certeza de vida correu para o meu coração como uma inundação de alegria calorosa. Lágrimas brotaram dos meus olhos.

Quão mutáveis são os nossos sentimentos e quão estranho é esse apego amoroso que temos pela vida, mesmo na desgraça extrema! Construí outra vela com parte da minha roupa e ansiosamente orientei meu curso para a terra, que tinha aparência selvagem e rochosa. À medida que me aproximava, percebi facilmente os vestígios de cultivos. Vi navios perto da costa e, de repente, achei-me transportado de volta à proximidade do homem civilizado. Segui com cuidado os contornos sinuosos da terra e saudei um campanário que finalmente avistei surgindo por trás de um pequeno promontório. Como me encontrava em estado de extrema debilidade, resolvi navegar diretamente para a cidade, como um lugar onde poderia mais facilmente obter alimento. Felizmente, levava algum dinheiro comigo. Quando virei o promontório, percebi uma pequena cidade bem arrumada e um bom porto, no qual entrei, o meu coração saltando de alegria em minha fuga inesperada.

Enquanto estava ocupado em prender o barco e organizar as velas, várias pessoas acorreram ao local. Todos pareciam muito surpresos com a minha aparência; mas em vez de me oferecerem alguma ajuda, sussurravam com gestos que em qualquer outro momento poderiam ter produzido em mim uma ligeira sensação de alarme. Sendo assim, simplesmente observei que eles falavam inglês e, portanto, dirigi-me a eles nessa língua:

– Meus bons amigos – eu disse –, vocês fariam a gentileza de me dizer o nome desta cidade? Podem me informar onde estou?

– Você saberá isso em breve – respondeu um homem com voz rouca. – Pode ser que tenha chegado a um lugar que não se mostrará muito a seu gosto, mas não será consultado quanto aos seus destinos, prometo-lhe.

Fiquei extremamente surpreso ao receber uma resposta tão rude de um estranho. Também fiquei desconcertado ao perceber o semblante franzido e zangado de seus companheiros.

– Por que responde de forma tão rude? – indaguei. – Certamente não é um costume dos ingleses receberem estranhos com tamanha falta de hospitalidade.

– Não sei qual é o costume dos ingleses – disse o homem –, mas é um costume dos irlandeses odiarem os vilões.

Enquanto esse estranho diálogo continuava, percebi que a multidão aumentava rapidamente. Seus rostos expressavam uma mistura de curiosidade e raiva, o que me incomodava e, em certa medida, me assustava. Perguntei o caminho para a pousada, mas ninguém respondeu. Então me movi para a frente, e um murmúrio percorreu a multidão que me seguia e me cercava. Foi quando um homem mal-encarado se aproximou, bateu no meu ombro e disse:

– Venha senhor, siga-me até o sr. Kirwin, para prestar contas de si mesmo.

– Quem é o sr. Kirwin? Por que devo prestar contas de mim? Este não é um país livre?

– Sim, senhor, livre o suficiente para gente honesta. O sr. Kirwin é o magistrado e o senhor deve dar conta da morte de um cavalheiro assassinado aqui ontem à noite.

Essa resposta me assustou, mas logo me recuperei. Eu era inocente, isso poderia ser facilmente provado. Consequentemente, segui o meu guia em silêncio. Fui conduzido a uma das melhores casas na cidade. Estava pronto para desabar de fome e cansaço, mas estando cercado pela multidão, achei uma boa política despertar toda a minha força, para que nenhuma debilidade física pudesse ser interpretada como apreensão ou culpa consciente. Então, eu jamais poderia esperar pela calamidade que em poucos instantes se abateria sobre mim e extinguiria em horror e desespero todo o medo da ignomínia ou da morte.

Tenho que parar aqui, pois vou precisar reunir todas as minhas forças para trazer à memória os assustadores acontecimentos que estou a ponto de narrar, em detalhes adequados, conforme as minhas lembranças.

CAPÍTULO 21

Logo fui levado à presença do magistrado, um homem de idade, bondoso e com modos calmos e suaves, mas ele olhou para mim com certo grau de severidade. Então, voltando-se para os meus condutores perguntou quem se apresentava como testemunha nesse caso.

Cerca de meia dúzia de homens se aproximou e um deles foi escolhido pelo magistrado. Ele declarou que estava pescando na noite anterior com seu filho e o cunhado, Daniel Nugent, quando por volta das dez horas observaram uma forte explosão ao norte e que, em consequência disso, rumaram para o porto. A noite estava muito escura já que a lua não havia subido ainda. Não desembarcaram no porto, mas, como estavam acostumados, num riacho cerca de dois quilômetros abaixo. Ele caminhou na frente carregando uma parte do equipamento de pesca, e seus companheiros o seguiram a alguma distância. Enquanto avançava pela areia, tropeçou em alguma coisa e se estatelou no chão. Seus companheiros correram para ajudá-lo e, à luz de lanternas, descobriram que ele havia caído sobre o corpo de um homem aparentemente morto. A primeira suposição deles foi de que o cadáver seria de alguma pessoa afogada, jogada na praia pelas ondas, mas após exame descobriram que as roupas não estavam molhadas e, até que o corpo ainda não estava frio. Levaram-no imediatamente para a cabana de uma velha senhora perto do local e tentaram em vão trazê-lo de volta à vida. Parecia se tratar de um belo jovem, com cerca de vinte e cinco anos de idade, que aparentemente havia sido estrangulado, pois não havia outro sinal de violência além de marcas pretas de dedos no pescoço.

A primeira parte desse depoimento não me interessou em nada, mas quando as marcas de dedos foram mencionadas, lembrei-me do assassinato de meu irmão e fiquei extremamente agitado. Minhas pernas tremiam, e uma névoa me cobriu os olhos, o que me obrigou a procurar apoio em um cadeira. O magistrado observou-me com olhar atento e naturalmente obteve uma intuição desfavorável do meu comportamento.

O filho confirmou o relato de seu pai, mas quando Daniel Nugent foi chamado, jurou que pouco antes da queda de seu companheiro, avistou um barco com um único homem a curta distância da praia. E que, na medida em que ele podia julgar pela luz de algumas estrelas, seria o mesmo barco no qual eu tinha acabado de aportar.

Uma mulher depôs que morava perto da praia e estava à porta de sua casa esperando o retorno dos pescadores, cerca de uma hora antes de saber da descoberta do corpo, quando viu um barco com apenas um homem se afastar daquela parte da costa onde o cadáver foi encontrado mais tarde.

Outra mulher confirmou o relato dos pescadores, de que levaram o corpo à sua casa. Não estava frio, colocaram-no numa cama e esfregaram--no. Daniel foi até a cidade atrás de um boticário, mas aquela vida já havia desaparecido.

Vários outros homens foram questionados sobre o meu desembarque. Todos concordavam que, com o forte vento do norte que soprou durante a noite, era muito provável que eu tivesse tentado me afastar por várias horas, mas havia sido obrigado a retornar quase ao mesmo ponto de onde partira. Além disso, observaram que parecia que eu tinha trazido o corpo de outro lugar e que como eu não parecia conhecer a costa era provável que pudesse tê-lo desembarcado no porto sem saber a distância da cidade ao lugar onde havia depositado o cadáver.

Ao ouvir essas evidências, o sr. Kirwin desejou que eu fosse levado à sala onde o corpo jazia para ser enterrado, para que pudesse ser observado o efeito que a visão do mesmo produziria em mim. Essa ideia provavelmente foi sugerida pela extrema agitação que eu demonstrara quando o modo do assassinato foi descrito. Assim, fui conduzido pelo magistrado e várias outras pessoas à estalagem. Não pude deixar de me surpreender com as estranhas coincidências ocorridas durante aquela noite agitada, mas lembrando que havia conversado com várias pessoas da ilha que habitei sobre o tempo que o corpo havia sido encontrado, eu estava perfeitamente tranquilo quanto às consequências do caso.

Entrei na sala onde estava o cadáver e fui levado até o caixão. Como posso descrever minhas sensações ao vê-lo? Ainda me sinto ressequido de horror. Não consigo refletir sobre aquele momento terrível sem tremer e agonizar. O inquérito, a presença do magistrado e das testemunhas, passaram como um sonho da minha memória quando vi o corpo sem vida de Henry Clerval esticado diante de mim. Ofegante, atirei-me sobre o corpo e exclamei:

– Minhas maquinações assassinas também o privaram da vida, meu querido Henry? Duas já destruí. Outras vítimas aguardam o mesmo destino, mas você, Clerval meu amigo, meu benfeitor...

Minha carcaça humana não aguentava mais as agonias que eu suportara. Fui levado para fora da sala em fortes convulsões.

Uma febre sucedeu a isso. Fiquei deitado por dois meses a ponto de morrer. Meus desvarios, como soube depois, eram espantosos. Eu me chamava de assassino de William, de Justine e de Clerval. Às vezes, rogava aos meus atendentes que me ajudassem na destruição do demônio que me atormentava. Em outras ocasiões, sentia os dedos do monstro já agarrando o meu pescoço e eu gritava em voz alta com agonia e terror. Felizmente, como eu falava em minha língua nativa, somente Kirwin me entendia, mas os meus gestos e os gritos amargos foram suficientes para assustar as outras testemunhas.

Por que não morria? Mais miserável do que qualquer outro homem, por que eu não soçobrava no esquecimento e no descanso? A morte arrebata muitas crianças recém-nascidas, as únicas esperanças para seus adorados pais. Quantas noivas e quantos jovens apaixonados não estavam um dia na flor da idade e da esperança e, no dia seguinte, sendo devorados por vermes e pela podridão da sepultura? De que materiais eu era feito para poder assim resistir a tantos choques, que como o giro da roda continuamente renovavam a tortura?

Mas eu estava condenado a viver. Em dois meses, encontrei-me despertando de um sonho, esticado numa cama miserável, cercado por guardas, carcereiros, grilhões e todo o desgraçado aparato de uma masmorra. Era de manhã, lembro-me, quando despertei e compreendi a situação. Esqueci-me dos detalhes do que havia acontecido e só senti como se de repente submergisse de algum grande infortúnio, mas quando olhei ao redor, vi as janelas fechadas e a sordidez do local em que estava, tudo passou pela minha memória num átimo e eu gemi amargamente.

Esse lamento incomodou uma senhora que cochilava numa cadeira ao meu lado. Era uma enfermeira contratada, esposa de um carcereiro e seu semblante expressava todas aquelas más qualidades que frequentemente caracterizam essa classe. As linhas de seu rosto eram duras e rudes, como as de pessoas acostumadas a ver situações de miséria sem simpatia. Seu jeito expressava toda sua indiferença. Ela falou comigo em inglês e sua voz me tocou como uma daquelas que eu tinha ouvido durante os meus sofrimentos:

– Está melhor agora, senhor? – ela quis saber.

Eu respondi na mesma língua, com voz fraca:

– Acredito que sim, mas se tudo isso for verdade, se realmente não sonhei, lamento ainda estar vivo para sentir tanta desgraça e horror.

– Por falar nisso – respondeu a senhora –, se está se referindo ao cavalheiro que assassinou, também acho que seria melhor para o senhor se estivesse morto, pois creio que as coisas vão ficar ruins para o seu lado! Porém, isso não é da minha conta. Fui enviada para cuidar do senhor e deixá-lo bem. Faço a minha obrigação com a consciência tranquila. Seria bom se todos fizessem o mesmo.

Eu me virei para a mulher com ódio. Como podia pronunciar um discurso tão insensível para uma pessoa que acabava de ser salva, à beira da morte? Mas sentia-me impotente, incapaz de refletir sobre tudo o que se passara. Todo o conjunto da minha vida parecia um sonho. Às vezes, eu duvidava se de fato tudo aquilo era verdade, porque jamais as coisas se apresentavam à minha mente com a força da realidade.

À medida que as imagens que flutuavam diante de mim se tornavam mais distintas, fiquei febril. Uma escuridão me cercava. Não havia ninguém perto de mim que me acalmasse com uma voz suave de amor. Nenhuma mão querida me apoiava. O médico veio e prescreveu remédios, que a velha preparou para mim, mas o absoluto descaso era visível no primeiro, e a expressão de brutalidade estava fortemente marcada no rosto da segunda. Quem poderia estar interessado no destino de um assassino, senão o carrasco que justificaria seu salário?

Essas foram minhas primeiras reflexões, mas logo descobri que o sr. Kirwin me dedicou uma extrema bondade. Ele mandou preparar a melhor cela da prisão para mim (o local era miserável, mas de fato o melhor). E foi ele quem providenciou o médico e a enfermeira. Na verdade, ele raramente foi me ver, pois embora desejasse ardentemente aliviar os sofrimentos de toda criatura humana, não desejava estar presente nas agonias e nos trágicos delírios de um assassino. Vinha, portanto, às vezes, para cuidar que não se descuidassem de mim, mas suas visitas eram curtas e com longos intervalos.

Um dia, enquanto me recuperava gradualmente, fiquei sentado numa cadeira, com os olhos entreabertos e as bochechas lívidas como um morto, dominado pela tristeza e pela desgraça. Muitas vezes refletia se o melhor não seria procurar a morte do que desejar permanecer num mundo repleto de miséria. Em certos momentos, considerei se não deveria me declarar culpado e sofrer as penas da lei, menos inocente do que a pobre Justine. Tais eram os meus pensamentos quando a porta da minha cela se abriu e o sr. Kirwin entrou. O semblante dele expressava simpatia e compaixão. Puxou uma cadeira para perto de mim e falou em francês:

– Sinto que esse lugar é muito chocante para você. Posso fazer alguma coisa para torná-lo mais confortável?

– Agradeço, mas nada que o senhor mencionar vale para mim. Em toda a Terra não existe consolo que eu seja capaz de receber.

– Sei que a simpatia de um estranho pode ser de pouco alívio para alguém carregado por um infortúnio tão absurdo, mas espero que logo deixe essa melancólica estadia, pois sem dúvida provas podem ser facilmente trazidas para livrá-lo da acusação criminal.

– Essa é a minha menor preocupação. Por uma série de estranhos acontecimentos, eu me tornei o mais infeliz dos mortais. Perseguido e torturado como sou e fui, a morte seria um mal para mim?

– Nada realmente poderia ser mais infeliz e agonizante do que as estranhas circunstâncias que têm ocorrido recentemente. Você foi, por algum acidente incomum, atirado nesta costa conhecida pela hospitalidade e imediatamente apreendido e acusado de assassinato. A primeira visão apresentada aos seus olhos foi o corpo de seu amigo, assassinado de maneira tão inexplicável, colocado por assim dizer por algum demônio em seu caminho.

Como disse o sr. Kirwin, apesar da agitação que eu sofria com essa reconstituição dos meus sofrimentos, senti também uma considerável surpresa pelo conhecimento que ele parecia possuir a meu respeito. Acho que alguma surpresa ficou estampada em meu rosto, pois o sr. Kirwin se apressou em dizer:

– Imediatamente após você adoecer, todos os papéis que estavam em seu poder foram trazidos a mim. Eu os examinei, para descobrir alguma indicação pela qual pudesse enviar aos seus parentes um relato de sua desgraça e da sua doença. Encontrei várias cartas, entre outras uma que descobri desde o princípio que seria de seu pai. Imediatamente escrevi para

Genebra. Passaram quase dois meses desde o envio da minha carta, mas você está doente, ainda agora treme. Não está preparado para suportar nenhum tipo de agitação.

– Esse suspense é mil vezes pior do que o mais horrível acontecimento. Diga-me que nova cena de morte ocorreu e qual assassinato devo agora lamentar?

– A sua família está perfeitamente bem – Kirwin afirmou, com gentileza. – E alguém, um amigo, veio visitá-lo.

Não sei por meio de qual sequência de pensamentos a ideia se apresentou, mas no mesmo instante imaginei que o assassino tinha vindo zombar da minha miséria e me provocar com a morte de Clerval, como nova incitação para eu concordar com seus desejos infernais. Coloquei a mão diante dos olhos e gritei em agonia:

– Oh! Leve-o embora. Não posso vê-lo, pelo amor de Deus não o deixe entrar!

Kirwin olhou para mim com o semblante perturbado. Ele não podia deixar de ver a minha reação como presunção de culpa. Então, disse num tom bastante severo:

– Achei, meu jovem, que a presença de seu pai seria bem-vinda, em vez de inspirar uma repulsa tão violenta.

– Meu pai! – exclamei, enquanto cada traço e cada músculo do rosto se transportavam da angústia para o prazer. – Foi o meu pai que veio? Que coisa boa, tão gentil quanto amável, mas onde está ele, por que não se apressa em me ver?

A minha mudança de comportamento surpreendeu e agradou o magistrado. Talvez ele pensasse que a minha exclamação anterior fosse um retorno momentâneo ao delírio, mas então imediatamente retomou sua antiga benevolência. Levantou-se e saiu do quarto com a minha enfermeira. No instante seguinte, meu pai entrou.

Nada, naquele momento, poderia ter me dado mais prazer do que a chegada de meu pai. Estendi a mão para ele e chorei:

– Então o senhor está seguro. E Elizabeth e Ernest?

O meu pai me acalmou com garantias do bem-estar dele e, ao tratar desses assuntos tão interessantes para o meu coração, esforçou-se para levantar os meus humores desanimados, mas ele logo sentiu que a prisão não podia ser um local que abrigasse alegria.

– Que lugar foi esse em que você veio parar, meu filho – ele comentou, olhando tristemente as janelas gradeadas e a miserável aparência da cela. – Você viajou em busca da felicidade, mas uma fatalidade parece perseguir você. E o pobre Clerval...

O nome de meu infeliz amigo assassinado provocou uma agitação muito grande para ser suportada pelo meu fraco estado. Derramei lágrimas.

– Infelizmente, meu pai! Algum destino do mais medonho tipo paira sobre mim. E eu devo viver para cumpri-lo, ou certamente deveria ter morrido no caixão de Henry.

Não nos foi permitido conversar por muito tempo, pois meu precário estado de saúde exigia todas as precauções necessárias para garantir a minha tranquilidade. O sr. Kirwin entrou e insistiu que minhas forças não deveriam ser esgotadas por muito esforço, mas a presença do meu pai era para mim como a do meu anjo da guarda, e gradualmente eu recuperei a saúde.

À medida que a doença me deixava, fui sendo absorvido por uma melancolia sombria e soturna que nada podia dissipar. A imagem pavorosa de Clerval assassinado estava sempre diante de mim. Mais de uma vez, a agitação em que essas lembranças me lançavam fez meus amigos temerem uma recaída perigosa. Infelizmente! Por que preservavam uma vida tão desventurada e detestável? Decerto seria para que eu cumprisse o meu destino, que estava próximo de um desfecho. Oh! Rapidamente, muito rapidamente, a morte abreviaria esses castigos e me aliviaria do imenso peso da angústia que me reduzia ao pó. E, pela execução da sentença da justiça, eu ainda mergulharia no descanso. Então, o aparecimento da morte se distanciava, embora o desejo estivesse sempre presente nos meus pensamentos. Muitas vezes fiquei sentado imóvel e mudo durante horas, desejando que alguma revolução poderosa pudesse enterrar a mim e ao meu destruidor em suas ruínas.

A temporada de audiências se aproximava. Eu já tinha passado três meses na prisão e embora ainda estivesse fraco e corresse continuamente o perigo de uma recaída, fui obrigado a percorrer cerca de cem quilômetros até a capital da província onde ficava o tribunal. O sr. Kirwin se encarregou pessoalmente de coletar o depoimento de cada testemunha e organizou minha defesa. Fui poupado da desgraça de ser julgado publicamente como criminoso, pois o caso não foi levado ao tribunal que decidia sobre questões de vida ou morte. O grande júri rejeitou a acusação, ao ser provado que eu estava nas ilhas Órcadas na hora em que o corpo de meu amigo foi encontrado e, quinze dias depois de ser inocentado, fui solto da prisão.

Meu pai ficou extasiado, por me ver livre dos vexames de uma acusação criminal, porque novamente eu podia respirar ar fresco e também pela autorização para poder voltar à minha terra natal. Eu não compartilhava desses sentimentos, pois para mim as paredes de uma masmorra ou de um palácio eram igualmente odiosas. Meu cálice de vida havia sido envenenado para sempre e, embora o sol brilhasse sobre mim como sobre os alegres de coração, eu não via em volta de mim nada além de uma escuridão densa e assustadora, que não era penetrada por nenhuma luz, a não ser pelo brilho de dois olhos que me fitavam. Às vezes, eram os olhos expressivos de Henry, lânguidos de morte, dentro de órbitas escuras, quase cobertos pelas pálpebras e pelos longos cílios pretos que os franjavam. Às vezes, eram os olhos turvos e sombrios do monstro quando os vi pela primeira vez em meu laboratório de Ingolstadt.

Meu pai tentava despertar em mim sentimentos de afeto. Ele falava de Genebra, que eu logo visitaria, de Elizabeth e de Ernest, mas essas palavras só atraíam profundos lamentos em mim. Às vezes, na verdade, eu sentia o desejo de felicidade e pensava com melancólico deleite em minha prima amada, ou era devorado pela saudade da pátria, a *maladie du pays*, a vontade de rever mais uma vez o lago azul e o rápido rio Ródano, que eu tanto amava desde a primeira infância, mas o estado geral dos meus sentimentos era de um torpor no qual a prisão era uma residência tão bem-vinda quanto uma paisagem divina na natureza. E esses ataques raramente eram interrompidos, a não ser por paroxismos de angústia e desespero. Nesses momentos, eu me esforçava para pôr fim a essa existência que detestava e assim necessitava de atendimento e vigilância incessantes, que me impedissem de cometer algum terrível ato de violência.

Porém, uma obrigação restava para mim, cuja lembrança finalmente triunfou sobre o meu desespero egoísta. Era preciso que eu voltasse sem demora a Genebra, para vigiar a vida daqueles que tanto amava e para ficar à espera do assassino. Porque, se algum acaso me levasse ao lugar do seu esconderijo, ou se ele ousasse voltar a me importunar com sua presença, eu poderia com inquestionável objetividade, pôr fim à existência da monstruosa imagem que havia dotado da zombaria de uma alma ainda mais monstruosa. Meu pai ainda quis adiar a nossa partida, temendo que eu não pudesse suportar a viagem, pois eu estava em cacos, era a sombra de um ser humano. Minhas forças tinham desaparecido, eu era um mero esqueleto. Noite e dia, a febre assolava minha carcaça devastada.

Ainda assim, como eu insistia para que deixássemos a Irlanda com muita inquietação e impaciência, meu pai achou melhor ceder. Conseguimos passagens a bordo de uma embarcação para Havre-de-Grace e navegamos com vento bom, vindo das costas irlandesas. Era meia-noite. Deitei-me no convés e fiquei contemplando as estrelas e ouvindo o marulho das ondas. Saudei a escuridão que apagou a Irlanda da minha vista. Meu pulso batia com uma alegria febril quando eu refletia que logo veria Genebra. O passado surgia para mim à luz de um sonho espantoso, embora a embarcação em que eu estava, com o vento soprando da detestada costa da Irlanda e o mar ao redor me dissessem com muita força que eu não havia sido enganado por nenhuma visão. E que Clerval, meu companheiro e amigo mais querido, havia tombado vitimado por mim e pelo monstro da minha criação. Repassei, na memória, toda a minha vida, a tranquila felicidade enquanto residia com a minha família em Genebra, a morte de minha mãe e a partida para Ingolstadt. Lembrei-me, estremecendo, do entusiasmo louco que me apressou a criar o meu inimigo medonho e lembrei-me da noite em que ele viveu pela primeira vez. Eu era incapaz de seguir uma linha de pensamento. Milhares de sentimentos se apoderaram de mim. Chorei amargamente.

Desde a minha recuperação da febre, eu adquirira o hábito de tomar toda noite uma pequena quantidade de láudano, pois só por meio dessa droga sedativa conseguia obter o descanso necessário para preservar a vida. Oprimido pela lembrança dos meus vários infortúnios, engoli então o dobro da quantidade habitual e logo adormeci profundamente, mas o sono não me concedeu descanso ao pensamento e à infelicidade. Meus sonhos apresentavam milhares de objetos assustadores. Pela manhã, fui acossado por uma espécie de pesadelo. Senti o aperto do demônio em meu pescoço e não consegui me livrar dele. Gemidos e gritos rangiam em meus ouvidos. Meu pai, que cuidava de mim, ao perceber minha inquietação, me despertou. As ondas estavam escarpadas ao redor, e o céu, nublado em cima. O demônio não estava ali. Um sentimento de segurança, a sensação de uma trégua estabelecida entre o momento presente e o futuro irresistível e desastroso me transmitiram uma espécie de esquecimento tranquilo, ao qual a mente humana era particularmente suscetível por sua própria estrutura.

CAPÍTULO 22

A viagem chegou ao fim. Desembarcamos e seguimos para Paris. Logo descobri que tinha sobrecarregado as minhas forças e que precisava repousar antes que pudesse continuar a jornada. Os cuidados e as atenções de meu pai eram incansáveis. Como ele não sabia a origem dos meus sofrimentos, procurou métodos errôneos para remediar meu mal incurável e desejou que eu buscasse diversão social. Eu detestava ver gente, mas não odiava! Os seres humanos eram meus irmãos, meus semelhantes e eu me sentia atraído até mesmo pelo mais repulsivo deles como uma criatura de natureza angelical partícipe do mecanismo celestial, mas sentia que não tinha o direito de compartilhar relacionamentos. Eu havia solto um inimigo entre eles, cuja alegria era derramar sangue e deleitar-se com gemidos. Um a um, todos eles me abominariam e me expulsariam do mundo se soubessem dos meus atos ilícitos e dos crimes que tinham origem em mim!

Por fim, meu pai concordou com o meu desejo de evitar o convívio social e se esforçou por vários argumentos para banir meu desespero. Às vezes, ele achava que eu sentia demais a degradação de ser obrigado a responder a uma acusação de assassinato e tentou provar para mim a futilidade do orgulho.

– Infelizmente, meu pai – eu retruquei –, o quão pouco o senhor me conhece. Os seres humanos, seus sentimentos e paixões, de fato seriam degradados se um desgraçado como eu sentisse orgulho. Justine, a pobre e infeliz Justine, era tão inocente quanto eu, sofreu a mesma acusação, morreu por isso, e eu sou o causador de tudo, eu a matei. William, Justine e Henry: todos morreram pelas minhas mãos.

Muitas vezes durante a prisão, meu pai me ouviu fazer essa mesma afirmação. Quando eu assim me acusava, às vezes, ele parecia querer uma explicação, outras vezes parecia considerá-la como fruto do delírio e que durante a minha doença, alguma ideia desse tipo havia se apresentado à minha imaginação, cuja lembrança eu preservara em minha convalescença. Evitei dar explicações e mantive um silêncio contínuo em relação ao miserável ser que havia criado. Estava convencido de que devia ser considerado louco e que isso por si só acorrentaria a minha língua para sempre, mas além disso, eu não conseguiria revelar um segredo que encheria o meu ouvinte de consternação e que tornaria medos e horrores antinaturais prisioneiros de seu peito. Por isso, examinei a minha impaciente sede de piedade e fiquei em silêncio quando teria confiado ao mundo o segredo fatal. No entanto, palavras como aquelas que registrei ainda estourariam descontroladamente em mim. Eu não podia oferecer nenhuma explicação por essas palavras, mas a verdade delas aliviava em parte o fardo da minha misteriosa aflição.

Em tal ocasião, meu pai disse com uma expressão de indescritível admiração:

– Meu querido Victor, que loucura é essa? Meu querido filho, peço-lhe que nunca mais volte a fazer tal afirmação.

– Não estou louco! – gritei energicamente – O sol e os céus que viram as minhas operações, podem testemunhar essa verdade. Eu sou o assassino dessas vítimas muito inocentes, que morreram pelas minhas maquinações. Mil vezes eu derramaria o meu próprio sangue, gota a gota, para salvar suas vidas, mas eu não poderia, meu pai, de fato eu não poderia sacrificar toda a raça humana.

A conclusão dessa fala convenceu meu pai de que as minhas ideias estavam desarranjadas. Ele mudou instantaneamente o assunto de nossa conversa e tentou alterar o curso dos meus pensamentos. Desejava, tanto quanto possível, obliterar a memória das cenas ocorridas na Irlanda e jamais aludia a elas, nem me permitia falar de meus infortúnios.

Com o passar do tempo, fiquei mais calmo. A infelicidade fazia morada em meu coração, mas eu não falava mais com a mesma incoerência dos meus próprios crimes. A consciência deles bastava para mim. Pela máxima auto violência, reprimia a voz imperiosa da desgraça, que, às vezes, almeja declarar-se ao mundo inteiro. Minhas maneiras eram mais calmas e cheias de compostura do que já haviam sido desde a minha viagem para o mar de gelo.

Poucos dias antes de deixarmos Paris a caminho da Suíça, recebi a seguinte carta de Elizabeth:

Meu querido amigo,

Foi com o maior prazer que recebi uma carta de meu tio postada em Paris. Vocês já não estão mais a uma distância imensa e posso esperar vê-los em menos de uma quinzena. Meu pobre primo, quanto você não deve ter sofrido! Creio que o verei ainda mais adoecido do que quando deixou Genebra. Passei o inverno muito infeliz, atormentada como estava por ansioso suspense. Contudo, espero ver paz em seu semblante e descobrir que o seu coração não está totalmente desprovido de conforto e tranquilidade.

Embora eu tema que persistam os mesmos sentimentos que o tornaram tão infeliz há um ano, talvez até ampliados pelo tempo, eu não podia incomodá-lo durante esse período, quando tantos infortúnios pesavam sobre você, mas uma conversa que tive com meu tio antes da partida dele torna algumas explicações necessárias antes de nos encontrarmos.

Explicação! Você poderia dizer: o que Elizabeth poderia explicar? Se você realmente o disser, minhas perguntas estarão respondidas e todas as minhas dúvidas, satisfeitas, mas você está distante de mim e é possível que possa temer e ainda ficar satisfeito com essa explicação. Diante da probabilidade de ser esse o caso, não me atrevo mais a postergar o que vou escrever e que durante a sua ausência muitas vezes desejei lhe expressar, mas nunca tive a coragem de começar.

Como você sabe muito bem, Victor, nossa união tem sido o plano favorito de seus pais desde a infância. Isso nos foi dito quando jovens e fomos ensinados a olhar esse fato futuro como um evento que certamente ocorreria. Éramos companheiros carinhosos de brincadeiras na infância e nos tornamos queridos e estimados amigos um do outro à medida que crescemos, mas como irmão e irmã muitas vezes mantêm uma afeição viva um para com o outro sem desejar uma união mais íntima, não poderia também ser o nosso caso? Diga-me querido Victor, responda-me, eu o conjuro pela nossa felicidade mútua, com a verdade simples: você ama outra?

Você viajou, passou vários anos de sua vida em Ingolstadt. E eu confesso a você, meu amigo, que quando o vi no outono passado tão infeliz, refugiando-se da companhia das demais criaturas na solidão, não pude deixar de supor que você poderia estar arrependido de nossa conexão e acreditar-se ligado em honra para cumprir os desejos de seus pais, mesmo que eles fossem contrários às suas inclinações, mas esse é um falso raciocínio. Confesso, meu amigo, que o amo e que nos meus sonhos prazerosos de futuro você tem sido meu constante amigo e companheiro. Entretanto, é a sua felicidade que desejo tanto quanto a minha, quando declaro que nosso casamento me tornaria eternamente infeliz, a menos que fosse o ditame de sua livre escolha. Mesmo agora choro ao pensar que, abatido como está pelos mais cruéis infortúnios, você possa sufocar, pela palavra “honra”, toda esperança de que amor e felicidade por si só o fariam voltar a ser quem era. Eu, que sinto um afeto tão desinteressado por você, posso multiplicar seus infortúnios por dez, ao ser um obstáculo aos seus desejos. Ah! Victor, tenha certeza de que sua prima e companheira de brincadeiras tem por você um amor sincero demais para não se tornar infeliz por esse suposto motivo. Seja feliz, meu amigo e se me atender nesse único pedido, fique satisfeito de que nada na Terra terá o poder de interromper minha tranquilidade.

Não deixe que esta carta o perturbe. Não responda amanhã, nem no dia seguinte, ou sequer até você chegar, se isso for lhe causar dor. Meu tio me enviará notícias da sua saúde e se eu notar um único sorriso em seus lábios quando nos encontramos, ocasionado por esse ou qualquer outro esforço meu, não precisarei de outra felicidade.

Elizabeth Lavenza

Genebra, 18 de maio de 17...

Essa carta reavivou na minha memória o que eu tinha antes esquecido, a ameaça do demônio: "Estarei com você na sua noite de núpcias!". Tal era a minha condenação, e nessa noite o demônio empregaria todas as artes para me destruir e me arrancar do vislumbre de felicidade que prometia em parte consolar os meus sofrimentos. Nessa noite ele havia decidido consumar seus crimes com a minha morte. Bem, que assim fosse. Uma luta mortal certamente ocorreria na qual, se ele fosse vitorioso, eu ficaria em paz, e seu poder sobre mim chegaria a um fim. Se ele fosse vencido, eu seria um homem livre. Infelizmente! Que liberdade? Igual à que o camponês desfruta quando sua família é massacrada diante de seus olhos, sua casa de campo queimada, suas terras devastadas e ele é deixado à deriva, desabrigado, sem tostão e sozinho, mas livre. Tal seria a minha liberdade. Exceto porque em minha Elizabeth eu possuía um tesouro, infelizmente contrabalançado por aqueles horrores do remorso e da culpa que me perseguiriam até morrer.

Doce e amada Elizabeth! Li e reli sua carta e algumas agradáveis sensações invadiram meu coração e ousaram sussurrar sonhos paradisíacos de amor e alegria, mas a maçã já havia sido mordida e o braço do anjo surgiu para expulsar qualquer esperança minha. No entanto, eu seria capaz de morrer para fazê-la feliz. Se o monstro executasse sua ameaça, a morte seria inevitável. No entanto, novamente considerei se o meu casamento não apressaria o meu desfecho. Minha destruição poderia realmente chegar alguns meses antes, mas se o meu atormentador suspeitasse que eu o adiava, influenciado por suas ameaças, certamente encontraria outros e talvez mais terríveis meios de vingança. Ele havia prometido "estar comigo na minha noite de núpcias", embora não considerasse tal ameaça como uma condição para a paz. Porque, como se quisesse me mostrar que ainda não estava saciado de sangue, assassinou Clerval imediatamente após anunciar suas ameaças. Assim, decidi que se minha união imediata com minha prima acarretaria a felicidade dela ou a de meu pai, os desígnios do meu adversário contra a minha vida não deveriam retardar a cerimônia nem uma única hora.

Neste estado de espírito, escrevi para Elizabeth. Minha carta era calma e afetuosa. "Temo, minha querida garota", eu dizia, "que pouca felicidade permanece para nós na Terra, embora tudo o que eu possa um dia desfrutar esteja centrado em você. Afaste os seus medos infundados. Só a você consagrarei a minha vida os meus esforços de contentamento. Tenho um segredo, Elizabeth, um segredo terrível, que quando lhe for revelado vai arrepiá-la de horror. Depois, longe de ficar surpresa com a minha infelicidade, você só vai se admirar com o fato de eu ter sobrevivido ao que tenho suportado. Vou lhe contar essa história de desgraça e terror no dia seguinte ao nosso casamento, pois, minha doce prima, deve haver perfeita confiança entre nós, mas até lá, eu lhe peço para não mencioná-la e nem aludir a ela. É o que lhe imploro sinceramente e sei que você vai cumprir".

Cerca de uma semana depois da chegada da carta de Elizabeth, voltamos a Genebra. A doce garota me acolheu com caloroso afeto. Contudo, as lágrimas encheram seus olhos quando ela contemplou o meu corpo esquelético e rosto febril. Também vi mudanças nela. Estava mais magra e tinha perdido bastante daquela vivacidade celestial que antes me encantara, mas sua gentileza e seus suaves olhares de compaixão faziam dela uma companheira perfeitamente apta para alguém devastado e infeliz como eu estava.

A tranquilidade que eu então desfrutava não perdurou. A memória trouxe a loucura com ela, e quando pensei no que tinha passado, uma verdadeira insanidade tomou conta de mim. Às vezes, eu ficava furioso e ardendo em raiva. Outras vezes, permanecia desanimado e cabisbaixo, sem falar e nem olhar para ninguém. Ficava imóvel, perplexo com as infinitas desgraças que me dominavam.

Só Elizabeth tinha o poder de me tirar desses ataques. Sua voz suave me acalmava quando transportada pela paixão e me inspirava sentimentos humanos quando eu estava afundado no torpor. Ela chorava comigo e por mim. Quando a razão retornava, ela me repreendia e tentava me inspirar resignação. Ah! Como é bom o infeliz se resignar, mas para os culpados não há paz. As agonias do remorso envenenam a luxúria que, de outra forma, às vezes, se encontra em entregar-se ao excesso de dor.

Logo após a minha chegada, meu pai falou do meu casamento imediato com Elizabeth. Fiquei em silêncio.

– Por acaso você tem alguma outra paixão?

– Ninguém na Terra. Amo Elizabeth e aguardo ansiosamente a nossa união com prazer. Que a data seja marcada e nela me consagrarei, na vida ou na morte, à felicidade da minha prima.

– Meu querido Victor, não fale assim. Grandes infortúnios têm caído sobre nós, mas basta nos agarrarmos mais ao que nos resta e transferirmos o nosso amor daqueles que perdemos para aqueles que ainda vivem. O nosso círculo será pequeno, mas estreitamente ligado por laços de afeto e mútua infelicidade. E quando o tempo tiver aliviado seu desespero, nascerão novos e queridos objetos de atenção para substituir aqueles dos quais fomos tão cruelmente privados.

Foram essas as lições de meu pai, mas para mim, a lembrança da ameaça voltou. Nem você pode se admirar de que, onipotente como o demônio até então havia sido em seus atos sanguinários, eu quase o considerasse invencível. E que, ao pronunciar as palavras "estarei com você na sua noite de núpcias", eu considerasse inevitável o destino, mas a morte não seria um mal para mim, se a perda de Elizabeth fosse compensada com ela. Assim, com o semblante alegre e satisfeito, concordei com meu pai que se a minha prima consentisse, a cerimônia deveria ter lugar em dez dias. Então, como eu imaginava, selaríamos o meu destino.

Bom Deus! Se por um instante eu tivesse pensado no que poderia consistir a intenção infernal do meu diabólico adversário, teria sido preferível me banir para sempre da minha terra natal e vagar como um proscrito sem amigos pela terra, do que consentir nesse infeliz matrimônio, mas como se possuísse poderes mágicos, o monstro me cegou para suas intenções reais e quando eu pensava que havia preparado apenas a minha própria morte, apressara a de uma vítima muito mais querida.

Na medida em que o período fixado para o nosso casamento se aproximava, fosse por covardia ou por algum sentimento profético, eu sentia o coração afundar dentro de mim, mas ocultei meus sentimentos demonstrando explosões de alegria, que traziam sorrisos e felicidade ao rosto de meu pai, mas não enganavam o olhar sempre atento e cada vez mais agradável de Elizabeth. Ela via a nossa união com um contentamento plácido, não sem misturá-lo com um pouco de medo, provocado pelas desgraças passadas, pois o que agora parecia uma felicidade certa e tangível, logo poderia se dissipar num sonho fugaz que não deixaria nenhum rastro, a não ser um profundo e eterno arrependimento.

Foram feitos preparativos para o evento, visitas de felicitações foram recebidas e todos exibiam uma aparência sorridente. Calei, tanto quanto possível, no meu próprio coração a ansiedade que me paralisava e entrei com aparente seriedade nos planos de meu pai, embora eles apenas pudessem servir como cenários da minha tragédia. Por meio de seus esforços, parte da herança de Elizabeth havia sido devolvida a ela pelo governo austríaco. Uma pequena propriedade às margens do lago de Como lhe pertencia. Ficou acertado que imediatamente após a nossa união, devíamos seguir para a Villa Lavenza, para passarmos os nossos primeiros dias de felicidade ao lado do belo lago próximo ao qual a propriedade ficava.

Nesse meio-tempo, tomei todas as precauções para me defender, caso o demônio me atacasse abertamente. Carregava pistolas e um punhal constantemente comigo e estava sempre atento para não cair em armadilhas, de forma que, por esses meios, conquistei um grau mais elevado de tranquilidade. Na verdade, à medida que o período se aproximava, a ameaça parecia mais uma ilusão que não merecia ser considerada digna de perturbar a minha paz, enquanto que a felicidade pela qual eu esperava do meu casamento adquiria uma aparência maior de certeza, conforme o dia fixado para sua celebração se aproximava e conforme eu ouvia continuamente que falassem do matrimônio como um acontecimento que nenhum acidente provavelmente poderia impedir.

Elizabeth parecia feliz. Meu comportamento tranquilo contribuiu grandemente para acalmar sua mente, mas no dia marcado para realizar meus desejos e meu destino, ela estava melancólica. Impregnava-se de um mal pressentimento e talvez também pensasse no terrível segredo que eu prometera lhe revelar no dia seguinte. Meu pai, porém, estava muito feliz e, na agitação dos preparativos, só reconhecia na melancolia de sua sobrinha o acanhamento de uma noiva.

Após a cerimônia, foi realizada uma grande festa na casa de meu pai, mas decidimos que Elizabeth e eu devíamos começar a nossa viagem atravessando o lago. Dormimos aquela noite em Evian e continuamos nossa jornada no dia seguinte. O dia estava bonito, o vento favorável, todos sorriam em nosso embarque nupcial.

Aqueles foram os últimos momentos na minha vida em que desfrutei da sensação de felicidade. Tudo foi muito rápido. O sol estava quente e nos protegíamos de seus raios com uma espécie de dossel, enquanto desfrutávamos da beleza da paisagem, às vezes, de um lado do lago onde víamos o Monte Salève, as ribanceiras agradáveis de Montalegre e a distância, despontando acima de tudo, o belo Mont Blanc e o conjunto de montanhas nevadas que em vão tentam imitá-la. Às vezes, costeando as margens opostas, víamos o poderoso Jura opondo seu lado escuro à ambição que deixava sua terra natal e uma barreira quase insuperável ao invasor que quisesse escravizá-la.

Tomei a mão de Elizabeth:

– Você está entristecida, meu amor. Ah! Se soubesse o que sofri e o que ainda terei de enfrentar, você faria de tudo para que eu pudesse provar o gosto do silêncio e a liberdade do desespero que esse dia único pelo menos me permite usufruir.

– Fique feliz, meu querido Victor – respondeu Elizabeth. – Não existe, espero, nada para afligi-lo. Tenha certeza de que se uma alegria viva não estiver estampada no meu rosto, meu coração está reconfortado. Algo me diz para não depender muito da perspectiva que se abre diante de nós, mas não vou dar ouvidos a uma voz tão sinistra. Observe o quão rápido nos movemos e como as nuvens, que, às vezes, escurecem e, às vezes, sobem acima da cúpula do Mont Blanc, tornam a beleza dessa paisagem ainda mais interessante. Veja também os incontáveis peixes que nadam nas águas límpidas, onde podemos distinguir cada seixo que se encontra no fundo. Que dia divino, quão feliz e serena toda a natureza parece!

Assim Elizabeth se esforçou para desviar seus pensamentos e os meus de toda reflexão sobre assuntos melancólicos, mas seu temperamento flutuava. Por instantes a alegria brilhava em seus olhos, mas continuamente dava lugar a distrações e devaneios.

O sol baixou e sumiu nos céus. Passamos pelo rio Drance e observamos seu caminho pelos abismos dos mais altos e os vales das colinas mais baixas. Ali, os Alpes chegam perto do lago e nos aproximamos do anfiteatro de montanhas que forma seu limite oriental. O pináculo de Evian brilhava debaixo dos bosques que o rodeavam e sobre a cordilheira, de montanha sobre montanha, que se elevava sobre ele.

O vento, que até então nos carregava com impressionante rapidez, desapareceu com o pôr do sol e transformou-se numa leve brisa. O ar suave apenas soprava a água e provocava um agradável movimento entre as árvores quando nos aproximávamos da costa, da qual emanava o mais delicioso perfume de flores e feno. O sol mergulhou no horizonte quando atracamos e, assim que toquei na margem, senti reviverem aqueles temores e medos que logo iriam me agarrar e tomar conta de mim para sempre.

CAPÍTULO 23

Eram oito horas da noite quando desembarcamos. Caminhamos por algum tempo na margem, desfrutando da claridade momentânea. Depois, retiramo-nos para a estalagem e contemplamos a bela paisagem de águas, bosques e montanhas, envoltas na escuridão, mas ainda exibindo seus contornos negros.

O vento, que tinha virado para o sul, agora soprava com grande força para oeste. A lua tinha alcançado seu ápice no céu e começava a descer. As nuvens passavam correndo mais rápido que o voo dos abutres e esmaeciam os raios do luar, enquanto o lago refletia a paisagem movimentada dos céus, que se tornavam ainda mais agitados pelas inquietas ondas que começavam a subir. De repente, uma forte tempestade desabou.

Estive calmo durante o dia, mas tão logo a noite obscureceu as formas dos objetos, milhares de medos surgiram em minha mente. Eu estava ansioso e atento, enquanto que a minha mão segurava uma pistola escondida no meu peito. Cada som me apavorava, mas decidi que venderia a minha vida por um alto preço e não abandonaria a luta até que a minha própria vida ou a do meu adversário fosse extinta.

Tímida e temerosa, Elizabeth observou a minha agitação por algum tempo em silêncio, mas havia algo em meu olhar que lhe comunicava o terror. Trêmula, ela perguntou:

– O que deixa você agitado, meu querido Victor? Por que está com medo?

– Oh, meu amor – exclamei. – Fique em paz essa noite e tudo estará seguro, mas essa noite será um horror, será muito terrível.

Passei uma hora nesse estado de espírito, quando de repente refleti como seria tenebroso para a minha esposa o combate que eu esperava para qualquer momento. Implorei encarecidamente a Elizabeth que fosse descansar e decidi não me juntar a ela enquanto não tivesse obtido algum conhecimento sobre a situação do meu inimigo.

Ela se recolheu e eu continuei algum tempo andando pelos corredores da casa para cima e para baixo, inspecionando cada canto onde o meu adversário pudesse se refugiar. Não descobri nenhum vestígio dele e já estava começando a conjecturar que alguma chance feliz tinha intervindo para impedir a execução de suas ameaças, quando de repente ouvi um grito agudo, pavoroso. Vinha do quarto para o qual Elizabeth se retirara. Ao ouvi-lo, a verdade por inteiro assaltou a minha mente, meus braços caíram, o movimento de cada músculo e de cada fibra do meu corpo ficou em suspenso. Eu podia sentir o sangue escorrendo em minhas veias e as extremidades das minhas pernas formigando. Esse estado durou apenas um instante. O grito se repetiu e eu corri para o quarto.

Meu Deus! Por que não morri então? Por que estou aqui para relatar a destruição da melhor esperança e da mais pura criatura da Terra? Lá estava ela, sem vida, inanimada, atirada na cama, com a cabeça pendente, o rosto com traços pálidos e distorcidos cobertos pelo cabelo. Para onde me viro vejo a mesma figura, os braços sem sangue e o perfil relaxado, lançado pelo assassino no leito nupcial. Poderia eu contemplar aquilo e viver? Infelizmente! A vida é obstinada e se apega mais onde é mais odiada. Por um momento só, eu queria perder a lembrança. Caí no chão sem sentidos.

Quando me recuperei, encontrava-me rodeado por pessoas da estalagem que estampavam no rosto um estado de choque provocado pelo terror, mas o horror dos outros parecia apenas uma zombaria, uma sombra dos sentimentos que me oprimiam. Escapei deles para o quarto onde estava o corpo de Elizabeth, meu amor, minha esposa, tão querida, tão digna, na flor da idade. Ela havia sido afastada da posição em que eu a vi da primeira vez e então, colocaram-na deitada, com a cabeça apoiada no braço e um lenço jogado sobre o rosto e o pescoço. Eu poderia supor que ela estava adormecida. Corri e abracei-a com ardor, mas a languidez mortal e a frieza dos seus membros me diziam que o que eu agora tinha em meus braços havia deixado de ser a Elizabeth que eu amava e adorava. A marca da garra assassina do demônio estava em seu pescoço, e sua respiração tinha cessado de passar por seus lábios.

Enquanto ainda me debruçava sobre ela na agonia do desespero, de repente olhei para cima. As janelas do quarto que antes estavam fechadas, agora deixavam passar a pálida claridade da lua. Senti uma espécie de pânico quando as persianas foram jogadas para trás e o recinto se iluminou. Assim, com uma sensação de horror indescritível, vi pela janela aberta aquela figura por demais horrenda e abominável. O monstro exibia na face um sorriso escancarado. Parecia zombar quando apontou para o cadáver de minha esposa com seu dedo diabólico. Corri para a janela e tirando a pistola do meu peito, disparei, mas ele se esquivou de mim, saltou do local onde estava e correndo com a rapidez de um raio, mergulhou no lago.

O estampido do disparo levou uma multidão para o quarto. Apontei para o local onde o monstro havia desaparecido e seguimos a pista com barcos. Redes foram lançadas, mas em vão. Depois de passar várias horas, retornamos sem esperança. A maioria dos meus companheiros achava que era alguma figura evocada pela minha imaginação. Depois de desembarcarem, realizaram buscas pela região, com várias equipes indo em diferentes direções no meio dos bosques e das videiras.

Tentei acompanhá-los, mas só aguentei seguir uma curta distância da casa. Minha cabeça girava, meus passos eram como os de um bêbado. Por fim desabei em estado de completa exaustão. Uma película encobriu os meus olhos. Minha pele ressecou com o calor da febre. Nesse estado, fui carregado de volta e colocado numa cama, quase sem consciência do que tinha acontecido. Meus olhos vagavam pelo quarto como se procurassem algo perdido.

Depois de uma pausa, levantei-me e como por instinto rastejei até o quarto onde estava o cadáver da minha amada. Havia mulheres chorando em volta. Eu me debrucei sobre Elizabeth e juntei minhas lágrimas tristes às delas. Durante todo esse tempo, nenhuma ideia clara se apresentou à minha mente, mas os meus pensamentos divagavam por vários assuntos, refletindo confusamente sobre os meus infortúnios e sobre seu causador. Estava perplexo, imerso numa nuvem de espanto e horror. A morte de William, a execução de Justine, o assassinato de Clerval e por último, a execução da minha esposa. Nesse mesmo momento eu não sabia se os únicos amigos que me restavam estariam a salvo da malignidade do demônio. Meu pai até poderia estar se contorcendo sob suas garras e Ernest poderia estar morto a seus pés. Essa ideia me fez estremecer e me trouxe de volta à ação. Eu me aprumei e decidi voltar a Genebra o mais rapidamente possível.

Não havia cavalos para alugar. Eu teria que voltar pelo lago, mas o vento era desfavorável, e a chuva caía torrencialmente. Era quase de manhã e eu podia razoavelmente prever a minha chegada para a noite. Contratei homens para remar e também peguei um remo, pois sempre experimentava alívio do tormento mental no exercício físico, mas a desgraça transbordante que então enfrentava e o excesso de agitação que suportara, tornaram-me incapaz de qualquer esforço. Baixei o remo e afundei a cabeça nas minhas mãos, abrindo espaço para cada ideia sombria que surgisse. Se olhasse para cima, via cenas familiares para mim de uma época mais feliz e que inclusive havia contemplado na véspera e na companhia dela, que agora era apenas uma sombra e uma recordação. Lágrimas escorriam dos meus olhos. A chuva cessou por um instante, e pude ver os peixes brincando nas águas, como faziam horas antes. Eles haviam sido observados por Elizabeth. Nada é tão doloroso para a mente humana como uma mudança completa e repentina. O sol pode brilhar e as nuvens podem baixar, mas nada me pareceria igual ao dia anterior. Um demônio arrebatara de mim toda esperança de felicidade futura. Nenhuma criatura jamais havia sido tão desgraçada como eu, tão devastador um evento pode ser marcante na história do homem.

Mas por que devo me debruçar sobre os incidentes que se seguiram a esse último acontecimento avassalador? Minha história tem sido uma sequência de horrores. Cheguei ao auge e o que devo contar agora pode ser tedioso para você. Como você sabe, um por um meus amigos foram arrebatados. Fiquei desolado. Minhas próprias forças estão exauridas e devo dizer, em poucas palavras, o que resta da minha horrenda narração.

Cheguei a Genebra. Meu pai e Ernest ainda viviam, mas o primeiro desmoronou com as notícias que eu trazia. Ainda o vejo, excelente e venerável velho! Seus olhos pareciam errantes num espaço vazio, pois haviam perdido o encanto e o deleite. Elizabeth, mais que uma filha, era aquela a quem ele dedicava o maior carinho que uma pessoa pode sentir, alguém que no fim da vida, tendo poucos afetos se apega com mais fervor a quem lhe resta. Amaldiçoado, maldito seja o demônio que trouxe a desgraça aos seus cabelos grisalhos e o condenou a se dissipar em miséria! Ele não conseguia viver sob os horrores que se acumulavam ao seu redor. Suas fontes da existência de repente secaram. Ele se tornou incapaz de se levantar da cama e, em poucos dias, morreu em meus braços.

O que aconteceu comigo? Não sei. Perdi os sentimentos. Os grilhões e as trevas eram as únicas coisas que me constrangiam. Às vezes, de fato, sonhava que vagava em prados floridos e vales agradáveis com os amigos da minha juventude, mas eu acordava e me achava numa masmorra. A melancolia veio em seguida. Aos poucos adquiri uma noção mais clara das minhas desgraças e da situação e então me libertei da minha prisão. Pelo que fiquei sabendo, durante muitos meses me consideraram louco, e uma cela solitária foi a minha moradia.

A liberdade, porém, teria sido um presente inútil para mim, se eu não tivesse despertado para a razão e ao mesmo tempo, para a vingança. À medida que a lembrança das desgraças passadas me pressionava, comecei a refletir sobre o causador de tudo: o monstro que eu havia criado, o demônio infeliz que coloquei no mundo para a minha destruição. Eu ficava dominado por uma raiva enlouquecedora quando pensava nele, queria e orava ardentemente para que pudesse tê-lo ao meu alcance para lhe infligir uma vingança grande e significativa sobre sua cabeça amaldiçoada.

Nem o meu ódio se confinava a desejos inúteis. Comecei a refletir sobre os melhores meios de capturá-lo e para esse propósito, cerca de um mês depois da minha libertação, recorri a um juiz criminal na cidade e lhe disse que tinha uma acusação a fazer, pois conhecia o destruidor da minha família e exigia que ele exercesse toda a sua autoridade para a apreensão do assassino.

O magistrado me ouviu com atenção e bondade.

– Tenha certeza, senhor – ele me disse –, que da minha parte não economizarei nenhum trabalho ou esforço para descobrir o vilão.

– Agradeço – respondi –, mas escute o depoimento que tenho a fazer. É realmente um relato tão estranho que eu deveria temer que o senhor talvez possa não lhe dar o crédito de uma coisa que, por mais espantosa que pareça, force a convicção da verdade. A história pode facilmente ser confundida com um sonho, mas não tenho motivo para falsidade.

A maneira como assim falei foi impressionante, mas tranquila. Eu havia tomado em meu coração a resolução de perseguir o meu destruidor até a morte. Esse propósito acalmava a minha agonia e por algum tempo me reconciliou com a vida. Então, relatei brevemente a minha história, com firmeza e exatidão, marcando as datas com precisão e nunca me desviando para insultos ou exclamações.

Inicialmente o magistrado se mostrou incrédulo, mas conforme continuei ele ficou mais atento e interessado. Às vezes, eu o via estremecer de horror. Outras vezes, seu semblante estampava uma viva surpresa, mas que não se misturava com a descrença.

Para concluir a narrativa, eu disse:

– É esse ser que acuso e por cuja captura e punição invoco que exerça todo o seu poder. É seu dever de magistrado. Acredito e espero que seus sentimentos como homem não se insurjam contra a execução dessas funções nessa ocasião.

Este discurso provocou uma mudança considerável na fisionomia do meu ouvinte. Ele escutou a minha história com aquela meia crença que é dada aos contos de fadas, espíritos e eventos sobrenaturais, mas quando foi chamado a agir oficialmente em consequência, toda a maré de sua incredulidade retornou. Contudo, ele respondeu educadamente:

– De bom grado eu lhe proporcionaria todo o auxílio em sua perseguição, mas a criatura de quem você falou parece ter poderes que desafiariam todos os meus esforços. Quem consegue seguir um animal que pode atravessar o mar de gelo e habitar cavernas e covas onde ninguém se arrisca? Além disso, alguns meses se passaram desde o cometimento dos crimes, e ninguém pode conjecturar por quais lugares ele vagou, ou qual região pode agora habitar.

– Não duvido que ele paire perto do lugar em que habito. Se ele realmente se refugiou nos Alpes, pode ser caçado como a camurça e destruído como uma fera capturada. No entanto, percebo os seus pensamentos. O senhor não deu crédito à minha narrativa e nem pretende perseguir o meu inimigo com a punição que ele merece.

Enquanto falava, a raiva brilhava em meus olhos. O magistrado, então, se intimidou:

– Está enganado – ele disse. – Vou me esforçar. Se estiver em meu poder agarrar o monstro, tenha certeza de que ele sofrerá punição proporcional aos seus crimes, mas temo, por aquilo que você mesmo descreveu como suas propriedades, que isso seja impraticável. Assim, enquanto todas as medidas adequadas são tomadas, você deve preparar a sua mente para o desapontamento.

– Isso não pode acontecer. Tudo o que posso dizer será de pouco proveito. Minha vingança não representa nada para o senhor. Apesar disso, embora concorde que seja um vício, confesso que essa é a única paixão que devora a minha alma. A raiva que sinto é indescritível quando penso que o assassino, que soltei na sociedade, ainda existe. O senhor recusa a minha justa demanda. Tenho apenas um recurso: me dedicar à destruição dessa aberração, seja com a minha vida ou com a minha morte.

Eu tremi de extrema agitação ao dizer essas palavras. Havia um frenesi nos meus modos e um pouco, não duvido, do orgulho e da arrogância que os mártires dos tempos antigos dizem ter possuído. No entanto, para um magistrado genebrino, cuja mente estava ocupada por muitas outras ideias além da devoção e do heroísmo, essa elevação mental tinha muito de aparência da loucura. Ele se esforçou para me acalmar, como a enfermeira faz com a criança e remeteu a minha história aos efeitos do delírio.

– Homem – gritei –, quão ignorante é no orgulho dessa sua sabedoria! Chega, o senhor não sabe o que diz.

Deixei a casa perturbado, furioso. E me afastei para meditar sobre outras possíveis ações futuras.

CAPÍTULO 24

Minha situação de momento significava que qualquer pensamento espontâneo evaporaria e se perderia. A fúria me oprimia. Só a vingança me dotava de força e determinação, moldava meus sentimentos e me permitia ser frio e calculista em períodos que de outra forma o delírio ou a morte teriam sido o meu remédio.

A primeira decisão que tomei foi deixar Genebra para sempre. Meu país, que quando eu era feliz e amado era muito querido para mim, agora na minha adversidade tornara-se odioso. Parti munido de uma soma em dinheiro e algumas joias que tinham pertencido à minha mãe.

E assim começaram as minhas peregrinações, que somente deverão cessar com o fim da vida. Atravessei uma vasta extensão da Terra, suportando todas as dificuldades que os viajantes costumam encontrar nos desertos e nos países bárbaros. Mal sei como sobrevivi. Muitas vezes estiquei sobre a planície arenosa as pernas que fraquejavam, orei e clamei pela morte, mas a vingança me manteve alerta. Eu não me atreveria a morrer deixando o meu adversário vivo.

Ao sair de Genebra, meu primeiro trabalho foi encontrar alguma pista pela qual pudesse rastrear os passos de meu diabólico inimigo, mas não tinha plano definido e perdi muitas horas nos confins da cidade, sem saber o caminho a seguir. Quando a noite se aproximou, percebi que me encontrava na entrada do cemitério onde William, Elizabeth e meu pai descansavam. Entrei e me aproximei do túmulo que abrigava suas sepulturas. Tudo estava em silêncio, exceto as folhas das árvores, suavemente agitadas pelo vento. A noite estava quase escura, a paisagem parecia solene e afetaria até o observador mais desinteressado. Os espíritos dos mortos pareciam flutuar e lançar sombras ao redor e isso podia ser sentido, mas não visto, em volta da cabeça de quem estava de luto.

O profundo pesar que essa cena provocou inicialmente, logo deu lugar à raiva e ao desespero. Eles estavam mortos e eu vivia. O assassino deles também vivia. Para destruí-lo, eu teria de prolongar a minha vida sofrida. Ajoelhei-me na grama, beijei a terra e com os lábios trêmulos exclamei:

– Pela terra sagrada sobre a qual me ajoelho, pelas sombras que clamam e vagueiam perto de mim, pelo profundo e eterno pesar que sinto, por ti ó noite e pelos espíritos que lhe governam, eu juro perseguir o demônio que causou essa miséria até que ele ou eu pereçamos num embate mortal. Por esse propósito vou preservar minha vida, para executar essa vingança tão cara, vou novamente contemplar o sol e pisar as ervas verdes da terra, que de outra forma desapareceriam dos meus olhos para sempre. Invoco os espíritos dos mortos e os ministros errantes da vingança, para me ajudarem a executar a minha missão. Deixem o monstro maldito e infernal se embriagar profundamente de agonia, deixem-no sentir o desespero que agora me atormenta.

Comecei a minha abjuração solenemente. Depois, senti um temor que quase me garantia que as assombrações dos meus entes assassinados ouviram e aprovaram a minha evocação. Por fim, as fúrias me possuíram quando terminei a minha fala. A raiva sufocava minha expressão.

A resposta veio na quietude da noite por meio de uma gargalhada alta, diabólica, que feriu os meus ouvidos longa e pesadamente e ecoou nas montanhas. Sentia como se todo o inferno me cercasse de zombaria e desprezo. Com toda certeza, nesse momento eu teria sido possuído pelo frenesi e daria um fim à minha existência miserável, não fosse pela minha promessa ter sido ouvida e porque eu estava me guardando para a vingança. Quando a gargalhada desapareceu, uma voz bem conhecida e detestada, aparentemente próxima do meu ouvido, dirigiu-se a mim num sussurro audível:

– Estou satisfeito, desgraçado infeliz! Você decidiu viver e isso me deixou satisfeito.

Disparei para o local de onde o som procedia, mas o diabo esquivou-se. De repente, o enorme disco da lua se ergueu e brilhou sobre seu espectro medonho e distorcido, enquanto ele fugia com uma velocidade mais do que mortal.

Passei a persegui-lo e por muitos meses essa tem sido a minha tarefa. Guiado por essa pequena pista, em vão segui os meandros do Ródano até o azul do Mediterrâneo surgir. Então, por uma estranha coincidência, vi o demônio entrar e se esconder à noite em um navio com destino ao Mar Negro. Comprei uma passagem no mesmo navio, mas ele escapou, nem sei como.

No meio das selvas da Tartária e da Rússia, embora ele ainda se evadisse, segui sua trilha sempre. Às vezes, os camponeses, assustados com aquela horrível aparição, me informavam seu caminho. Às vezes, ele mesmo, temendo que se eu perdesse qualquer vestígio me desesperasse e morresse, deixava marcas para me guiar. As neves desceram sobre minha cabeça e eu via a impressão de sua enorme pegada na planície embranquecida. Quando alguém entra na vida pela primeira vez, a prudência é novidade, e a agonia, desconhecida. Será que você entende o que eu sentia e ainda sinto? O frio, as carências e a fadiga eram dores menores às quais eu estava destinado a suportar. Fui amaldiçoado por um diabo e carrego comigo o meu próprio inferno perpétuo. Contudo, ainda um espírito do bem me seguia e dirigia os meus passos. E quando eu mais murmurava, de repente me livrava de dificuldades aparentemente insuperáveis. Às vezes, quando a natureza vencida pela fome, afundada no esgotamento, uma refeição preparada para mim no deserto me restabelecia e instigava. A comida de fato era rústica, igual à que os camponeses da região comiam, mas não duvido que fosse colocada ali pelos espíritos que eu invocara para me ajudar. Muitas vezes, quando eu estava ressequido pela sede, com o céu sem nuvens e tudo seco ao redor, uma nuvem pequena surgia no céu, para desaparecer depois de derramar umas poucas gotas que me reviviam.

Segui, quando possível, os cursos dos rios, mas o demônio geralmente os evitava, pois era dali principalmente que a população da região se abastecia. Em outros lugares, seres humanos raramente eram vistos e em geral eu subsistia aos animais selvagens que atravessavam o meu caminho. Como levava dinheiro comigo, conquistava a amizade dos aldeões distribuindo--o, mas também sempre oferecia algum alimento que matara e carregava comigo depois de retirar uma pequena parte, àqueles que me forneciam fogo e utensílios para cozinhar.

Minha vida passada dessa maneira era de fato odiosa para mim e somente durante o sono eu podia saborear alguma alegria. Ó sono abençoado! Muitas vezes, quando estava mais infeliz, eu desabava ao descansar e os meus sonhos me embalavam até o arrebatamento. Os espíritos que me guardavam haviam proporcionado esses momentos, ou melhor, essas horas de felicidade, para que eu pudesse recuperar as forças e cumprir a minha peregrinação. Privado dessa pausa, teria soçobrado sob tantas dificuldades. Durante o dia era sustentado e inspirado pela perspectiva da noite, pois no sono eu podia rever os meus parentes, minha esposa e o meu amado país. Novamente via o semblante bondoso de meu pai, ouvia canções eloquentes na voz da minha Elizabeth e via Clerval gozando de boa saúde e aproveitando a juventude. Muitas vezes, cansado de uma marcha exaustiva eu me convencia de que estava sonhando até que a noite chegasse, quando então desfrutaria a realidade nos braços de meus entes queridos. Que afeição angustiante eu sentia por eles! Como eu me apegava às imagens queridas daqueles que, às vezes, me assombravam até mesmo nas horas de vigília e me persuadiam de que ainda viviam! Nesses momentos, a vingança que queimava dentro de mim calava dentro do meu coração. Eu prosseguia o caminho para a destruição do demônio mais como uma tarefa ordenada pelo céu, mais como o impulso mecânico de algum poder do qual eu era inconsciente, do que propriamente por um desejo ardoroso da minha alma.

Não posso saber quais eram os sentimentos daquele que eu perseguia. Às vezes, ele de fato deixava marcas por escrito em cascas das árvores ou esculpidas em pedra, que me guiavam e me instigavam a fúria. As palavras legíveis nessas inscrições eram: "Meu reinado ainda não acabou. Com você vivo, meu poder está completo. Siga-me, vou procurar os gelos eternos do Norte, onde você sofrerá a desgraça do frio e da geada, padecimentos aos quais sou insensível. Você encontrará perto desse lugar, se não demorar muito, uma lebre morta. Coma e se restabeleça. Venha, inimigo, ainda haveremos de lutar pelas nossas vidas, mas você deverá suportar muitas horas difíceis e infelizes, antes que esse momento chegue".

Diabo escarnecedor! Novamente jurei vingança. Mais uma vez eu me consagrava a esse miserável demônio, para torturá-lo e matá-lo. Jamais desistirei da minha busca até que um de nós pereça. Então, em êxtase eu me uniria à minha Elizabeth e aos meus queridos que haviam partido e que já estavam preparando para mim a recompensa pelo meu aborrecido trabalho e pela minha terrível peregrinação!

Enquanto eu continuava a viagem para o Norte, as neves engrossaram e o frio aumentou num grau quase demasiadamente crítico de ser suportado. Os camponeses se trancavam em suas cabanas. Apenas os mais rijos se arriscavam a caçar os animais que a fome forçava a deixar seus esconderijos em busca de presas. Os rios estavam cobertos de gelo e nenhum peixe poderia ser capturado. Assim fui privado do meu principal meio de sustentação.

O triunfo do meu inimigo aumentava conforme as dificuldades dos meus afazeres. Uma inscrição que ele deixou dizia as seguintes palavras:

"Prepare-se! Seus tormentos só começaram. Vista-se com peles e providencie comida, pois logo entraremos numa viagem onde os seus sofrimentos satisfarão o meu ódio eterno".

Minha coragem e perseverança foram revigoradas por essas palavras zombeteiras. Decidi que não desistiria do meu propósito. Assim, pedindo aos céus que me apoiassem, continuei a percorrer com fervor inabalável imensos desertos até que o oceano apareceu a distância e se transformou na fronteira máxima do horizonte. Oh! Como era diferente dos mares azuis do Sul! A cobertura de gelo só se distinguia pela solidez e grandiosidade da terra firme. Os gregos choravam de alegria quando contemplavam o Mediterrâneo desde as colinas da Ásia e saudavam extasiados o limite de suas discórdias. Eu não chorei, mas me ajoelhei e com o coração em plenitude agradeci ao meu espírito guia por me conduzir em segurança ao lugar esperado, apesar da ironia do meu adversário, para me encontrar e me atracar com ele.

Algumas semanas antes desse período, eu adquiri um trenó e cães e assim atravessava as neves com uma velocidade incrível. Não sei se o demônio possuía as mesmas vantagens, mas descobri que da mesma forma como antes tinha perdido diariamente terreno na perseguição, agora eu me recuperava. Tanto que da primeira vez que vi o oceano, ele estava apenas um dia de viagem na frente e eu esperava interceptá-lo antes que ele chegasse à praia. Com a coragem renovada, portanto, segui adiante e, em dois dias, cheguei a uma aldeia paupérrima à beira-mar. Perguntei aos habitantes a respeito do demônio e obtive informações precisas. Um monstro gigantesco, pelo que disseram, tinha chegado à noite armado com uma espingarda e várias pistolas e colocou em fuga os habitantes de uma casa isolada por causa do medo de sua medonha aparência. Ele pegou o suprimento de comida armazenado para o inverno, colocou-o num trenó e, para puxá-lo, apoderou-se de uma numerosa matilha de cães treinados, os quais atrelou na mesma noite. Para alegria dos aldeões horrorizados, ele prosseguiu viagem pelo mar, numa direção que não conduzia a nenhuma terra firme. Os moradores locais conjecturavam que ele seria rapidamente destruído, pela quebra da geleira ou congelado pelos gelos eternos.

Ao ouvir essas informações, sofri um acesso temporário de desespero. Ele havia escapado de mim e eu deveria começar uma jornada destrutiva e quase sem fim pelas geleiras montanhosas do oceano, em meio a um frio que poucos habitantes poderiam suportar por muito tempo e que eu, nascido num clima ameno e ensolarado, não poderia sobreviver. No entanto, com a ideia de que o demônio sairia vivo e vencedor, a raiva e minha sede de vingança voltaram como uma maré poderosa, sobrepujando todos os outros sentimentos. Depois de um rápido descanso, durante o qual os espíritos dos mortos pairavam ao meu redor e me instigavam a lutar e ir à forra, preparei-me para a viagem.

Troquei meu trenó terrestre por outro preparado para as desigualdades do oceano congelado, comprei abundante estoque de provisões e parti da terra firme.

Nem imagino quantos dias passaram desde então, mas sofri tormentos que nada além do sentimento eterno de justa retaliação que ardia dentro do meu coração me faria suportar. Imensas e escarpadas montanhas de gelo frequentemente bloqueavam a minha passagem. Muitas vezes ouvi o rugido do mar no solo ameaçando a minha destruição, mas novamente a geada vinha e tornava seguros os caminhos do mar.

Pela quantidade de alimentos que tinha consumido, eu podia supor que havia passado três semanas nessa viagem. A esperança continuamente frustrada retornava ao coração, muitas vezes extraindo gotas amargas de desânimo e tristeza dos meus olhos. De fato, o desespero quase capturou sua presa e logo eu me afundaria nessa desgraça. Certa vez, depois que os pobres animais que me transportavam conseguiram com incrível esforço alcançar o cume de uma montanha de gelo inclinada e escorregadia, um deles morreu atolado na fadiga. Eu observava a vastidão diante de mim com angústia, quando, de repente, meu olhar percebeu uma mancha escura na planície sombria. Forcei a visão para descobrir o que poderia ser e soltei um grito selvagem de êxtase quando distingui um trenó, com as proporções distorcidas de uma figura bem conhecida em cima. Oh! Com que ardente arrebatamento a esperança revisitou o meu coração! Lágrimas aquecidas, que apressadamente enxuguei para não atrapalharem a visão que eu tinha do demônio, encheram meus olhos, mas ainda assim, minha visão foi obscurecida pelas gotas quentes até que, dando vazão às emoções que me oprimiam, chorei alto.

Mas aquele não era um momento de pausa. Desembaracei os cães do outro animal morto e dei a eles uma abundante quantidade de ração. Depois de uma hora de descanso absolutamente necessário, mas amargamente irritante para mim, continuei o percurso. O trenó ainda era visível. Eu não o perdia de vista, exceto nos momentos em que por pouco tempo alguma rocha de gelo o escondia com seus penhascos intermediários. De fato, eu visivelmente ganhava terreno quando, depois de quase dois dias de viagem, avistei meu inimigo a não mais de um quilômetro de distância. Meu coração transbordava dentro de mim.

Mas então, quando eu parecia quase ao alcance do inimigo, as minhas esperanças repentinamente se apagaram. Perdi completamente qualquer vestígio dele, como jamais acontecera antes. Passei a ouvir o mar no chão. Conforme as águas rolavam e inchavam embaixo de mim, o trovejar de seu avanço tornava-se cada vez mais sinistro e terrível. Eu me apressei, mas em vão. O vento se levantou. O mar rugiu e como se fosse atingido pelo poderoso choque de um terremoto, rachou e se quebrou com um som tremendo, esmagador, mas a festa logo acabou e em poucos minutos um mar tumultuado rolava entre mim e o meu inimigo. Fiquei à deriva, abandonado em cima de um pedaço de gelo partido, que encolhia continuamente, dessa forma preparando para mim uma morte pavorosa.

Assim se passaram muitas horas terríveis. Vários dos meus cães morreram e eu estava prestes a me afogar no acúmulo de angústias, quando vi o seu navio atrelado à âncora e me enchi de esperanças de socorro e vida. Eu não tinha nenhuma noção de que existiam embarcações que chegassem tão longe ao Norte e fiquei assustado com a visão. Destruí rapidamente parte do trenó para construir remos e com esse meio consegui, por uma fadiga infinita, mover a minha jangada de gelo em direção do seu navio. Ainda estava determinado, se você fosse para o Sul, a me entregar à misericórdia dos mares, em vez de abandonar o meu propósito. Esperava induzi-lo a me conceder um bote com o qual eu pudesse perseguir o meu inimigo, mas a sua direção era rumo ao Norte. Você me colocou a bordo quando todo meu vigor estava exaurido. Eu logo naufragaria sob as minhas dificuldades multiplicadas, numa morte que ainda temo, porque a minha tarefa não está cumprida.

Oh! Quando será que o meu espírito guia, após me conduzir ao demônio, me concederá o descanso que tanto almejo? Será que devo morrer e ele ainda viver? Se isso acontecer, jure para mim, Walton, que o monstro não escapará, que vai buscá-lo para saciar a minha vingança com a morte dele. Estou me atrevendo a lhe pedir que realize a minha peregrinação, que suporte as dificuldades que tenho sofrido? Não! Não sou tão egoísta. Porém, quando eu estiver morto, se ele aparecer, se os ministros da vingança o conduzirem a você, jure que ele não viverá, jure que ele não triunfará sobre as minhas aflições acumuladas, nem sobreviverá para ampliar a lista de seus crimes hediondos. Ele é eloquente, persuasivo; um dia suas palavras já tiveram poder inclusive sobre o meu coração. Não confie nele. A alma é tão infernal quanto a aparência dele, cheia de traição e malícia diabólica. Não o escute. Apele para os nomes de William, Justine, Clerval, Elizabeth, meu pai e o infeliz Victor. Enfie a espada em seu coração. Eu estarei pairando por perto, para guiar a lâmina de aço corretamente.

Walton prosseguiu sua narrativa.

26 de agosto de 17...

Você leu essa história estranha e tenebrosa, Margaret. Não sentiu o seu sangue congelar de tanto horror quanto o que coagula o meu? Às vezes, tomado por repentina agonia, ele não conseguia continuar seu relato. Outras vezes, com voz entrecortada, ainda que penetrante, ele proferia com dificuldade palavras totalmente repletas de angústia. Seus olhos, belos e encantadores, ora se iluminavam de indignação, ora eram subjugados pelo infortúnio que os abatia e se apagavam em infinita tristeza. Às vezes, ele controlava seu rosto e suas expressões, relatando os mais horríveis incidentes com voz tranquila, suprimindo qualquer resquício de agitação. Em seguida, irrompendo com a força de um vulcão, de repente suas feições se transformavam para expressar a raiva mais selvagem, vociferando imprecações a respeito de seu perseguidor.

A história dele é bem articulada e foi contada com uma aparência da verdade muito simples, mas gostaria de lhe dizer que as cartas de Felix e Safie que ele me mostrou e o vulto do monstro avistado a partir da nossa embarcação, corroboraram para mim uma convicção da verdade de sua narrativa ainda maior do que suas afirmações, por mais sinceras e interligadas que fossem. Tal monstro tem, portanto, de fato existência! Não posso duvidar disso, embora ainda esteja perdido em surpresa e admiração. Às vezes, eu tentava obter de Frankenstein detalhes da formação de sua criatura, mas a respeito dessa questão ele era impenetrável.

– Está louco, meu amigo – ele dizia. – Para onde a sua curiosidade insensata o leva? Você também criaria para si e para o mundo um inimigo demoníaco? Paz, paz, aprenda com a minha desgraça e não procure aumentar a sua.

Frankenstein descobriu que eu tomava notas a respeito de sua história e pediu para vê-las. Então, ele mesmo as corrigiu e a ampliou em muitos lugares, principalmente para dar a vida e espírito às conversas que manteve com seu inimigo.

– Já que você preservou a minha narração – ele disse –, eu não gostaria que algo mutilado ficasse para a posteridade.

Assim uma semana se passou, enquanto eu ouvia o relato mais estranho que nenhuma imaginação formaria. Meus pensamentos e cada sentimento de minha alma se embriagaram pelo interesse que o meu convidado despertou, por sua história, seus modos educados e suas maneiras gentis. Gostaria de tranquilizá-la, contudo. Será que eu poderia aconselhar alguém tão infinitamente desgraçado, tão destituído de toda esperança de consolo, a viver? Ah, não! A única alegria que ele então poderia conhecer seria na hora de recompor seu espírito quebrantado para a paz e para a morte. No entanto, ele goza de um consolo, fruto da solidão e do delírio. Acredita que, quando conversa em sonhos com seus entes queridos e dessa comunhão retira conforto para suas misérias ou ânimo para sua vingança, não se trata de criações fantasiosas suas, mas de comunicações reais de seres que o visitam desde regiões de um mundo remoto. Essa fé dá uma solenidade aos seus devaneios, tornando-os para mim quase tão imponentes e interessantes quanto a verdade.

Nossas conversas nem sempre se limitam à sua própria história e aos seus infortúnios. A respeito de cada ponto da literatura em geral, ele exibe um conhecimento ilimitado e uma compreensão rápida e penetrante. Sua eloquência é impetuosa e tocante. Também não consigo ouvi-lo sem lágrimas quando ele relata um incidente patético ou se esforça para comentar as paixões da piedade ou do amor. Que criatura gloriosa ele deve ter sido nos dias de sua prosperidade, quando é tão nobre e divino na desgraça! Ele parece sentir seu próprio valor e a dimensão da sua queda.

– Quando era mais jovem – ele falou –, eu me acreditava destinado a alguma grande empreitada. Meus sentimentos eram profundos, mas eu possuía um senso de imparcialidade que me preparava para realizações ilustres. Tal sentimento do valor da minha natureza me ajudou quando outros ficariam oprimidos, pois julguei criminoso desperdiçar em desânimo inútil esses talentos que poderiam ser úteis para os meus companheiros. Quando refleti sobre o trabalho concluído, nada mais e nada menos que a criação de um animal sensível e racional, não pude me encaixar no rebanho dos cientistas comuns, mas esse pensamento, que me sustentou no início da carreira, agora serve apenas para me afundar na poeira. Todas as minhas especulações e esperanças são como nada e, como o arcanjo que aspirava à onipotência, estou acorrentado a um inferno eterno. Minha imaginação era vívida e as minhas capacidades de análise e aplicação eram intensas. Com a união dessas qualidades concebi a ideia e executei a criação de um homem. Ainda agora não consigo lembrar sem paixão dos meus devaneios enquanto o trabalho estava incompleto. Pisei no céu em meus pensamentos e então exultei em meus poderes. Agora, estou ardendo com a ideia de seus efeitos.

Desde a minha infância eu estava imbuído de grandes esperanças e de uma grande ambição, mas como estou arrasado! Oh, meu amigo, se você tivesse me conhecido como fui outrora, talvez não me reconhecesse nesse estado de degradação. O desânimo raramente visitava meu coração. Um destino elevado pareceu me sustentar até que eu caísse, para nunca e jamais me levantar.

Devo então deixar escapar essa pessoa admirável? Eu ansiava por um amigo. Procurei alguém que simpatizasse comigo e me amasse. Eis que nesses mares desérticos encontrei alguém assim, mas temo que o tenha conquistado apenas para saber seu valor e perdê-lo. Eu o reconciliaria com a vida, mas ele repeliu a ideia.

– Obrigado, Walton – ele agradeceu –, por suas gentis intenções em relação a um miserável infeliz, mas quando você fala de novos laços e afeições novas, acredita que qualquer um possa substituir aqueles que se foram? Será que algum homem pode ser para mim como Clerval? Ou qualquer outra mulher como Elizabeth? Mesmo onde as afeições não são fortemente movidas por nenhuma qualidade superior, os companheiros de nossa infância possuem sempre um certo poder sobre a nossa mente, que dificilmente qualquer amigo posterior poderá alcançar. Eles conhecem as nossas disposições infantis, que por mais que possam ser modificadas, nunca são erradicadas. E eles podem julgar as nossas ações com conclusões mais certas quanto à integridade das nossas motivações. Uma irmã ou um irmão jamais poderão, a menos que tais sintomas tenham sido mostrados cedo, suspeitar do outro de tratamento falso ou desonesto. Qualquer outro amigo, por mais forte que seja, pode, apesar de si mesmo, ser contemplado com suspeitas. Desfrutei de amigos queridos não só pelo hábito e por afinidade, mas por méritos próprios. Onde quer que eu esteja, a voz suave da minha Elizabeth e as conversas agradáveis de Clerval sempre serão sussurradas em meus ouvidos. Eles estão mortos e nenhum sentimento nessa ausência pode me persuadir a preservar a minha vida. Se eu estivesse engajado em qualquer empreendimento ou projeto elevado, carregado de utilidade extensiva para criaturas minhas companheiras, então eu poderia viver para cumpri-lo, mas não é esse o meu destino. Devo perseguir e destruir o ser a quem dei existência. Então, minha sina na terra estará cumprida e eu poderei morrer.

2 de setembro.

Minha amada irmã,

Escrevo cercado de perigos e ignorando se estou condenado e impedido para sempre de ver novamente a querida Inglaterra e os meus amigos mais queridos que nela habitam. Estou cercado por montanhas de gelo que não admitem fuga e ameaçam cada momento esmagar o navio. Os corajosos marujos da minha tripulação, que persuadi a serem meus companheiros, olham para mim em busca de ajuda, mas não tenho nada para oferecer. Há algo terrivelmente espantoso em nossa situação, mas minha coragem e minhas esperanças não me abandonam, mas é terrível refletir que as vidas de todos esses homens estão em perigo por minha causa. Se estamos perdidos, é por causa dos meus loucos planos.

E qual será, Margaret, o estado de seus pensamentos? Você não vai saber da minha destruição e vai aguardar ansiosamente o meu retorno. Anos passarão, você será visitada pelo desespero, mas ainda se atormentará com a esperança. Oh, minha amada irmã! O repugnante fracasso de suas cordiais expectativas é, em perspectiva, mais terrível para mim do que a minha própria morte, mas você tem marido, filhos adoráveis e pode ser feliz. Que o céu a abençoe e assim seja!

O meu desafortunado hóspede me considera com a mais terna compaixão. Ele se esforça para me dar esperanças, fala como se a vida fosse um bem que ele valorizasse e me lembra quantas vezes os mesmos acidentes aconteceram com outros navegantes que tentaram esse mar. Apesar de mim, ele me enche de alegres presságios. Até os marinheiros sentem o poder da sua eloquência. Quando ele fala, já não se desesperam, ele desperta suas energias e, enquanto ouvem sua voz, acreditam que essas vastas montanhas de gelo são montes de toupeiras que desaparecerão diante da firmeza dos homens. Esses sentimentos são transitórios, mas cada dia de expectativa frustrada os enche de medo, e eu quase receio um motim causado por esse desespero.

5 de setembro.

Acabou de acontecer uma cena interessante, mas tão incomum que, embora seja altamente provável que esses papéis nunca cheguem até você, mesmo assim não posso deixar de registrá-la.

Continuamos cercados por montanhas de gelo, ainda em perigo iminente de sermos esmagados em seus atritos. O frio é excessivo e muitos dos meus infelizes camaradas já encontraram um túmulo nessa cena de desolação. A saúde de Frankenstein tem piorado diariamente. Uma chama febril ainda cintila em seus olhos, mas ele está exausto e quando de repente é despertado por alguma atividade, rapidamente volta a seu aparente estado de inanição.

Eu mencionei em minha última carta o receio que sentia de um motim. Nessa manhã, enquanto observava o semblante empalidecido de meu amigo, apático, com os olhos semicerrados e os membros decaídos, fui importunado por meia dúzia dos marinheiros que exigiam a entrada na cabine. Eles entraram, e o líder se dirigiu a mim, para dizer que ele e seus companheiros haviam sido escolhidos pelos outros marinheiros para virem em representação a mim, com o objetivo de fazerem uma petição que, por justiça, eu não poderia recusar. Estávamos imersos em gelo e provavelmente jamais escaparíamos. Eles temiam que, se acontecesse de o gelo se dissipar e uma passagem livre se abrir, eu tivesse arrojo a ponto de prosseguir viagem, levando-os a novos perigos depois de terem conseguido superar tantos outros. Insistiam, portanto, que eu me comprometesse com a solene promessa de que, se o navio fosse liberado, dirigiria imediatamente o meu curso para o Sul.

Esse discurso me perturbou. Eu não estava desesperado e nem concebera, ainda, a ideia de retornar se fosse liberado. No entanto, como poderia, por justiça, ou mesmo possibilidade, recusar tal exigência? Hesitei antes de responder. Foi quando Frankenstein, que a princípio se acalmara e na verdade parecia não ter forças suficientes para escutar, despertou. Seus olhos brilharam, suas bochechas coraram com um vigor instantâneo. Virando-se para os homens, ele disse:

– O que vocês querem dizer? O que pedem ao seu capitão? Será que vão desistir assim tão facilmente do projeto? Não chamaram essa expedição de gloriosa? E por que ela seria gloriosa? Não por ser um caminho calmo e tranquilo para os mares do Sul, mas porque é uma rota cheia de perigos e de horrores, porque, a cada novo incidente, a bravura e a coragem de vocês serão invocadas e exigidas, porque estão cercados por perigos e pela morte e devem enfrentá-los e vencê-los. Por isso, portanto, é glorioso; por isso essa empreitada é honrosa. Vocês serão saudados como benfeitores da sua espécie, seus nomes serão adorados como pertencentes a homens corajosos que enfrentaram a morte para honra e benefício da humanidade. Assim, eis que ao primeiro sinal imaginário de perigo, ou se preferirem, ao primeiro, poderoso e terrível julgamento da sua coragem, vocês se afastam e se contentam com o fato de retornarem como homens que não tiveram forças para suportar o frio e o perigo. Então, suas pobres almas sentiram frio e vocês voltaram para suas lareiras quentes. Porque isso não requer essa preparação. Não precisariam ter vindo até aqui e arrastado seu capitão para a vergonha de uma derrota, apenas para provarem que são covardes. Oh! Sejam homens, ou melhor, sejam mais do que homens. Sejam firmes em seus propósitos, firmes como uma rocha. Esses gelos não são feitos de coisas como o coração de vocês é. São mutáveis e não os aguentarão se vocês disserem que não aguentam. Não voltem para as suas famílias com o estigma da desgraça marcado em suas sobrancelhas. Voltem como heróis que lutaram e conquistaram e que não sabem o que é dar as costas ao inimigo.

Ele falou isso com uma voz tão modulada aos diferentes sentimentos expressos em seu discurso, com os olhos tão cheios de grandeza e heroísmo, que você consegue imaginar que aqueles homens ficaram comovidos? Todos se entreolharam e foram incapazes de responder. Então eu falei. Disse-lhes para que descansassem e considerassem o que havia sido apregoado e que eu não os levaria ainda mais para o Norte se eles decididamente desejassem o contrário, mas que eu esperava que com a reflexão, a coragem deles voltasse.

Eles descansaram e eu me virei para o meu amigo, mas ele estava afogado no desânimo, quase privado de vida.

Não sei como tudo isso terminará, mas prefiro morrer a voltar vergonhosamente sem cumprir o meu propósito. No entanto, temo que tal seja o meu destino. Os homens não apoiados por ideias de glória e honra jamais poderão continuar a suportar as dificuldades atuais.

7 de setembro.

A sorte foi lançada. Eu consenti em regressar, se não formos destruídos. Assim, minhas esperanças foram arrasadas pela covardia e pela indecisão. Volto ignorante e desapontado. É preciso ter mais filosofia do que possuo para suportar essa injustiça com paciência.

12 de setembro.

Pronto, tudo acabado. Estou voltando para a Inglaterra. Perdi todas as esperanças de utilidade e glória, perdi o meu amigo, mas vou me esforçar para lhe expor em detalhes essas amargas circunstâncias, minha querida irmã. E enquanto estiver navegando para a Inglaterra e para você, não vou desanimar.

Em 9 de setembro, o gelo começou a se movimentar e ruídos semelhantes a trovoadas eram ouvidos a distância, conforme o gelo rachava em todas as direções e se dividia em ilhas. Estávamos em perigo iminente, mas como só podíamos permanecer passivos, minha principal atenção estava voltada para o meu desafortunado hóspede, cuja doença aumentou em tal grau que ele permanecia completamente confinado em sua cama. O gelo rachou atrás de nós e foi levado com força para o norte. Uma brisa soprou de oeste e no dia 11 a passagem para o sul tornou-se perfeitamente livre. Quando os marinheiros viram isso e entenderam que o retorno à terra natal estava aparentemente garantido, uma algazarra alegre tomou conta deles por algum tempo. Frankenstein, que dormia, acordou e perguntou a causa do tumulto.

– Estão gritando – informei –, porque logo voltarão para a Inglaterra.

– Então você realmente vai voltar?

– Sim, não posso me obstar às demandas deles, não posso conduzi-los relutantes ao perigo, preciso voltar.

– Faça isso, se quiser. Eu não o farei. Você pode desistir do seu propósito, mas o meu foi determinado pelos céus e não eu me atreveria a desafiá-los. Estou fraco, mas certamente os espíritos que ajudam na minha vingança me darão forças suficientes.

Ao dizer isso, tentou sair da cama, mas o esforço foi muito grande. Ele caiu para trás e desmaiou.

Demorou bastante para ele ser reanimado e muitas vezes achei que sua vida estivesse completamente extinta. Por fim, ele abriu os olhos, mas respirava com dificuldade e não conseguia falar. O médico deu-lhe um frasco de um remédio composto e mandou que o deixássemos em paz. Nesse meio-tempo, ele me disse que meu amigo não sobreviveria por muitas horas.

A sentença condenatória foi pronunciada. Eu só podia sofrer e ser paciente. Sentei-me à cabeceira dele, observando-o. Seus olhos estavam fechados e achei que ele dormia, mas então ele me chamou com voz fraca, pedindo que me aproximasse e disse:

– Infelizmente a força com que eu contava se foi. Sinto que logo morrerei e ele, meu inimigo e perseguidor, ainda pode estar vivo. Não pense, Walton, que nos últimos momentos da minha existência sinto aquele ódio imenso e o desejo ardente de vingança que uma vez expressei, mas me sinto justificado em desejar a morte do meu adversário. Durante esses últimos dias, estive ocupado em examinar a minha conduta passada e não a considero condenável. Num acesso de loucura entusiástica, criei um ser racional, ao qual estive ligado para lhe assegurar, tanto quanto estava em meu poder, felicidade e bem-estar. Essa era a minha obrigação, mas havia outra também primordial: meus deveres para com os seres da minha própria espécie reclamavam mais a minha atenção, porque abrangiam maior proporção de felicidade ou miséria. Constrangido por essa visão, recusei-me a criar uma companheira para a primeira criatura, que demonstrou malignidade e egoísmo incomparáveis. Destruiu meus entes queridos, dedicou-se à destruição de seres que possuíam sensações requintadas, felicidade e sabedoria. Nem sei quando essa sede de vingança pode acabar. Miserável a seus próprios olhos por não conseguir fazer outro desgraçado, ele deve morrer. A tarefa de sua destruição era minha, mas eu falhei. Impulsionado por motivos egoístas e viciosos, eu lhe pedi que assumisse a minha obra inacabada. Agora, renovo-lhe esse pedido, motivado tão somente pela razão e pela virtude.

– Porém, não posso lhe pedir que renuncie a seu país e aos seus amigos para cumprir essa tarefa. Agora que está retornando para a Inglaterra, terá poucas chances de se encontrar com ele, mas deixo para você a consideração desses pontos e o bom equilíbrio do que pode avaliar como seus deveres. Meu juízo e as minhas ideias já estão perturbados pela proximidade da morte. Não me atrevo a lhe pedir para fazer o que eu acho certo, pois você ainda pode ser enganado pela paixão.

– Que ele viva para ser um instrumento do mal me perturba. Em outros aspectos, essa hora em que espero o meu desenlace a qualquer momento é o único instante feliz de que desfruto há vários anos. As formas da amada morta passam fugazes diante de mim e eu me apresso para estar em seus braços. Adeus, Walton! Busque a felicidade tranquilamente e evite as ambições, mesmo que seja apenas aquela aparentemente inocente de se destacar na ciência e nas descobertas. Por que digo isso? Saio arrasado dessas esperanças, mas alguém pode ser bem-sucedido.

Enquanto falava, sua voz foi se tornando cada vez mais fraca, até que, por fim, e esgotado pelo esforço, ele mergulhou em silêncio. Cerca de meia hora depois, tentou falar de novo, mas não conseguiu, mas apertou a minha mão com extrema fraqueza. Então, os seus olhos se fecharam para sempre, enquanto a irradiação de um sorriso gentil escapava de seus lábios.

Margaret, que comentário posso fazer sobre a extinção intempestiva desse espírito glorioso? O que posso dizer que lhe permita compreender minha profunda tristeza? Tudo o que eu deveria expressar seria inadequado e frágil. Minhas lágrimas fluem. Minha mente está ofuscada por uma nuvem de desapontamento, mas estou a caminho da Inglaterra, onde posso encontrar consolação.

Estou sendo interrompido. O que significam esses sons? É meia-noite, a brisa sopra com razoável força e o relógio no convés mal se agita. Novamente, escuto um som parecido com o de uma voz humana, mas bem mais rouco. Vem da cabine onde ainda jazem os restos mortais de Frankenstein. Preciso me levantar e examinar. Boa noite, minha irmã.

Meu Deus! Que cena acabou de acontecer! Estou ainda tonto com a lembrança dela. Eu mal sei se terei o poder de detalhá-la. Contudo o relato que registrei seria incompleto sem essa catástrofe final e maravilhosa.

Entrei na cabine onde estavam os restos mortais do meu admirável, apesar de malfadado, amigo. Sobre o caixão se inclinava alguma coisa que não consigo encontrar palavras para descrever. Era um ser gigantesco em estatura, mas grosseiro e distorcido em proporções. Enquanto estava inclinado, seu rosto ficava escondido por longas mechas de cabelos esfarrapados, mas a mão enorme se estendia, em cor e textura aparentemente iguais às de uma múmia. Quando escutou o som da minha aproximação, ele parou de proferir exclamações de dor e horror e saltou em direção à janela. Jamais vi nada tão horroroso quanto sua face, totalmente repugnante, repulsiva e hedionda. Fechei os olhos involuntariamente e esforcei-me por lembrar quais seriam os meus deveres com relação a esse destruidor. Pedi a ele que ficasse.

Ele parou, olhou para mim admirado e voltou-se novamente para a forma sem vida de seu criador, parecendo esquecer a minha presença. Cada traço e cada gesto dele pareciam instigados pela mais selvagem raiva de alguma paixão incontrolável.

– Ele também é minha vítima – declarou. – Com o seu assassinato os meus crimes estão consumados. A linhagem desgraçada do meu ser está ferida de morte! Oh, Frankenstein, ser generoso que sacrificou a si próprio. Do que vale agora lhe pedir perdão? Eu, que o destruí irremediavelmente, aniquilando tudo o que você amava. Que pena! Ele está frio, não pode me responder.

Sua voz parecia sufocada e o meu primeiro impulso, que me sugeria o dever de obedecer ao pedido do meu amigo moribundo de destruir seu inimigo, ficou então em suspenso por uma mistura de curiosidade e compaixão. Eu me aproximei daquele ser medonho. Não ousei voltar a erguer os olhos para seu rosto. Havia algo de muito assustador e sobrenatural em sua feiura. Tentei falar, mas as palavras sumiram em meus lábios. O monstro continuou a proferir autocensuras selvagens e incoerentes. Por fim, tomei a decisão de me dirigir a ele durante uma pausa em seu drama tempestuoso:

– O seu arrependimento – eu disse – agora é supérfluo. Se você tivesse ouvido a voz da consciência e se tivesse prestado atenção ao remorso antes de levar a sua diabólica vingança a esse extremo, Frankenstein ainda estaria vivo.

– Está sonhando – respondeu o demônio. – Então você não acha que estou morto de agonia e remorso?

Apontando para o cadáver, ele continuou.

– Ele não sofreu na consumação do ato. Oh! Nem a décima milésima parte da angústia que foi minha durante o persistente detalhamento de sua execução. Um espantoso egoísmo me apressou, enquanto o meu coração estava envenenado com remorsos. Você acha que os gemidos de Clerval eram música para os meus ouvidos? O meu coração foi moldado para ser suscetível a amores e amizades. Quando foi deturpado pela desgraça do vício e do ódio, não sofreu a violência dessa mudança sem tormentos dos quais você nem pode imaginar.

– Depois do assassinato de Clerval, voltei para a Suíça com o coração partido e derrotado. Compadeci-me de Frankenstein. Minha piedade transformou-se em horror. Eu me aborrecia, mas quando descobri que ele, o autor de minha existência e dos seus tormentos indescritíveis, ousava esperar pela felicidade, enquanto eu acumulava desgraça e desespero sobre mim e que ele buscava o seu próprio desfrute nos sentimentos e nas paixões da indulgência, algo que para mim seria sempre proibido, a inveja impotente e a indignação amarga me encheram de uma sede insaciável de vingança. Lembrei da minha ameaça e decidi que deveria executá-la. Sabia que estava preparando um tormento mortal para mim, mas eu era o escravo e não o mestre de um impulso que detestava, mas não podia desobedecer. E mais ainda quando ela morreu! Não, então eu não era um desgraçado. Eu rejeitara todos os sentimentos e subjugado toda angústia, amotinado no excesso do meu desespero. A partir de então, o mal se tornou o meu bem. Compelido dessa maneira, não tive escolha senão adaptar a minha natureza a um elemento que eu tinha escolhido de bom grado. A consecução do meu projeto demoníaco se tornou uma paixão insaciável, mas agora está acabado. Essa é minha última vítima!

Fiquei tocado a princípio pelas expressões de sua desgraça. No entanto, quando me lembrei do que Frankenstein dissera de seus poderes de eloquência e persuasão e novamente olhei para o corpo sem vida do meu amigo, a indignação tomou conta de mim.

– Desgraçado – eu disse. – É bom que você venha aqui lamentar a desolação que fez. Você joga uma tocha numa enorme pira sacrificial e depois que ela é consumida pelo fogo, senta-se no meio das ruínas e lamenta o infortúnio. Demônio hipócrita! Aquele que você pranteia ainda estaria vivo, mesmo que fosse o alvo, ainda que novamente se tornasse a presa de sua maldita vingança. Não é piedade o que você sente. Você lamenta apenas porque a vítima da sua malignidade foi retirada de seu poder.

– Ora, não é isso, não mesmo – interrompeu-me a criatura. – Embora talvez seja essa a impressão transmitida a você sobre o que parece ser o significado das minhas ações. Apesar disso, não busco uma compreensão condescendente da minha desgraça. Jamais encontrarei qualquer compaixão. A princípio, procurei amar a virtude, por causa dos sentimentos de felicidade e afeição que transbordavam em todo o meu ser. Era disso que eu desejava tomar parte, mas agora que a virtude se tornou para mim uma sombra, que a felicidade e a afeição se transformaram num desespero amargo e repugnante, de que me valeria conquistar simpatia de alguém? Estou satisfeito por sofrer sozinho enquanto os meus sofrimentos persistirem. Estou muito satisfeito com o fato de que a repulsa e a vergonha carregarão a minha memória. Um dia, minha imaginação foi embalada em sonhos de virtude, fama e prazer. Um dia, alimentei falsas esperanças de me encontrar com seres que, perdoando a minha forma exterior, me amariam pelas excelentes qualidades que eu era capaz de demonstrar. Fui nutrido com altos pensamentos de honra e devoção, mas agora o crime me degradou abaixo do animal mais mesquinho. Nenhuma culpa, nenhuma injúria, nenhuma malignidade, nenhuma miséria, podem ser comparadas às que me assolam. Quando percorro o espantoso catálogo dos meus pecados, não posso acreditar que eu seja a mesma criatura cujos pensamentos eram cheios de visões sublimes e transcendentes da beleza e majestade da bondade, mas é assim mesmo. O anjo caído se torna um diabo maligno. Porém, mesmo esse inimigo de Deus e dos homens tinha amigos e companheiros em sua desolação, mas eu estou sozinho.

"Você, que chama Frankenstein de amigo, parece ter conhecimento dos meus crimes e dos infortúnios dele, mas nos pormenores que ele lhe deu, não pode acrescentar as horas e os meses de miséria que sofri, desperdiçados em paixões impotentes. Porque, quando destruía as esperanças dele, eu não satisfazia os meus próprios desejos, que eram eternamente ardentes e ávidos. Embora eu almejasse amor e companheirismo, ainda assim era desprezado. Não havia injustiça nisso? Somente eu devo ser considerado criminoso quando toda a humanidade pecava contra mim? Por que você não odeia Felix, que me expulsou de sua porta com insolência? Por que não execra o ignorante que tentou destruir o salvador de seu filho? Não! Eles são seres virtuosos e imaculados. E eu, desgraçado e abandonado, sou um aborto que deve ser desprezado, chutado e pisoteado. Ainda agora, meu sangue ferve com a lembrança dessa injustiça.

"Mas é verdade que eu sou um miserável. Assassinei quem era adorável e quem era indefeso. Estrangulei o inocente enquanto ele dormia e esganei até a morte sua garganta que jamais feriu a mim ou a qualquer outra coisa. Dediquei à miséria o meu criador, o espécime seleto de tudo o que é digno de amor e admiração entre os homens. Persegui-o até mesmo a essa irremediável ruína. Aqui ele jaz, branco e frio, na morte. Você me odeia, mas o seu rancor não pode se equiparar àquele com que vejo a mim mesmo. Contemplo as mãos que executaram a façanha, penso no amor com que a imaginação dela foi concebida e anseio pelo momento em que essas mãos encontrarão os meus olhos, quando essa imaginação não assombrar mais os meus pensamentos.

"Não temas que eu seja o instrumento do mal futuro. Minha obra está quase concluída. A não ser a minha própria morte, nem a sua e nem a de qualquer outro homem serão necessárias para consumar a consecução do meu ser e para realizar o que deve ser feito. Não pense que vou demorar a fazer este sacrifício. Vou deixar o seu navio na balsa de gelo que me trouxe até aqui e buscar a extremidade mais ao norte do globo. Vou construir minha pira fúnebre e consumir até as cinzas essa desgraçada carcaça, para que meus restos não forneçam luz a qualquer curioso desavisado e indigno, que criaria outro ser como eu. Morrerei. Não sentirei mais as agonias que agora me consomem, nem serei prisioneiro de sentimentos insatisfeitos. Está morto aquele que me chamou para existir. E quando eu também me for, a lembrança de nós dois desaparecerá rapidamente. Não mais verei o sol e nem as estrelas. Não sentirei os ventos tocarem o meu rosto. A luz, os sentimentos e as sensações serão afastadas. E nessa circunstância eu devo encontrar felicidade. Há alguns anos, quando as imagens desse mundo se abriram para mim pela primeira vez, quando sentia o calor reconfortante do verão, ouvia o sussurro das folhas e o gorjeio dos pássaros, isso era tudo que eu tinha e eu teria chorado ao morrer, mas agora a morte é o meu único consolo. Contaminado por crimes e moído pelos mais amargos remorsos, onde encontraria descanso senão na morte?

"Adeus! Vou deixar você como o último ser do tipo humano a quem esses olhos jamais verão. Adeus, Frankenstein! Se você ainda vivesse e mesmo assim tivesse o desejo de vingança contra mim, teria sido melhor saciado na minha vida do que na minha destruição, mas não foi assim. Você buscou a minha extinção para que eu não causasse maiores desgraças. E mesmo que fosse assim, de algum modo desconhecido para mim, você não deixaria de pensar e sentir, não deixaria de querer uma vingança maior do que a que eu sinto. Explosiva como a sua, minha agonia era ainda maior, pois o amargo ferrão do remorso não cessará de me cutucar as feridas até que a morte as feche para sempre.

"Pois logo morrerei – ele gritou com um entusiasmo ao mesmo tempo triste e solene. – O que eu sinto agora não será mais sentido. Logo essa desgraça ardente será extinta. Subirei triunfalmente na minha pira funerária e exultarei na agonia das chamas tormentosas. A luz desse incêndio se extinguirá, minhas cinzas serão varridas para o mar pelos ventos, meu espírito dormirá em paz, ou se pensar, com certeza não pensará mais assim. Adeus!"

Ao dizer isso, ele pulou pela janela da cabine sobre a jangada de gelo que estava perto do navio. Logo ele foi levado pelas ondas e se perdeu na escuridão e na distância.

Mathilda[1]

[1] O nome é escrito assim nos manuscritos de *Mathilda* e *The Fields of Fancy*, embora no diário impresso, *Journal* (extraído de *Shelley and Mary*) e nas cartas, *Letters*, esteja escrito *Matilda*. No manuscrito do diário, no entanto, primeiro está escrito *Matilda*, depois *Mathilda*.

PREFÁCIO

Este volume é a primeira publicação do texto completo da noveleta *Mathilda,* de Mary Shelley, acompanhado das páginas de abertura do primeiro rascunho, intitulado *The Fields of Fancy,* transcritas do microfilme dos cadernos pertencentes a lorde Abinger, sob custódia da biblioteca da Universidade Duke.

O texto segue exatamente o manuscrito de Mary Shelley, exceto pela omissão de correções simples feitas pela autora, a maioria delas pouco significativas, sendo que as importantes foram incluídas e explicadas nas notas. As notas de rodapé indicadas por asterisco são da senhora Shelley. Ela, no geral, escrevia muito bem, mas certas palavras em inglês, especialmente aquelas em que havia alguma questão quanto a dobrar ou não uma letra, confundiam-na. Tais palavras e outros erros de ortografia (até os de nomes próprios) foram reproduzidos na versão em inglês sem alteração ou comentário. O uso de *sic* e de colchetes é reservado para indicar deslizes da pena evidentes, frases e pontuações claramente incorretas, ininteligíveis ou incompletas e minhas hipóteses ao corrigi-las.

Sou muito grata à biblioteca e ao bibliotecário da Universidade Duke, doutor Benjamin E. Powell, não apenas pela permissão de transcrever e publicar esta obra de Mary Shelley, mas também pela cortesia que demonstram a mim quando fui recebida como acadêmica visitante em 1956. Agradeço também a lorde Abinger pelo apoio em minha empreitada e aos Curadores da Biblioteca Bodleiana pela permissão de uso e citação dos documentos da reservada Coleção de Shelley. Outras bibliotecas e pessoas ajudaram-me durante a edição de *Mathilda*: a Enoch Pratt Free Library, de Baltimore, cujos departamentos de Literatura e Referência não pouparam esforços; a Julia Rogers Library, do Goucher College, e sua equipe; a biblioteca da Universidade da Pensilvânia; a senhorita R. Glynn Grylls (*lady* Mander); o professor Lewis Patton, da Universidade Duke; o professor Frederick L. Jones, da Universidade da Pensilvânia, e muitas outras pessoas cujos favores, que lhes pareciam pequenos, foram muito grandes para mim.

Também devo muito a publicações dos Shelleys e sobre eles. Aqueles aos quais me referi mais de uma vez na introdução e nas notas seguem na forma abreviada que usei:

Frederick L. Jones (ed.). *The Letters of Mary W. Shelley*, 2 volumes. Norman: University of Oklahoma Press, 1944 (*Letters*).

Frederick L. Jones (ed.). *Mary Shelley's Journal*. Norman: University of Oklahoma Press, 1947 (*Journal*).

Roger Ingpen e W.E. Peck (ed.). *The Complete Works of Percy Bysshe Shelley*, Julian Edition. 10 vols. Londres, 1926-1930 (Julian *Works*).

Newman Ivey White. *Shelley*, 2 volumes. Nova Iorque: Knopf, 1940 (White, *Shelley*).

Elizabeth Nitchie. *Mary Shelley, Author of "Frankenstein."* New Brunswick: Rutgers University Press, 1953 (Nitchie, *Mary Shelley*).

Elizabeth Nitchie
Maio, 1959

INTRODUÇÃO

De todos os romances e histórias que Mary Wollstonecraft Shelley deixou manuscritos[2], apenas uma noveleta, *Mathilda*, está completa. Ela existe tanto em rascunho quanto finalizada. Nesta história, como em toda a obra de Mary Shelley, há muitos aspectos autobiográficos: seria difícil encontrar uma obra mais reveladora. Para entender o caráter de Mary, especialmente como ela se via, e sua atitude em relação a Shelley e Godwin em 1819, esta narrativa é um documento importante. Embora a narrativa principal, do amor incestuoso do pai pela filha, seu suicídio e o consequente afastamento de Mathilda da sociedade para uma charneca solitária, não seja, em qualquer sentido, autobiográfica, muitos elementos nela foram extraídos da realidade. Os três personagens principais são, claramente, a própria Mary, Godwin e Shelley, e suas relações podem ser reordenadas com facilidade para corresponder à realidade.

[2] Estão listados em Nitchie, *Mary Shelley*, Anexo II, p. 205-208. A eles deve ser acrescentado um romance não finalizado e não publicado, *Cecil*, na coleção de lorde Abinger.

Por mais pessoal que fosse a história, Mary Shelley esperava sua publicação, acreditando, é claro, que os personagens e as situações estivessem suficientemente disfarçados. Em maio de 1820, ela enviou a obra para a Inglaterra por meio de amigos, os Gisbornes, com um pedido de que seu pai a preparasse para ser publicada. Mas *Mathilda*, bem como seu primeiro rascunho, intitulado *The Fields of Fancy*, permaneceram não publicados entre os documentos de Shelley. Embora as referências de Mary à obra em suas cartas e em seu diário tenham despertado curiosidade entre acadêmicos, sua análise é relativamente recente.

Essa aparente negligência deve-se, em parte, às circunstâncias relacionadas à distribuição dos documentos da família após a morte de *sir* Percy e *lady* Shelley. Parte dos documentos foi destinada à Biblioteca Bodleiana para formar uma coleção reservada que, nos termos do testamento de *lady* Shelley, seria aberta aos acadêmicos apenas sob restrições precisas. Outra parte foi para a sobrinha de *lady* Shelley e, por sua vez, para seus herdeiros, que, por um período, não disponibilizaram os manuscritos para estudo. Uma terceira parte foi para *sir* John Shelley-Rolls, o sobrinho-neto do poeta, que tornou públicos muitos materiais importantes de Shelley, mas não todos os manuscritos dispersos. Nessa divisão, os dois cadernos que continham o rascunho finalizado de *Mathilda* e uma parte de *The Fields of Fancy* foram para lorde Abinger, o caderno que continha o restante do primeiro rascunho foi para a Biblioteca Bodleiana, e algumas páginas avulsas contendo acréscimos e revisões foram para *sir* John Shelley-Rolls. Felizmente, todos os manuscritos agora estão acessíveis para os acadêmicos, e é possível publicar o texto completo de *Mathilda* com os acréscimos de *The Fields of Fancy* que são significativos[3].

[3] Com base no caderno bodleiano e em algumas informações sobre a história completa gentilmente fornecidas pela senhorita R. Glynn Grylls, escrevi um artigo, "Mary Shelley's *Mathilda*, an Unpublished Story and Its Biographical Significance", o qual foi publicado em *Studies in Philology*, XL (1943), p. 447-462. Quando os outros manuscritos foram disponibilizados, pude usá-los para meu livro, *Mary Shelley*, e para tirar conclusões mais certeiras e embasadas do que as suposições que havia feito dez anos antes.

Os três cadernos têm formato parecido[4]. Um dos cadernos de lorde Abinger contém a primeira parte de *The Fields of Fancy*, do Capítulo I até o início do Capítulo X, 116 páginas. A porção final ocupa as primeiras 54 páginas do caderno bodleiano. Seguem-se, então, uma página em branco e três páginas e meia, riscadas, do que parece ser uma variação do final do Capítulo I e do começo do Capítulo II. Segue-se uma versão revisada e expandida da primeira parte da narrativa de *Mathilda* (Capítulo II e o começo do Capítulo III), com uma pausa entre o relato de sua infância na Escócia e uma breve descrição de seu pai após seu retorno. Por fim, há quatro páginas de uma nova abertura, que foi usada em *Mathilda.* Esse é um primeiro rascunho extremamente bruto: a pontuação é em grande parte reduzida a travessões, e há muitas correções e alterações. Os fragmentos de Shelley-Rolls, vinte e cinco folhas ou tiras de papel, são na maioria acréscimos a *The Fields of Fancy* ou revisões dela: muitos são numerados e alguns estão no manuscrito do caderno de lorde Abinger. A maioria das alterações foi incorporada em *Mathilda.*

O segundo caderno de Abinger contém o rascunho completo e final de *Mathilda*, 226 páginas. Na maior parte, é uma cópia fiel. O texto está pontuado e há relativamente poucas correções, a maioria delas, pelo que parece, resultado de uma releitura final, feita para evitar a repetição de palavras. Alguns acréscimos estão escritos nas margens. Em várias páginas, tiras de papel com revisões óbvias (é muito provável que estivessem originalmente entre os fragmentos de Shelley-Rolls) foram coladas sobre as linhas correspondentes do texto. Uma ou outra passagem pontual foi cortada, e algumas palavras e frases foram riscadas e revisadas. Após a página 216, quatro folhas contendo a conclusão da história foram cortadas do caderno.

---

[4] Uma nota, provavelmente de Richard Garnett, inclusa em manuscritos com os dois cadernos da coleção de lorde Abinger, descreve-os como cadernos de formato italiano, com "fitas de cabelo inclinadas, inseridas entre as capas". A lista do professor Lewis Patton de conteúdos dos microfilmes na Biblioteca da Universidade Duke (*Library Notes*, n. 27, abril de 1953) descreve-os como papel pergaminho, faltando a contracapa do caderno de *Mathilda*. Os cadernos de lorde Abinger estão no rolo 11. O caderno bodleiano é catalogado como manuscrito. Shelley d. 1, os fragmentos de Shelley--Rolls como manuscritos. Shelley acrescenta c. 5.

Elas aparecem, numeradas de 217 a 223, entre os fragmentos de Shelley--Rolls. Uma versão revisada, das páginas 217 a 226, segue esse corte[5].

O modo de contar a história no rascunho final difere radicalmente do primeiro. Em *The Fields of Fancy*, a história de Mathilda desenrola-se em um cenário totalmente fantasioso. A autora é transportada pela fada Fantasia aos Campos Elísios, onde ouve o discurso de Diotima e conhece Mathilda. Mathilda conta-lhe sua história, que termina com sua morte. No rascunho final, esse cenário irreal e bastante irrelevante é descartado: Mathilda, cuja morte se aproxima, escreve para seu amigo Woodville todos os detalhes de sua trágica história, a qual nunca tivera coragem de contar-lhe pessoalmente.

O título do primeiro rascunho, *The Fields of Fancy*, e o cenário, sem dúvida, oriundo do conto inacabado de Mary Wollstonecraft *The Cave of Fancy*, em que uma das almas, confinadas no centro da terra para purificar--se da impureza de sua existência terrena, conta a Sagesta (que pode ser comparada a Diotima) a história de seu infortunado amor por um homem com quem ela espera reencontrar-se quando sua purgação estiver concluída[6]. Mary tinha total familiaridade com as obras da mãe. O título foi, é claro, abandonado quando o cenário foi abandonado, e o nome da heroína foi substituído. Embora seja digno de nota que Mary escolheu um nome com a mesma inicial do seu, é provável que ele tenha sido retirado de Dante. Há diversas referências na história aos cantos do *Purgatório* em que Mathilda aparece. O pai dela nunca é nomeado, nem o sobrenome de Mathilda é mencionado. O nome do poeta passou por várias mudanças: Welford, Lovel, Herbert e, por fim, Woodville.

A evidência para que *Mathilda* seja datado no final do verão e outono de 1819 surge em parte do manuscrito, em parte do diário de Mary. Nas páginas seguintes às partes de *The Fields of Fancy* no caderno bodleiano, estão alguns dos rascunhos de verso e prosa de Shelley, incluindo partes de

---

[5] Ver nota 83 de *Mathilda*, página 89.

[6] Ver *Posthumous Works of the Author of a Vindication of the Rights of Woman* (4 volumes, Londres, 1798), IV, p. 97-155.

Prometeu desacorrentado e *Epipsychidion*, ambos em italiano, e do prefácio de *Epipsychidion* em inglês, alguns fragmentos de prosa e porções estendidas de *Uma defesa da poesia*. Escritos a partir do outro lado do livro, estão *Ode a Nápoles* e *The Witch of Atlas*. Como todos eles pertencem aos anos de 1819, 1820 e 1821, é provável que Mary tenha concluído o primeiro rascunho em algum momento em 1819 e que, quando transcreveu sua história, Shelley tenha tomado posse do caderno. O Capítulo I de *Mathilda* no caderno de lorde Abinger tem um cabeçalho onde se lê: "Florença, 9 de novembro de 1819". Já que toda a história de Mathilda desenrola-se na Inglaterra e na Escócia, a data deve ser a do manuscrito. Mary estava em Florença naquela época.

Essas datas são confirmadas pelas anotações no diário de Mary, que indicam que ela começou a escrever *Mathilda* no início de agosto, enquanto os Shelleys moravam na Villa Valosano, perto de Livorno. No dia 4 de agosto de 1819, após um período de dois meses da morte de seu filhinho, ela retomou a escrita no diário. Quase todos os dias após esse intervalo, por um mês, ela anotou "Escrever" e, no dia 4 de setembro, registrou "Transcrever". No dia 12 de setembro, escreveu: "Terminar a transcrição do meu Conto". A próxima anotação que indica uma atividade literária é uma única palavra: "Escrever", no dia 8 de novembro. No dia 12, Percy Florence nasceu, e Mary não escreveu mais nada até março, quando trabalhava em *Valperga*. É provável, portanto, que Mary tenha escrito e transcrito *Mathilda* entre 5 de agosto e 12 de setembro de 1819, que tenha feito uma revisão no dia 8 de novembro e, finalmente, datado o manuscrito no dia 9 de novembro.

A história que se segue do manuscrito está registrada em cartas e diários. Quando os Gisbornes foram para a Inglaterra, no dia 2 de maio de 1820, levaram *Mathilda* consigo; leram a história na viagem e registraram sua admiração por ela no seu diário[7]. Eles deveriam mostrá-la a Godwin e obtido seu conselho quanto a publicá-la. Embora Medwin tenha ouvido sobre a

[7] Ver *Maria Gisborne & Edward E. Williams... Their Journals and Letters*, editado por Frederick L. Jones (Norman: University of Oklahoma Press, [1951]), p. 27.

história quando estava com os Shelleys em 1820[8] e Mary a tenha lido, talvez na versão do primeiro rascunho, para Edward e Jane Williams no verão de 1821[9], parece que esse manuscrito ficou nas mãos de Godwin. É evidente que ele não compartilhou do entusiasmo dos Gisbornes: sua aprovação era qualificada. Ele achou determinadas partes da obra boas, outras, nem tanto; e considerou o tema "repulsivo e detestável", dizendo que a história precisaria de um prefácio para que os leitores "não ficassem atormentados com a apreensão [...] da queda da heroína", isso se o livro fosse sequer publicado[10]. Não há, no entanto, nenhum registro de uma tentativa de que ele o publicasse. De 18 de janeiro até 2 de junho de 1822, Mary pediu repetidas vezes que a senhora Gisborne transcrevesse o manuscrito para ela, e a senhora Gisborne sempre lhe comunicava que não conseguira. As últimas referências à história são posteriores à morte de Shelley em uma anotação de diário não publicada e duas cartas de Mary. Em seu diário, no dia 27 de outubro de 1822, registrou sobre o consolo que encontrara para sua tristeza ao escrever *Mathilda*. Em uma carta à senhora Gisborne, comparou sua jornada e de Jane até Pisa e Livorno para obter notícias de Shelley e Williams com a de Mathilda em busca de seu pai, "dirigindo-se (como Mathilda), em direção ao *mar* para saber se estaríamos fadados à tristeza para sempre"[11]. E, no dia 6 de maio de 1823, escreveu: "Matilda prediz, na maioria das vezes, com precisão, até mesmo muitas circunstâncias pequenas, e a totalidade dessa previsão é um memorial do que é hoje"[12].

Esses fatos não só apontam a data do manuscrito, como também mostram o sentimento de envolvimento pessoal de Mary na história. Nos acontecimentos de 1818 e 1819, é possível encontrar a base para esta novela mórbida e, por consequência, determinar seu sentido biográfico.

---

[8] Ver Thomas Medwin, *The Life of Percy Bysshe Shelley*, revisado, com introdução e notas por H. Buxton Forman (Londres, 1913), p. 252.

[9] *Journal*, p. 159, 160.

[10] *Maria Gisborne, etc.*, p. 43-44.

[11] *Letters*, I, 182.

[12] *Ibidem*, I, 224.

No dia 24 de setembro de 1818, a filha dos Shelleys, Clara Everina, que mal havia completado um ano de idade, morreu em Veneza. Mary e seus filhos haviam viajado de Bagni di Lucca para Este a fim de juntarem-se a Shelley na vila de Byron. Clara não estava bem quando começaram o percurso e piorou durante o trajeto. De Este, Shelley e Mary levaram-na para Veneza, a fim de consultar um médico, em uma viagem cercada por atrasos e dificuldades. Ela morreu quase tão logo que lá chegaram. De acordo com Newman Ivey White[13], Mary, na agonia irracional do luto, culpou Shelley pela morte da criança e, por um tempo, sentiu por ele uma aversão física extrema que acabou se transformando em apatia e alienação espiritual. O temperamento sombrio de Mary tornou-a uma pessoa de difícil convivência, e o próprio Shelley caiu em profunda melancolia. Ele expressou seu sentimento acerca desse distanciamento em alguns dos versos de 1818, "os meus poemas mais tristes". Em um trecho de um verso, por exemplo, lamentou que Mary deixara-o "sozinho neste mundo sombrio".

Sua forma está, de fato, aqui, e é bela,
Mas você desapareceu, fugiu pela estrada sombria
Que leva à morada mais obscura do Sofrimento.
Você se senta no círculo do lívido desespero,
Para onde, pelo seu próprio bem, não posso segui-la.

O professor White acreditava que Shelley tivesse registrado esse distanciamento apenas em "termos velados" em *Julian e Maddalo* ou em poemas que não mostrou a Mary, e que ela só reconhecera esse afastamento após a morte de Shelley, em seu poema "The Choice" e em suas notas na edição dos poemas dele daquele ano. Mas essa história não publicada, escrita após a morte de seu outro filho, William, com certeza contém, embora também em termos velados, o reconhecimento e remorso imediatos de Mary. Mary

[13] Ver White, *Shelley*, II, 40-56.

sabia bem, creio eu, o que estava fazendo com Shelley. No esforço de expiar suas próprias emoções e reconhecer sua culpa, ela derramou sobre as páginas de *Mathilda* o sofrimento e a solidão, a amargura e a autorrecriminação dos meses passados.

Os elementos biográficos são claros: Mathilda é, certamente, a própria Mary; o pai de Mathilda é Godwin; Woodville é um Shelley idealizado.

Assim como Mathilda, Mary era uma mulher de fortes paixões e afeições que, com frequência, escondia do mundo sob uma aparência tranquila. A mãe de Mary, assim como a de Mathilda, morrera poucos dias depois de dar à luz. Como Mathilda, ela passou parte da infância na Escócia. Como Mathilda, conheceu e amou um poeta de "excessiva beleza" e, também como Mathilda, naquele triste ano, ela o tratara mal, tendo se tornado "implicante e irracional" em seu sofrimento. A solidão, o luto e o remorso de Mathilda podem ter um paralelo com o diário posterior de Mary e com "The Choice". Essa história foi o meio de dar vazão a suas emoções em 1819.

Woodville, o poeta, é praticamente perfeito, "glorioso desde jovem", como "um anjo com pés alados", pura beleza, bondade e gentileza. Ele também é um poeta de sucesso, com um poema escrito aos vinte e três anos universalmente aclamado. Levando em consideração o exagero e a ilusão de Mary, é fácil reconhecer Shelley: Woodville tem seus ideais poéticos, o charme de suas conversas, suas grandes qualidades morais, seu senso de dedicação e responsabilidade àqueles que amava e a toda a humanidade. É o retrato mais primordial de Mary sobre seu marido, feito em um ano em que ela estava, aos poucos, retornando para ele do "círculo de lívido desespero".

As condições iniciais e a educação de Godwin e do pai de Mathilda eram diferentes, mas produziram homens semelhantes, ambos extravagantes, generosos, vaidosos e autoritários. Há mais de Godwin nesta novela do que o relato de um grande homem arruinado pelo caráter e pela condição. O relacionamento entre pai e filha, antes que fosse destruído pela paixão anormal do pai, é semelhante àquele entre Godwin e Mary.

Ela mesma caracterizava seu amor por ele como "excessivo e romântico"[14]. Talvez ela pudesse registrar, no sofrimento de Mathilda em vista da separação de seu pai e sua perda na morte dele, a sua própria dor por uma separação espiritual de Godwin pela qual lhe parecia tão somente a cruel falta de compaixão dele. Ele a acusara de ser covarde e falsa em seu luto pela morte de Clara[15] e, mais tarde, fez pouco-caso quando ela perdeu William[16]. Também chamou Shelley de "pessoa infame e escandalosa" por causa da recusa de Shelley de enviar-lhe mais dinheiro[17]. Não admira que Mary tenha sentido que, como Mathilda, perdera um pai amado, porém cruel.

Assim, Mary assumiu a culpa pela ruptura com Shelley e transferiu o distanciamento físico à animosidade para com Godwin. A transformação desses fatos em uma história de incesto deve-se, sem dúvida, ao interesse de Mary e Shelley pelo assunto na época. Ambos consideravam-no um tema dramático e forte. Em agosto de 1819, Shelley completou a peça teatral *The Cenci*. Durante o processo, conversara com Mary sobre a combinação das cenas; até sugerira, no início, que ela mesma escrevesse a tragédia. E, cerca de um ano antes, insistira que ela traduzisse *Mirra*, de Alfieri. Thomas Medwin, na verdade, pensou que a história que Mary estava escrevendo em 1819 fosse especificamente baseada em *Mirra*. É evidente que ela estivesse pensando naquela tragédia enquanto escrevia *Mathilda*, dado o uso efetivo da obra que fez em uma das crises na novela. E talvez se lembrasse do tratamento que dispensou ao tema quando escreveu a descrição biográfica de Alfieri para a *Cabinet Cyclopaedia* de Lardner, quase vinte anos depois. Na época, ela falou sobre as dificuldades inerentes a um assunto como aquele, "desigualdade de idade, além do incesto anormal. Para gerar interesse sobre tal ligação, o dramaturgo deveria constituir o pai com atributos tão juvenis

---

[14] Ver *Letters*, II, 88, e nota 23 de *Mathilda*.

[15] Ver *Shelley and Mary* (4 volumes. Publicação exclusiva [para *sir* Percy e *lady* Shelley], 1882), II, 338A.

[16] Ver Julian Marshall, *The Life and Letters of Mary W. Shelley* (2 volumes. Londres: Richard Bentley & Son, 1889), I, 255.

[17] Julian, *Works*, X, 69.

que não seria de maneira alguma contrária à probabilidade"[18]. Ela tentou fazer isso em *Mathilda* (auxiliada pelo fato de a situação ser o oposto do que ocorre em *Mirra*). O pai de Mathilda era jovem: ele se casou antes de completar vinte anos. Ao se voltar para Mathilda, ainda mostrava "o ardor e frescor de sentir-se conectado à juventude". Ele vivia no passado e via a esposa falecida reencarnada na filha. Assim, Mary tenta validar a situação e torná-la "de maneira alguma contrária à probabilidade".

Mathilda oferece um bom exemplo dos métodos de revisão de Mary Shelley. Um estudo do manuscrito mostra que ela era uma trabalhadora cuidadosa e que, para polir essa história bizarra, esforçou-se com consistência para ter maior credibilidade e realismo, uma apresentação mais dramática (e, às vezes, melodramática) dos eventos, melhor motivação, concisão e exclusão de passagens rebuscadas. Na revisão e reescrita, acréscimos foram feitos, de forma que *Mathilda* é consideravelmente mais longo do que *The Fields of Fancy*. Mas os acréscimos são em geral melhorias: um relato muito mais completo do pai e da mãe de Mathilda, bem como do casamento deles, o que os torna mais do que meros personagens sem importância e, em grande parte, explica a tragédia; o desenvolvimento do personagem do Mordomo, a princípio um reles criado que acompanha Mathilda em sua busca pelo pai, até virar um confidente solidário cujas reações ajudam a dramatizar a situação; uma palavra ou frase curta acrescentadas que marcam a interferência de Mary Shelley nos motivos e nas ações tanto de Mathilda quanto do pai. Portanto, *Mathilda* não impressiona o leitor por ser mais longo do que *The Fields of Fancy*, mas porque prende melhor seu interesse. E, com todos os acréscimos, há também cortes eficazes do óbvio, do tautológico, do artificialmente elaborado[19].

---

[18] *Lives of the Most Eminent Literary and Scientific Men of Italy, Spain, and Portugal* (3 volumes, números 63, 71, e 96 de *Cabinet Cyclopaedia*, do reverendo Dionysius Lardner, Londres, 1835-1837), II, p. 291-292.

[19] As revisões mais importantes são detalhadas nas notas. O texto da abertura de *The Fields of Fancy*, contendo o cenário fantástico da história, posteriormente descartado, segue o texto de *Mathilda*.

O rascunho finalizado, *Mathilda*, ainda mostra algumas falhas de Mary Shelley como escritora: prolixidade, enredo vago, personagens estereotipados e extravagantes. O leitor deve ser tolerante às opressivas lamentações da heroína. Mas ela faz parte, afinal, da grande tradição das heroínas românticas: compara o próprio choro ao de Sigismunda pelo coração de Guiscardo, de Boccaccio. Se o leitor conseguir aceitar Mathilda como ela é, encontrará não apenas um interesse biográfico na história dela, mas também méritos próprios: um sentimento pela personagem, situação e escrita que, com frequência, se mostra vigoroso e preciso.

CAPÍTULO 1

Florença, 9 de novembro de 1819

Ainda são quatro horas; mas é inverno, e o sol já se pôs: não há nuvens no céu claro e gelado para refletir os raios solares oblíquos, mas o próprio ar está tingido de uma leve cor rosada que reflete de volta na neve que cobre o chão. Moro em um chalé isolado em uma charneca solitária e espaçosa; nenhuma voz de vida chega até mim. Vejo a planície desolada coberta de branco, exceto por alguns pedaços de terra escuros que o sol do meio-dia produziu no topo daqueles pequenos morros de picos afiados, onde a neve, deslizando ao cair, cria camadas mais finas do que no chão plano; alguns pássaros estão bicando no gelo duro que cobre as poças, pois a geada tem persistido por longo tempo[20].

Estou em um estranho estado de espírito[21]. Estou sozinha, completamente sozinha, no mundo; a praga do infortúnio passou por mim e

[20] Aqui, Mary acrescentou detalhes e contraste à descrição em *F of F–A*, em que a passagem "exceto por alguns pedaços [...] no chão plano" não aparece.

[21] O acréscimo de "Estou sozinha [...] definhou-me" motiva o estado de espírito de Mathilda e sua decisão de escrever sua história.

definhou-me; sei que estou prestes a morrer e sinto-me feliz, alegre. Sinto meu pulso: está palpitando com rapidez. Coloco minha mão magra sobre a bochecha: está queimando. Há um espírito débil e ligeiro dentro de mim que está emitindo, neste momento, suas últimas centelhas. Não verei a neve de outro inverno; acredito que nunca mais sentirei o calor vivificante de outro sol de verão. É com essa convicção que começo a escrever minha trágica história. Talvez fosse melhor que uma história como a minha morresse comigo, mas um sentimento que não consigo definir está me persuadindo, e estou fraca demais, tanto no físico quanto na mente, para resistir ao menor dos impulsos. Enquanto a vida tinha força dentro de mim, eu pensava, de fato, que havia um horror sagrado na minha história que a tornava imprópria para ser contada, e agora, prestes a morrer, contamino seus terrores místicos. É como na floresta das Eumênides: ninguém, exceto os moribundos, pode entrar; e Édipo está prestes a morrer[22].

O que estou escrevendo? Devo recobrar meus pensamentos. Que eu saiba, só você folheará estas páginas, meu amigo, que as receberá na ocasião de minha morte. Não as endereço apenas a você, porque isso me dará o prazer de demorar-me na nossa amizade de um modo que seria desnecessário se só você lesse o que escreverei. Contarei minha história, portanto, como se estivesse escrevendo para estranhos. Você me perguntou diversas vezes o motivo da minha vida solitária; das minhas lágrimas; e, acima de tudo, do meu silêncio impenetrável e cruel. Em vida, eu não ousava, mas, com a morte, revelo o mistério. Outros jogarão estas páginas fora; para você, Woodville, amigo gentil e afetuoso, elas serão queridas: o precioso memorial de uma jovem com o coração partido que, prestes a morrer, ainda é confortada pela gratidão a você[23]; suas lágrimas cairão sobre as palavras

---

[22] Mathilda também é a vítima involuntária em uma história de incesto. Como Édipo, ela perdeu o pai-amante para o suicídio; como ele, ela deixa o cenário da revelação esmagada por um senso da própria culpa, "um horror sagrado"; assim como ele, ela encontra um pouco de paz quando está prestes a morrer.

[23] O acréscimo de "precioso memorial [...] gratidão a você", com sua sugestão do relacionamento entre Mathilda e Woodville, serve para justificar a narrativa detalhada.

que registram meus infortúnios; sei que cairão; e, enquanto estou viva, agradeço-lhe por sua compaixão.

Mas basta. Começarei minha história: é minha última tarefa, e espero ter forças o suficiente para cumpri-la. Não cometi crime algum; minhas culpas podem ser perdoadas com facilidade, pois procedem não de um motivo vil, mas da falta de discernimento; e creio que poucos diriam que poderiam, com uma conduta diferente e sabedoria superior, ter evitado os infortúnios dos quais fui a vítima. Meu destino foi governado pela necessidade, uma necessidade terrível. Exigia mãos mais fortes do que as minhas; mais fortes, creio eu, do que qualquer força humana para quebrar as correntes grossas e inquebráveis que me prendiam, eu que já exalei nada a não ser alegria, sempre cheia de um amor terno e de prazer na bondade, apenas para terminar na miséria e, agora, prestes a terminar na morte. Mas estou perdendo o foco, minha história ainda não foi contada. Vou fazer algumas pausas, enxugar meus olhos embaçados e esforçar-me para perder o sentimento obscuro e pesado atual de infelicidade nas mais intensas emoções do passado[24].

Nasci na Inglaterra. Meu pai era um homem de prestígo[25]: perdera o pai ainda jovem e foi educado por uma mãe fraca com toda a tolerância que ela pensava ser devida a um nobre rico. Foi enviado para Eton e, mais tarde, para a faculdade; e permitiam-lhe, desde a infância, o uso desimpedido de grandes quantias de dinheiro, aproveitando, assim, desde novo, a independência que um garoto com essas vantagens sempre adquire em uma escola pública.

Sob a influência dessas circunstâncias, suas paixões encontraram um solo profundo em que poderiam lançar suas raízes e florescer como flores

[24] Neste ponto, duas folhas foram arrancadas do caderno. Não há quebra na continuidade, no entanto.

[25] As descrições do pai e da mãe de Mathilda e o relato do casamento deles nas páginas seguintes são bastante expandidas de *F of F–A*, em que só há um breve parágrafo. O processo de expansão pode ser seguido em *S-R fr* e em *F of F–B*. O desenvolvimento da personagem Diana (que representa a própria mãe de Mary, Mary Wollstonecraft) deu a Mary o maior trabalho. Para as identificações com o pai e a mãe de Mary, ver *Mary Shelley*, de Nitchie, p. 11, 90-93, 96-97.

ou ervas daninhas, conforme fosse sua natureza. Por ser sempre permitido a agir como queria, seu caráter tornou-se forte e precocemente marcado, exibindo uma aparência diversa, em que um observador perspicaz podia ver as sementes de virtudes e desditas. Sua extravagância despreocupada, que o fez desperdiçar imensas quantias de dinheiro para satisfazer caprichos passageiros, os quais, pela sua força aparente, ele dignificava dando-lhes o nome de paixões, costumava mostrar-se em uma generosidade irrestrita. Ainda assim, enquanto ele se ocupava intensamente com as necessidades dos outros, seus próprios desejos eram satisfeitos ao máximo. Ele dava do próprio dinheiro, mas nenhuma de suas vontades era sacrificada por causa dos seus presentes; dava do seu tempo, o qual não valorizava, e de suas afeições, as quais ficava feliz, de qualquer modo, em pôr em ação.

Não digo que, se as vontades dele tivessem competido com as dos outros, ele teria demonstrado um egoísmo excessivo, mas isso nunca foi posto à prova. Ele foi criado em prosperidade e recebeu todas as suas vantagens; todos o amavam e queriam agradar-lhe. Sempre se ocupava em promover os prazeres dos seus companheiros, mas os prazeres deles eram os mesmos que os seus; e, se ele dava mais atenção aos sentimentos alheios do que os estudantes costumam dar, era porque seu temperamento social nunca ficava satisfeito até que todas as cabeças estivessem livres de preocupação como a dele.

Na época da escola, a rivalidade e suas próprias habilidades naturais fizeram-no ter uma posição notável entre os outros alunos; na faculdade, ele dispensou os livros; acreditava que tinha outras lições para aprender além das que podiam ensiná-lo. Estava, naquele momento, prestes a começar a vida e ainda era jovem o bastante para considerar os estudos como algemas do estudante, usadas apenas para manter os indisciplinados longe de problemas, mas não tendo nenhuma conexão real com a vida. Saber cavalgar, jogar, etc. despertava um interesse muito mais profundo nele. Então, logo embarcou em todas as loucuras da faculdade, embora seu coração fosse moldado bem demais para ser contaminado por elas (ele podia ser leviano, mas nunca indiferente). Era um amigo sincero e compreensivo, mas nunca encontrara ninguém superior ou igual a ele mesmo que pudesse ajudá-lo a abrir sua mente ou fazê-lo buscar novos pensamentos ao exaurir os velhos. Sentia-se superior na rapidez de bom senso que tinha em relação aos que estavam à sua volta: seus talentos, sua posição e riqueza faziam-no o líder do grupo, e naquele posto ele descansava não apenas contente, mas glorioso, imaginando que essa era a única ambição digna de ser seu objetivo no mundo.

Devido a uma estranha mente fechada, via o mundo todo só no âmbito como ele era ou não relacionado à sua pequena sociedade. Considerava esquisitas e fora de moda todas as opiniões que eram reprovadas pelo seu círculo de amigos íntimos e tornou-se, ao mesmo tempo, dogmático e, no entanto, temeroso de não corresponder aos únicos sentimentos que podia considerar ortodoxos. Aos espectadores em geral, ele parecia não se preocupar com a censura e ter um grande desdém a ponto de não depender de jeito nenhum da opinião pública; mas, ao mesmo tempo que andava a passos largos em um triunfante avanço por cima do resto do mundo, ele se escondia, com uma solidão disfarçada, no seu próprio grupo, embora o líder nunca ousasse expressar uma opinião ou um sentimento até que tivesse certeza de que seria aprovado pelos seus companheiros.

No entanto, ele tinha um segredo escondido desses queridos amigos; um segredo que nutrira desde os seus primeiros anos e, embora amasse seus colegas, não o confiava à gentileza ou à solidariedade de nenhum deles. Ele amava. Temia que a intensidade de sua paixão pudesse tornar-se alvo da ridicularização deles; e não podia suportar que blasfemassem tal paixão ao considerar trivial e passageiro o que ele sentia ser a vida de sua vida.

Havia um cavalheiro, possuidor de uma pequena fortuna, que vivia perto da mansão da sua família e tinha três adoráveis filhas. A mais velha era, de longe, a mais bonita, mas sua beleza era apenas um acréscimo às suas outras qualidades: sua inteligência era evidente e distinta, e seu temperamento era de uma gentileza angelical. Ela e meu pai haviam sido companheiros de recreação quando crianças: Diana, até mesmo durante a infância, havia sido uma das favoritas da mãe dele; essa predileção aumentou à medida que essa bela e alegre garota crescia e, portanto, durante suas férias da escola e da faculdade[26], eles ficavam o tempo todo juntos. Os romances e todos os diversos métodos pelos quais os jovens na vida civilizada são levados a conhecer a existência das paixões antes de sentirem-nas de fato haviam gerado um forte efeito nele, que era tão peculiarmente suscetível a todas as ideias. Aos onze anos, Diana era sua companheira favorita de brincadeiras, mas ele já falava a linguagem do amor. Embora ela fosse quase dois anos mais velha do que ele, a natureza da sua educação fazia-a mais infantil, pelo menos no conhecimento e na expressão do sentimento; ela recebia as afirmações afetuosas dele com inocência e respondia-as sem saber o que queriam dizer. Ela não havia lido romances e só se relacionava com as irmãs mais novas, então como poderia saber a diferença entre amor e amizade? E, quando teve conhecimento o bastante para que fosse revelada a verdadeira natureza dessa relação com ela, já sentia afeições pelo amigo, e tudo o que temia era que outras atrações e inconstâncias fizessem-no quebrar seus votos de menino.

Mas eles ficavam a cada dia mais ardentes e tenros. Era uma paixão que crescera à medida que ele crescera; entrelaçara-se com cada uma de suas disposições, com cada sentimento, apenas para ser perdida com a vida. Ninguém sabia do amor deles, exceto seus dois corações; ainda assim, mesmo com todas as outras questões, e até nisso ele temia a reprovação de seus companheiros, por amar tanto assim alguém de fortuna inferior

---

[26] A passagem "Havia um cavalheiro [...] férias da escola e da faculdade" está em uma tira de papel colada na página 11 do manuscrito. Na margem, há dois fragmentos riscados, claramente partes do que está suplantado pelo trecho substituído: "um temperamento angelical e uma inteligência rápida e penetrante" e "suas visitas [...] à [...] casa dele eram longas, frequentes e alertas". Em *F of F-B*, Mary escreveu sobre a inteligência de Diana "que costuma ser chamada de masculina, pela sua firmeza e força". Esse adjetivo costumava ser dado à mente de Mary Wollstonecraft. A própria inteligência de Mary Shelley havia sido chamada de masculina por Leigh Hunt em 1817 no jornal *The Examiner*. A palavra também foi usada por um crítico literário da sua última obra publicada, *Rambles in Germany and Italy*, 1844 (ver Nitchie, *Mary Shelley*, p. 178).

à dele, nada era capaz, nem por um momento, de abalar seu propósito de unir-se com ela assim que conseguisse criar coragem o bastante para enfrentar aquelas dificuldades que estava determinado a superar.

Diana era completamente merecedora da sua mais profunda afeição. Poucos podiam gabar-se de ter um coração tão puro, e uma humildade de espírito muito real juntava-se a uma firme confiança à própria integridade dela e a uma fé na dos outros. Desde o nascimento, ela vivera uma vida isolada. Perdera a mãe muito nova, mas o pai se dedicara aos seus cuidados e à sua educação. Ele tinha muitas ideias peculiares que influenciavam o sistema que adotara em relação a ela. Ela conhecia bem os heróis da Grécia e de Roma, ou aqueles da Inglaterra que haviam vivido algumas centenas de anos atrás, mas era quase ignorante a respeito dos acontecimentos atuais: lera poucos autores que haviam escrito pelo menos nos últimos cinquenta anos, mas, com exceção desses, ela lia bastante. Sendo assim, embora parecesse menos introduzida aos mistérios da vida e da sociedade do que ele, o conhecimento dela era mais profundo e consolidado em fundamentos mais firmes; e, mesmo que sua beleza e doçura não o tivessem fascinado, seu intelecto teria deixado o dele em transe. Ele a admirava como seu guia, e sua adoração era tamanha que tinha prazer em aumentar, na própria mente, a sensação de inferioridade com a qual ela às vezes o impressionava[27].

Quando ele tinha dezenove anos, sua mãe morreu. Ele deixou a faculdade com isso e, livrando-se dos velhos amigos por um tempo, foi para os arredores de sua Diana e recebeu todo o consolo da sua doce voz e das suas mais queridas carícias. Essa breve separação dos seus companheiros deu-lhe coragem para declarar sua independência. Ele tinha uma sensação de que, fosse lá como pudessem zombar do seu futuro casamento, não ousariam demonstrar isso quando tivesse acontecido; portanto, buscando o consentimento do seu tutor, o qual conseguiu com alguma dificuldade, e do pai da futura esposa, que foi concedido com mais facilidade, sem contar

[27] A descrição de Diana em *Mathilda* é muito mais organizada e coerente do que em *F of F–B*.

para mais ninguém suas intenções, na época em que completou vinte anos já se havia tornado marido de Diana.

Ele a amava com paixão, e a ternura dela o encantava tanto que não lhe permitia pensar em nada além dela. Ele convidou alguns amigos da faculdade para visitá-lo, mas a futilidade deles lhe deu desgosto. Diana rasgara o véu que antes o mantivera na sua meninice: ele se tornara um homem e ficava surpreso com como pôde ter-se juntado aos jargões e às ideias de seus colegas de classe ou como, por um momento, temera a reprovação de pessoas como eles. Descartou as velhas amizades não por capricho, mas porque, de fato, não lhe eram dignas. Diana preencheu todo o seu coração: ele sentia como se, com sua união com ela, tivesse recebido uma alma nova e melhor. Ela o monitorava conforme ele aprendia quais eram os verdadeiros objetivos da vida. Foi por meio das suas queridas lições que ele abandonou suas velhas buscas e, aos poucos, tornou-se um entre seus companheiros; um membro distinto da sociedade; um patriota; e amante ilustrado da verdade e da virtude. Ele a amava pela sua beleza e amável disposição, mas parecia amá-la mais ainda pelo que considerava ser sua sabedoria superior. Eles estudavam e cavalgavam juntos; nunca se separavam, e raras eram as vezes que permitiam que outra pessoa lhes fizesse companhia.

Assim, meu pai, nascido na riqueza e sempre próspero, escalou, sem as dificuldades e as várias decepções que todos os seres humanos parecem destinados a encontrar, até o pináculo da felicidade. Ao seu redor, havia a luz do sol e nuvens, cujas belas sombras tornavam o futuro divino, escondendo dele a dura realidade que jazia sob elas. Desse ponto em diante, ele ficou totalmente frustrado ao, sem pensar, felicitar-se pela própria bem-aventurança. Quinze meses depois do casamento, eu nasci, e minha mãe morreu alguns dias depois do meu nascimento.

Uma irmã do meu pai estava com ele na época. Ela era quase quinze anos mais velha do que ele, fruto de um casamento anterior do seu pai. Quando o pai morreu, a irmã foi tomada pelas suas relações maternais: eles raramente haviam visto um ao outro e eram bem diferentes no temperamento. Essa tia, a cujos cuidados fui, mais tarde, entregue, diversas vezes relatou-me o efeito que essa catástrofe teve no caráter forte e sensível do meu pai. Desde o momento da morte da minha mãe até a partida dele, ela nunca o ouviu proferir uma palavra sequer: enterrado na mais profunda melancolia, ele não percebia mais ninguém; com frequência, por horas, dos seus olhos jorravam lágrimas ou uma tristeza mais pavorosa tomava conta dele. Todas as coisas externas pareciam ter perdido a existência para ele, e apenas uma particularidade conseguia, de certa forma, tirá-lo da sua inércia e de seu desespero mudo: ele nunca me via. Parecia insensível à presença de qualquer outra pessoa, mas se, como uma tentativa de despertar sua sensibilidade, minha tia me trouxesse para a sala, ele saía correndo no mesmo instante, com todos os sinais de fúria e perturbação. Depois de um mês, ele de repente abandonou a casa e, sozinho [*sic*], sem nenhum criado, saiu daquela região do país sem informar ninguém, nem por escrito, o que pretendia fazer. Minha tia só ficou aliviada da ansiedade em relação ao seu destino quando recebeu uma carta dele datada em Hamburgo.

Quantas vezes chorei por aquela carta que, até completar dezesseis anos de idade, era a única relíquia que eu tinha para lembrar-me dos meus pais. "Perdoe-me", estava escrito, "pela preocupação que não pude evitar dar-lhe: mas, enquanto eu estava nessa ilha infeliz, onde tudo respira o espírito *dela*, a quem perdi para sempre, um feitiço tomava conta de mim. Está acabado; abandonei a Inglaterra por muitos anos, talvez para sempre. Mas, para convencê-la de que um sentimento egoísta não é tudo o que se apodera de mim, ficarei nesta cidade até que você tenha feito, por carta, todos os ajustes que julgar necessários. Quando eu sair deste lugar, não espere mais notícias minhas, devo romper todas as ligações que, neste momento, existem. Devo tornar-me um viajante, um miserável desterrado, sozinho, sozinho!". Em outra parte da carta, ele me mencionou: "Quanto àquele triste serzinho que eu não podia ver e mal ouso mencionar, deixo-a sob a sua proteção. Cuide dela e trate-a com carinho: um dia, posso reivindicar que ela esteja com você; mas o futuro é obscuro, faça com que o presente seja algo feliz para ela".

Meu pai ficou três meses em Hamburgo; quando saiu de lá, mudou de nome, e minha tia nunca descobriu o novo nome que ele adotara, e só conseguia supor, por dicas vagas, que ele tomara a estrada da Alemanha e da Hungria para a Turquia[28].

Assim, aquele grande espírito que havia despertado o interesse e grandes expectativas de todos os que o conheciam e podiam valorizá-lo foi, de uma só vez, por assim dizer, extinto. A partir daquele momento, ele só vivia para si. Seus amigos lembravam-se dele como uma visão brilhante que nunca mais voltaria para eles. A memória do que ele fora desapareceu conforme os anos passaram; e ele, que antes fora parte deles e das suas esperanças, agora não era nem mais contado entre os seres viventes.

---

[28] A descrição do efeito da morte de Diana no marido é algo muito novo em *Mathilda*. *F of F–B* é, na verdade, incompleto; *F of F–A* contém um pouco desse material; *Mathilda* coloca-o em ordem e preenche as lacunas.

CAPÍTULO 2

Chego, agora, à minha própria história. Há pouco a ser relatado sobre a primeira parte da minha vida, e serei breve; mas devo ter permissão para demorar-me um pouco nos anos da minha infância para que possa ficar claro como, quando uma esperança fracassou, toda a vida ficou em branco; e como, quando a única afeição que eu era permitida a apreciar foi destruída, minha existência foi extinta com ela.

Eu disse que minha tia era muito diferente do meu pai. Acredito que, sem o menor toque de um coração maldoso, ela tinha o coração mais frio que já esteve em um peito humano: era totalmente incapaz de qualquer afeto. Ela me tomou sob sua proteção porque considerava isso seu dever; mas tinha vivido por tempo demais sozinha e sem ser perturbada pelo barulho e pela tagarelice de crianças para permitir que eu perturbasse seu silêncio. Ela nunca se casara; e, pelos últimos cinco anos, vivera perfeitamente sozinha em uma propriedade que havia herdado da mãe, nas margens do Lago Lomond, na Escócia. Meu pai expressara um desejo em suas cartas de que ela morasse comigo na mansão da família dele, que ficava em um belo campo perto de Richmond em Yorkshire. Ela não aceitou a proposta, mas, assim que resolveu as questões que a partida do irmão acabaram lançando sob os cuidados dela, saiu da Inglaterra e levou-me consigo para sua propriedade escocesa.

Enquanto eu era bebê e, depois disso, até eu completar oito anos de idade, quem cuidava de mim era uma criada da minha mãe, que nos acompanhara ao nosso lugar de retiro com esse propósito. Fui colocada em uma parte remota da casa e só via minha tia em horas determinadas. Isso ocorria duas vezes por dia: uma vez, por volta do meio-dia, ela vinha para o meu quarto, e outra vez, depois do almoço, eu era levada até ela. Ela nunca me fazia carinho e parecia, durante todo o tempo em que eu ficava na sala, temer que eu a irritasse com alguma excentricidade infantil. Minha bondosa ama sempre me instruía com o maior cuidado antes de se arriscar a entrar na sala de estar, e o respeito que os olhares frios da minha tia e suas poucas e coagidas palavras inspiravam era tamanho que eu raramente desonrava suas lições ou era seduzida a não seguir a calma exemplar que eu era orientada a observar durante essas visitas rápidas[29].

Sob os cuidados da minha boa ama, eu corria solta pelo nosso parque e pelos campos vizinhos. Fruto do mais profundo amor, eu demonstrava desde minha infância a grande sensibilidade de temperamento. Não consigo dizer o quanto eu amava todas as coisas, até mesmo os objetos inanimados que me cercavam. Acredito que eu tinha um apego individual a cada árvore do nosso parque; cada animal que habitava ali conhecia-me, e eu os amava. Quando algum deles morria, meu coração de criança ficava cheio de angústia. Não sei numerar quantos pássaros salvei durante os longos e rigorosos invernos daquele clima; ou as lebres e os coelhos que defendi dos ataques dos nossos cães ou dos quais cuidei quando se feriam por acidente.

Quando completei sete anos de idade, minha ama foi embora. Agora não me lembro do motivo da sua partida, se é que eu algum dia soube. Ela voltou para a Inglaterra, e as amargas lágrimas que derramou ao partir foram as

---

[29] Este parágrafo é uma elaboração da descrição da frieza da tia encontrada em *F of F–B*. Há apenas uma frase em *F of F–A*.

últimas que vi escorrerem por amor a mim durante muitos anos. Meu sofrimento foi terrível: eu não tinha nenhum outro amigo além dela no mundo todo. Aos poucos, reconciliei-me com a solitude, mas ninguém substituiu o lugar dela nos meus afetos. Eu vivia em um campo solitário em que

——— não havia ninguém para elogiar
E muito poucos para amar[30].

É verdade que, então, eu via minha tia um pouco mais, mas ela era, de todas as formas possíveis, um ser antissocial; e, para uma criança tímida, era como uma planta sob uma camada espessa de gelo: eu cortaria as mãos se tentasse chegar a ela. Então fiquei completamente à mercê dos meus próprios recursos. O clérigo vizinho ficou comprometido a ensinar-me leitura, redação e francês, mas ele não tinha família, e seus modos, até mesmo para mim, eram sempre perfeitamente característicos da profissão em cujas funções ele sobretudo brilhava, a de professor. Às vezes, eu me esforçava para fazer amizade com as garotas mais cativantes que moravam na aldeia vizinha; mas acho que eu nunca teria tido sucesso [até mesmo] se minha tia não tivesse intervindo com sua autoridade para impedir toda comunicação entre mim e os camponeses; pois ela tinha medo de que eu pegasse o sotaque e o dialeto escoceses, o que eu havia adquirido um pouco, embora os esforços fossem grandes para que minha língua não envergonhasse minha origem inglesa.

Conforme fui crescendo, minha liberdade aumentou com meus desejos, e meus passeios estenderam-se do nosso parque para os campos vizinhos. Nossa casa ficava às margens do lago, e o gramado ia até a beira dele. Eu vagueava pelo panorama ermo daquele adorável campo e tornei-me uma completa montanhesa: passava horas no cume íngreme de uma montanha que se projetava sobre uma cachoeira ou ia remando sozinha em um

[30] William Wordsworth. (N.A.)

barquinho de remo até alguma das ilhas. Ficava perambulando eternamente por aqueles adoráveis lugares solitários, juntando flor após flor

Ond' era pinta tutta la mia via[31]

cantando como podia as melodias extraordinárias do campo ou ocupada com agradáveis devaneios. Meu maior prazer era aproveitar um céu sereno em meio àqueles bosques verdejantes; eu ainda amava todas as mudanças da natureza; a chuva, a tempestade e as belas nuvens do céu traziam consigo seus encantos. Quando embalado pelas ondas que se formavam no lago, meu ânimo erguia-se em triunfo como um cavaleiro sente com orgulho os impulsos do seu corcel bem alimentado.

Mas meus prazeres vinham apenas da contemplação da natureza; eu não tinha companhia: minhas ternas afeições, não encontrando retorno de nenhum outro coração humano, eram obrigadas a ser desperdiçadas em objetos inanimados[32]. Às vezes, de fato, eu chorava quando minha tia recebia meus carinhos com uma frieza repulsiva e quando eu olhava à minha volta e não encontrava ninguém para amar; mas logo secava minhas lágrimas. À medida que fui crescendo, os livros, de certa forma, supriram o lugar da relação humana; a biblioteca da minha tia era muito pequena: Shakespeare, Milton, Pope e Cowper eram os estranhamente [*sic*] variados poetas da sua coleção; e, entre os autores de prosa, uma tradução das histórias antigas de Livy e Rollin era a minha favorita, embora, conforme minha infância foi passando, eu tenha encontrado outros autores muitíssimo interessantes que antes negligenciara por achá-los maçantes.

Quando eu tinha doze anos de idade, minha tia decidiu que eu deveria aprender música; ela mesma tocava harpa. Foi com muita hesitação que

---

[31] Dante. (N.A.)

[32] A descrição do amor de Mathilda pela natureza e pelos animais é elaborada a partir dos dois primeiros rascunhos. O efeito que gera, assim como o do acréscimo anterior (ver nota 29), é de ênfase à solidão de Mathilda. Sobre a temática da solidão na obra de Mary Shelley, ver Nitchie, *Mary Shelley*, p. 13-17.

ela se convenceu a assumir o papel de ensinar-me; ainda assim, crendo que essa realização era uma parte necessária da minha educação e avaliando os males dessa decisão ou de ter alguém na casa para ensinar-me, submeteu--se à inconveniência. Foi enviada uma harpa para que eu não tivesse que tocar a dela, e comecei; ela me achou obediente e, quando aprendi os primeiros fundamentos, uma aluna muito apta. Ganhei, na minha harpa, uma companheira para os dias chuvosos; um doce calmante para meus sentimentos quando qualquer incidente adverso os perturbava; eu costumava dirigir-me a ela como minha amiga; podia derramar diante dela minhas esperanças e meus amores e imaginava que suas doces melodias me respondiam. Mencionei, agora, todos os meus estudos.

Eu era um ser solitário e, desde a infância, desde que minha querida ama me deixou, eu fora uma sonhadora. Trouxera Rosalind e Miranda e a *lady* de Comus à vida para serem minhas companheiras, ou então interpretava os papéis delas na minha ilha, imaginando-me nas suas situações. Então, afastava-me das fantasias dos outros e criava afetos e intimidades com as criações imaginárias da minha cabeça, mas, ainda me agarrando à realidade, nomeava essas concepções e protegia-as, na esperança de que se realizassem. Eu me atinha à memória dos meus pais; minha mãe eu nunca veria, pois ela estava morta; mas a ideia do [meu] infeliz e errante pai era a imagem da minha imaginação. Eu concedia a ele todas as minhas afeições; havia uma miniatura dele para a qual eu sempre olhava; copiei a sua última carta e lia-a repetidas vezes. Algumas vezes, ela me fazia chorar; e outras, eu repetia aquelas palavras em êxtase: "Um dia, posso reivindicar que ela esteja com você". Eu seria seu consolo, sua companheira nos anos por vir. Minha visão favorita era a de que, quando eu crescesse, deixaria minha tia, cuja frieza embalava minha consciência e, disfarçada de menino, eu sairia procurando meu pai pelo mundo. Minha imaginação agarrava-se à cena do nosso reconhecimento; a miniatura dele, que eu deixaria continuamente exposta no meu peito, seria o meio de isso acontecer, e eu imaginava o momento na minha cabeça milhares e milhares de vezes, sempre variando as circunstâncias. Às vezes, seria em um deserto; em uma cidade populosa; em um baile; talvez, nós nos encontraríamos em um barco; e suas primeiras palavras sempre eram: "Minha filha, eu a amo!". Quantos momentos de êxtase passei nesses sonhos! Quantas lágrimas derramei; quantas vezes dei altas risadas[33].

Essa foi a minha vida por dezesseis anos. Aos catorze e quinze anos, eu pensava com frequência que havia chegado o tempo em que deveria começar minha peregrinação, a qual eu havia convencido a mim mesma a acreditar que era o meu dever urgente; mas uma relutância em deixar minha tia, um remorso pelo sofrimento que lhe causaria, que eu não conseguia esconder de mim mesma, sempre me impedia. Às vezes, quando eu planejara a manhã seguinte para fugir, uma palavra de afeto mais do que o normal da boca dela fazia-me adiar minha decisão. Eu me reprovava com amargura pelo que chamava de uma fraqueza culpável; mas essa fraqueza retornava a mim sempre que o momento crítico se aproximava, e nunca encontrei a coragem para partir[34].

---

[33] Este parágrafo é uma revisão de *F of F–B*, que é incompleto. Não há nada em *F of F–A* e apenas uma frase riscada em *S-R fr.* Nenhum dos primeiros rascunhos discorre sobre seus planos de juntar-se ao pai.

[34] O parágrafo final do Capítulo II é completamente novo.

CAPÍTULO 3

Foi no meu aniversário de dezesseis anos que minha tia recebeu uma carta do meu pai. Não consigo descrever a turbulência das emoções que me tomaram enquanto eu a lia. Havia sido enviada de Londres; meu pai havia retornado[35]! Eu só conseguia aliviar minha emoção com lágrimas, lágrimas de pura alegria. Ele retornara e escreveu para saber se minha tia iria para Londres ou se ele deveria visitá-la na Escócia. Como eram deliciosas para mim as palavras da carta que me diziam respeito: "Não consigo dizer-lhe", estava escrito, "como desejo ardentemente ver minha Mathilda. Vejo-a como a criatura que dará forma à felicidade da minha vida futura; ela é a única coisa existente na Terra que me interessa. Mal consigo impedir a mim mesmo de ir às pressas neste mesmo instante até sua casa, mas preciso ficar aqui por mais uma semana e estou escrevendo porque, se você vier para cá, posso vê-la um tanto antes". Eu lia essas palavras com olhos vorazes; beijei-as, chorei sobre elas e exclamei: "Ele vai me amar!".

[35] A descrição do retorno do pai de Mathilda é revisada daquela em *F of F–A*. *F of F–B* só tem algumas frases incompletas, rabiscadas. Ela é retomada com o parágrafo que se inicia em: "Meu pai havia mudado muito pouco".

Minha tia não quis fazer uma viagem tão longa e, duas semanas depois, recebemos outra carta do meu pai, enviada de Edimburgo; ele escreveu que estaria conosco em três dias. Conforme se aproximava, seu desejo de ver-me, ele disse, ficava cada vez mais ardente, e sentia que o momento em que me tomasse pela primeira vez em seus braços seria o mais feliz de sua vida.

Como esses três dias foram enfadonhos para mim! Perdi o sono e o apetite; só conseguia ler e reler a carta dele e, na solidão do bosque, imaginar o momento do nosso encontro. Na véspera do terceiro dia, fui mais cedo para meu quarto; não consegui dormir, mas fiquei andando a noite toda no meu aposento e, como se pode fazer na Escócia no meio do verão, assisti à trilha carmim do sol enquanto ele quase circundava o horizonte setentrional. Quando o dia raiou, fui depressa ao bosque; as horas passaram enquanto me entreguei aos sonhos fantásticos que davam asas aos passos indolentes do tempo e aliviavam minha ávida impaciência. Meu pai chegaria ao meio-dia, mas, quando eu quis voltar para encontrá-lo, percebi que me perdera; parecia que, a cada tentativa de achar o caminho, eu só ficava mais envolvida nas complexidades do bosque, e as árvores escondiam todas as trilhas pelas quais eu podia ser guiada[36]. Fui ficando mais impaciente e chorei; [*sic*] e torcia as mãos, mas ainda não conseguia encontrar meu caminho.

Já havia passado das duas horas quando, em uma virada repentina, encontrei-me perto do lago próximo a uma angra em que um barquinho estava atracado. Não era longe da nossa casa, e vi meu pai e minha tia andando no gramado. Com um pulo, entrei no barco e, bem acostumada a usá-lo, levei-o para longe da margem e coloquei toda a minha força no remo para atravessar o lago. Enquanto eu me aproximava, vestida de branco, coberta apenas pela minha roupa tartã, com o cabelo caindo sobre os ombros e remando com a maior velocidade que poderia no meu barco, meu pai com frequência me disse que eu parecia mais um espírito do que uma donzela humana. Aproximei-me da margem, meu pai segurou o barco, dei um leve pulo para fora dele e, no momento seguinte, estava em seus braços.

---

[36] Isso simboliza a vida posterior de Mathilda.

E então comecei a viver. Tudo à minha volta mudou, de uma uniformidade enfadonha à mais brilhante cena de alegria e prazer. A felicidade que eu aproveitava na companhia do meu pai muito excedia às minhas expectativas otimistas. Ficávamos o tempo todo juntos; e os assuntos das nossas conversas eram inesgotáveis. Ele passara os dezesseis anos de sua ausência em nações quase desconhecidas para a Europa; vagueara pela Pérsia, pela Arábia e pelo norte da Índia e penetrara em habitações dos nativos com uma liberdade permitida a poucos europeus. Passávamos deliciosas horas em seus relatos dos modos deles, suas anedotas e descrições dos cenários, quando estávamos cansados de falar dos nossos próprios planos de vida futuros.

A voz de afeto era tão nova para mim que me agarrei com deleite às suas palavras quando ele me disse o que sentira a respeito de mim durante esses longos anos de aparente esquecimento. "No início", disse ele, "eu não conseguia suportar pensar na minha pobre garotinha; mas, depois, conforme o luto foi passando e a esperança visitou-me de novo, eu só conseguia pensar nela e, em meio às cidades e aos desertos, a sua graciosa forma, como eu a imaginava, sempre passava rapidamente diante de mim. A brisa do Norte, ao refrescar-me, era mais doce e perfumada porque parecia carregar um pouco do seu espírito consigo. Eu pensava com frequência que voltaria no mesmo instante e a levaria comigo para alguma ilha fértil, em que viveríamos em paz para sempre. Quando eu retornava, minhas ardentes esperanças eram destruídas por tantos medos; minha impaciência tornou-se, no mais alto grau, dolorosa. Eu não ousava pensar que o sol brilharia e a lua apareceria não no seu corpo com vida, mas no seu túmulo. Mas não, não foi isso que aconteceu; tenho minha Mathilda, meu consolo e minha esperança".

Meu pai havia mudado muito pouco do que me descrevera sobre como era antes de seus infortúnios. É a relação com a sociedade civilizada, a decepção das esperanças nutridas, a falsidade dos amigos ou o conflito perpétuo de paixões más que mudam o coração e sufocam o ardor dos sentimentos da juventude; vagueações solitárias em um país ermo, em meio a pessoas de maneiras simples ou selvagens, pode endurecer o corpo, mas não domar a alma ou extinguir o ardor e frescor de sentir-se ligado à juventude. O sol abrasador da Índia e a liberdade de todos os impedimentos haviam, em vez disso, aumentado a energia de seu caráter: antes, ele se curvava; agora, não tolerava nenhuma censura, a não ser a da sua própria mente. Havia visto tantos costumes e testemunhado tamanha variedade de crenças morais que fora obrigado a formar uma independente para si mesmo, que não tinha relação com as noções próprias de nenhum país; seus preconceitos iniciais, é claro, influenciaram seu julgamento na formação dos seus princípios, e algumas ideias novas da faculdade misturaram-se estranhamente às mais profundas deduções da sua mente penetrante.

O vazio que seu coração suportou de qualquer interesse profundo na vida durante a longa ausência do seu país natal tivera um efeito único em suas ideias. Havia uma curiosa sensação de fantasia ligada por ele à sua vida estrangeira em comparação com os anos de sua juventude. Todo o tempo que ele passara fora da Inglaterra foi como um sonho, e todo o interesse da sua alma, todos os seus afetos pertenciam a eventos que haviam acontecido e a pessoas que haviam existido dezesseis anos antes. Era estranho, ao ouvi-lo falar, ver como ele passara esse período como em uma noite de visões, enquanto as lembranças da juventude, que ficavam separadas da sua vida posterior, não haviam perdido nada do seu vigor. Ele falava sobre a minha mãe como se ela estivesse viva há apenas algumas semanas antes; não que expressasse um sofrimento agudo, mas sua descrição dela e seu relato de todas as anedotas relacionadas a ela eram fervorosos e vívidos.

Em tudo isso, havia uma estranheza que me atraía e encantava. Era como se ele tivesse agora despertado de seu longo e imaginário sonho, e sentia como se fosse um dos sete dormentes ou como Nourjahad[37], naquela doce

[37] *Illusion, or the Trances of Nourjahad*, um melodrama, foi apresentado no teatro Drury Lane, em Londres, em 25 de novembro de 1813. Era anônimo, mas foi atribuído por alguns críticos a Byron, que negou, indignado. Ver Byron, *Letters and Journals*, editado por Rowland E. Prothero (6 volumes. Londres: Murray, 1902-1904), II, 288.

imitação de um conto oriental: Diana havia partido; seus amigos haviam mudado ou estavam mortos; e agora, no seu despertar, eu era tudo o que ele tinha para amar na Terra.

Como me eram queridas as águas, as montanhas e os bosques do Lago Lomond agora que eu tinha um companheiro tão amável para minhas perambulações. Visitei com meu pai cada lugar encantador, tanto nas ilhas quanto ao lado das cachoeiras protegidas por árvores; cada caminho duvidoso ou desfiladeiro emaranhado de vegetação rasteira e samambaias. Minhas ideias eram expandidas por suas conversas. Eu sentia como se tivesse sido recriada e tivesse em mim todo o frescor e a vida de um novo ser: fora, por assim dizer, transportada, desde sua chegada, de um local estreito da Terra para um universo infinito à imaginação e ao entendimento. Minha vida antes havia sido como um agradável riacho do campo, nunca destinado a sair das suas regiões nativas, a não ser quando seu dever havia sido cumprido em silêncio para ser absorto e não deixar nenhum rastro. Agora, parecia-me um rio diverso fluindo por meio de uma paisagem fértil e adorável, sempre evoluindo e sempre lindo. Ai! Eu não sabia o deserto ao qual estava prestes a chegar, as rochas que cortariam suas águas e o cenário horrendo que seria refletido de um jeito mais distorcido nas suas ondas. A vida estava, naquele momento, brilhante; comecei a aprender a ter esperança, e o que traz um desespero mais amargo ao coração do que a esperança destruída?

Não é estranho[38] que o sofrimento venha tão logo após uma felicidade tão divina? Bebi de um copo encantado, mas tinha fel no final de sua longa doçura. Meu coração estava cheio de profundo afeto, mas calmo pela sua grande profundidade e plenitude. Eu não tinha ideia de que a tristeza poderia nascer do amor, e essa lição que todos, por fim, devem aprender

[38] Este parágrafo está em *F of F–B*, mas não em *F of F–A*. Na margem de *F of F–A*, no entanto, está escrito: "Não foi da árvore do conhecimento do bem e do mal que comi, pois nenhum mal seguiu-se; deve ter sido da árvore da vida, que cresce bem ao lado dela, ou...". Talvez fosse pretendido que essa frase estivesse no parágrafo anterior, depois de "Minhas ideias eram expandidas pelas suas conversas". Então, quando esse parágrafo foi adicionado, o símbolo, claramente alterado, foi incluído aqui.

foi-me ensinada de uma maneira que poucos são obrigados a lhe obedecer. Lamento agora, e devo sempre lamentar, por aqueles poucos meses de alegria paradisíaca; não desobedeci a nenhuma ordem, não comi maçã alguma e, no entanto, fui afastada dela sem nenhuma piedade. Ai! Meu companheiro fez isso, e fui impelida à ruína em sua queda[39]. Mas estou divagando em meu relato; deixe que a angústia chegue na hora certa; ainda posso, neste estágio da minha história, falar da minha felicidade.

Três meses passaram-se nessa relação deliciosa, quando minha tia adoeceu. Fiquei um mês no seu aposento cuidando dela, mas sua doença era mortal, e ela faleceu, deixando-me, por um tempo, inconsolável; a morte é tão temível aos seres viventes[40]; as correntes do hábito são tão fortes que, mesmo quando o afeto não as liga, o coração fica agonizando quando se quebram. Mas meu pai estava ao meu lado para consolar-me e afastar as memórias amargas com esperanças luminosas; achei até bom o luto para que ele pudesse secar minhas lágrimas.

Então, mais uma vez, ele distraiu meus pensamentos da minha angústia ao compará-la com o seu desespero quando perdeu minha mãe. Até mesmo naquele momento, eu me arrepiava diante da imagem que ele fazia das suas paixões: ele tinha a imaginação de um poeta e, ao descrever o furacão que dilacerara seus sentimentos na época, dava às suas palavras uma vida tão fulgurante que eu acreditava enquanto tremia. Eu me perguntava como ele poderia ter entrado de novo nos ofícios da vida depois que seus pensamentos soltos pareceram ter-lhe dado uma afinidade com o sobrenatural; enquanto ele falava, eram tão tremendas as ideias que transmitia que parecia que o coração humano era limitado demais para entendê-las. Seus sentimentos pareciam mais bem adequados a um espírito cuja habitação é o terremoto e o vulcão do que para um confinado a um corpo mortal e

[39] Aqui, o manuscrito de *F of F–B* é interrompido e só é retomado com o encontro de Mathilda com Woodville.

[40] Ao final da história (p. 79), Mathilda diz: "A morte é algo terrível demais para os seres viventes". Mary estava pensando na morte dos seus dois filhos.

à forma humana. Mas aquelas eram meras memórias; ele havia mudado desde então. Ele era puro amor e mansidão, agora; e, quando eu erguia os olhos em admiração a ele enquanto falava, o sorriso nos seus lábios dizia-me que seu coração estava possuído pelas mais gentis paixões.

Dois meses após a morte da minha tia, mudamo-nos para Londres, para onde fui levada pelo meu pai para aprofundar-me nos estudos que antes me haviam mantido ocupada. Meu aperfeiçoamento era o seu prazer; ele ficava comigo durante todos os meus estudos e assistia-me ou juntava-se a mim em todas as aulas. Vimos bastante gente da sociedade, e não se passava um dia em que meu pai não tentasse embelezar com algum novo divertimento. O carinhoso apego que ele tinha por mim e o amor e a veneração com os quais eu retribuía isso lançavam um encanto sobre cada momento. As horas passavam lentamente, já que cada minuto era ocupado; vivemos mais em uma semana do que muitos vivem ao longo de vários meses, e a variedade e novidade dos nossos prazeres deleitava-nos.

Fazíamos excursões juntos constantemente. E, quer fosse para visitar lindas paisagens, quer fosse para ver belas pinturas, ou, às vezes, com nenhum objetivo além de buscar a diversão que pudesse aparecer, eu era sempre feliz quando estava perto do meu pai. Ficava desapontada sempre que mais alguma pessoa juntava-se a nós; no entanto, se eu olhasse para meu pai com um olhar perturbado, seus olhos fixos em mim e radiantes com ternura restauravam, no mesmo instante, a alegria ao meu coração. Ah, horas de intenso prazer! Curtas como foram, vocês são tão longas para mim quanto uma vida inteira quando olho para trás em meio a toda a angústia que se levantou logo após, como se para tirá-las da minha vista. Ai! Vocês foram as últimas horas de felicidade que tive; mais algumas poucas semanas e tudo foi destruído. Como Psiquê[41], vivi, por um tempo, em um palácio encantado, em meio a fragrâncias, músicas e todos os prazeres

[41] Mary havia lido a história de Cupido e Psiquê de Apuleio em 1817 e fizera uma tradução para o italiano, cujo manuscrito está agora na Biblioteca do Congresso dos Estados Unidos. Ver *Journal*, p. 79, 85-86.

luxuosos; quando, de repente, fui deixada em uma rocha infrutífera; um vasto oceano de desespero veio sobre mim: acima dele, tudo era escuro, e meus olhos fecharam enquanto eu ainda morava em uma morte universal. Ainda assim, eu não me apressaria; pausaria para sempre nas lembranças daquelas felizes semanas; repetiria cada palavra e o quanto delas eu me lembrasse, gravaria cada encantamento daquela habitação irreal. Mas não, minha narrativa deve continuar; deve ser tão rápida quanto meu destino. Só posso descrever em poucas, embora fortes, expressões minha precipitada e irremediável mudança da felicidade para o desespero[42].

[42] O final deste parágrafo deu muito trabalho para Mary. Em *F of F–A*, após as palavras "minha narrativa deve", ela desenvolve uma ilustração elaborada: "seguir o riacho que corre apressado – e, no momento, esse riacho era precipitado por uma queda opressora dos agradáveis vales através dos quais serpenteava – em direção a terríveis precipícios, a uma escuridão deserta e desesperada". Esse trecho, o final original do capítulo, foi riscado, e uma versão nova e simplificada que, com alguns cortes e alterações, tornou-se a usada em *Mathilda* foi escrita nas margens das duas páginas (folhas 57 e 58). Essa revisão é um bom exemplo da melhora frequente do estilo de Mary por meio da omissão de trechos rebuscados.

CAPÍTULO 4

Entre nossos visitantes mais assíduos, estava um jovem de prestígio, bem informado e bastante agradável. Depois de passarmos algumas semanas em Londres, sua atenção a mim ficou mais evidente, e suas visitas, mais frequentes. Eu estava ocupada demais nos meus próprios afazeres e sentimentos para prestar muita atenção a isso e, então, de fato, mal percebi mais do que o mínimo possível o que estava acontecendo à minha volta; mas agora me lembro de que meu pai ficava agitado e inquieto sempre que essa pessoa visitava-nos e de que, quando conversávamos juntos, ele nos vigiava com a maior e mais clara ansiedade, embora ele mesmo mantivesse um profundo silêncio. Por fim, essas detestáveis visitas acabaram de uma vez, mas devo marcar daquele momento em diante a mudança do meu pai: uma mudança que me faz tremer só de lembrar e, então, enche-me do mais profundo pesar. Não havia nada que pudesse retardar minha queda da felicidade para a miséria; foi como o cair de um raio: repentino e completo[43].

[43] Em *F of F–A*, segue-se uma passagem que foi riscada e não aparece em *Mathilda*: "Tentei, com um linguajar um tanto ineficaz, descrever o excesso do que posso quase chamar de minha adoração pelo meu pai; você pode, então, de um leve modo, imaginar meu desespero quando percebi que ele se afastou [de mim] e que todas as artimanhas que usei para despertar de novo seu amor perdido

Ai! Eu, agora, encontrava carrancas onde antes recebia apenas sorrisos; meu amado pai afastou-me dele e tratava-me ou com aspereza, ou com uma frieza de partir ainda mais o coração. Não tínhamos mais aquelas doces trocas de ideias; e, quando eu o tentava conquistar de novo, sua ira e as terríveis emoções que ele demonstrava levavam-me ao silêncio e às lágrimas.

Tudo isso foi de repente. Havíamos passado o dia anterior sozinhos no campo; lembro que ele falara sobre viagens futuras que faríamos juntos... Havia um ávido deleite nos nossos tons de voz e gestos que só poderia surgir do amor profundo e mútuo reunido à mais irrestrita confiança[;] e então, no dia seguinte, na hora seguinte, vi suas sobrancelhas franzidas, os olhos fixos no chão, em uma fúria taciturna, e sua voz tão gentil e querida fazia-me arrepiar quando ele falava comigo. Com frequência, quando minha imaginação divagante trazia, com suas variadas imagens, ora consolo, ora exacerbação do sofrimento ao meu coração[44], comparei-me a Proserpina, que estava feliz e distraída colhendo flores na bela planície de Enna, quando o rei do Inferno arrebatou-a para as moradas da morte e da miséria. Ai! Eu, que ultimamente não conhecia nada além da alegria de viver; que dormira apenas para sonhar doces sonhos e acordara para uma felicidade incomparável, agora passava meus dias e minhas noites em prantos. Eu, que procurei e encontrei alegria no semblante amoroso do meu pai, agora, quando ousava olhá-lo com súplica no olhar, recebia sempre como resposta uma carranca irada. Eu não ousava falar com ele; e quando, às vezes, conseguia coragem para encontrá-lo e perguntar-lhe uma explicação, uma olhada no rosto dele, onde um caos de fúria poderosa parecia sempre estar em conflito, fazia-me tremer e recolher-me ao silêncio. Fui arremessada do céu para a terra como um simples pardal agarrado por um

fizeram-no –". Esse é um bom exemplo da revisão frequente de Mary em busca do melhor, ao omitir o óbvio e expositivo. Mas o trecho também tem um interesse intrínseco. A "adoração" de Mathilda pelo pai pode ser comparada ao sentimento de Mary por Godwin. Em uma carta não publicada (1822) a Jane Williams, ela escreveu: "Até eu conhecer Shelley, eu [podia?] justamente dizer que ele era meu Deus, e lembro-me de muitos exemplos infantis do excesso de apego que eu tinha nele". Ver Nitchie, *Mary Shelley*, p. 89 e nota 9.

44 Ver o relato das obras da Fantasia no capítulo de abertura de *F of F–A* (ver p. 90-102) com a nota 3 de *The Fields of Fancy*.

falcão; meus olhos ficavam inundados, e minha cabeça, desnorteada com a aparição repentina da tristeza. Dia após dia[45] passavam marcados apenas pelas minhas queixas e lágrimas; diversas vezes eu elevava a minha alma orando, em vão pedindo por uma queda mais leve da alegria à angústia ou que, se isso me fosse recusado, fosse-me permitido morrer e desaparecer para sempre sob a cruel rajada que me arrastou,

——— pois o que eu deveria fazer aqui,
Como uma flor decadente, ainda murchando
Com as palavras amargas dele, cujo agradável calor
Deveria dar vida ao meu pobre coração?[46]

Às vezes, eu dizia a mim mesma que aquilo era um encantamento e que eu deveria lutar contra isso. Que meu pai estava cego por alguma visão maligna que eu deveria remover. E então, como Davi, eu tentava usar a música para vencer o espírito mal que estava nele; e certa vez, enquanto eu cantava, ergui os olhos em direção a ele e vi os dele fixos em mim, cheios de lágrimas; todos os seus músculos pareciam relaxados a uma ternura. Dei um salto em direção a ele com um grito de alegria e me teria atirado em seus braços, mas ele me empurrou para longe com aspereza e saiu. E, até mesmo com esse incidente, ele adquiriu uma nova melancolia e uma dureza de conduta adicional.

Há muitos incidentes que eu poderia relatar que mostravam seu enfermo, porém incompreensível, estado de espírito; mas mencionarei um deles que ocorreu enquanto estávamos na companhia de várias outras pessoas. Nessa ocasião, arrisquei-me a dizer que achava que *Mirra* era a melhor tragédia de Alfieri; ao falar isso, ousei olhar para meu pai e encontrei

---

[45] Este trecho que começa com "Dia após dia" e termina com a citação não está em *F of F–A*, mas está em *S-R fr.* A citação é de *The Captain*, de John Fletcher e um colaborador, possivelmente Massinger. Esses versos do Ato 1, Cena 3 são parte de um discurso de Lelia a seu amado. Mais tarde na peça, Lelia tentar seduzir o pai, o que pode ser um motivo para Mary ter selecionado os versos.

[46] Peça *The Captain*, de John Fletcher. (N.A.)

seus olhos: pela primeira vez, a expressão daqueles amados olhos trouxe-me desprazer, e vi, com terror, que todo o seu corpo tremia com alguma emoção escondida que, apesar dos seus esforços, meio que o dominara; conforme esse tumulto desapareceu da sua alma, ele ficou melancólico e quieto. Todos os dias, acontecia alguma nova cena, e ele mostrava uma mente que trabalhava como se fosse com um espanto desconhecido que agora ele conseguia dominar, mas que, às vezes, ameaçava destruir sua razão e lançar o brilho de sua inteligência a um perpétuo caos.

Não me alongarei mais do que preciso nessas circunstâncias desastrosas[47]. Posso desperdiçar dias descrevendo a ansiedade com que assisti a cada mudança de condição passageira que prometia dias melhores e o desespero com que percebi que cada esforço meu piorava sua aparente loucura. Para relatar toda a minha angústia, posso muito bem tentar contar as lágrimas que caíram destes olhos ou cada sinal que partiu meu coração. Serei breve, pois há em tudo isso um tal horror que não suportará muitas palavras, e quase morro uma segunda vez enquanto trago essas tristes cenas à memória. Ah, meu amado pai! De fato, o senhor fez-me miserável além do que palavras podem expressar, mas como, até mesmo na época, eu o perdoei de verdade, e como o senhor possuía todo o meu coração enquanto eu tentava, como um arco-íris reflete em uma cachoeira[48,49], diminuir os seus tremendos sofrimentos.

Foi assim que essa mudança aconteceu. Pareço, talvez, ter pulado muito de repente para a descrição, mas foi assim, de repente, que ela aconteceu.

---

[47] Neste ponto (folha 56 do caderno), começa uma longa passagem que continua até o Capítulo V, em que a perturbação emocional de Mary em escrever sobre a mudança no pai de Mathilda (representando tanto Shelley quanto Godwin?) fica à mostra nas páginas do manuscrito. Elas parecem mais o primeiro rascunho do que a cópia fiel. Há vários deslizes da pena, correções nas frases e na estrutura das orações, travessões em vez de outros sinais de pontuação, um grande borrão de tinta na folha 57, um grande trecho apagado (ver nota 54).

[48] Lorde Byron (N.A.)

[49] Na margem de *F of F–A* Mary escreveu, "Ch[de] Harold de lorde B.". A referência é às estrofes 71 e 72 do Canto IV. Byron compara o arco-íris na cachoeira primeiro a uma "Esperança em um leito de morte" e, por fim, *Parecendo, em meio à cena torturante, / O amor vendo a Loucura com imutável semblante.*

Em uma frase, passei da ideia de uma felicidade indizível àquela de uma angústia indizível, mas elas foram intimamente ligadas desse jeito. Havíamos ficado cinco meses em Londres, três de alegria e dois de tristeza. Meu pai e eu agora raramente ficávamos sozinhos ou, se ficávamos, ele no geral ficava em silêncio, com os olhos fixos no chão, aqueles globos escuros em que antes eu me deleitava em ler todo o doce e gentil sentimento ofuscados da minha vista pelas pálpebras e longos cílios que os rodeavam. Quando tínhamos companhia, ele fingia estar feliz, mas eu chorava ao ouvir sua risada vazia, iniciada com um sorriso vago e, com frequência, fechando-se em um amargo riso de desdém como nunca antes desse período fatal retorcera seus lábios. Quando havia outras pessoas ali, ele costumava falar comigo, e seus olhos sempre seguiam meus menores movimentos. Sempre que falava comigo, era de um jeito frio e tenso, embora sua voz tremesse quando ele percebia que todo o meu coração sufocava a resposta a palavras proferidas de um modo que ainda era novo para mim.

Mas os dias de melancolia pacífica eram raros; eles costumavam ser interrompidos por erupções de raiva que me levavam como uma canoa fraca em um mar tempestuoso em busca de uma angra para abrigar-se; mas os ventos sopravam do meu refúgio nativo, e eu era lançada para longe, tão longe até que, destruída, eu perecesse quando a tempestade tivesse passado e o mar estivesse aparentemente calmo. Não sei se consigo descrever suas emoções: às vezes, meu pai só as denunciava com uma palavra ou um gesto, e então ia para seu aposento, e eu me arrastava para o mais perto que ousava e ouvia, com medo, cada som, temendo ainda mais, porém, um silêncio repentino, temendo não sabia o quê, mas sempre cheia de medo.

Foi depois de um dia tremendo em que os olhos dele me encararam como um raio e sua voz, afiada e enfraquecida, parecia incapaz de expressar a extensão da sua emoção que, à noite, quando eu estava sozinha, ele se juntou a mim com um semblante calmo e, não percebendo minhas lágrimas, as quais sequei bem rápido quando se aproximou, disse-me que em três dias [*sic*] ele pretendia ir comigo para sua propriedade em Yorkshire e, pedindo que me preparasse, saiu depressa, como se estivesse com medo de ser questionado.

Essa determinação da parte dele surpreendeu-me. Essa propriedade era aquela em que ele morara na infância, perto da qual minha mãe morou quando criança; esse foi o cenário dos seus amores juvenis e onde haviam vivido após se casarem; em dias mais felizes, meu pai dissera-me com frequência que, embora pudesse parecer desacostumado do seu sofrimento de viúvo e livre das lembranças amargas em outro lugar, ainda assim ele nunca ousaria visitar o local em que aproveitara a companhia dela ou confiar em si mesmo para ver os aposentos que há tantos anos eles haviam habitado juntos, as ruas favoritas dela, os jardins e as flores que ela se deleitava em cultivar. E naquele momento, enquanto sofria de uma intensa tristeza, ele decidiu mergulhar com ainda mais intensidade e empenhar-se em uma emoção mais forte do que aquela que já o destruía. Fiquei perplexa e muito ansiosa para saber o que isso queria pressagiar; ah, o que poderia ser, senão ruína!

Vi meu pai poucas vezes durante esse intervalo, mas ele parecia mais calmo, embora não menos infeliz do que antes. No terceiro dia de manhã, ele me informou de que havia decidido ir para Yorkshire sozinho primeiro, e que eu deveria segui-lo depois de duas semanas, a menos que ouvisse algo dele que contrariasse esse comando. Partiu no mesmo dia, e quatro dias depois recebi uma carta do seu mordomo dizendo-me, em seu nome, para juntar-me a ele o mais rápido possível. Depois de viajar dia e noite, cheguei com um coração ansioso, porém esperançoso, pois por que ele me chamaria se fosse só para evitar-me e tratar-me com a aparente aversão com que me tratara em Londres? Encontrei-o a uma distância de quase cinquenta quilômetros da nossa mansão. Ele estava com um comportamento triste; por um momento, pareceu feliz em ver-me e, então, parou de repente, como se não quisesse revelar seus sentimentos. Ficou quieto durante o trajeto até a casa, mas estava com um jeito mais gentil do que antes, e pensei ter visto uma brandura em seus olhos que me deu esperança.

Ao chegarmos, depois de descansarmos um pouco, ele me mostrou a casa e os aposentos que minha mãe ocupara. Embora mais de dezesseis anos houvessem se passado desde sua morte, nada mudara; sua caixa com coisas do trabalho, sua escrivaninha ainda estavam lá, e, no quarto dela, havia um livro aberto na mesa, do jeito como ela o deixara. Meu pai ressaltou essas circunstâncias com um semblante sério e inalterado, apenas vez ou outra fixando os olhos fundos e claros em mim; havia algo estranho e medonho em seu olhar que me dominou e, apesar de não querer, chorei, e ele nem tentou consolar-me, mas vi seus lábios estremecer, e os músculos do seu semblante pareciam contorcer-se.

Andamos juntos nos jardins e, à noite, quando eu ia retirar-me, pediu-me que ficasse e lesse para ele; e antes disse: "Na última vez que estive aqui, sua mãe leu Dante para mim; você deve continuar de onde ela parou". E então, em um instante, falou: "Não, não pode ser; não deve ler Dante. Escolha você um livro". Peguei um livro de Edmund Spenser e li sobre a queda de *sir* Guyon às galerias da Avareza[50]; enquanto ele ouvia, estava com os olhos fixos em mim em um triste e profundo silêncio.

Na manhã seguinte, ouvi o mordomo dizer que, quando meu pai chegou, estava no mais terrível estado de espírito: que passara a primeira noite no jardim, deitado na grama úmida; ele não dormiu, mas ficou gemendo. "Ai!", disse o velho homem[,] que me relatou isso com lágrimas nos olhos, "dá um aperto no coração ver meu lorde neste estado; quando fiquei sabendo que ele estava vindo para cá com você, minha jovem dama, pensei que teríamos de novo aqueles dias felizes que aproveitamos durante a breve vida de minha *lady*, sua mãe... Mas isso seria alegria demais para nós, pobres criaturas nascidas para as lágrimas... E foi por isso que ela nos foi tirada tão

---

[50] Em *F of F–A*, Mathilda pegou "um livro de Ariosto e leu a história de Isabella". O motivo de Mary para tal mudança não é claro. Talvez ela tenha pensado que o destino de Isabella, um conto de amor, luxúria e morte (embora não de incesto), fosse próximo demais do que seria o destino de Mathilda. Ela pode ter sentido, e com razão, que as alusões a Lelia e Mirra fossem presságios amplos. Os motivos da escolha do sétimo canto do Livro II de *Faerie Queene* podem ter a ver com o significado alegórico de Guyon, ou Temperança, e o "medo e pavor" da sua experiência.

cedo; era bela e boa demais para nós[.] Todos achamos que foi um dia feliz quando meu lorde casou-se com ela. Eu a conhecia desde quando criança, e ela me fez muitos bons favores quando estava viva... Você se parece com ela, embora lembre mais meu lorde. Mas ele está assim desde que retornou. Toda a minha alegria virou tristeza quando o vi entrar por estas portas pela primeira vez com aquele semblante melancólico, como se fosse o dia seguinte ao funeral de minha *lady*... Ele pareceu recuperar-se um pouco depois de pedir-me para escrever-lhe. Mas ainda é algo terrível vê-lo tão infeliz"[51]. Esses eram os sentimentos de um velho criado fiel; imagine os de uma filha carinhosa. Ai! Até naquele momento, meu coração estava quase partido.

Passamos dois meses juntos nesta casa. Meu pai passava a maior parte do tempo comigo; acompanhava-me em caminhadas, ouvia as músicas que eu ouvia e inclinava-se para ver-me lendo ou pintando. Quando conversava comigo, era frio e contido; apenas seus olhos pareciam falar e, quando ele virava seu brilho sombrio e pleno para mim, eles expressavam uma vívida tristeza. Havia algo nesses globos profundos e escuros tão transparente e intenso que, mesmo quando feliz, eu nunca poderia encontrar seu olhar completo sem que o meu não transbordasse. Ainda assim, era com doces lágrimas; agora havia uma profundidade de aflição na sua gentil aparência que enchia meu coração de compaixão; eles pareciam desejar paz para mim e, para si mesmo, um coração que suportasse o sofrimento; um desejo por solidariedade e, no entanto, uma eterna autonegação. Era só quando ele não estava comigo que sua ira tomava conta dele, que ele apertava as mãos, franzia a testa e, com o olhar abatido, pedia a morte em seu desespero turbulento, delirando até que, exausto, ficava prostrado e não revivia até que eu me juntasse a ele.

Enquanto estávamos em Londres, havia uma aspereza e rabugice em sua angústia que agora haviam desaparecido por completo. Ali, eu me

[51] Com esta fala, que não está em *F of F–A*, Mary começa a desenvolver o personagem do mordomo, que, mais tarde, acompanha Mathilda em sua busca pelo pai. Embora ele seja, em grande parte, o estereótipo do criado fiel, serve para dramatizar a situação, tanto aqui quanto na cena mais adiante.

retraía e fugia dele, agora apenas desejava estar com ele, para que o acalmasse. Quando ele estava quieto, eu tentava diverti-lo, e quando, às vezes, escondia-me dele durante a força de sua ira, eu chorava, mas não queria deixá-lo. Ainda assim, ele estava em uma agonia temível; durante o dia, ficava mais calmo, mas à noite, quando eu não podia estar com ele, parecia entregar as rédeas ao sofrimento. Ele costumava passar as noites ou no chão do quarto da minha mãe, ou no jardim; e quando, de manhã, via-me observar, com uma dor aguda, seu corpo exausto e lânguido, quase morrendo, ele chorava; mas, durante todo esse tempo, não falava palavra alguma por meio da qual eu pudesse adivinhar o motivo de sua infelicidade[.] Se eu me arriscasse a perguntar, ele ia embora ou apertava o dedo na boca e, com um olhar reprovador que eu não conseguia resistir, retirava-se. Se eu chorasse, ele ficava encarando-me em silêncio, mas não era mais duro e, embora recusasse todas as minhas carícias, fazia isso com gentileza.

Ele parecia apreciar um sofrimento suave e emoções mais leves, embora tristes, como um alívio do desespero. Dava um jeito de alimentar sua melancolia como um antídoto à sua fúria mais selvagem. Sempre ia nos passeios que eram seus favoritos quando ele e minha mãe andavam juntos por aí, conversando sobre o amor e a felicidade; ele reunia cada relíquia que restava dela e sempre se sentava de frente para sua imagem dela que ficava pendurada na sala, encarando-a com um triste desespero, e tudo isso era feito em um místico e terrível silêncio. Se a ira tomasse conta dele, ele se trancava no quarto; e, à noite, quando ficava perambulando incansável pela casa, era quando todas as outras criaturas estavam dormindo.

Pode-se facilmente imaginar que me desgastei tentando supor a causa do seu sofrimento. A solução que, para mim, parecia a mais provável era que, durante sua residência em Londres, ele se apaixonara por alguém indigno e que essa paixão o dominara, embora ele não a tivesse satisfeito; que ele me amava demais para sacrificar-me a esse desejo e que, agora, ele visitara esta casa para que, revivendo a memória da minha mãe, que adorava com tanta paixão, pudesse enfraquecer o pensamento atual. Isso era impossível, mas mera suposição sem nenhum fato em que me basear. Poderia haver culpa naquilo? Ele era honesto e nobre demais para *fazer* algo que sua consciência não aprovasse; eu ainda não sabia sobre o crime que pode haver no sentimento involuntário e, portanto, atribuí seus impulsos tumultuosos e olhares sombrios totalmente às lutas da sua mente e nem cogitei que eram, em parte, devido ao pior de todos os demônios: o remorso[52].

Ainda assim, acho que isso teria passado. Seus acessos de fúria eram terríveis, mas sua alma conduzia-o triunfante por meio deles, embora quase destruído pela vitória; mas finalmente teria chegado o dia em que ele ganharia, se eu, tola e presunçosa infeliz!, não o tivesse apressado até que não tivesse como voltar atrás, nem esperança. Minha impetuosidade deu vitória, nessa assustadora luta, ao inimigo, que triunfou sobre ele enquanto ele ficou caído, derrotado. Eu! Somente eu era a causa da sua derrota e paguei o preço justo e temível por isso. Falei a mim mesma: deixe que ele receba compaixão, e essas lutas acabarão. Que ele confie sua aflição a algum outro coração, e metade do peso será aliviado. Vou conseguir a simpatia dele; ele não negará mais seu sofrimento a mim e, quando eu souber o seu segredo, derramarei um bálsamo em sua alma e, mais uma vez, aproveitarei o encantador prazer de ver seu sorriso e de ver seus olhos brilharem de novo, se não com prazer, pelo menos com um amor gentil e gratidão. Farei isso, falei. Consegui metade do que queria; ele me contou seu segredo, e ambos nos perdemos para sempre.

---

[52] Esta frase é substituída por um trecho mais convencional e menos dramático em *F of F–A*: "e, além disso, parecia ser mais uma luta do que remorso no seu modo, embora eu pensasse, às vezes, que via lampejos do último sentimento em seus impulsos tumultuosos e em seu olhar sombrio".

CAPÍTULO 5

Quase um ano tinha se passado desde o retorno do meu pai, e as estações quase haviam terminado seu ciclo completo. Era, então, o fim de maio; os bosques vestiam-se do mais fresco verde, e o doce cheiro da grama recém-cortada estava nos campos. Pensei que o ar perfumado e a adorável presença da natureza poderiam ajudar-me a inspirá-lo com sensações amenas e dar-lhe sentimentos gentis de paz e amor, que o preparassem para o segredo que eu estava determinada a tirar dele.

Escolhi, portanto, a noite de um desses dias para fazer a tentativa. Convidei-o para passear comigo e levei-o até um bosque de faias da vizinhança cuja leve penumbra protegia-nos do brilho oblíquo e ofuscante do sol poente. Após andarmos por um tempo em silêncio, sentei-me com ele em um morro musguento. É estranho, mas até mesmo agora pareço ver o local: vários daqueles troncos finos e lisos eram enrolados por hera, cujas folhas lustrosas do verde mais escuro contrastavam com a casca branca e as folhas claras dos brotos de faia que cresciam de seus troncos principais; a grama baixa misturava-se com o musgo e era parcialmente coberta pelas folhas mortas do outono passado que, levadas pelo vento, tinham se juntado aqui e ali em pequenos montes; havia alguns troncos cheios de musgo por ali. As folhas eram gentilmente movidas pela brisa e, através da sua abóbada verde, podia-se ver o céu claro e azul. Conforme foi anoitecendo, os troncos distantes tornaram-se avermelhados pelo sol, e o vento foi parando por completo, enquanto alguns poucos pássaros passavam voando por nós em direção ao seu repouso noturno.

Bem, foi ali que nos sentamos juntos, e, quando você ouvir tudo o que aconteceu, tudo de terrível que dilacerou nossas almas, até mesmo nesse local tranquilo, o qual, não fossem as estranhas paixões, poderia ter sido um paraíso para nós, não se admirará por eu me lembrar de que, enquanto eu olhava ao redor, sua calma podia acalmar-me e inspirar-me não só com coragem, mas com palavras persuasivas. Vi todas essas coisas e, de um jeito vago, anotei-as na minha mente[53] enquanto tentava organizar meus pensamentos para fazer minha tentativa. Meu coração batia acelerado enquanto me preparava para falar com ele, pois eu estava determinada a não ser rejeitada, mas tremia só de imaginar o efeito que minhas palavras poderiam ter nele; por fim, com muita hesitação, comecei a falar[54]:

---

[53] Estes parágrafos que dão início ao Capítulo V são muito mais expandidos do que eram em *F of F–A*. Alguns dos detalhes estão em *S-R fr*. Essa cena é retomada no final da história (ver página 80). Ver o que Mary diz sobre lugares que são associados com emoções antigas em seu livro *Rambles in Germany and Italy* (2 volumes, Londres: Moxon, 1844), II, p. 78-79. Ela está escrevendo sobre sua chegada a Veneza, onde, vinte e cinco anos antes, a pequena Clara havia morrido. "É uma circunstância estranha, mas, a qualquer pessoa que sofreu, familiar que aqueles que estão suportando uma agonia mental ou física sejam estranhamente sensíveis a objetos externos imediatos, e que sua imaginação até exercite seu poder selvagem sobre eles [...] Assim, as margens de Brenta apresentaram-me uma cena comovente; não um palácio, não uma árvore que não reconheci como marcada e registrada, em um momento em que a vida e a morte dependiam da nossa chegada rápida a Veneza."

[54] O restante deste capítulo, que descreve a cena crucial entre Mathilda e o pai, é resultado de várias revisões de *F of F–A*. Algumas delas estão em *S-R fr*. No geral, o texto de *Mathilda* teve seu estilo melhorado. Mary adiciona palavras e frases concretas e específicas; por exemplo, no fim do primeiro parágrafo da fala de Mathilda, as palavras "de incerteza" aparecem em *Mathilda* pela primeira vez. Ela risca, até mesmo neste rascunho final, uma figura de linguagem rebuscada demais após as palavras na resposta do pai, "envolvida na minha destruição"; a passagem riscada é floreada demais para caber aqui: "como quando um abutre está carregando alguma lebre, se ele é atingido por uma flecha, sua inofensiva vítima envolvida no mesmo destino é morta pela derrota do seu inimigo. Uma palavra faria tudo isso". Além disso, o texto revisado mostra um maior entendimento e penetração dos sentimentos dos dois falantes: o acréscimo de "Eu sou o motivo do seu sofrimento?", que traz à tona, de forma mais dramática, o que Mathilda disse na primeira parte desse parágrafo; a análise dos motivos pelos quais ela persiste em fazer a pergunta; o acréscimo do parágrafo final do seu apelo: "Ai! Ai! [...] o senhor me odeia!", que dá a deixa para a resposta do pai.

"Sua bondade para comigo, meu querido pai, e o afeto, o afeto descomunal que o senhor tinha por mim assim que retornou vão justificar-me, espero eu, aos seus olhos por eu ousar falar com o senhor, embora seja com o carinho terno de uma filha, com a liberdade de uma amiga e semelhante. Mas me perdoe, estou lhe implorando que me ouça; não me dê as costas; não seja impaciente; o senhor pode facilmente intimidar-me a ficar quieta, mas meu coração está explodindo, e não posso mais, de boa vontade, permitir-me suportar por mais um momento que seja a agonia da incerteza que, pelos últimos quatro meses, tem sido a minha porção.

"Ouça-me, meu caro amigo, e permita-me ganhar sua confiança. Aqueles dias felizes de amor mútuo que passaram a parecer um sonho para mim nunca mais voltarão? Ai! O senhor está passando por um sofrimento secreto que está destruindo nós dois; mas deve permitir-me saber pelo senhor. Diga-me, não há nada que eu possa fazer? O senhor sabe que não há sacrifício no mundo todo que eu não faria, nenhum trabalho ao qual eu não me submeteria com a mera esperança de que poderia trazer-lhe alívio. Mas, se nenhum esforço da minha parte pode contribuir para a sua felicidade, permita-me pelo menos saber qual é a sua angústia e, com certeza, meu mais sincero amor e profunda compaixão deverão acalmar seu desespero.

"Receio que eu esteja falando de um jeito constrangido: meu coração está transbordando de um desejo ardente que tenho de acalmar mais uma vez seus pensamentos e sua aparência; mas receio que isso piore seu sofrimento ou desperte no senhor aquilo que é a morte para mim: ira ou desgosto. Então, pare de ficar olhando o chão; erga os olhos para mim, porque posso ler sua alma neles; fale comigo olhando para mim [*sic*] e perdoe minha audácia. Ai! Sou a criatura mais infeliz!"

Eu estava sem fôlego de tanta emoção e fiz uma pausa fixando meus olhos sinceros em meu pai, depois de secar as lágrimas intrusas que os embaçaram. Ele não ergueu os dele, mas, depois de um breve silêncio, respondeu-me em voz baixa: "Você é mesmo audaciosa, Mathilda; audaciosa e muito precipitada. No coração de alguém como eu, há pensamentos e torturas secretas que você não deve buscar descobrir. Não consigo dizer-lhe o quanto aumenta o meu sofrimento saber que sou motivo de inquietação para você; mas isso vai passar, e espero que em breve sejamos como éramos alguns meses atrás. Contenha sua impaciência, ou você pode acabar arruinando o que busca aliviar. Não fale mais comigo dessa maneira; mas espere, com paciência submissa, o resultado do que está acontecendo ao seu redor".

"Ah, sim!", respondi, intensamente. "Serei muito paciente; não serei precipitada ou audaciosa. Vou ver as agonias, as lágrimas e o desespero do meu pai, meu único amigo, minha esperança, meu abrigo, verei tudo isso de braços cruzados e olhos abaixados. O senhor não está sendo franco comigo; não é verdade o que está dizendo; isso não vai passar, vai durar para sempre se o senhor não quiser falar comigo, se não permitir que eu o console.

"Meu querido, mais querido pai, tenha compaixão de mim e perdoe-me: suplico-lhe que não me leve ao desespero; realmente não posso ser repelida; há alguma coisa que [*sic*], embora saber dela possa torturar-me, o senhor precisa dizer-me. Pergunto, e faço isso com muita seriedade, se, de alguma forma, sou o motivo da sua infelicidade. O senhor não vê as lágrimas que, em vão, tento refrear? Está ouvindo, imóvel, minha voz enfraquecida por soluços. Sinta como a minha mão está tremendo: todo o meu coração está nas palavras que estou dizendo, e o senhor não deve tentar silenciar-me com meras palavras desprovidas de significado; a agonia da minha dúvida está me apressando, e o senhor precisa dar uma resposta. Eu lhe suplico; pelo seu amor de antes por mim, que agora foi perdido, imploro que responda a esta única pergunta. Eu sou o motivo do seu sofrimento?"

Ele ergueu os olhos do chão, mas, ainda não me encarando diretamente, disse: "Com esse apelo, vou responder à sua pergunta precipitada. Sim, você é o único e agonizante motivo pelo qual estou sofrendo e de tudo o que devo sofrer até morrer. Agora, cuidado! Fique quieta! Não me incite à sua destruição. Fui atingido pela tempestade, arrasado, destruído; mas você pode resistir a ela; você é jovem, e suas paixões estão em paz. Com apenas uma palavra que eu posso dizer, você estaria envolvida na minha destruição; ainda assim, essa palavra está pairando sobre meus lábios. Ah! Há uma brecha temível; mas lhe imploro que tome cuidado!".

"Ah, meu querido amigo!", exclamei, "não tenha medo! Diga essa palavra; ela vai trazer paz, não morte. Se existe uma brecha, nosso amor mútuo nos dará asas para passar por ela, e encontraremos flores, e frescor, e prazer do outro lado". Atirei-me aos seus pés e peguei sua mão: "Sim, diga, e seremos felizes; não haverá mais dúvida, nem incerteza terrível; confie em mim, meu afeto acalmará seu sofrimento; diga aquela palavra, e todo o perigo vai passar, e amaremos um ao outro como antes e para sempre".

Ele soltou a mão da minha e levantou-se, em uma violenta perturbação: "O que quer dizer? Não sabe o que está dizendo. Por que você me traz para cá, tortura-me, tenta-me e mata-me? Seria melhor para você e para mim se, com a sua curiosidade frenética, você arrancasse meu coração do meu peito e tentasse ler os segredos que estão ali enquanto o sangue da vida pinga dele. Assim, você pode consolar-me reduzindo-me a nada; mas as suas palavras não consigo suportar; logo elas me deixarão louco, muito louco, e aí vou dizer palavras estranhas, e você vai acreditar nelas, e nós dois nos perderemos para sempre. Estou lhe dizendo que estou beirando a insanidade; por que, garota cruel, continua me impelindo? Você vai se arrepender, e eu vou morrer".

Quando repito as palavras dele, fico admirada com minha loucura obstinada; eu mal sabia que sentimentos me impeliam sem que eu resistisse. Acredito que foi aquela determinação a não ser repelida que me fez ir direto ao assunto sem levar bem em consideração as respostas dele. Fui impelida pela paixão e puxei-o com um descuido frenético ao abismo que ele evitava com tanto medo. Respondi às suas medonhas palavras: "O senhor está me enchendo de medo, é verdade, querido pai, mas é só o senhor confirmar minha decisão para colocar um fim a este estado de dúvida. Não vou desistir, então; o senhor acha que consigo viver assim, sem temer, no dia a dia?

A espada está em meu peito, mas impedida de dar seu ferimento mortal por um fio de cabelo: uma palavra! Estou pedindo essa temível palavra; embora possa ser como um raio destruindo-me, diga.

"Ai! Ai! O que me tornei? Só se passaram alguns meses desde que eu acreditava que eu era o mundo todo para o senhor; e que não havia nenhuma felicidade ou tristeza sua no mundo que não fosse compartilhada com sua Mathilda, sua filha; aquela época feliz não existe mais, e o que eu mais temia no mundo aconteceu comigo. No desespero do meu coração, estou vendo o que o senhor não consegue esconder: o senhor não me ama mais. Eu lhe imploro, meu pai, uma ira anormal não tomou conta do seu coração? Eu não sou o mais miserável dos vermes que rastejam? Não abraço seus joelhos e o senhor me afasta com a maior crueldade? Eu sei, estou vendo, o senhor me odeia!"

Fui arrebatada por uma emoção violenta e, ficando em pé, após atirar-me aos pés dele, apoiei-me em uma árvore, erguendo meus olhos ao céu como uma louca. Ele começou a responder com violência: "Sim, sim, eu a odeio! Você é minha perdição, meu veneno, meu desgosto! Ah! Não!", e então ele mudou o modo como estava falando e, olhando-me com uma expressão que contorcia cada nervo e membro do meu corpo, disse: "Você não é nada disso; você é minha luz, minha garota, minha vida. Minha filha, eu a amo!". As últimas palavras foram proferidas em um sussurro rouco, mas as ouvi e caí no chão, cobrindo meu rosto e quase morta pelo excesso de náusea e medo; um suor frio cobria minha testa, e todos os meus membros estavam arrepiados. Mas ele continuou, apertando as mãos com um gesto louco:

"Agora desci do topo do penhasco ao fundo! Agora me precipitei e atravessei a temível brecha! O perigo passou; ela está viva! Ah, Mathilda, levante estes preciosos olhos na luz da qual vivo. Deixe-me ouvir os doces tons da sua amada voz em paz e calma. Monstro como sou, você está tranquila, como sempre foi, amável, formosa além do que posso exprimir. O que me tornei desde esse último momento, não sei; talvez meu semblante tenha mudado como o do arcanjo caído. Acredito que tenha, pois certamente tenho uma nova alma dentro de mim, e meu sangue está fazendo uma algazarra pelas minhas veias: estou queimando de febre. Mas estes são momentos preciosos; mau como me tornei, ainda assim aqui está minha Mathilda, diante de mim, a quem amo como ninguém jamais foi amado; e ela sabe disso, agora; está ouvindo essas palavras, que achei, tolo que eu era, que seriam a sua morte. Vamos, vamos, o pior já passou: chega de sofrimento, lágrimas ou desespero; não foram essas as palavras que você falou? Passamos pela fenda da qual lhe falei e, agora, ouça-me, Mathilda, encontraremos flores, frescor e prazer, ou sofrimento, fogo e torturas? Ah! Minha amada, estou arrebatado; não posso mais me segurar; com certeza, é a morte que está se aproximando. Permita-me repousar a cabeça perto do seu coração; deixe-me morrer em seus braços!" Ele caiu no chão ofegante, enquanto eu, quase tão sem vida, encarava-o com desespero.

Sim, foi desespero o que senti; pela primeira vez, aquele fantasma pegou-me; a primeira e única vez, porque nunca mais me deixou. Após os primeiros momentos de agonia atônita, senti suas presas no meu coração. Arranquei meu cabelo; delirei em voz alta; em um momento, sentindo pena pelos seus sofrimentos, eu teria pegado meu pai nos braços; e então, afastando-me com terror, dei-lhe um pontapé; sentia-me como se tivesse sido picada por uma serpente, açoitada por um chicote de escorpiões que me perfurava. Ah! Para onde ir? Para onde ir?

Bem, aquilo não poderia durar. Uma ideia passou pela minha cabeça; eu nunca, nunca mais posso falar com ele. Conforme essa terrível convicção vinha sobre *ele* [*mim*?], minha alma derretia-se em ternura e amor. Olhei para ele como se para dar meu último adeus. Estava deitado, inconsciente, com os olhos fechados [*e*?] as bochechas pálidas como a morte. Acima, as folhas da faia projetavam uma sombra tremeluzente no seu rosto e balançavam em uma melodia pesarosa por cima dele. Vi tudo isso e disse: "É, este é o túmulo dele!". Então chorei alto, e levantei os olhos ao céu para rogar por um alívio ao meu desespero e por uma mitigação pelo sofrimento anormal dele; as lágrimas que escorriam em um fluxo morno e curativo dos meus olhos aliviavam o peso que oprimia meu coração quase à loucura. Chorei por um bom tempo até vê-lo prestes a recobrar os sentidos, quando o terror e a tristeza voltaram, e a maré das minhas sensações retornou ao seu canal anterior; com pavor, não pude resistir: levantei-me em um salto e saí correndo, em alta velocidade, pelos caminhos do bosque e pelos campos até, quase sem vida, alcançar nossa casa e, somente pedindo que os criados buscassem meu pai no local que indiquei, tranquei-me no meu quarto[55].

[55] Quase todo o parágrafo final do capítulo foi acrescentado a *F of F–A*. Três breves fragmentos de *S-R fr* são muito revisados e simplificados.

CAPÍTULO 6

Meu aposento ficava em uma parte isolada da casa e dava vista para o jardim, de forma que nenhum som de outros moradores podia alcançá-lo; e ali, em perfeita solitude, chorei por várias horas. Quando um criado veio perguntar-me se eu gostaria de comer, fiquei sabendo por ele que meu pai havia retornado e parecia estar bem, e isso me aliviou de um bom tanto de preocupação, embora eu não parasse de chorar amargamente. A princípio, enquanto eu processava a memória da felicidade passada em contraste com meu desespero presente, dei vazão à opressão que estava sentindo no meu coração com palavras, e gemidos, e suspiros dilacerantes; mas a natureza ficou exausta, e essa angústia mais violenta deu lugar a uma furiosa, mas calada torrente de lágrimas: toda a minha alma parecia dissolver-se nelas. Não contorci as mãos, arranquei os cabelos, nem proferi exclamações enfurecidas, mas, como Boccacio descreve o intenso e silencioso luto de Sigismunda pelo coração de Guiscardo[56], fiquei sentada com as mãos cruzadas, permitindo em silêncio que uma torrente perpétua caísse dos meus olhos. Tamanha

[56] *Decamerão*, quarto dia, primeira história. Mary havia lido o *Decamerão* em maio de 1819. Ver *Journal*, p. 121.

era a profundidade da minha emoção que eu não fazia ideia do que causara minha aflição; meus pensamentos até perambulavam para vários objetos indiferentes, mas ainda nenhum membro movia-se ou expressão mudava, minhas lágrimas caindo até que, como se as fontes ficassem esgotadas, foram diminuindo, aos poucos, e acordei para a vida como se de um sonho.

Quando parei de chorar, a razão e a memória voltaram a mim, e comecei a refletir com maior calma sobre o que acontecera e como me coubera agir. Só haviam se passado algumas horas, mas uma poderosa revolução acontecera em relação a mim; o trabalho natural dos anos estava feito desde aquela manhã: meu pai estava morto para mim, e senti por um momento como se ele, com os cabelos grisalhos, estivesse deitado no caixão, e eu, com a juventude desaparecida com a idade que se aproximava, estivesse chorando pela sua morte oportuna. Mas essa não era a realidade, eu ainda era jovem, ah! jovem demais, e ele não estava morto para os outros; mas eu, com a maior tristeza, nunca mais devo vê-lo ou falar com ele de novo. Devo fugir dele com mais seriedade do que do meu maior inimigo; em lugares ermos ou em cidades, nunca mais devo vê-lo. Aquele pensamento deixou-me sem fôlego de tanta agonia e, deixando sua marca na minha imaginação, não consegui, por um tempo, seguir nenhum fluxo de ideias. Depois disso, pensei, eu viveria para sempre na mais sombria reclusão. Partiria para o continente e viraria uma freira; não por causa da religião, porque eu não era católica, mas para que eu pudesse ser privada do mundo para sempre. Ali, eu encontraria solitude em que pudesse chorar, e as vozes da vida nunca me alcançariam.

Mas e meu pai, meu amado e mais infeliz pai? Ele morreria? Nunca superaria a paixão feroz que agora tinha um domínio impiedoso sobre ele? Ele não poderia, daqui a muitos, muitos anos, quando a idade tivesse extinguido as sensações ardentes que ele agora estava experimentando, então, ser um pai novamente para mim? Essa reflexão desenrugou minha testa, e pude sentir (e chorei ao sentir) um sorriso meio melancólico retirar dos meus lábios a expressão de sofrimento. Eu ousava entregar-me a melhores esperanças pela minha vida futura; os anos deveriam passar, mas passariam rapidamente com a esperança ou, caso passassem com pesar, ainda passariam, e eu não teria perdido meu pai para sempre. Que ele passe mais dezesseis anos perambulando solitário; que ele mais uma vez expresse suas queixas furiosas às vastas florestas e às tremendas cachoeiras de uma outra região; que passe de novo por perigos temíveis e enfrentamentos que dominam a alma; que o sol quente do Sul queime de novo suas bochechas gastas pela paixão e as chuvas frias da noite caiam nele e gelem seu sangue.

A essa vida, pai infeliz, eu o entrego! Vá! Que seus dias sejam passados com os selvagens e suas noites, sob a abóbada celeste! Que seus membros fiquem cansados e seu coração endurecido, e toda a juventude morra dentro de você! Que seus cabelos fiquem como a neve; seu andar, trêmulo, e sua voz perca seus tons alegres! Que o claro brilho dos seus olhos se apague; e aí, retorne para mim, volte para sua Mathilda, sua filha, que poderá, então, ser tomada em seus queridos braços, enquanto seu coração bate com uma emoção pura. Vá, homem devoto, e retorne assim! Essa é a minha maldição, a maldição de uma filha: vá e retorne puro para sua filha, que nunca amará ninguém além do senhor.

Esses foram meus pensamentos; e, com as mãos trêmulas, preparei-me para começar a escrever uma carta para meu triste pai. Eu havia passado horas chorando e meditando com pesar; já passava do meio-dia; tudo estava em paz na casa, e o vento suave que entrava pela minha janela não fazia sussurrar as folhas das trepadeiras que faziam sombra nela. Senti toda a tranquilidade daquela hora quando meu próprio fôlego e soluços involuntários eram os únicos sons que se ouviam no ar. De repente, ouvi um passo leve subindo as escadas; pausei, sem nem respirar, e, conforme o som se aproximava, deslizei para um canto obscuro do quarto; os passos pararam à minha porta, mas, após um momento, começaram de novo, descendo as escadas, e não ouvi mais nada.

Esse pequeno incidente despertou em mim as mais dolorosas reflexões; nem mesmo agora ouso expressar as emoções que senti. Eu entendia que ele estivesse inquieto; que ficasse andando como um fantasma não esconjurado e não encontrasse silêncio no inferno ardente que consumia seu coração. Mas por que se aproximar do meu quarto? Aquilo não era sagrado? Senti-me prestes a desmaiar enquanto ele ficou ali, mas não deixei de ficar vigilante nem ao menor movimento, embora eu tivesse ouvido meu próprio coração bater com um medo violento. Ele havia se retirado. Ah, que eu nunca, nunca mais o veja! Amanhã à noite, o mesmo teto não deve cobrir nossas cabeças; um ou o outro precisa ir embora. A conexão mútua dos nossos destinos está quebrada; devemos ficar divididos pelos mares, pelo solo. As estrelas e o sol não devem aparecer no mesmo período para nós; ele não deve dizer, olhando para a lua crescente: "Mathilda está, agora, vendo-a baixar". Não, tudo deve mudar. Que seja claro para ele quando estiver escuro para mim! Que ele sinta o sol do verão enquanto estou sentindo o frio das neves do inverno! Que haja a distância dos antípodas entre nós!

Por fim, o leste começou a clarear, e a confortável luz da manhã entrou no meu quarto. Eu estava exausta da vigília e, por um tempo, combatera contra o sono pesado que oprimia minhas pálpebras; mas agora, sem mais medo, joguei-me na cama. Busquei repousar, embora não esperasse esquecer-me; eu sabia que seria perseguida por sonhos, mas não temia o sonho assustador que de fato tive. Achei que tivesse acordado e fui procurar meu pai, para informá-lo da minha determinação em separar-me dele. Procurei-o na casa, no parque, depois nos campos e nos bosques, mas não consegui encontrá-lo. Por fim, avistei-o a uma certa distância, sentado debaixo de uma árvore, e, quando ele me percebeu, acenou diversas vezes, fazendo um gesto para que eu me aproximasse; havia algo sinistro no semblante dele que me espantava e dava um calafrio, mas me aproximei. Foi quando, a uma curta distância dele, vi que ele estava [*sic*] pálido como morto e vestido com trajes ondeantes brancos. De repente, ele levantou e fugiu de mim; corri atrás dele; corremos pelos campos, pelos limites do bosque e nas margens dos rios; ele fugia rápido, e eu o seguia. Chegamos, por fim, achei, ao cume de um enorme despenhadeiro que se projetava sobre o mar que, agitado pelos ventos, batia contra sua base a distância. Ouvi o rugido das águas; ele manteve a corrida em direção à beira, e fiquei sem fôlego de medo de que ele mergulhasse rumo ao terrível precipício; tentei aumentar a velocidade, mas meus joelhos começaram a fraquejar; no entanto, acabara de conseguir alcançá-lo e pegar uma parte do seu manto esvoaçante, quando ele saltou, e acordei com um grito violento. Eu estava tremendo, e meu travesseiro, molhado pelas lágrimas; por alguns minutos, meu coração ficou batendo forte, mas os raios claros do sol e o gorjeio dos pássaros logo restauraram meus sentidos, e levantei-me com o espírito fraco, mas imaginando quais acontecimentos o dia traria. Passou-se um tempo antes que reunisse a coragem para tocar o sino, chamando minha criada, e quando ela chegou, eu ainda não ousava dizer o nome do meu pai. Pedi que ela trouxesse o café da manhã e fiquei sozinha de novo; ainda assim, não conseguia decidir-me, mas só pensava que eu poderia escrever um bilhete para meu pai implorando sua permissão para visitar uma parente que vivia a uns cinquenta quilômetros daqui e que me convidara para sua casa, mas eu havia recusado porque, na época, não queria abandonar meu pai, que estava sofrendo. Quando a criada voltou, entregou-me uma carta.

"De quem é esta carta[?]", perguntei, tremendo.

"Seu pai deixou-a, senhorita, com o criado dele, para que lhe fosse dada quando acordasse."

"Meu pai deixou a carta?! Onde ele está? Não está aqui?"

"Não; ele saiu de casa antes das quatro horas da manhã."

"Meu Deus! Foi embora! Mas me diga como foi; diga logo!"

O relato foi curto. Ele fora de coche para a cidade mais próxima, onde pegou uma carruagem e cavalos com ordens para seguir a estrada de Londres. Dispensou os criados ali, apenas dizendo-lhes que recebera uma ligação de negócios repentina e que deveriam obedecer-me como sua senhora até que ele voltasse.

CAPÍTULO 7

Com o coração acelerado e com medo, não sabia por quê, dispensei a criada e, trancando a porta, sentei-me para ler a carta do meu pai. Estas são as palavras que estavam nela:

"Minha querida filha,

"Traí sua confiança; tentei poluir sua mente e fiz seu coração inocente conhecer a aparência e o linguajar de uma paixão ilícita e monstruosa. Preciso expiar esses crimes e esforçar-me, de alguma forma, para proporcionar-me a punição pela minha culpa. Acredito que você não esteja preparada para o que estou prestes a anunciar; devemos separar-nos e ficar divididos para sempre.

"Estou privando-a do seu pai e único amigo. Você está lançada sem abrigo ao mundo; suas esperanças estão destruídas; a paz e a segurança da sua mente pura, arruinadas; a memória lhe trará imagens assustadoras de culpa e a angústia do amor inocente traído. No entanto, eu, que trouxe toda essa miséria sobre você; eu, que a lanço fora e, sem remorso, coloquei o selo da desconfiança e agonia no coração e no rosto da minha própria filha, de quem, com uma diabólica leviandade, tentei roubar o encanto para colocar, no lugar, a deformidade suja do pecado; eu, na aflição transbordante do meu coração, suplico-lhe que me perdoe.

"Não peço sua pena; você me abomina, e deve; mas me perdoe, Mathilda, e não deixe seus pensamentos seguirem-me no meu banimento com uma ira incessante. Nunca mais devo vê-la; nunca mais devo ouvir sua voz; mas os baixos sussurros do seu perdão me alcançarão e refrigerarão o ardor da minha mente e coração perturbados; tenho certeza de que o sentiria até mesmo no meu túmulo. E ouso reforçar esse pedido relatando o quão miseravelmente fui induzido a essa armadilha de angústia flamejante e todos os meus esforços para libertar-me; de fato, se sua alma fosse menos pura e brilhante, eu não tentaria justificar-me para você: eu temeria que, caso a levasse a olhar-me com menos abominação, pudesse odiar menos a maldade; mas, ao falar com você, sinto como se fizesse um apelo a um juiz angelical. Não posso partir sem o seu perdão e devo esforçar-me para obtê-lo, ou então devo ser levado ao desespero[57]. Imploro, portanto, que ouça minhas palavras e, se com o bem a culpa puder ser, em qualquer grau, extenuada pela agonia cruciante e pelo remorso que despedaça o cérebro como a loucura, talvez você possa pensar, embora eu não ouse, que tenho algum direito à sua compaixão.

"Peço-lhe que se lembre da nossa vida feliz de antes, às margens do Lago Lomond. Eu chegara de uma vagueação cansativa de dezesseis anos, durante os quais, embora eu tivesse passado por vários perigos e infortúnios, minhas afeições haviam sido um completo vazio. Se eu sofria, era por sua mãe; se eu amava, era a sua imagem; apenas essas emoções preenchiam meu coração em silêncio. Eu não tinha nenhuma afinidade com as criaturas à minha volta e pensava que a imensa mudança que a morte da sua mãe causara em mim havia-me deixado insensível a qualquer marca futura. Via as pessoas amáveis e não amava; imaginava, portanto, que toda a ternura estava extinta do meu coração, exceto aquela que me levava a insistir na sua imagem, na época, infantil.

---

[57] O trecho "eu temeria [...] devo ser levado ao desespero" está em *S-R fr*, mas não em *F of F–A*. Ali, na margem, está o seguinte: "Não é a prerrogativa da virtude superior perdoar os que erram e considerar com misericórdia suas ofensas?". Essa frase não aparece em *Mathilda*. Também na margem de *F of F–A* está o número (9), o número do fragmento de *S-R fr*.

"É uma estranha ligação no meu destino que, sem a ter visto, eu a amasse tanto. Durante minhas viagens, eu nunca dormia sem antes desejar que você tivesse bons sonhos. Se eu via uma mulher graciosa, pensava, será que minha Mathilda se parece com ela? Todas as coisas adoráveis, os cenários sublimes, as brisas suaves, as músicas primorosas pareciam-me associadas a você, e só eram aprazíveis para mim através de você. Por fim, eu a vi. Você apareceu como a deusa de uma região encantadora, o Anjo ministrador de um Paraíso em que, de toda a humanidade, você só permitia que eu entrasse. Eu mal ousava considerá-la minha filha; sua beleza, simplicidade e sabedoria natural pareciam pertencer a uma ordem mais elevada das criaturas; sua voz apenas soprava para fora palavras de amor; se havia algo terreno em você, era só o que obtinha da beleza do mundo; você parecia ter ganhado uma graça das brisas das montanhas, das cachoeiras e do lago; e isso era tudo de terreno, exceto pelas afeições que você tinha; não havia nada inútil, nenhum sentimento ruim na composição. Você ainda nem viu o mundo o bastante[58] para saber a diferença estupenda que existe entre as mulheres que encontramos na vida cotidiana e uma ninfa da floresta como você, em cujos olhos, apenas, a humanidade pode estudar por séculos e ficar mais sábia e pura. Aquelas luzes divinas que me iluminavam como faziam aquelas de Beatriz a Dante e, posso muito bem dizer como ele, ainda que com sentimentos diferentes

E quasi mi perdei gli occhi chini.

"Você consegue espantar-se, Mathilda, que eu me tenha demorado na sua aparência, nas suas palavras, nos seus movimentos e bebido puro deleite?

"Mas receio estar saindo do meu propósito. Devo ser mais curto, pois a noite está passando rapidamente, e todas as minhas horas nesta casa estão contadas. Bem, mudamo-nos para Londres, e eu ainda só sentia a paz de uma paixão sem pecado. Você estava sempre comigo, e eu não desejava nada além de olhar para o seu rosto

[58] O trecho "o mundo o bastante [...] puro deleite" está em uma tira de papel colada no meio da página. Um pouco do texto apagado está visível na margem, rabiscado com força. Também na margem está escrito "Canto IV Vers Ult", em referência a *Paraíso*, de Dante. Essa citação, com o trecho precedente que começa com "em cujos olhos", aparece somente em *Mathilda*.

e de saber que eu era tudo no mundo para você; eu estava envolvido em um paraíso tolo de alegria e segurança. Meu amor era culpável? Se sim, eu não sabia disso; só desejava aquilo que já tinha e, se eu sentia, com sua aparência, suas palavras e suas mais inocentes carícias, um êxtase geralmente excluído dos sentimentos de um pai em relação à sua filha, ainda assim, nenhuma inquietação, nenhum desejo, nenhuma ideia casual despertava-me para um senso de culpa. Eu a amava como se poderia esperar que um pai humano amasse uma filha trazida para ele por uma mãe celestial; como Anquises poderia ter considerado o filho de Afrodite, se ele fosse do outro sexo; amor misturado com respeito e adoração. Talvez também a minha paixão tenha se contentado com o afeto profundo e exclusivo que você tinha por mim.

"Mas, quando a vi tornar-se o alvo do amor de outra pessoa; quando imaginei que você pudesse ser amada de outra forma que não como alguém sagrado e como a imagem da graça e excelência; ou que você poderia amar outra pessoa com um afeto mais ardente do que o que tinha por mim, aí o diabo despertou dentro de mim; não admiti seu admirador; e, daquele momento em diante, eu não soube mais o que era a paz. Busquei, em vão, sono e descanso; minhas pálpebras recusavam-se a fechar, e meu sangue estava sempre tumultuoso. Acordei para uma nova vida como alguém que morre na esperança de poder acordar no Inferno. Não sujarei sua imaginação ao relatar meus combates, minha raiva comigo mesmo e meu desespero. Que um véu cubra as inimagináveis sensações de um pai culpado; os segredos de um coração tão agonizado não podem ser vulgarizados. Tudo era distúrbio, crime, remorso e ódio e, no entanto, o mais terno amor; e o que despertou pela primeira vez a minha firme decisão de dominar minha paixão e de restaurar o pai à minha filha foi ver seu amargo e compassivo sofrimento. Foi isso que me trouxe aqui: pensei que, se eu conseguisse despertar de novo no meu coração o pesar que sentira quando perdi sua mãe e as várias associações à memória dela que ficaram dormentes por dezessete anos, que todo o amor pela filha dela acabaria. Em um acesso de heroísmo, decidi ir sozinho; afastar-me de você, o amor da minha vida, e não a ver de novo até que pudesse fazer isso sem culpa. Mas não funcionou: considerei minha resistência grande demais, ou meu amor pequeno demais. Eu certamente teria morrido se você não tivesse se apressado a mim. Quem dera eu tivesse sido, de fato, extinto!

"E agora, Mathilda, devo fazer-lhe minha última confissão. Errei miseravelmente ao imaginar que eu poderia dominar meu amor por você; nunca poderei. Ver esta casa, estes campos e este bosque em que meu primeiro amor morou parece ter aumentado isso; na minha loucura, eu ousava dizer a mim mesmo: Diana morreu para dá-la à luz; o espírito da sua mãe foi transferido para o seu corpo, e ela deve ser como Diana foi para mim[59]. Com todos os esforços para lançar esse sentimento fora, esse amor agarra-se mais de perto, esse amor culpado, mais anormal que o ódio, que enfraquece suas esperanças e destrói-me para sempre.

"Melhor ter amado o desespero, e mais seguro tê-la beijado.

"Tempo nem espaço nenhum podem arrancar da minha alma aquilo que faz parte dela. Desde que cheguei aqui, não parei, nem por um momento, de sentir a intensa paixão que foi implantada em mim para queimar até que tudo fique frio, rígido e morto. No entanto, não morrerei; ai! como ouso ir aonde posso encontrar Diana, tendo desobedecido ao seu último pedido; suas últimas palavras, em uma voz fraca, quando todos os sentimentos, exceto o amor, que sobrevive a tudo, estavam quase mortos, ela então pediu-me que fizesse sua filha feliz; só de pensar nisso, a morte fica ainda pior. Eu me afastarei de você, de toda a vida; na solitude que buscarei, só eu, de toda a humanidade, respirarei. Devo suportar a vida; e, já que esse é meu dever, assim o farei, até que o túmulo temido, mas desejado, receba-me livre de toda dor; pois, enquanto eu sentir, a única soma das minhas sensações será a dor. Não é uma maldição amedrontadora essa que estou sofrendo? Não estou destinado a um futuro miserável? Minha filha, caso me seja permitido, após esta vida, vê-la de novo, se a dor pode purificar o coração, o meu será puro; se o remorso pode expiar a culpa, serei inocente.

* * *

[59] A referência a Diana, com a racionalização do pai sobre seu amor por Mathilda, é um fragmento de *S-R fr*, mas não aparece em *F of F–A*.

"Estive à porta do seu quarto; está tudo quieto. Você está dormindo. Está mesmo, Mathilda? Espíritos de Deus, contemplem as lágrimas da minha sincera prece! Abençoe minha filha! Proteja-a dos egoístas que estão entre seus companheiros; proteja-a das agonias da paixão e do desespero da decepção! Paz, Esperança e Amor sejam os seus guardiões, oh, alma da minha alma: você, em quem respiro!

* * *

"Não ouso reler minha carta porque não tenho tempo de escrever outra e, no entanto, receio que algumas expressões nela possam desagradar-me. Desde a última vez que a vi, fiquei constantemente ocupado escrevendo cartas e tenho várias outras para escrever; pois não pretendo que ninguém ouça notícias minhas depois de eu partir. Não preciso implorar que você me veja como alguém com quem todos os laços que tinha foram rompidos. Sua própria delicadeza não permitirá, tenho certeza, que sequer tente encontrar-me. É muito melhor para a sua paz que você não saiba para onde vou. Você não me seguirá, pois, quando eu me banisse, você alimentaria a culpa ao impor-se contra mim? Não vai fazer isso, sei que não. Deve esquecer-se de mim e de todo o mal que lhe ensinei. Jogue fora o único presente que lhe dei, seu sofrimento, e levante-se da minha influência nociva como nenhuma outra flor tão doce já se levantou da influência de tanto mal.

"Você nunca mais ouvirá falar de mim; receba estas palavras, portanto, como as últimas vindas de mim que a alcançarão; e, embora eu tenha perdido o direito ao seu amor de filha, tenha consideração por elas, eu lhe peço como uma ordem paterna. Livre-se decididamente da miséria que este primeiro infortúnio da sua juventude pode causar-lhe. Resista com coragem à tempestade; continue sábia e moderada, mas creia que seu dever é, de fato, ser feliz. Você é muito nova; não permita que este contratempo retarde por mais do que um minuto o seu glorioso percurso; aguente firme, minha querida. O sol da juventude não se pôs para você; ele lhe restaurará o vigor e a vida; não resista com um pesar obstinado à sua influência benévola, oh, minha filha! Abençoe-me com a esperança de que eu não a tenha destruído por completo.

"Adeus, Mathilda. Parto acreditando que tenho o seu perdão. Sua natureza gentil não lhe permitiria odiar seu maior inimigo e, embora ele seja eu, embora eu tenha tirado a felicidade das suas mãos[60]; embora eu tenha passado por cima do seu amor e esperanças jovens como o anjo da destruição, encontrando beleza e alegria e deixando praga e desespero, ainda assim você me perdoará, e, com os olhos cheios de lágrimas, eu lhe agradeço; minha querida, aceito seu perdão com uma gratidão que nunca morrerá e que sobreviverá, de fato sobreviverá, a toda culpa e remorso.

"Adeus para sempre!"

Assim que terminei de ler a carta, ordenei que arrumassem o coche e preparei-me para seguir meu pai. As palavras da carta com as quais ele me desaconselhara a fazer isso foram as que me determinaram a fazê-lo. Por que as escreveu? Ele deveria saber que, se eu acreditasse que sua intenção era simplesmente afastar-se de mim, em vez de opor-me a ele, eu mesma exigiria aquilo; ou, se ele achasse que algum sentimento à espreita, embora não pudesse pensar isso, fosse levar-me a ele, ele se esforçaria para destruir a única esperança que poderia ter de ver-me de novo? Um amante, era loucura o pensamento, mas ele era meu amante, não agiria desse jeito. Não, ele estava determinado a morrer e queria poupar-me da tristeza de saber disso. As poucas palavras ineficazes que ele dissera a respeito do seu dever eram, para mim, uma prova maior, e, quanto mais eu examinava a carta, mais percebia mil pequenas expressões que só podiam indicar um entendimento de que a vida estava agora acabada para ele. Ele estava prestes a morrer! Meu sangue congelou só de pensar: uma sensação nauseante de pavor que nem me permitia derramar lágrimas tomou conta de mim. Enquanto eu esperava o coche, andava para cima e para baixo com passos rápidos; então, ajoelhando-me e juntando com fervor as mãos, tentei orar, mas minha voz era sufocada por soluços convulsivos. Ah, o sol estava

---

[60] Em *F of F–A*, isso é seguido por uma série de outras frases concessivas sombrias que foram riscadas para melhorar o texto.

brilhando, o ar, perfumado… Ele ainda deve estar vivo, pois, se estivesse morto, tudo certamente estaria escuro como a noite para mim[61]!

O movimento do coche, sabendo que me levava em direção a ele e que eu poderia encontrá-lo vivo, de alguma forma reanimava minha coragem; ainda assim, meu trajeto foi assustador. Apenas a esperança sustentava-me, a esperança de que não fosse tarde demais. Eu não chorava, mas enxugava o suor da testa e tentava acalmar a mente e o coração, que batia quase loucamente. Ah! Não posso ficar louca quando o vir; ou talvez fosse tudo bem que eu ficasse, minha loucura poderia acalmar a dele e lembrá-lo da durabilidade da vida. Ainda assim, até que eu o encontrasse, deveria forçar a razão a permanecer no lugar, e pressionava minha testa com força, com as mãos. Ah, não me deixe, ou esquecerei o que estou fazendo, em vez de seguirmos em frente como deveríamos, com a velocidade de um relâmpago, eles terão que cuidar de mim, e chegaremos tarde demais. Ah! Deus me ajude! Que ele esteja vivo! Está tudo escuro; na minha miserável tristeza, não peço mais nada; nenhuma esperança, nenhum bem; apenas ira, e culpa, e horror; mas que esteja vivo! Vivo! Minhas sensações sufocavam-me. Nenhuma lágrima caía, mas eu soluçava, e minha respiração estava curta e difícil; apenas um pensamento tomava conta de mim, e eu só conseguia proferir uma palavra, que, meio que gritando, não saía da minha boca: vivo! Vivo!

Eu havia levado o mordomo[62] comigo, pois ele poderia fazer as perguntas necessárias muito melhor do que eu. O pobre e velho homem não conseguiu conter as lágrimas quando viu minha profunda angústia e sabia o motivo; às vezes, ele falava algumas palavras abaladas de consolo; em momentos como este, a senhora e o criado tornam-se, de certo modo, semelhantes, e, quando vi seus velhos e turvos olhos molhados com lágrimas de empatia

---

[61] Este parágrafo melhorou muito com a omissão de uma afirmação elaborada demais; por exemplo, "orar por misericórdia e alívio do meu medo" (*F of F–A*) vira simplesmente "orar".

[62] Este parágrafo sobre o mordomo foi acrescentado em *Mathilda*. Em *F of F–A*, ele é chamado de criado e seu nome é Harry. Ver nota 51.

e seu cabelo grisalho escassamente espalhado em uma testa enrugada pela idade, pensei, ah, se meu pai fosse como ele, velho e grisalho, eu seria poupada desta dor.

Quando cheguei à cidade mais próxima, peguei uma carruagem e segui a estrada que meu pai pegara. A cada hospedaria em que trocávamos os cavalos, ouvíamos falar dele, e eu era tomada de esperança e medo alternados. Por fim, descobri que ele alterara a rota; a princípio, seguira pela estrada de Londres; mas agora havia mudado e, perguntando, fiquei sabendo que ele estava agora seguindo uma que ia *em direção ao mar*. Meu sonho voltou à minha mente; eu não costumava ser supersticiosa, mas, na tristeza, todo mundo é. O mar ficava a oitenta quilômetros de distância e, no entanto, foi em direção a ele que ele fugiu. A ideia era terrível para minha mente já meio insana e quase destruiu de vez o autocontrole que ainda me restava. Viajei o dia inteiro; a cada momento, minha tristeza aumentava, e o calor do meu sangue tornava-se insuportável. O sol do verão brilhava em um céu sem nuvens; o ar estava abafado, mas tudo estava gelado para mim, exceto minha pele ardente. Ao anoitecer, nuvens escuras e carregadas surgiram no horizonte, e ouvi seu barulho distante; depois que o sol se pôs, elas escureceram todo o céu, e começou a chover, com os raios iluminando o campo inteiro e os trovões abafando o barulho do nosso coche. Da pousada seguinte, meu pai não saíra a cavalo; deixara uma caixa ali dizendo que voltaria e andara pelos campos até a cidade de ———, uma cidade costeira a doze quilômetros de distância.

Por um momento, quase fiquei paralisada pelo medo; mas minha energia voltou, e exigi um guia para acompanhar-me seguindo os passos dele. A noite estava tempestuosa, mas meu suborno era alto, e consegui um camponês com facilidade. Passamos por várias alamedas, campos e planaltos ermos. A chuva caía torrencialmente e os altos trovões faziam terríveis barulhos acima da nossa cabeça. Ah! Que noite foi aquela! E eu andava a passos rápidos pela grama alta e úmida, em meio à chuva e à tempestade. Meu sonho não saía da minha mente e, com uma certa insanidade que costuma possuir a mente desesperada, eu falava em voz alta: "Coragem! Não estamos perto do mar; ainda estamos a muitos quilômetros do oceano". No entanto, era em direção ao mar que estávamos indo, e isso aumentava a confusão dos meus pensamentos. Uma vez, vencida pela exaustão, afundei-me na terra molhada; a cento e oitenta metros de distância, sozinho em uma enorme campina, havia um magnífico carvalho; os relâmpagos mostravam seus inúmeros galhos quebrados pela tempestade. Tive uma ideia estranha; uma pessoa precisa sentir todas as agonias da dúvida a respeito da vida e morte de alguém que é o mundo todo para ela antes de conseguir entender meus sentimentos; pois, naquele estado, a mente, trabalhando sem descansar e com vontade própria, faz combinações surreais com circunstâncias externas e entrelaça as possibilidades e mudanças da natureza a uma conexão imediata com o acontecimento que temem. Foi com esse sentimento que falei para o velho mordomo, que estava pálido e tremendo ao meu lado: "Ouça bem, Gaspar, se o próximo clarão do raio não rachar aquele carvalho, meu pai vai estar vivo".

Eu mal havia proferido aquelas palavras, quando um raio seguido por um tremendo ribombar de trovão caiu nele; e, quando meus olhos recuperaram a visão depois do clarão ofuscante, o carvalho não estava mais na campina. O velho homem exclamou com pavor ao ver uma interpretação tão repentina dada à minha profecia. Levantei-me bruscamente, minha energia retornando; [*sic*] com terror, gritei: "Meu Deus! Esta é a sua sentença? Mas talvez ainda não seja tarde demais".

Embora ainda estivéssemos a vários quilômetros de distância, continuamos indo em direção ao mar. Chegamos, por fim, à estrada que levava à cidade de ——— e, em uma pousada, ficamos sabendo que meu pai havia passado ali um pouco antes do pôr do sol; ele observara a tempestade que se aproximava e alugara um cavalo até a cidade vizinha, que ficava a um quilômetro e meio do mar, para que pudesse chegar lá antes que ela começasse; essa cidade ficava a oito quilômetros de distância. Alugamos uma carruagem ali, e quatro cavalos conduziram-nos em alta velocidade pela tempestade. Minhas roupas estavam molhadas e grudando em mim, e meu cabelo caía em mechas retas pelo pescoço, quando não era soprado para os lados pelo vento. Eu tremia, mas meu pulso estava quente de febre. Grande Deus! Que agonia suportei. Eu não derramava nenhuma lágrima, mas meus olhos desvairados e inflamados estavam saltando do meu rosto; mal conseguia suportar o peso que estava na minha cabeça. Chegamos à cidade de ——— em pouco mais de meia hora. Quando meu pai chegara, a tempestade já havia começado, mas ele se recusara a parar e, deixando o cavalo ali, continuara a pé *em direção ao mar*. Ai! Era crueldade em dobro da parte dele ter escolhido o mar para sua decisão fatal; era acrescentar loucura ao meu desespero[63].

O pobre e velho criado que estava comigo tentou convencer-me a ficar ali e deixar que ele fosse sozinho. Balancei a cabeça em negação, quieta e triste; quase morrendo de cansaço, apoiei-me no braço dele e, como não havia estrada nenhuma para irmos de carruagem, arrastei meus passos exaustos pelos planaltos desolados para encontrar meu destino, agora certeiro demais para a agonia da dúvida. Aproximei-me aos poucos, quase desmaiando, das águas mortais; quando saímos da cidade, ouvimos o seu barulho. Sussurrei para mim mesma, em voz quase inaudível: "É o mesmo som que ouvi no meu sonho. O que estou ouvindo é o mau agouro do meu pai"[64].

A chuva parara; não havia mais trovões nem raios; o vento cessara. Meu coração não estava mais batendo descontroladamente; eu não sentia nenhuma febre, mas estava gelada; meus joelhos fraquejavam, quase dormi enquanto caminhava, pelo excesso de cansaço; cada membro meu tremia. Eu estava quieta: tudo estava quieto, exceto o barulho do mar, que ficava cada vez mais alto e assustador. Ainda assim, avançávamos lentamente. Às vezes, eu achava que nunca chegaríamos; que o som das ondas ainda

---

[63] Esta frase, que não está em *F of F–A*, evoca o sonho de Mathilda.

[64] Este trecho é um tanto mais dramático do que o de *F of F–A*, colocando o que era uma mera frase descritiva entre aspas.

nos encantaria e que continuaríamos caminhando para sempre e sempre; campo após campo, nossa jornada exaustiva nunca acabaria, nem de dia, nem de noite; mas continuaríamos ouvindo o enérgico mar, e nada disso teria fim. Loucos, além do que as pessoas felizes podem imaginar, são os pensamentos gerados pela tristeza e pelo desespero.

Por fim, chegamos à praia iminente. Havia um chalé ficava ao lado do caminho; batemos à porta, e ela se abriu; meus olhos viram, no mesmo instante, a cama lá dentro; algo rijo e reto estava deitado nela, coberto por um lençol; os moradores olhavam consternados. As primeiras palavras que disseram confirmaram o que eu sabia antes. Não me senti chocada ou derrotada. Acho que fiz uma ou duas perguntas e ouvi as respostas. Nem sei como, mas, em alguns instantes, caí inerte no chão; e assim, então, tudo aquilo estaria acabado!

CAPÍTULO 8

Fui carregada para a cidade vizinha: depois da febre, tive convulsões e desmaios e, por algumas semanas, meu espírito infeliz pairou sobre a própria beira da morte. Mas a vida ainda era forte dentro de mim; recuperei-me; em nada ajudou para meu retorno à saúde que minha memória estivesse, a princípio, vaga e que eu estivesse fraca demais para sentir qualquer emoção violenta. Eu costumava dizer a mim mesma: meu pai está morto. Ele me amava com uma paixão culpada e, ferido pelo remorso e pelo desespero, suicidou-se. Por que é que não sinto nenhum pavor? Essas circunstâncias não são assombrosas? Não basta que eu nunca mais encontre os olhos do meu amado pai, nunca mais ouça a sua voz, não receba mais nenhum carinho ou olhar? Tudo gelado, rígido e morto! Ai! Estou um tanto endurecida: a noite em que estive fora foi assustadora, e a chuva gelada que caía em meu coração agiu como as águas da caverna de Antiparos[65] e transformou-o em pedra. Não estou chorando nem suspirando; mas devo discutir comigo mesma e forçar-me a sentir dor e

[65] Uma caverna de estalactites na Ilha de Antiparos no Mar Egeu.

desespero. Isto que estou sentido não é resignação, pois estou morta para todo pesar.

Assim conversei comigo mesma, mas estava quieta para todos ao meu redor. Eu mal respondia à menor pergunta e ficava inquieta quando via uma criatura humana perto de mim. Estava cercada de parentes mulheres, mas todas elas me eram quase desconhecidas. Eu não dava ouvidos aos seus consolos; e o que diziam tinha tão pouco efeito que parecia, para mim, que estavam falando uma língua desconhecida. Percebi que, se o sofrimento estava morto dentro de mim, assim também estavam o amor e o desejo de compaixão. No entanto, o sofrimento só estava adormecido, para ressurgir ainda mais feroz, mas o amor nunca despertou novamente. Apenas seu fantasma, sempre pairando sobre o túmulo do meu pai, sobreviveu. Desde a morte dele, o mundo todo estava em branco para mim, exceto onde a mágoa havia estampado suas palavras ardentes dizendo-me para não sorrir mais. Os seres viventes não me eram companhias adequadas, e eu estava sempre pensando sobre como eu poderia afastá-los e fazer com que nunca mais ouvissem falar de mim.

Minha recuperação foi rápida; no entanto, esse era o pensamento que me assombrava, e eu sempre estava formulando planos de como poderia, dali em diante, dar um jeito de escapar das torturas que fossem preparadas para mim quando eu me misturasse à sociedade e de encontrar aquela solidão que era a única adequada a alguém cujo luto inenarrável separava-a dos seus semelhantes. Quem pode ser mais solitário, até mesmo em meio a uma multidão, do que alguém cuja história e cujos infinitos sentimentos e lembranças decorrentes dela [*sic*] são algo de que nenhuma alma viva sabe? Havia um terror muito profundo na minha narrativa para que eu pudesse confiá-la a alguém; eu era o único depósito, em toda a terra, do meu próprio segredo. Eu poderia contá-lo aos ventos e às charnecas desertas, mas nunca devo, entre meus semelhantes, seja por palavra ou até por olhar, permitir que sequer presumam a horrível realidade. Devo encolher-me diante dos olhos do homem para que ele não leia a culpa de meu pai em meus olhos vidrados; devo ficar quieta para que minha voz falha não entregue meus horrores inimagináveis. Sobre o profundo túmulo do meu segredo, devo amontoar uma pilha impenetrável de sorrisos e de palavras falsas: fraudes astutas, risadas traiçoeiras e uma mistura de todos os enganos leves formariam uma névoa para cegar os outros e ser tão venenoso quanto o simum para mim[66]. Eu, a cria do amor, a criança da floresta, a filha do brilho da natureza deveria submeter-me a isso? Eu não ousaria.

Como devo escapar? Eu era rica e jovem, e tinha um tutor indicado para mim; e todos à minha volta agiam como se eu fosse alguém da sua grande sociedade, enquanto eu deveria guardar o segredo de que, na verdade, eu havia sido cortada deles para sempre. Se eu fugisse, seria perseguida; não poderia escapar com vida; ora, então, devo morrer. Estremeci; eu não ousava morrer, embora o frio túmulo tivesse tudo o que eu amava; apesar de que eu poderia dizer, como Jó:

Onde está, agora, minha esperança? Pois quem poderá ver minha esperança? Elas descerão juntas às traves da sepultura, quando juntos teremos descanso no pó[67].

No entanto, minha esperança era corrupção, e pó, e tudo a que a morte nos leva. Ou a vida após a morte... Não, não, não me convencerei a morrer, não posso, não ouso. E aí chorei; sim, lágrimas cálidas mais uma vez debateram-se em meus olhos, calmantes, mas amargas; e, após chorar muito e gritar com uma angústia inútil, com os braços esticados, pelo meu cruel pai; depois que meu corpo ficou exaurido por toda a variedade de queixas, mergulhei de novo em devaneios e, mais uma vez, refleti sobre como encontrar aquilo que eu mais desejava; preciosa para mim, se é que algo me era precioso, uma solidão similar à morte.

---

[66] Uma boa descrição do comportamento da própria Mary na Inglaterra após a morte de Shelley, da serenidade superficial que escondia emoções tempestuosas. Ver Nitchie, *Mary Shelley*, p. 8-10.

[67] *Jó*, 17:15-16, citado com alguns erros.

Eu não ousaria morrer, mas poderia fingir minha morte e, assim, escapar dos meus consoladores; eles acreditarão que estou unida ao meu pai e, de fato, assim estarei. Pois sozinha, quando nenhuma voz pode perturbar meu sonho e nenhum olho pode encontrar o meu para verificar sua chama, aí poderei comungar com o espírito dele; em uma charneca solitária, ao meio-dia ou à meia-noite, ainda assim estaria perto dele. Seu último comando para mim era que eu fosse feliz; talvez ele não tenha querido dizer a felicidade sombria que prometi a mim mesma, mas essa era a única que eu poderia provar. Ele não entendia que eu [*nunca?*] mais poderia ser um dos cães sorridentes que perseguem bolhas que estouram e viram nada ao serem pegas, e depois correm atrás de uma outra, com cores mais brilhantes; minha esperança também provara ser uma bolha, mas havia sido tão adorável, tão enfeitada que eu não via ninguém que poderia atrair-me depois dela; além disso, eu estava exausta de persegui-la, quase morta de cansaço.

Eu fingiria minha morte; meus herdeiros satisfeitos ficariam com minha riqueza, e eu compraria a liberdade. Contudo, o meu plano precisaria ser feito com toda a astúcia; eu não seria deixada destituída, deveria garantir-me um pouco de dinheiro. Ai! A que truques repugnantes devo ser levada? No entanto, uma vida inteira de falsidade era a minha outra possibilidade; e, quando o remorso por ser a arquiteta de qualquer trapaça fez-me recuar diante do meu plano, fui irresistivelmente trazida de volta e tive uma confirmação pela visita de uma tia ou prima minha, que me dizia que a morte era o fim de todos os homens. E aí falava que meu pai havia, com certeza, perdido a cabeça desde que minha mãe morrera; que estava louco e que eu tinha sorte, porque, em um dos ataques dele, ele poderia ter-me matado, em vez de destruir a ele mesmo, que estava insano. E tudo isso, é claro, foi falado com delicadeza; não em plenas palavras, pois meus sentimentos poderiam ficar feridos, mas

Sussurrado de um jeito e de outro,
Em voz baixa, em palpite oculto[68,69]

com olhos abatidos e sorrisos ou choramingos compassivos; eu ouvia com quieta calmaria, enquanto cada nervo tremia; eu, que não ousava dizer sim ou não a toda essa blasfêmia. Ah, esta era uma vida deliciosa, totalmente sem malícia! Eu, com meu olhar de pombo e coração de raposa: pois, de fato, eu só sentia a degradação da falsidade e nenhum sentimento sagrado de inocência consciente que a pudesse redimir. Eu, que antes me vestira com a brilhante roupa da sinceridade, agora deveria pegar emprestada uma de várias cores; poderia parecer estranho no começo, mas o uso permitiria que eu a vestisse com elegância, para mentir com graça. Sim, eu poderia tingir minha alma de falsidade até que tivesse escondido por completo sua cor natural. Ah, amado pai! Aceite o coração puro da sua triste filha; permita-me juntar-me ao senhor imaculada como eu era, ou não reconhecerá minha aparência. Assim como o luto de Constance[70], minha fraude me mudaria de forma que, até no céu, o senhor diria: "Esta não é minha filha". Meu pai, para ser feliz tanto agora quanto quando nos encontrarmos de novo, preciso fugir de toda esta vida que é uma zombaria para alguém como eu. Somente na solidão serei eu mesma; sozinha, serei sua.

Ai! Até agora olho para trás com desgosto pelos meus artifícios e planos por meio dos quais, após muitos enfrentamentos dolorosos, completei meu retiro. Eu poderia entrar em longos detalhes sobre os meios que usei, primeiro para garantir a mim mesma um pequeno sustento pelo resto da minha vida e depois para garantir a convicção da minha morte. Poderia, mas não vou. Até mesmo agora, fico corada com as falsidades que proferi;

[68] *Fire, Famine and Slaughter*, Samuel Taylor Coleridge. (N.A.)

[69] Não está em *F of F–A*. A citação deveria ser: Boato. Sussurre, irmã! De um jeito e de outro! Em voz baixa, em palpite oculto.

[70] A mãe do príncipe Arthur em *Rei João*, de Shakespeare. No manuscrito, as palavras "o pequeno Arthur" estão escritas a lápis acima do nome de Constance.

meu coração fica enojado. Deixarei essa complicação que espero poder chamar, de certo modo, de uma fraude inocente para a imaginação do leitor. A lembrança assombra-me como um crime. Sei que, se eu fosse tentar relatá-la, minha narrativa acabaria sem conclusão[71]. Fui levada para Londres e precisei suportar, por algumas semanas, olhares frios, palavras frias e consolos mais frios ainda, mas escapei. Tentaram amarrar-me com grilhões que pensavam ser de seda, mas que pesavam como ferro em mim, embora eu os tenha quebrado com mais facilidade do que uma cilha qualquer e fugido para a liberdade.

As poucas semanas que passei em Londres foram as mais tristes da minha vida: a cidade grande é uma habitação assustadora para alguém que está sofrendo. O pôr do sol e a lua nobre, o abençoado movimento das folhas e o murmúrio das águas são ótimos médicos para uma mente perturbada. A alma é expandida e toma, em silêncio, um remédio calmante; para mim, era como quando um marinheiro enfeitiçado vê a adorável cobra d'água; na amorosa e abençoada natureza, eu, sem perceber, invocava uma bênção à minha própria alma. Mas na cidade tudo é fechado como uma prisão, uma prisão de arame de onde se pode dar só uma espiada no céu. Não consigo descrever-lhe qual era [*sic*] a natureza frenética das minhas sensações enquanto morei lá; eu costumava ficar beirando a loucura. Não, quando olho para trás, para vários dos meus pensamentos loucos, pensamentos que, às vezes, eram acompanhados por tentativas de agir; quando eu jogava as mãos para o alto, pedindo que a abóbada celeste caísse sobre mim e me enterrasse; quando eu arrancava os cabelos e, jogando-os ao vento, gritava: "Vocês estão livres, vão buscar meu pai!". E então, como a triste Constance, pegando-os de volta

[71] Em *F of F–A*, esse relato dos planos dela é dado a Diotima, e a desculpa de Mathilda para não os detalhar é que eles são insignificantes demais para interessar espíritos que não estão mais na terra; essa é a única intrusão do cenário na narrativa de Mathilda em *The Fields of Fancy*. A recusa de Mathilda de relatar seus estratagemas, embora a omissão seja bem-vinda ao leitor, pode representar a denúncia da invenção de Mary. De forma semelhante, em *Frankenstein*, ela dá desculpas para não explicar como o Monstro recebeu a vida. Todo o trecho "Ai! Até agora [...] acabaria não concluída. Fui [...]" está colado na página em uma tira de papel.

e juntando-os, para que ninguém o pudesse encontrar se eu não podia. Como, de joelhos, imaginava-me perto do túmulo do meu pai e batia no chão com raiva por ele escondê-lo de mim. Com frequência, quando ouvia com atenção ofegante o som do oceano misturando-se aos gemidos do meu pai e, então, chorava até perder a força e ficava calma e desfalecida, quando me lembrava de tudo isso me perguntava se não era loucura. Enquanto eu estava em Londres, esses e muitos outros pensamentos assustadores e angustiantes demais para colocar em palavras eram a minha porção. Todo esse sofrimento acabou quando fiquei livre; quando vi a charneca solitária à minha volta e a estrela noturna no oeste, aí eu podia chorar, nobremente chorar e ficar em paz.

Não me entenda mal; nunca fiquei louca de verdade. Sempre tive consciência do meu estado quando meus pensamentos desvairados pareciam levar-me à insanidade e nunca os revelei a ninguém, exceto ao silêncio e à solitude. As pessoas à minha volta não viram nada disso. Só viam uma pobre garota com o ânimo enfraquecido, que falava em voz baixa e gentil, e de cujas pálpebras abatidas às vezes saíam lágrimas que ela se esforçava para esconder. Alguém que amava estar sozinha e encolhia-se diante da observação; que nunca sorria; ah, não! Eu nunca sorria, e pronto.

Bem, escapei. Saí da casa do meu tutor, e nunca mais ouviram falar de mim de novo; acreditaram, pelas cartas que deixei e outras circunstâncias que planejei, que eu me destruíra. Procuraram por mim, portanto, com menos preocupação do que teriam feito caso contrário; e logo todo traço e toda memória de mim foram perdidos. Parti de Londres em um pequeno barco com destino ao norte da Inglaterra. E então, tendo obtido sucesso na minha tentativa e estando completamente sozinha, a paz retornou a mim. O mar estava calmo, e o barco movia-se com leveza adiante; sentei-me no convés sob a abóbada celeste e pensei que eu era uma criatura mudada. Não a Mathilda enfurecida, delirante e mais triste, mas uma jovem eremita dedicada à reclusão e cuja alma deve esforçar-se para deixar livre de todo tumulto e desespero profano. O singular vestido que parecia de freira que eu adotara[72]; a consciência de que minha própria existência era um segredo que só eu sabia; a solitude à qual eu estava, dali em diante, destinada para sempre alimentavam pensamentos gentis em meu coração ferido. A brisa que soprava em meu cabelo reavivava-me, e eu observava com olhos silenciosos os raios solares que reluziam nas ondas e os pássaros que faziam seu percurso sobre as águas apenas roçando-as com suas plumas. Eu dormia sem ser perturbada por sonhos; e acordava renovada para aproveitar, de novo, minha calma liberdade.

Em quatro dias, chegamos ao porto a que estávamos direcionados. Não quis ficar no litoral, mas prossegui no mesmo instante para o interior. Eu já havia planejado o lugar em que viveria. Deveria ser uma casa solitária em uma vasta planície com nenhuma outra habitação por perto, onde eu poderia ver todo o horizonte e andar por aí sem ser perturbada pela visão de meus semelhantes. Eu não era misantrópica, mas sentia que, para que meus sentimentos continuassem moderados, eu precisava estar só. Fixei-me em uma solitude afastada. Em uma charneca melancólica em meio a pedras, entre as quais crescia uma grama baixa e, aqui e ali, um pouco de junco ao lado de pequenas poças. Não muito longe do meu chalé, havia um pequeno aglomerado de pinheiros, as únicas árvores que podiam ser vistas a quilômetros. Tinha uma trilha que cortava o tojo que ia da minha porta até a pequena floresta, de cujos galhos mais altos os pássaros saudavam o sol nascente e acordavam-me para minha meditação diária. Minha vista só era limitada pelo horizonte, exceto em um dos lados, onde uma floresta distante fazia uma mancha escura na charneca, e todo o resto estendia sua cor clara até onde os olhos podiam alcançar, amplo e muito solitário. Aqui, eu podia marcar a rede das nuvens à medida que elas se teciam em massas espessas; podia assistir ao levantar vagaroso das nuvens pesadas

[72] A comparação à Ermitã e a ideia de ela usar um "singular vestido que parecia de freira" são adequadas, embora sejam melodramáticas. Isso só aparece em *Mathilda*. Mathilda faz referência ao seu "esquisito traje que parecia de freira" de novo quando encontra Woodville (ver página 60) e diz-nos, em um trecho riscado, que era "um vestido de seda preto muito parecido com um vestido de freira".

de trovão e ver as nuvens passageiras que passavam pelo céu, ou, sob os pinheiros, podia aproveitar a calmaria do céu azul-celeste.

Minha vida era muito pacífica. Eu tinha uma criada que passava a maior parte do dia em uma aldeia a três quilômetros daqui. Meus divertimentos eram simples e muito inocentes; eu alimentava os pássaros que construíam ninhos nos pinheiros ou em meio à hera que cobria o muro do meu jardinzinho, e logo eles me conheciam; os mais ousados apanhavam com o bico as migalhas das minhas mãos e pousavam nos meus dedos para cantar sua gratidão. Após viver aqui por um tempo, outros animais visitavam-me, e uma raposa vinha todos os dias para pegar uma porção de comida que lhe era apropriada e deixar-me acariciar sua cabeça. Além disso, eu tinha vários livros e uma harpa com a qual, quando estava desesperando-me, eu podia acalmar meu espírito e levantar o ânimo à compaixão e ao amor.

Amor! O que eu tinha para amar? Ah, muitas coisas: havia a luz do luar e as estrelas brilhantes; as brisas e chuvas refrescantes; havia toda a terra e o céu que a cobria; todas as formas adoráveis que visitavam minha imaginação, as memórias de heroísmo e virtude. No entanto, era muito diferente da minha vida de antes, embora, como naquela época, eu estivesse confinada à natureza e aos livros. Então eu atravessava os campos; meu espírito, com frequência, parecia cavalgar os ventos e misturar-se com alegre empatia ao ar ambiente. Então, se eu vagueava lentamente, alegrava-me com uma doce canção ou com devaneios mais doces ainda. Sentia um êxtase sagrado surgir de tudo o que eu via. Eu bebia a alegria de viver; meus passos eram leves; meus olhos, livres do amor que os animava, buscavam os céus e, com meu cabelo comprido solto aos ventos, eu entregava meu corpo e minha mente à harmonia e ao prazer. Mas, agora, minha caminhada era devagar. Meus olhos raramente se erguiam e costumavam estar cheios de lágrimas; não havia nenhuma canção; nenhum sorriso; nenhum movimento despreocupado que indicasse uma mente atenta ao que estava ao seu redor. Eu estava recolhida a mim mesma, uma criatura solitária e egoísta, sempre pensando nos meus arrependimentos e nas minhas esperanças perdidas.

A minha vida era ociosa e inútil; era assim; mas não diga ao lírio prostrado pela tempestade que se levante e floresça como antes. Meu coração estava sangrando por causa da sua ferida mortal; eu não conseguia viver de outro jeito. Com frequência, em meio a uma calma aparente, eu era visitada pelo desespero e pela melancolia; uma tristeza que nada podia dissipar ou superar; um ódio com a vida; um descuido com a beleza; tudo isso, aos trancos, deixava-me quase aniquilada pelo seu poder. Nunca, nem por um momento, quando eu estava mais calma, eu parava de orar pedindo para morrer. Não havia estado de espírito em que eu pudesse ser encontrada que não estivesse disposta a trocar pela inexistência. E, de manhã e de noite, com os olhos cheios de lágrimas erguidos ao céu e as mãos juntas com força, na energia da oração, eu repetia os versos do poeta:

Antes que outro dia discorra,
Oh, permita que este corpo morra!

Portanto, que eu não seja censurada pela inutilidade; eu acreditava que, com o suicídio, eu violaria uma lei divina da natureza e pensava que já havia cumprido meu papel o suficiente ao submeter-me à difícil tarefa de suportar as horas e os minutos que se arrastavam[73], ao carregar o peso do tempo que me oprimia e que, ao abster-me do que eu considerava um crime nos meus momentos de calmaria, eu merecia a recompensa da virtude. Aqueles eram períodos temíveis, durante os quais eu me desesperava e duvidava da existência de todo dever e da realidade do crime; mas me arrepio e evito a lembrança.

[73] Ver Shelley, *Prometeu desacorrentado*, I, 48: "as horas sem asas que se arrastavam". Essa frase ("meu papel o suficiente ao submeter-me [...] minutos") e o restante do parágrafo são uma elaboração da simples frase em *F of F–A*, "meu papel ao suportá-lo", com o pronome que dava uma ambiguidade. A última página do Capítulo VIII tem várias correções, até no manuscrito de *Mathilda*. É outro trecho que Mary parece ter escrito com o espírito um tanto agitado. Ver nota 47.

CAPÍTULO 9

Assim passei dois anos. Dia após dia, passaram-se tantas centenas deles; não traziam nenhuma mudança externa consigo, mas alguns operavam com lentidão na minha mente enquanto eu deslizava em direção à morte. Comecei a estudar mais, a compartilhar mais dos pensamentos alheios que eram expressos nos livros, a ler sobre a História e a perder minha individualidade em meio às pessoas que existiram antes de mim. Assim, talvez, à medida que a sensação de sofrimento imediato passava, fui tornando-me mais humana. A solidão também perdeu para mim alguns dos seus encantos. Comecei a desejar solidariedade de novo; não que eu ficasse alguma vez tentada a buscar as pessoas, mas eu desejava que um amigo me amasse. Você talvez dirá que fui ficando, aos poucos, apta a retornar para a sociedade. Não acho. Pois a solidariedade que eu desejava deveria ser tão pura, tão livre da influência de circunstâncias externas que, no mundo, eu não poderia deixar de ser frustrada pelas substâncias brutas que sempre se misturam até mesmo com seus melhores sentimentos. Acredite, naquela época eu estava menos adequada para juntar-me aos meus semelhantes do que antes. Quando os deixei, eles haviam me atormentado, mas do mesmo jeito que a dor e a doença podem atormentar; algo externo à mente que a atormentava e que eu queria deixar de lado. Mas, agora, eu teria desejado compaixão; teria querido entrelaçar minha alma à de algum deles, e teria preparado para mim mesma vários goles de decepção e sofrimento; pois eu estava sensível como uma planta delicada, muito nervosa. Eu não desejava compaixão e ajuda na ambição ou na sabedoria, mas doce e mútuo afeto; sorrisos para alegrar-me e palavras gentis para confortar-me. Desejava um coração em que eu pudesse derramar meus lamentos irrestritos e que, pela natureza celestial do solo, um fruto abençoado pudesse ser produzido a partir de uma semente tão ruim. No entanto, como eu poderia encontrar isso? O amor que é a alma da amizade é um espírito delicado raramente encontrado, exceto quando duas criaturas amigáveis conhecem-se desde muito jovens ou quando são unidas pelo sofrimento e pelas buscas mútuas; ele vem para alguns dos eleitos sem que precisem buscá-lo, despercebidos; desce como um orvalho suave em lugares escolhidos que, não importa o quão estéreis fossem antes, tornam-se férteis sob sua influência benigna em todas as doces plantas; mas, quando é desejado, ele foge; zomba das orações dos seus devotos; ele é concedido, mas não obtido.

Eu sabia de tudo isso e não fui buscar compaixão; mas ali, na minha charneca solitária, sob meu humilde teto, onde tudo à volta era deserto, ela veio a mim como o brilho do sol no inverno, para adornar enquanto ajuda a dissolver a neve amontoada. Ai, o sol raiou em um fruto arruinado; não revivi sob seu esplendor, pois estava destruída demais para sentir seu agradável poder. Meu pai havia sido, e sua memória era a vida da minha vida. Eu poderia sentir gratidão por outra pessoa, mas nunca poderia amar mais ou ter mais esperança do que antes; tudo era sofrimento; até meus prazeres eram suportados, não aproveitados. Eu era como um lugar solitário em meio a montanhas, cercado por todos os lados por precipícios íngremes e escuros, onde nenhum raio de calor podia penetrar e de onde não havia saída para campos mais ensolarados. E foi assim que, embora o espírito da amizade me tenha confortado por um tempo, ele não pôde restaurar-me. Veio como uma amável visitação; foi embora e mal senti a perda. O espírito da existência estava morto dentro de mim; não se surpreenda, portanto, com o fato de que, quando ele veio, não o tenha recebido com mais alegria ou que, quando foi embora, eu não tenha lamentado com mais amargura pelo melhor presente dos céus: um amigo.

O nome do meu amigo era Woodville[74]. Relatarei rapidamente a história dele, para que você possa julgar como meu coração devia estar frio para não ser aquecido com suas eloquentes palavras e terna compaixão; e, como ele também era muito triste, nós teríamos sido perfeitos para sermos um consolo mútuo um ao outro, se eu não tivesse sido endurecida até virar pedra pela cabeça de Medusa da Tristeza. Os infortúnios de Woodville não vinham do âmago do coração como os meus; o sofrimento dele era natural, não para destruir, mas para purificar o coração e a partir do qual ele poderia, quando sua sombra já tivesse passado por ele, brilhar mais e ser mais feliz do que antes.

Woodville era filho de um pobre clérigo e recebera uma educação clássica. Era um daqueles poucos a quem a fortuna favorece desde o nascimento; a quem ela concede todos os dons do intelecto e do ser com uma abundância sem limites, e em quem, sob sua proteção peculiar, nenhuma imperfeição, por menor que fosse, ou decepção, passageira como fosse, tinha permissão de tocar. Ela parecia ter formado a mente dele com aquela excelência que nenhuma impureza pode sujar, e o entendimento dele era

[74] Em *F of F-A*, há vários inícios falsos de frases antes dessa. O nome ali é Welford; na página seguinte, ele vira Lovel, que é usado dali em diante por toda a *The Fields of Fancy* e aparece duas vezes, provavelmente sem querer, em *Mathilda*, onde é riscado. Em alguns dos fragmentos de *S-R fr*, é Herbert. Em *Mathilda*, começa sendo Herbert, que é usado até depois da conclusão reescrita (ver nota 107), mas é corrigido ao longo do texto para Woodville. Nas páginas finais, apenas Woodville é usado. (É interessante, embora não seja significativo demais, que um dos personagens secundários de *John Woodvil*, de Charles Lamb, chama-se Lovel. Nomes suaves assim rolavam facilmente das penas de todos os escritores românticos.) Isso, seu primeiro retrato de Shelley em ficção, deu a Mary um trabalho considerável: são inúmeras as revisões dos primeiros rascunhos. O trecho sobre o dom de Woodville dado pelo destino, por exemplo, é muito mais conciso e eficaz do que o de *S-R fr*. Mary também moderou um tanto a extravagância dos elogios a Woodville, omitindo hipérboles como "Quando ele aparecia, um novo sol parecia surgir no dia, e ele tinha toda a benignidade do dispensador de luz" e "ele parecia vir como o Deus do mundo".

tamanho que nenhum erro poderia perverter. Tinha um gênio transcendente, e, quando ele se ergueu como uma estrela brilhante no Leste, todos os olhos voltaram-se a ele em admiração. Era um Poeta. Essa palavra foi, tantas vezes, degradada que não transmitirá a ideia de tudo o que ele era. Ele era como um poeta da antiguidade a quem as musas haviam coroado no berço e em cujos lábios as abelhas se haviam alimentado. Enquanto andava entre outros homens, parecia rodeado por um halo celestial que o separava e destacava dos outros. Eram a sua beleza insuperável, o fogo esplêndido dos seus olhos e suas palavras cujas tonalidades envolviam quem o ouvia em uma admiração muda e estática que o faziam transcender todos os outros, de forma que, diante dele, pareciam formados apenas para servir à sua excelência superior.

Ele era glorioso desde jovem. Todos o amavam; nenhuma sombra de inveja ou ódio lançada até mesmo da mente mais cruel recaía sobre ele. Ele era, como um prazer peculiar dos deuses, cercado e rodeado pela própria divindade, de forma que nada além de amor e admiração podia aproximar-se dele. Seu coração era simples como o de uma criança, sem nenhuma mancha de arrogância ou vaidade. Ele se misturava à sociedade sem perceber sua superioridade sobre seus companheiros, não porque se menosprezava, mas porque não percebia a inferioridade dos outros. Parecia incapaz de imaginar toda a extensão do poder que o egoísmo e o vício têm sobre o mundo; quando o conheci, embora suas mais caras esperanças tivessem sido decepcionadas, ele não havia experimentado nenhuma decepção que tivesse surgido da maldade e do amor próprio dos homens; sua posição era alta demais para permitir que ele sofresse por causa da dureza de coração deles e baixa demais para que ele conhecesse a ingratidão e o egoísmo invasivo; é uma das bênçãos da fortuna moderada que, ao impedir que o possuidor conceda favores monetários, impede-o também de mergulhar nos mistérios da fraqueza ou da malícia humana. Conceder aos seus semelhantes é um atributo divino. De fato é, um atributo que não é feito para a mortalidade. O doador, como Adão e Prometeu, deve pagar o preço de elevar-se acima da sua natureza sendo o mártir de sua própria excelência. Woodville era livre de todos esses males; e, se alguns leves exemplos chegassem a passar por ele[75], não os percebia, mas continuava seu caminho como um anjo com pés alados poderia deslizar pela terra desimpedido por todos aqueles pequenos obstáculos nos quais nós, de origem mundana, tropeçamos. Ele acreditava na divindade do gênio e sempre contrapunha uma descrença severa às objeções daqueles censuradores mesquinhos e críticos menores que desejam reduzir todos os homens ao mesmo nível miserável que o deles. "Farei uma comparação científica", ele dizia, "à maneira, se me permite, do doutor Darwin. Considero que os supostos erros de um homem genial sejam como aberrações das estrelas permanentes. A nossa distância delas e nossos meios imperfeitos de comunicação as fazem parecer que estão se mexendo; na verdade, elas estão sempre paradas, em um ponto glorioso, dando-nos uma bela lição de modéstia se quiséssemos assim recebê-la"[76].

Falei que ele era um poeta: quando tinha vinte e três anos de idade, publicou seu primeiro poema e foi aclamado por toda a nação com entusiasmo e deleite. Sua boa estrela sempre brilhava sobre ele; nunca antes uma reputação fora tão rapidamente construída: era universal. A multidão exaltava os mesmos poemas que formavam a maravilha do sábio em particular: não havia uma voz que discordasse[77].

Foi naquela época, no auge de sua glória, que ele conheceu Elinor. Ela era uma jovem herdeira de extraordinária beleza que vivia sob os cuidados

---

[75] Esta passagem que começa com "sua posição era alta demais" não está em *F of F–A*.

[76] Este trecho que começa com "Ele acreditava na divindade do gênio" não está em *F of F–A*. Ver a discussão sobre "gênio" em "Giovanni Villani" (texto de Mary Shelley em *The Liberal*, n. IV, 1823), incluindo a frase: "As estrelas fixas parecem anormais [*sic*]; mas somos nós que nos movemos, não elas". É tentador concluir que essa é uma frase ou um eco de algo dito por Shelley, talvez em uma conversa com Byron. Não encontrei isso em nenhum dos seus escritos publicados.

[77] Seria isso um desejo sobre a poesia de Shelley? Sabe-se bem que, um ano depois, Mary protestou com Shelley quanto a *The Witch of Atlas*, desejando, como ela disse em uma nota que escreveu em 1839, "que a popularidade de Shelley aumentasse [...] Não era só que eu desejava que ele adquirisse popularidade, o que resultaria na sua fama; mas eu acreditava que ele obteria maior domínio sobre os próprios poderes e maior felicidade na mente se o aplauso público coroasse seus esforços [...] Até mesmo agora, acredito que eu estava certa". A resposta de Shelley está nas seis primeiras estrofes do poema.

do seu tutor; desde o primeiro momento em que foram vistos juntos, pareciam feitos um para o outro. Elinor não era genial como Woodville, mas era generosa e nobre, e engrandecida por sua juventude e pelo amor que despertava em todo lugar além do conhecimento de nada além da virtude e excelência. Ela era adorável; seus modos, francos e simples; seus olhos azuis-escuros nadavam em um esplendor que só podiam ser dados pela sensibilidade acrescida à sabedoria.

Eram feitos um para o outro, e logo amavam um ao outro. Pela primeira vez, Woodville, sentiu o prazer do amor; e Elinor ficava extasiada por possuir o coração de alguém tão belo e glorioso dentre os outros homens. Poderia outra coisa além de pura alegria fluir de uma união como essa?

Woodville era um poeta; todas as sociedades o procuravam, e todos os olhos se voltavam somente a ele quando ele aparecia; mas era filho de um pobre clérigo, e Elinor era uma rica herdeira. Seu tutor não ficou descontente com o afeto mútuo do casal; o mérito de Woodville era eminente demais para que lhe fossem feitas críticas por causa de sua condição inferior; mas o testamento do pai dela não lhe permitiu casar antes que fosse maior de idade, e sua fortuna dependia de sua obediência a tal proibição. Ela havia acabado de completar vinte anos e, com seu amor, foi obrigada a submeter-se a esse atraso. Mas eles estavam sempre juntos, e sua felicidade parecia paradisíaca; estudavam juntos; faziam planos de suas ocupações futuras e, bebendo do amor e da alegria dos olhos e das palavras um do outro, logo ficaram descontentes com a demora para que pudessem completar sua união. Woodville só aumentava em glória; e Elinor foi ficando mais amável e sábia com as lições do seu talentoso amado.

Em dois meses, Elinor completaria vinte e um anos de idade: tudo estava preparado para sua união. Como devo relatar a catástrofe de tamanha alegria? Mas a terra não seria como é, coberta de frustração e sofrimento, se um par como aquelas criaturas angelicais tivesse tido a permissão de existir um para o outro; faça uma busca pelo mundo e não encontrará a felicidade perfeita que o casamento deles os teria feito aproveitar; deveria ter sido necessária uma revolução na ordem das coisas como elas são estabelecidas entre nós, miseráveis moradores da Terra, para que a consumação de tamanha alegria fosse permitida. A cadeia da necessidade que sempre traz a miséria teria sido quebrada, e o destino maligno que governa sobre ela não permitira essa brecha nas leis eternas. Mas por que eu deveria queixar-me disso? A miséria era meu elemento, e nada que não fosse miserável poderia aproximar-se tanto de mim; se Woodville tivesse sido feliz, eu nunca o teria conhecido. E será que eu, que, por muitos anos, fui alimentada pelas lágrimas e nutrida sob o orvalho do luto, posso fazer uma pausa para relatar uma história de mágoa e morte[78]?

Woodville foi obrigado a viajar para o interior e foi privado, dia após dia, em cansativa ausência, da sua amável noiva. Recebeu uma carta dela que dizia que ela estava levemente doente, mas dizendo-lhe que se apressasse de volta para ela, porque, dos olhos dele, ela receberia a saúde, e sua companhia seria o melhor remédio. Não pôde voltar por mais três dias e, aí, retornou às pressas para ela. Ele não sabia por que seu coração pressagiava o infortúnio; não ouvira mais notícias dela; temia que ela pudesse ter piorado, e esse medo fez com que ficasse impaciente e inquieto pelo momento em que a veria mais uma vez na sua frente, ostentando saúde e beleza; pois uma voz sinistra parecia sempre cochichar-lhe: "Você nunca mais a verá como ela era".

Quando chegou ao lugar em que ela morava, tudo estava quieto; ele passou por diversas salas; em uma delas, viu um criado chorar amargamente; fraco de medo, ele mal conseguiu perguntar: "Está morta?", e apenas ouviu a terrível resposta: "Ainda não". Essas palavras assustadoras tiveram, para ele, menos importância e medo do que esperava; e saber que ela ainda estava

[78] Os parágrafos anteriores sobre Elinor e Woodville são resultado de uma revisão considerável para melhorar *F of F–A* e *S-R fr.* Mary riscou um parágrafo em que descrevia Elinor, livrando-se, assim, de diversos clichês ("a sorte havia sorrido para ela", "uma das favoritas da sorte", "transformando lágrimas de tristeza em lágrimas de alegria"); ela omitiu uma frase que dava uma motivação fraca à vontade do pai de Elinor (a possibilidade de ela se casar, quando ainda mal havia crescido, com um dos filhos do seu tutor); reduziu a extravagância de uma elocução exagerada quanto à felicidade perfeita que Woodville e Elinor teriam experimentado.

viva e que ainda podia ter esperanças era um alívio para ele. Lembrou-se das palavras da carta dela e entregou-se à ideia extravagante de que seus beijos, soprando terno amor e vida, introduziriam nela um novo espírito e que, com ele por perto, ela não poderia morrer; que sua presença era o talismã da vida dela.

Foi às pressas para o quarto em que ela estava doente; ela estava deitada, com as bochechas queimando de febre; no entanto, os olhos estavam fechados, e ela parecia inconsciente. Ele a envolveu nos braços; deu beijos esbaforidos nos seus lábios ardentes; chamou-a com uma voz de angústia calada pelos apelidos mais carinhosos; "Volte, Elinor; estou com você; sua vida, seu amor. Volte; minha querida, você me prometeu essa bênção, que eu lhe traria saúde. Que seu espírito torne à vida; você não pode morrer perto de mim. O que é a morte? Não a ver mais? Despedir-me do que faz parte de mim; sem o qual não tenho memória nem futuro? Elinor morrer! Isso é loucura e o desespero mais miserável; você não pode morrer enquanto estou perto".

E mais uma vez ele beijou os olhos e lábios dela e ficou sobre seu corpo inanimado em agonia, olhando seu rosto ainda adorável, embora alterado, observando cada leve convulsão e cor diferente que indicasse que a vida ainda estava ali, embora estivesse prestes a partir. Por um momento, ela despertou e reconheceu a voz dele; um sorriso, um último adorável sorriso, despontou nos lábios dela. Ele ficou ao seu lado por doze horas, e então ela morreu[79].

---

[79] A cena da morte é elaborada a partir de *F of F–A* e ficou mais melodramática com o acréscimo do pedido de Woodville e de sua vigília no leito de morte.

CAPÍTULO 10

Foi seis meses após essa triste conclusão de suas esperanças por tanto tempo nutridas que o vi pela primeira vez. Ele se mudara para uma parte do país onde era desconhecido, para que pudesse entregar-se ao luto em paz. O mundo todo, com a morte da sua amada Elinor, mudara para ele, e ele não conseguia mais ficar em nenhum lugar em que fora visto com ela ou onde a imagem dela, misturada às mais arrebatadoras esperanças, brilhara por toda parte com uma luz de alegria que agora seria transformada em uma escuridão maior do que a noite, desde que ela, o sol de sua vida, se pusera para sempre.

Ele viveu por um tempo sem nunca olhar para a luz do céu sem que cobrisse os olhos em uma eterna escuridão, longe de tudo que pudesse lembrar-lhe o que ele fora; mas, conforme o tempo aliviou seu sofrimento[80], como um verdadeiro filho da Natureza, ele buscou no gozo de suas belezas um consolo para sua infelicidade. Veio para uma parte do país em que ninguém o conhecia e onde, na mais profunda solidão, ele só poderia

[80] *F of F–A* termina neste ponto, e *F of F–B* continua.

conversar com o próprio coração. Encontrou alívio ao seu sofrimento impaciente nas brisas do céu e no som das águas e da floresta. Começou a gostar de cavalgar; esse exercício distraía a mente e levantava o ânimo; montando um cavalo veloz, ele podia, por um momento, ganhar uma folga da imagem que, caso contrário, sempre o seguia; Elinor em seu leito de morte, suas doces feições alteradas e a pouca vida que a animava minguando aos poucos até ser extinta. Por muitos meses, Woodville tentara, em vão, livrar-se dessa terrível lembrança; ela ainda se prendia nele até que a memória fosse um fardo pesado demais para sua alma oprimida, mas, quando montava a cavalo, o encanto que parecia retê-lo a essa ideia era quebrado; então, se ele pensasse na noiva que perdera, imaginava-a radiante em beleza; podia ouvir sua voz e imaginá-la como "uma caçadora das florestas ao seu lado", enquanto seus olhos brilhavam ao pensar ter visto sua figura querida. Eu o havia visto cavalgar pela charneca várias vezes, e ficava irritada que minha solitude estivesse sendo perturbada. Fazia tanto tempo que eu não falava com ninguém além de camponeses que sentia uma sensação desagradável em ser olhada por qualquer um de posição superior. Também temia que pudesse ser alguém que já me tivesse visto antes; eu poderia ser reconhecida, minhas mentiras, descobertas e ser arrastada de volta a uma vida com uma tortura pior do que eu já suportara antes. Eram medos assustadores e assombravam até meus sonhos[81].

Certo dia, eu estava sentada à beira de um amontoado de pinheiros quando Woodville passou a cavalo. Assim que o vi, levantei-me de repente para escapar da sua observação, entrando em meio às árvores. Quando

[81] Um trecho parecido sobre os medos de Mathilda foi cortado em *F of F–B*, mas aparece de forma revisada em *S-R fr.* Também há, entre esses fragmentos, um longo trecho não utilizado em *Mathilda* que identifica Woodville como alguém que ela conhecera em Londres. Mary foi sábia em descartar a ideia pelo bem da própria história. Mas a primeira parte dela é interessante pela sua correspondência com a realidade: "Eu o conheci quando fui para Londres pela primeira vez com meu pai, no auge da sua glória e felicidade. Elinor estava viva e na sua vida ele vivia. Não a conheci, mas ele havia sido apresentado ao meu pai e visitara-nos uma ou duas vezes. Na época, eu observara sua beleza e ouvira-o com deleite". Shelley havia visitado Godwin mais do que "uma ou duas vezes" enquanto Harriet ainda estava vivo, e Mary vira-o. É claro que ela vira Harriet também, em 1812, quando foi com Shelley visitar Godwin. Elinor e Harriet, no entanto, são completamente diferentes.

me levantei, seu cavalo assustou; ele se empinou e saltou, e o homem foi lançado longe. O cavalo então galopou com velocidade pela charneca, e o estranho ficou no chão, atordoado pela queda. Não ficou muito ferido, um pouco de água fresca logo o restaurou. Fiquei perplexa com sua excessiva beleza e, enquanto ele falava comigo para agradecer, a doce, mas melancólica, cadência da sua voz trouxe lágrimas aos meus olhos.

Conversamos um pouco, mas no dia seguinte ele parou de novo no meu chalé e, aos poucos, fomos ficando mais íntimos. Era estranho para ele ver uma mulher tão jovem, eu não tinha nem vinte anos, que evidentemente pertencia às primeiras classes da sociedade e tinha todas as habilidades que uma excelente educação poderia conferir, vivendo sozinha em uma charneca desolada [*sic*]. Uma mulher cuja testa estava tão fortemente marcada pelo sofrimento e cujas palavras e movimentos denunciavam que seus pensamentos não os acompanhavam, mas estavam presos a outras ideias muito longínquas; amargos e opressores sofrimentos. Eu também estava vestindo um esquisito traje que parecia de freira, demostrando que não me isolara por necessidade, mas que eu podia entregar-me a um luxo de luto e a uma reclusão caprichosa.

Logo ele se interessou muito por mim e, às vezes, esquecia-se do próprio luto para sentar-se ao meu lado e tentar animar-me. Ele não falhava em interessar nem mesmo alguém que se fechara do mundo todo, cuja esperança era a morte e que vivia apenas com os que já haviam partido. Sua beleza, suas conversas que reluziam com imaginação e sensibilidade, a poesia que parecia pairar sobre seus lábios e deixar até mesmo o ar mudo para ouvi-lo eram charmes aos quais ninguém podia resistir. Ele era mais jovem, menos esgotado, mais calmo do que meu pai e não me lembrava dele de jeito nenhum; ele sofria com um luto imediato e, no entanto, sua gentil influência, em vez de chamar à ação sentimentos que estariam, de outro modo, dormentes, parecia apenas cobrir com um véu aquilo que seria, caso contrário, brilhante demais para mim. Quando estávamos juntos, eu falava pouco, mas minha mente egoísta era, às vezes, arrebatada pelo rápido fluxo das ideias dele; eu erguia os olhos com um esplendor momentâneo até que as memórias que nunca morriam e raramente ficavam dormentes voltassem e uma lágrima os embaçasse.

Woodville sempre tentava levar-me a contemplar o que era belo e feliz no mundo[82]. A própria mente dele estava sempre [*sic*] inclinada a uma crença antiga no bem em vez de no mal, e esse sentimento que deve alegrar até os desesperançosos sempre brilhava em suas palavras. Ele falava dos maravilhosos poderes do homem, do seu estado presente e de suas esperanças; do que haviam sido e do que eram, e, quando a razão não podia guiá-lo mais, sua imaginação, como se inspirada, iluminava a obscuridade que cobre o passado e o futuro. Ele amava estender-se no que poderia ter sido o estado da Terra antes que o homem vivesse nela e em como ele surgiu e começou a tornar-se a estranha, complicada, mas, conforme dizia, gloriosa criatura que era agora. Cobrindo a Terra com suas criações e formando, com o poder de sua mente, outro mundo mais agradável do que a moldura visível das coisas, até mesmo todo o mundo que podemos encontrar nos seus escritos. Uma bela criação, ele dizia, que pode reivindicar essa superioridade ao seu original, em que o bem e o mal são separados com mais facilidade; o bem, recompensado do jeito que eles mesmos quisessem; o mal, punido como todas as coisas más devem ser punidas, não pela dor, que é revoltante de considerar-se a toda filantropia, mas pela escuridão silenciosa, que simplesmente os priva de seus caracteres danosos; por que matar a serpente depois de ter extraído seus dentes venenosos?

A poesia do seu linguajar e dos seus pensamentos, que minhas palavras mal transmitem, deixava-me cativa aos seus discursos. Era, para mim, um prazer melancólico ouvir suas palavras inspiradas; capturar, por um momento, a luz dos seus olhos; sentir uma compaixão passageira e,

[82] Aqui e em muitas páginas seguintes, em que Mathilda registra as palavras e opiniões de Woodville, é possível ouvir a voz de Shelley. Este parágrafo, que é bastante expandido de *F of F–B*, pode ser comparado com a discussão do bem e do mal em *Julian e Maddalo* e com *Prometeu desacorrentado* e *Defesa da poesia*.

então, acordar para a desilusão, saber novamente que tudo aquilo não era nada, um sonho, uma sombra, pois não havia realidade para mim; meu pai deserdara-me para sempre, deixando apenas memórias em mim que criariam uma eterna barreira entre mim e meus semelhantes. Eu, de fato, não andava junto a ninguém. Ele, Woodville, lamentava a perda da noiva; outros choravam pelas várias formas de tristeza que os visitavam; mas a infâmia e a culpa misturavam-se à minha porção; a paixão ilícita e detestável havia despejado seu veneno nos meus ouvidos e mudara todo o meu sangue, de forma que ele não era mais o agradável canal que dá suporte à vida, mas uma fonte fria de amargura, corrompida bem na nascente[83]. Devia ser o excesso de loucura que podia fazer-me imaginar que eu poderia, algum dia, ser algo além de uma pessoa sozinha; tirada da humanidade; que não tinha nenhuma afinidade com nenhum homem ou mulher; uma desgraçada a quem a natureza banira.

Às vezes, Woodville falava comigo sobre si mesmo. Contava sua história curta em felicidade e angústia e longa em paixão pelo amor mútuo dele e de Elinor. "Ela era", dizia ele, "a visão mais brilhante que já existiu na Terra; havia algo no seu semblante sincero, na sua voz, em cada movimento do seu gracioso corpo que me dominava, como se fosse uma criatura celestial que condescendeu em misturar-se comigo na relação mais doce que o homem já experimentou. A dor fugia diante dela; e seu sorriso parecia ter um poder como o da luz, de irradiar toda a escuridão mental. Não era como um encanto humano que os belos sorrisos iam e vinham, mas como um raio de sol em um lago, às vezes claro, às vezes obscuro, mudando antes que você tentasse pegá-lo e guardá-lo para sempre no seu coração. Vi esse sorriso desaparecer para sempre. Ai! Eu nunca poderia ter acreditado que foi de fato Elinor que morreu se, quando falei, ela não tivesse erguido os olhos quase entenebrecidos e, por um momento, como mais nada na Terra, mais agradável do que um raio de sol, mais leve e rápido do que uma pluma

[83] Na revisão deste trecho, a noção de Mathilda de sua sujeira é intensificada, por exemplo, com o acréscimo de "a infâmia e a culpa misturavam-se à minha porção".

flutuante de um pássaro, ofuscante como o raio e como se transformasse a noite em dia, no entanto, suave e fraco, aquele sorriso não tivesse aparecido; ele foi embora, e esse foi o fim de toda a alegria para mim".

Assim, seus próprios sofrimentos ou as formas copiadas da natureza que ficavam na sua cabeça com uma beleza maior do que realmente tinham ocupavam nossa conversa enquanto eu cercava minhas próprias angústias com um sigilo cauteloso. Se, por um momento, ele demonstrasse curiosidade, meus olhos baixavam, minha voz sumia, e meu sofrimento evidente fazia-o tentar rapidamente banir as ideias que despertara; no entanto, ele sempre misturava consolo nas conversas e tentava aliviar meu desespero demonstrando uma profunda solidariedade e compaixão. "Nós dois somos infelizes", ele me dizia; "eu lhe contei minha história melancólica e choramos juntos pela perda daquele adorável espírito que me abandonou com tanta crueldade; mas você esconde seus sofrimentos. Não lhe peço que os revele, mas me diga se não posso consolá-la. Parece-me uma louca aventura encontrar, nesta região despovoada, alguém como você, tão solitária; você é jovem e muito bonita; seus modos são refinados e cativantes; no entanto, há algo na sua firme melancolia, e algo, não sei o quê, nos seus olhos expressivos que parece separá-la das outras como você; está tremendo; peço-lhe que me perdoe, mas não posso evitar expressar, pelo menos uma vez, o intenso interesse que tenho pelo seu destino.

"Você nunca sorri; sua voz é baixa, e você profere as palavras como se tivesse medo do menor som que elas produziriam; a expressão de terrível e intenso sofrimento nunca some do seu rosto. Perdi para sempre a companheira mais amável que qualquer homem poderia ter tido, alguém que mais parece ter sido um espírito superior que, por algum estranho acidente, andou entre nós, criaturas terrenas, do que um ser pertencente ao nosso tipo. Ainda assim, eu sorrio e, às vezes, falo como se me tivesse esquecido tudo que suportei. Mas seu semblante triste nunca muda; você ainda tem pulsação e respira, mas parece já pertencer a outro mundo; e, às vezes, por favor, perdoe meus pensamentos indomados, quando você toca minha mão, fico surpreso em ver que sua mão é quente, quando todo o fogo da vida parece não existir dentro de você.

"Quando a vejo, as lágrimas que você derrama, o leve olhar desaprovador com o qual resiste a todas as perguntas, a profunda compaixão que sua voz expressa quando falo dos meus menores sofrimentos aumentam o meu interesse por você. Você fica aqui, desabrigada[.] Tirou a si mesma do meio de nós e definha nesta planície desolada, abandonada e desamparada; alguma calamidade terrível deve ter-lhe acontecido. Não me dê as costas; não lhe peço que me conte; só imploro que me ouça e que se familiarize com a voz de consolo e bondade. Se a compaixão, a admiração e o amável afeto podem desacostumá-la do desespero, deixe-me tentar cumprir essa missão. Não consigo ver seu olhar de profundo pesar sem tentar restaurá-la a sentimentos mais felizes. Solte a testa; relaxe a severa melancolia do seu olhar; permita que um amigo, um sincero e afetuoso amigo, que serei eu, traga-lhe um pouco de alívio, uma pausa momentânea aos seus sofrimentos.

"Não pense que eu invadiria sua confiança: só lhe peço paciência. Não olhe para sempre para a dor sem nunca falar dela; diga uma palavra de queixa amarga e eu a repreenderei com uma gentil exortação e derramarei em você o bálsamo da compaixão. Não me prive de toda a comunhão com você; não me diga por que está sofrendo, mas fale apenas as palavras 'Estou infeliz', e você se sentirá aliviada, como se tivesse sido excluída de toda comunicação, por um tempo, por algum feitiço mágico, e de repente entrasse de novo no território da compaixão humana. Suplico-lhe que acredite nas minhas mais sinceras declarações e que me trate como um velho e testado amigo; prometa-me que nunca me esquecerá, nunca me afastará sem motivo; mas tente amar-me como alguém que dedicaria toda a sua energia para fazê-la feliz. Chame a mim de amigo; cumprirei os deveres como tal; e se, por um momento, a queixa e o sofrimento tomarem a forma de palavras, permita que eu esteja perto para trazer paz à sua alma aflita."

Repito as persuasões dele em termos débeis e não lhe posso dar, ao mesmo tempo, o tom e os gestos que as animavam. Como uma chuva refrescante em um solo árido, elas me reavivaram e, embora eu ainda mantivesse sua causa em segredo, ele me levou a derramar minhas amargas queixas e a vestir minha angústia com palavras de rancor e fogo. Com toda a energia do sofrimento desesperado, contei-lhe como caíra de uma só vez do êxtase à miséria; como, para mim, não havia mais alegria, nem esperança; que a morte, por mais amarga que fosse, seria o agradável selo para todas as minhas dores; a morte, a carcaça, seria bela como o amor. Não sei por quê, mas achei bom proferir aquelas palavras a ouvidos humanos; e, embora eu zombasse de todo consolo, fiquei feliz em vê-lo ser oferecido a mim com gentileza e bondade. Ouvia em silêncio e, quando ele pausava, derramava de novo a minha tristeza em expressões que mostravam como minhas feridas eram profundas demais para que tivessem qualquer cura.

Mas agora comecei também a colher os frutos da minha perfeita solidão. Tornara-me inapta a relacionar-me com qualquer pessoa, até mesmo com Woodville, a criatura mais gentil e compreensiva que já existiu. Eu me tornara capciosa e irracional; meu temperamento estava completamente estragado. Eu o chamava de meu amigo, mas via com olhos desconfiados tudo o que ele fazia. Se não me visitasse na hora combinada, eu ficava irritada, muito irritada, e dizia-lhe que, se ele tivesse interesse mesmo em mim, era algo frio e não adequado para mim, uma pobre criatura esgotada, cuja profunda infelicidade exigia muito mais do que seu coração mundano podia dar-me. Quando, por um momento, eu imaginava que ele estava com um jeito frio, eu lhe falava, de mau humor: "Eu estava em paz antes de você chegar; por que foi me perturbar? Você me deu novos desejos e agora está brincando comigo como se meu coração fosse completo como o seu, como se eu não fosse, na verdade, um triste cordeiro tosado empurrado ladeira abaixo, torturado a cada rajada de vento. Eu não queria amigo nenhum, compaixão nenhuma. Eu o evitava, você sabe disso, mas você forçou seu caminho até mim e deu-me aquelas vontades que vê, triunfante, darem poder a você sobre mim. Ah, o bravo poder do vento amargo vindo do norte que congela as lágrimas que fez serem derramadas! Mas não vou tolerar isso; vá; o sol vai surgir e se pôr assim como antes de você aparecer, e eu me sentarei em meio aos pinheiros ou andarei pela charneca chorando e reclamando sem desejar que você ouça. Você é cruel, muito cruel, por tratar a mim, que sangro em cada poro, desse jeito áspero"[84].

E então, quando, em resposta às minhas palavras rabugentas, eu via seu semblante inclinado com uma compaixão vivificante por mim quando o via,

> *Gli occhi drizzo ver me con quel sembiante Che madre fa sopra figlioul deliro P[a]radiso. C 1.*[85]

eu chorava e dizia: "Oh, perdoe-me! Você é bondoso e gentil, mas não sou digna de viver. Por que sou obrigada a viver? Arrastar hora após hora, ver as árvores balançar os galhos sem parar, sentir o ar e sofrer tudo o que sofro na mais severa agonia. Minha fisionomia é forte, mas minha alma está afundando sob a duração dessa angústia vivente. A morte é o objetivo que gostaria de atingir, mas, ai! Nem mesmo vejo o fim disso tudo. Diga-me, meu amigo compassivo[86], diga-me como morrer em paz e inocente, e eu o bendirei; tudo o que eu, pobre coitada, posso desejar é uma morte indolor".

Mas as palavras de Woodville tinham mágica; quando começavam com a mais doce compaixão, ele me tirava aos poucos de mim mesma e das minhas dores até que eu me surpreendesse com meu próprio egoísmo; mas me deixava, e o desespero voltava; o trabalho do consolo sempre precisava começar de novo. Eu costumava desejar que ele estivesse completamente ausente; pois percebi que eu não me identificava mais com o estilo de vida e que, pela minha longa reclusão, embora eu pudesse suportar o sofrimento

[84] Algumas frases de autocrítica são adicionadas neste parágrafo.

[85] Em *F of F-B*, esta citação é usada na cena do láudano, logo antes do longo discurso de dissuasão de Level (Woodville).

[86] A passagem "o ar e sofrer [...] meu amigo compassivo" está em um recorte de papel colado na página.

ao qual já estava acostumada e beber o amargo gole diário com certa paciência, eu me tornara inadequada a sentir qualquer mínimo sentimento novo que fosse. Expectativa, esperanças e afeto eram demais para mim. Eu sabia disso, mas, às vezes, ficava irracional e jogava a culpa nele, que era o mais inocente, e, impertinente, pensava que, se sua gentil alma fosse ainda mais gentil, se sua intensa solidariedade fosse ainda mais intensa, ele poderia espantar o demônio da minha alma e tornar-me mais humana. Sou, pensava eu, uma tragédia; um personagem que ele vem ver atuar; vez ou outra, ele me dá a deixa[87] para que eu possa fazer um discurso mais voltado ao seu propósito; talvez já esteja planejando um poema no qual devo ter um papel. Sou uma farsa e um jogo para ele, mas para mim isso tudo é a triste realidade; ele fica com todo o bônus, e eu arco com todo o ônus.

---

[87] Esta frase sustenta a metáfora melhor do que em *F of F–B*: "me dá a palavra".

CAPÍTULO 11

É uma situação estranha, mas costuma acontecer que bênçãos, com o uso, virem maldições; e que eu, que na solidão desejara a compaixão como o único alívio que poderia aproveitar, agora a achava uma tortura a mais para mim. Durante a época em que meu pai estava vivo, eu sempre fora afetuosa e paciente, mas, desde aqueles dias de alegria, ai!, mudei muito. Tornara-me arrogante, rabugenta e, acima de tudo, desconfiada. Embora o verdadeiro interesse da minha narrativa tenha acabado e eu deva concluir logo sua melancólica catástrofe, relatarei um exemplo da minha triste suspeita e desespero e de como Woodville, com a bondade e quase o poder de um anjo, abrandou meus sentimentos teimosos e levou-me de volta à gentileza[88].

Ele prometera passar algumas horas comigo certa tarde, mas uma chuva violenta e ininterrupta[89] o impediu. Fiquei sozinha a noite toda. Eu passara dois anos inteiros sozinha sem reclamar, mas naquela ocasião

[88] Todo este parágrafo é adicionado a *F of F–B*; o primeiro rascunho está em *S-R fr*.

[89] Isto mudou do manuscrito de *Mathilda*, que era "uma tempestade violenta". É evidente que Mary decidiu evitar usar outra tempestade em uma crise na história.

fiquei muito triste. Ele não devia importar-se de verdade comigo, pensei, pois, caso se importasse, a tempestade o teria feito vir para cá mesmo que eu não o estivesse esperando, em vez de impedi-lo de visitar-me como prometera. Ele saberia bem que este céu medonho e esta chuva sombria levariam meu espírito quase à loucura; se o tempo estivesse bom, eu não teria lamentado sua ausência com tanto pesar, já que devo necessariamente ficar fechada neste chalé sem companheiros, além dos meus próprios malditos pensamentos. Se ele fosse mesmo meu amigo, teria calculado tudo isso; e que agora eu calcule essa grande amizade e descubra seu valor real. Ele superou o luto por Elinor, e a região tornou-se entediante para ele, então ficou feliz em encontrar-me para distrair-se; e, quando não sabe o que mais fazer, passa as horas ociosas aqui e chama isso de amizade. É verdade que sua presença é um consolo para mim e que suas palavras são gentis e que, quando ele quer, consegue comunicar pensamentos que me tiram do desespero. Suas palavras são doces, e assim também é, de fato, o mel da abelha, mas a abelha tem um ferrão, e a insensibilidade é uma dor pior do que aquela causada pelo veneno do inseto. Vou[90] colocá-lo à prova. Ele diz que toda esperança está morta para ele, e sei que está morta para mim, então ambos estamos igualmente adequados para a morte. Tentarei ver se ele quer morrer comigo; e, como temo morrer sozinha, se ele me acompanhará para alegrar-me e, assim, poderá mostrar que é meu amigo da única forma que minha tristeza permitirá[91].

Era loucura, creio eu, mas me convenci tanto dessa ideia que não conseguia pensar em mais nada. Se ele morrer comigo, está bem, e isso será o fim de dois seres miseráveis; e, se ele não quiser, aí zombarei da sua amizade e beberei o veneno antes dele, para envergonhar sua covardia. Planejei a cena toda com o coração determinado e coloquei minha alma no projeto de um jeito frenético. Obtive láudano e, colocando-o em dois copos na mesa, enchi meu quarto de flores e decorei a última cena da minha tragédia com

[90] O trecho "É verdade [...] Vou colocá-lo" está em um recorte de papel colado na página.

[91] Na revisão de *F of F–B*, o estilo de todo este episódio fica mais conciso e específico.

o maior cuidado. Conforme foi chegando a hora de ele vir, meu coração foi amolecendo e chorei; não que eu tivesse desistido do meu plano, mas, até mesmo quando decidida, a mente deve passar por várias revoluções de sentimentos antes que possa beber da sua morte.

Agora estava tudo pronto, e Woodville chegou. Recebi-o à porta do meu chalé e, levando-o com seriedade para dentro do quarto, falei: "Meu amigo, quero morrer. Estou muito cansada de suportar a tristeza que suporto o tempo todo, e vou me livrar dela. Que escravo não escapa, se puder, das suas correntes? Veja, estou chorando: por mais de dois anos, nunca experimentei um momento sequer livre da angústia. Já desejei morrer várias vezes; mas sou muito covarde. É difícil, para alguém tão jovem e que já foi tão feliz como fui, [*sic*] voluntariar-se a privar-se de todas as sensações e ir sozinho ao sombrio túmulo; eu não ouso. Devo morrer, mas meu medo deixa-me arrepiada; dou uma pausa e estremeço, e então, por meses, suporto meu excesso de tristeza. Mas, agora, chegou a hora em que posso desistir da vida, tenho um amigo que não se recusará a acompanhar-me nessa jornada sombria; este é meu pedido[92]: suplico e rogo-lhe, de coração, que você morra comigo. Então, encontraremos Elinor e o que perdi. Veja, estou preparada; ali está o gole da morte, bebamo-lo juntos e, de acordo e com alegria, larguemos este ciclo odioso da vida cotidiana.

"Você não olha para mim; mas, antes de recusar, pense, Woodville, como seria doce se fôssemos lançar fora o peso das lágrimas e da tristeza sob o qual trabalhamos agora; e, com certeza, encontraremos luz depois de termos passado pelo vale escuro. Aquela bebida nos lançará a um doce sono e, quando acordarmos, que alegria será a nossa ao vermos que todos os nossos sofrimentos e medos passaram. *Um pouco de paciência, e tudo estará acabado*; sim, um pouco de paciência; pois, olhe, ali está a chave da nossa prisão; estamos segurando-a nas mãos e vamos nos rebaixar mais do que escravos ao jogá-la fora e entregarmo-nos à servidão voluntária?

[92] Uma melhora de uma frase estranha em *F of F-B*: "um amigo que não recusará meu pedido de que me acompanhasse".

Agora mesmo, se tivéssemos coragem, poderíamos estar livres. Veja, minha bochecha está corada de prazer só de imaginar a morte; tudo o que amamos está morto. Vamos, dê-me a mão, um olhar de alegre compaixão, e iremos juntos procurá-los; uma jornada de calmaria, onde nossa chegada trará êxtase, e nossa caminhada será a dos anjos. Está demorando? Você é covarde, Woodville? Ah, que vergonha! Jogue fora este olhar vazio de melancolia humana. Ah! Se eu tivesse palavras para expressar o luxo da morte, eu poderia convencê-lo. Estou lhe dizendo que não somos mais míseros mortais; estamos prestes a tornarmo-nos deuses; espíritos livres e felizes como deuses. Que tolo em uma terra deserta, vendo uma ilha florida do outro lado com seu amor perdido acenando-lhe de lá, pararia porque a onda é escura e túrbida?

E se a passagem tiver uma pequena dor
Que faz a carne frágil temer a onda penosa?
Não é a dor bem suportada que traz longa paz
E põe a alma a dormir na sepultura silenciosa[93]*?*

"Pode anotar minhas palavras; aprendi a linguagem do desespero: sei tudo de cor, pois eu sou o Desespero; e sou um ser estanho, o Desespero alegre e triunfante. Mas aquelas palavras são falsas, porque a onda pode ser escura, mas não é penosa. Deitamo-nos e fechamos os olhos, com um cortês boa-noite, e, quando acordarmos, estaremos livres. Vamos, sem mais demora, seu indolente! Contemple o agradável veneno! Veja, sou um espírito do bem, e não uma humana, que o está convidando, com tons cativantes (ah, se eles o convencessem!) e diz: 'Venha e beba'[94]."

Enquanto eu falava, fixei os olhos no rosto dele, e sua beleza extraordinária, a compaixão celestial que brilhava dos seus olhos, seu gentil, embora sincero, olhar de desaprovação e espanto; até mesmo antes que ele

[93] *A rainha das fadas*, Livro 1 – Canto [9], de Edmund Spenser. (N.A.)

[94] Estes dois parágrafos não estão em *F of F–B*; partes deles estão em *S-R fr.*

falasse, provocaram uma mudança nos meus sentimentos altamente hostis, tirando-me de toda a severidade do desespero e enchendo-me apenas com o pesar mais leve. Vi seus olhos umedecer também, enquanto ele pegava minhas mãos; e, sentando-se ao meu lado, falou[95]:

"É uma ação triste a que você me levaria a fazer, cara amiga, e sua dor deve mesmo ser profunda a ponto de enchê-la com esses pensamentos infelizes. Você deseja a morte e, no entanto, tem medo dela e quer que eu seja seu companheiro. Mas tenho menos coragem do que você, e mesmo assim, acompanhado, não ouso morrer. Ouça-me e, então, pense se você precisa convencer-me do seu plano, mesmo se com a eloquência altiva do desespero você pudesse tornar a tenebrosa morte tão convidativa que o céu límpido parecesse escuridão. Ouça, eu lhe peço, as palavras de alguém que já nutriu pensamentos desesperados e desejou, impaciente, a morte, mas que, por fim, esmagou o fantasma sob seus pés e destruiu seu aguilhão. Venha, já que bancou o Desespero comigo, e eu interpretarei o papel de Una com você e a trarei intacta da sua caverna escura. Ouça-me e permita-se ser acalmada por palavras em que não há paixão egoísta.

"Não sabemos o que este grandioso mundo significa; sua estranha mistura de bem e mal. Mas fomos colocados aqui e ordenados a viver e ter esperança. Não sei o que devemos esperar; mas há algum bem além de nós que devemos buscar; e essa é nossa missão terrena. Se o infortúnio vier contra nós, devemos lutar; devemos lançá-lo fora e continuar para descobrir aquilo que é da nossa natureza desejar. Se essa perspectiva de um bem futuro é o preparo para uma outra existência, não sei; ou se é simplesmente o fato de que nós, como trabalhadores no vinhedo de Deus, devemos ajudar a facilitar o caminho para a posteridade. Se for, de fato, esse o caso; se os esforços dos virtuosos agora forem para fazer os futuros

[95] O estilo desta fala melhorou muito em relação ao de *F of F–B*, mais conciso na forma de expressão (embora um tanto expandido), mais específico. Não há fragmentos de *S-R fr* para mostrar o processo de revisão. Com as ideias expressas aqui, ver Shelley, *Julian e Maddalo*, ll. 182-187, 494-499, e sua carta para Claire em novembro de 1820 (Julian, *Works*, X, p. 226). Ver também White, *Shelley*, II, p. 378.

habitantes deste belo mundo mais felizes; se os trabalhos daqueles que lançam fora o egoísmo e tentam saber a verdade das coisas forem para livrar os homens dos tempos vindouros, agora muito distantes, mas que chegarão um dia, do peso sob o qual aqueles que estão vivos agora gemem e, como você, choram amargamente; se nos livrarem de ao menos um dos que são, agora, os males necessários da vida, de verdade, não falharei, mas ajudarei, com toda a minha alma, nesse trabalho. Desde jovem, falei: serei virtuoso; dedicarei minha vida para o bem dos outros; farei o meu melhor para eliminar o mal e, se o espírito que protege o mal influenciar as circunstâncias de forma que eu sofra por causa do meu esforço, ainda assim, enquanto houver esperança, e sempre há de haver esperança, de sucesso, com alegria preparo-me para minha missão.

"Tenho poderes; meus compatriotas têm estima por eles. Acha que estou jogando minhas sementes no ar estéril e não tenho um objetivo no que faço? Acredite em mim, nunca abandonarei a vida até que esta última esperança seja arrancada do meu peito, a de que, de alguma forma, meus esforços podem formar um elo na corrente de ouro com a qual devemos todos nos esforçarmos para arrastar a Felicidade de onde ela está entronizada sobre as nuvens, agora muito além do nosso alcance, para que ela habite na Terra conosco. Suponhamos que Sócrates, ou Shakespeare, ou Rousseau tivessem sido pegos pelo desespero e morrido jovens, quando ainda eram jovens como eu; você não acha que nós e o mundo todo teríamos perdido uma melhora incalculável nos nossos bons sentimentos e na nossa felicidade por meio da destruição deles? Não sou como um deles; eles influenciaram milhões de pessoas; mas, se eu puder influenciar cem delas, dez que sejam, até mesmo uma única pessoa, de forma a guiá-la do mal para o bem, essa será uma alegria que me compensará por todos os meus sofrimentos, embora eles tenham sido multiplicados milhões de vezes; e aquela esperança me dará apoio para suportá-los.

"E aqueles que não trabalham para a posteridade ou que, trabalhando, como pode ser meu caso, não serão conhecidos por isso, ainda assim, acredite, também têm seus deveres. Você sofre porque está infeliz; é a felicidade que você busca, mas se desespera em obtê-la. Mas, se você puder conceder felicidade a outra pessoa; se puder dar a um outro alguém apenas uma hora de alegria, não deveria viver para fazer isso? E todos têm o poder de fazer isso. Os habitantes deste mundo passam por tantas dores. Em cidades lotadas, em meio a planícies cultivadas ou em montanhas desertas, a dor é fortemente disseminada, e, se pudermos arrancar uma dessas ervas daninhas que seja, ou mais, e pudermos semear, no lugar, uma semente de milho ou plantar uma bela flor, que esse seja motivo suficiente contra o suicídio. Não abandonemos nosso dever enquanto ainda houver a menor esperança de que podemos, em algum dia no futuro, fazer isso.

"De fato, não ouso morrer. Tenho uma mãe de quem sou o apoio e a esperança. Tenho um amigo que me ama como à própria vida e em cujo peito eu faria uma ferida mortal se o deixasse ingratamente. Então não morrerei. Nem você deve morrer, minha amiga; anime-se; pare de chorar, eu lhe imploro. Você não é jovem, bela e bondosa? Por que se desesperar? Ou, se deve desesperar-se por si mesma, por que pelos outros? Se você nunca puder ser feliz, nunca poderá conceder felicidade? Ah, acredite em mim, se você visse, com os lábios pálidos de dor, um sorriso de alegria e gratidão e soubesse que foi você quem causou esse sorriso e que, sem você, ele nunca teria acontecido, sentiria uma felicidade tão pura e terna que desejaria viver para sempre, de novo e de novo, para aproveitar o mesmo prazer.

"Venha, vejo que já abandonou os tristes pensamentos aos quais tinha freneticamente se entregado. Olhe para aquele espelho; quando cheguei, sua testa estava contraída, seus olhos estavam fundos, seus lábios, tiritando; suas mãos tremiam com violência quando as peguei; mas, agora, está tudo tranquilo e leve. Você está sofrendo e há dor na expressão do seu semblante, mas é calma e doce. Você me permite jogar fora esta bebida amaldiçoada; está sorrindo; ah, dê-me os parabéns, a esperança é triunfante, e fiz o bem."

Essas palavras são vagas enquanto as repito, mas foram verdadeiras palavras de fogo e produziram uma calorosa esperança em mim (eu, pobre miserável, ter esperança!) que formigava como o prazer nas minhas veias. Ele ficou comigo por muitas horas; só foi embora quando havíamos aumentado o brilho que ele acendera e, com uma mão angelical, promoveu o retorno de algo que parecia com a alegria. Ele foi embora, mas continuei calma e, depois de saudar o céu estrelado e a terra orvalhosa com olhos de amor e um boa-noite contente, dormi suavemente, visitada por sonhos, os primeiros bons sonhos que tive em muitos e longos meses.

Mas esse foi apenas um alívio momentâneo, e meus velhos hábitos de sentimentos retornaram; pois eu era fadada, enquanto vivesse, a sofrer e à tristeza natural da morte do meu pai e da sua mais terrível causa, e a imaginação acrescia dez vezes mais peso à angústia. Eu acreditava estar suja pelo amor anormal que eu suscitara e que era uma criatura amaldiçoada e afastada pela natureza. Pensava que, como um outro Caim, eu tinha uma marca na testa para mostrar à humanidade que havia uma barreira entre mim e eles [*sic*][96]. Woodville dissera-me que havia, no meu rosto, uma expressão como se eu pertencesse a outro mundo; então ele havia visto aquele sinal; e ali havia uma marca sombria para dizer ao mundo que havia aquilo dentro da minha alma que silêncio algum poderia tornar obscuro o suficiente. Por que, quando o destino levou-me a virar esta exilada do sentimento humano; este monstro com quem ninguém poderia misturar-se, conversar e amar; por que, a partir daquele momento fatal e amaldiçoado, ele não me envolveu em uma névoa espessa e colocou uma verdadeira escuridão entre mim e meus semelhantes, de forma que eu pudesse nunca mais ser vista? [*sic*] E que, quando eu passasse, como uma nuvem escura carregada de pragas, eles pudessem apenas perceber-me pelo arrepio frio que eu lhes causaria, dizendo-lhes, e com verdade, que algo impuro estava por perto? Aí eu teria vivido nesta triste charneca sem ser visitada, sem destruir ninguém com meu olhar profano. Ai! Acredito muito que, se a perspectiva próxima da morte não atenuasse e mitigasse meus sentimentos

[96] No original em inglês, há um erro gramatical em *F of F–B*, que não é característico de Mary Shelley.

amargos, se por mais alguns meses eu tivesse continuado vivendo como vivia, com o corpo forte, mas a alma corrupta até o mais íntimo por um câncer mortal, se, dia após dia, eu tivesse insistido nesses sentimentos terríveis, eu teria ficado louca e imaginado ser uma peste viva; eram horríveis assim, para meus pensamentos solitários, este corpo, esta voz e toda esta aparência infeliz; pois não era isso a fonte da culpa que não tem nome[97]?

Isso era superstição. Não fiquei fora de mim desse jeito quando soube pela primeira vez que o nome sagrado do meu pai tornara-se uma maldição para mim; mas minha vida solitária inspirara-me a ter pensamentos desvairados; e então, quando via Woodville e, dia após dia, ele tentava conquistar minha confiança e eu nunca ousava colocar em palavras minha história sombria, eu ficava mais impressionada com o medo paralisante de que eu era mesmo uma criatura marcada, um pária, feita apenas para morrer.

[97] Este parágrafo prepara para o possível alívio do sentimento de Mathilda. A ideia é, de certa forma, elaborada de *F of F–B*. Outras mudanças são causadas pela alteração no modo de apresentar a história. Em *The Fields of Fancy*, Mathilda fala como alguém que já morreu.

CAPÍTULO 12

Como eu era sempre assombrada por essas ideias, você pode imaginar que a influência das palavras de Woodville era muito temporária; e que, embora eu não o tenha acusado de novo de ser insensível, logo voltei a ser triste como antes. Logo depois desse incidente, despedimo-nos. Ele ficou sabendo que a mãe estava doente e foi às pressas para ela. Veio despedir-se de mim, e andamos juntos pela charneca pela última vez. Ele me prometeu que viria ver-me de novo; e pediu que eu me alegrasse e encorajasse os pensamentos felizes que pudesse, até que o tempo e a resistência venceriam minha tristeza e eu poderia misturar-me novamente à sociedade.

"Acima de qualquer outro conselho da minha parte", ele disse, "lembre-se e siga este: não se desespere. Esse é o abismo mais perigoso em que você sempre cambaleia; mas você deve firmar seus passos e deixar que a esperança a guie[98]. Tenha esperança, e suas feridas já estarão metade

[98] Ver a ênfase de Shelley quanto à esperança e sua associação com o amor em toda a sua obra. Quando Mary escreveu *Mathilda*, ela conhecia *Queen Mab* (ver Parte VIII, ll. 50-57, e Parte IX, ll. 207-208), o *Hino à beleza intelectual* e os primeiros três atos de *Prometeu desacorrentado*. O quarto ato foi escrito no inverno de 1819, mas as palavras de Demogorgon podem já ter sido pelo menos esboçadas antes do início de novembro:
"Amar e suportar, esperar até esperança criar / O que de sua própria ruína ela contemplar".

curadas; mas, se você se desesperar obstinadamente, nunca mais haverá conforto para você. Acredite em mim, querida amiga, que há uma alegria que o sol e a terra, em toda a sua beleza, podem conceder que você sentirá um dia. A alegria renovadora do Amor visitará seu coração de novo e quebrará o encanto que lhe prende à mágoa, até que você se pergunte como seus olhos podiam estar fechados na longa noite que a oprime. Não ouso esperar que eu tenha lhe inspirado com interesse o suficiente a ponto de que pensar em mim e no afeto que sempre terei por você aliviará sua melancolia e diminuirá o amargor das suas lágrimas. Mas, se minha amizade pode fazê-la olhar para a vida com menos desgosto, tome cuidado com como você a fere com desconfiança. O amor é um espírito delicado[99] e facilmente ferido pela suspeita desagradável. Guarde, eu lhe peço, uma firme persuasão da minha sinceridade nos recônditos mais íntimos do seu coração, fora do alcance dos ventos ocasionais que podem perturbar sua face. Seu temperamento foi desequilibrado pelo sofrimento, e receio que sua mente seja, às vezes, abalada por motivos indignos; mas que sua confiança na minha compaixão e no meu amor seja mais profunda e incapaz de ser alcançada por essas agitações que vêm e vão, e se elas não tocarem seus sentimentos, você ficará ilesa."

Essas foram algumas das últimas lições de Woodville. Chorei enquanto o ouvia; e, depois de termos nos despedido com muito carinho, segui-o com os olhos até ver, pela última vez, meu consolador terreno. Eu insistira em acompanhá-lo pela charneca até a cidade em que ele morava; o sol ainda estava alto quando partiu, e voltei meus passos em direção ao chalé. Estava no final do mês de setembro, quando as noites começam a ficar frias. Mas o clima estava sereno e, enquanto eu caminhava, não caí em nenhum devaneio desagradável. Pensava em Woodville com gratidão e gentileza e não lamentava sua partida com nenhuma amargura, não sei por quê. Parecia que, depois de um grande choque, qualquer outra mudança era banal para

[99] Shelley escrevera "Desolation is a delicate thing" (*Prometeu desacorrentado*, Ato I, l. 772) e chamara o Espírito da Terra de "um espírito delicado" (*Ibid.*, Ato III, Cena iv, l. 6).

mim; e continuei caminhando, pensando em quando chegaria o tempo em que nós quatro, meu querido pai restaurado a mim, nos encontraríamos em algum doce Paraíso. Imaginava um belo rio como aquele em cujas margens Dante descreve Mathilda colhendo flores, que sempre nascem

> ——— *bruna, bruna, Sotto l'ombra perpetua, che mai Raggiar non lascia sole ivi, nè Luna*[100].

E então eu repetia a mim mesma todo aquele adorável trecho que relata a entrada de Dante no Paraíso terreno; e pensava que seria ótimo, quando eu perambulasse por aquelas encantadoras margens, ver a carruagem de luz descer com meu pai há muito perdido, restaurado a mim. Enquanto eu esperava ali, na expectativa daquele momento, pensava em como, com as belas flores que cresciam ali, eu me envolveria em uma grinalda e me coroaria de alegria. Eu cantaria *Sul margine d'un rio*[101], a música favorita do meu pai, e minha voz, deslizando pelo ar sem vento, anunciaria a ele, onde quer que estivesse sentado esperando o momento da nossa união, que sua filha havia chegado. Aí a marca da tristeza teria sumido da minha testa, e eu ergueria os olhos sem medo para encontrar os dele, que sempre irradiavam o brilho suave do amor inocente. Quando eu pensava no olhar mágico daqueles olhos profundos, chorava, mas calmamente, para que meus soluços não perturbassem a graciosa cena.

Fiquei tão completamente envolvida nesse devaneio que continuei andando, não prestando atenção nos meus passos até que me abaixei para colher uma flor para minha coroa na planície deserta em que nenhuma flor crescia, quando despertei do meu devaneio e encontrei-me não sabia onde.

---

[100] *Purgatório*, Canto 28, ll. 31-33. Talvez, desta vez, Shelley tenha traduzido 11. 1-51 deste canto. Ele lera *Purgatório* em abril de 1818 e novamente com Mary em agosto de 1819, bem quando ela começara a escrever *Mathilda*. Shelley mostrou sua tradução para Medwin em 1820, mas parece não haver registro da data de composição.

[101] Uma cantiga com este título foi publicada por volta de 1800 em Londres por Robert Birchall. Ver *Catalogue of Printed Music Published between 1487 and 1800 and now in the British Museum*, de W. Barclay Squire, 1912. Nem o autor nem o compositor estão listados em *Catalogue*.

O sol havia se posto, e a cor rosada que as nuvens tinham adquirido dele quando se punha quase desaparecera. Um vento varria a planície, olhei à minha volta e não vi nada que me dissesse onde estava; havia me perdido e, em vão, tentei encontrar meu caminho. Continuei caminhando e, à medida que ia escurecendo, cada indício que poderia guiar-me ficava indistinto. Por fim, tudo ficou coberto na profunda obscuridade da noite mais escura; fiquei cansada e, sabendo que minha criada deveria dormir aquela noite na aldeia vizinha, de forma que minha ausência não alarmaria ninguém, e que eu estava segura de qualquer intruso naquele local ermo, decidi passar a noite onde estava. De fato, eu estava cansada demais para continuar andando; o ar estava gelado, mas eu não me importava com nenhuma inconveniência no corpo e pensava estar acostumada ao clima durante meus dois anos de solidão, quando nenhuma mudança de estações impedia minhas contínuas perambulações.

Deitei-me na grama cercada por uma escuridão em que nem o menor feixe de luz penetrava. Não havia nenhum som, pois a noite escura colocara para dormir os insetos, as únicas criaturas que viviam no local ermo em que nenhuma árvore ou arbusto podia abrigar mais nada. Havia um silêncio extraordinário no ar que me acalmava e ainda animava minha alma; minha mente corria de imagem em imagem e parecia alcançar uma imortalidade. Tudo em meu coração era indistinto e, no entanto, estava calmo, até que minhas ideias ficaram confusas e, por fim, desfizeram-se no sono[102].

Quando acordei, estava chovendo[103]; eu já estava completamente encharcada, e meus membros estavam doloridos, e a cabeça, tonta com o

[102] Este parágrafo é substancialmente alterado de *F of F–B*. Nuvens e escuridão são substituídas por luz estelar, silêncio pelo som do vento. O clima, aqui, equivale ao humor de Mathilda. Quatro linhas e meia de uma poesia (que não consegui identificar, embora soem como as de Shelley, ou são da própria Mary?) são omitidas: a respeito das estrelas, ela diz:
O vento está na árvore / Mas elas estão em silêncio; ainda assim, inclinam-se / Imensuravelmente distantes; e o firmamento / Construído por estas enormes nuvens brancas / Ainda intensifica sua insondável profundeza.

[103] Se Mary está citando o *Velho marinheiro*, de Coleridge, propositalmente aqui, está sendo irônica, pois essa chuva não é misericordiosa, exceto pelo fato de que traz a doença que leva Mathilda à morte, pela qual ela anseia.

frio da noite. Era uma garoa penetrante; com o cabelo úmido pegando no pescoço e cobrindo, em partes, meu rosto, eu mal tinha forças para separar com os dedos as mechas que caíam nos meus olhos. Estava muito menos escuro e, ao leste, onde as nuvens estavam menos densas, era possível ver a lua atrás da fina nuvem cinza.

A lua está cheia e escondida /
E ainda parece pequena e entristecida[104].

A presença dela me dava uma esperança de que, com sua ajuda, eu poderia encontrar minha casa. Mas eu estava fraca, e muitas horas passaram-se antes que eu conseguisse chegar ao chalé, arrastando meus passos lentos e, com frequência, parando para descansar na terra molhada, sem conseguir continuar.

Lembro-me dessa noite em específico porque foi ela que apressou a última cena da minha tragédia, a qual poderia ter definhado aos poucos pelos longos anos de sofrimento apático. Eu estava muito mal quando cheguei e completamente incapaz de tirar as roupas molhadas que estavam agarradas a mim. De manhã, quando retornou, minha criada encontrou-me quase sem vida, com febre alta, deitada no chão do meu quarto.

Fiquei muito doente por um bom tempo, e, quando me recuperei do perigo imediato da febre, todos os sintomas de uma rápida tuberculose apareceram. Fiquei, um tempo, ignorante quanto a isso e pensava que minha fraqueza excessiva era consequência da febre. [*sic*] Mas minha força foi diminuindo e diminuindo; quando o inverno chegou, fiquei com tosse; e minha bochecha encovada, antes pálida, queimava de febre. Um a um, esses sintomas golpeavam-me; e fiquei convencida de que o momento que eu tanto desejara estava prestes a chegar e que eu estava morrendo. Estava sentada ante à lareira, o médico que cuidara de mim desde que comecei a ter

104 Esta citação de *Christabel* (que sugere que o eco antecedente seja intencional) não aparece em *F of F–B*.

febre havia acabado de ir embora, e olhei sua receita, em que digitális era o remédio mais notório. "É", falei, "estou vendo a situação, e é estranho que eu tenha me enganado por tanto tempo; estou prestes a morrer de forma inocente, e esta morte será mais doce do que aquela que o ópio prometeu".

Levantei-me e caminhei lentamente até a janela; a ampla charneca estava coberta de neve, que brilhava sob os raios do sol que reluziam pelo ar puro e gelado; alguns pássaros bicavam migalhas embaixo da minha janela[105]. Sorri com alegria silenciosa; e em pensamento, que, pelo longo hábito, sempre se conectava em uma sequência, como se tomasse a forma de palavras, dirigi-me assim à cena diante de mim:

"Eu o saúdo, belo sol, e você, terra branca, bela e gelada! Talvez nunca mais a verei coberta de verde de novo, e as lindas flores da próxima primavera aparecerão no meu túmulo. Estou prestes a deixá-la; este espírito vivo, que está sempre ocupado entre formas e ideias estranhas, que não lhe pertence, logo terá voado para outras regiões, e este corpo magro descansará impassível no seu peito

"Enrolado no curso diurno da Terra
Com rochas, pedras e árvores.

"Pois será o mesmo com você, que é chamada de nossa Mãe Universal[106], quando eu partir. Eu a amei; e nos meus dias, tanto de felicidade quanto de tristeza, povoei seus locais solitários com obras turbulentas da minha imaginação. Os bosques, os lagos e as montanhas que amei têm, para mim, mil associações; e você, oh, sol!, sorriu e desempenhou seu papel em muitas imaginações que vieram à vida apenas na minha alma e que morrerão comigo. Sua solidão, doce terra, suas árvores e águas continuarão existindo, movidas pelos seus ventos ou paradas sob o olhar do

[105] Ver descrição de abertura de *Mathilda*.

[106] Entre os documentos de lorde Abinger, nas mãos de Mary, estão alguns versos incompletos e comparáveis (embora muito ruins) dirigidos à Mãe Natureza.

meio-dia, embora[107] o que eu tenha sentido quanto a você e todos os meus sonhos que tantas vezes a deformaram de modo estranho morrerão comigo. Você existirá para refletir outras imagens em outras mentes e continuará sempre a mesma, embora seu semblante refletido varie de milhares de formas, mutável como os corações daqueles que a veem. Um desses frágeis espelhos, sempre foi apaixonado pela sua imagem, está prestes a ser quebrado, reduzido a pó. Mas a sempre prolífica natureza criará outro e mais outro, e você não perderá nada com a minha destruição[108].

"Você sempre continuará a mesma. Receba, então, a grata despedida de uma sombra transitória que está para desaparecer, que a deixa alegremente, embora com um último olhar de afetuosa gratidão. Adeus! Céu, e campos, e bosques; as belas flores que crescem em você; suas montanhas e seus rios; ao ar aromático e ao forte vento que vem do Norte, a todos, um último adeus. Não derramarei mais lágrimas, pois minha missão está quase cumprida, e estou prestes a ser recompensada por um longo e muito penoso sofrimento. Abençoe sua filha até mesmo [*sic*] na morte, assim como a abençoo; e permita-me dormir em paz em meu túmulo silencioso."

---

[107] Neste ponto, quatro folhas foram arrancadas do caderno. São, evidentemente, as páginas numeradas de 217 a 223, que estão entre os fragmentos *S-R fr.* Elas contêm a conclusão da história, terminando, assim como em *F of F-B*, com as palavras de Mathilda ditas a Diotima nos Campos Elísios: "Estou aqui, não com meu pai, mas ouvindo as lições da sabedoria, que um dia me levarão a ele, quando nunca mais nos separaremos. FIM". Alguns trechos estão riscados, mas não essa frase final. Os tempos verbais foram alterados do passado para o futuro. O nome *Herbert* é alterado para *Woodville*. A explicação deve ser que Mary estava com pressa para terminar a revisão (um tanto drástica nestas páginas finais) e a transcrição da história antes de ser confinada e que, na pressa, copiou as páginas de *F of F-B* como eram. Então, percebendo que não se encaixavam em *Mathilda*, começou a revisá-las; mas, para deixar seu manuscrito limpo, cortou essas páginas e escreveu a cópia certa. Não há nenhuma quebra na história ou paginação de *Mathilda*. Essa cópia a limpo também mostra indícios de pressa: deslizes da pena, repetição de palavras, várias revisões sem importância.

[108] Aqui em *F of F-B*, há um número de índice que aponta claramente a uma nota no fim da página seguinte. A nota é omitida em *Mathilda*. É a seguinte:

> "Dante, em *Purgatório*, descreve um grifo como um ser sempre inalterado, mas seu reflexo nos olhos de Beatriz como perpetuamente variável (*Purgatório*, Canto 31). Portanto, a natureza é sempre a mesma, mas vista de maneira diferente por quase todos os espectadores e até mesmo pelos mesmos, em momentos diversos. Todas as mentes, assim como espelhos, recebem suas formas; no entanto, em cada espelho as formas aparentemente refletidas variam e estão em constante mutação."

Sinto a morte aproximar-se e estou calma. Não me desespero mais, mas olho tudo à minha volta com tranquilo afeto. Acho belo assistir à decadência progressiva da minha força e repetir para mim mesma, virá um dia e depois outro, mas novamente não verei as folhas vermelhas do outono; antes disso, estarei com meu pai. Fico feliz que *Woodville* não esteja comigo, porque talvez ele sofreria, e desejo ver apenas sorrisos durante a última cena da minha vida; na última vez que escrevi para ele, contei-lhe sobre meus problemas de saúde, mas não sobre sua tendência mortal, para que ele não pensasse que fosse seu dever vir até mim, pois receio que as lágrimas de amizade destruiriam a abençoada calmaria da minha mente. Gosto de planejar todos os pequenos detalhes que ocorrerão quando eu não estiver mais aqui. De verdade, estou apaixonada pela morte; nenhuma mulher jamais teve mais prazer em contemplar seu vestido de noiva do que eu em imaginar meus membros já envolvidos na mortalha: não é ela o meu vestido de casamento? Sozinha, ela me unirá ao meu pai quando, em uma eterna união mental, nunca nos separaremos.

Não me demorarei nas últimas mudanças que sinto na deterioração final da natureza. É rápida, mas indolor: sinto um estranho prazer nisso. Por longos anos, estes são os primeiros dias de paz que me visitaram. Não extenuo mais o meu pobre coração com lágrimas amargas e queixas frenéticas; não censuro mais [*sic*] o sol, a terra, o ar pela dor e miséria. Espero em silenciosa expectativa pelas horas finais de uma vida que foi, para mim, a mais doce e amarga. Não morro sem ter aproveitado a vida; por dezesseis anos, fui feliz; durante os primeiros meses do retorno do meu pai, eu aproveitara anos de prazer; agora, de fato, envelheci no sofrimento; meus passos são fracos como o de pessoas de idade; tornei-me rabugenta e inadequada para a vida; assim, tendo passado pouco mais do que vinte anos na Terra, estou mais preparada para meu túmulo estreito do que muitos quando atingem o prazo natural de suas vidas.

Repetidas vezes repassei na minha memória as diferentes cenas da minha breve vida; se o mundo é um palco, e eu, uma mera atriz nele, meu papel foi estranho e, ai!, trágico. Quase desde a infância, fui privada de todas as demonstrações de afeto que as crianças costumam receber; fui deixada totalmente por conta própria e aproveitei o que quase posso chamar de prazeres desnaturados, pois eles eram sonhos, e não realidade. A Terra, para mim, era uma lanterna mágica, e eu, uma espectadora e ouvinte, mas não atriz; mas então chegou a era arrebatadora e reanimadora de almas da minha existência: meu pai retornou, e pude derramar meus ternos carinhos em um coração humano; havia um novo sol e uma nova Terra criados para mim; as águas da existência brilhavam: alegria! alegria! mas, ai! que tristeza! Meu êxtase durou menos do que o progresso de um raio de sol em uma montanha, que revela suas clareiras e florestas e, então, deixa-a escura e incolor; à minha felicidade seguiram-se loucura e agonia, fechadas pelo desespero.

Esse foi o drama da minha vida que, agora, descrevi no papel. Durante três meses, empenhei-me nesta tarefa. A memória do sofrimento trouxe lágrimas; a memória da felicidade, um brilho caloroso, a sombra vívida daquela alegria. Agora, minhas lágrimas secaram; o brilho desapareceu das minhas bochechas e, com poucas palavras de despedida a você, Woodville, finalizo meu trabalho: o último que farei.

Adeus, meu único amigo vivente; você é o único vínculo que me liga à existência, e agora eu o rompo. Não é doloroso para mim deixá-lo; nem pode ser tanto para você. Você nunca me considerou alguém deste mundo, mas um ser que, por alguma penitência, foi enviado do Reino das Sombras e que passou alguns dias chorando na Terra e desejando voltar para sua terra natal. Você chorará, mas serão lágrimas de bondade. Se eu achasse que diminuiria seu pesar, eu lhe diria para sorrir e felicitar-me na minha partida da tristeza que me viu suportar. Diria: Woodville, alegre-se com sua amiga, estou triunfante e muito feliz agora. Mas controlo essas expressões; elas podem não ser o consolo dos viventes; eles choram pela própria miséria, e não por aquela a quem perderam. Não; derrame algumas lágrimas naturais à minha memória; e, se você algum dia visitar meu túmulo, arranque de lá uma flor e coloque-a no seu coração; pois seu coração é a única sepultura em que minha memória será registrada.

Minha morte está se aproximando rapidamente, e você não está por perto para assistir à passagem e ao desaparecimento do meu espírito. Não se arrependa disso; pois a morte é algo [*sic*] terrível demais para os que estão vivos. É uma daquelas adversidades que ferem, em vez de purificarem o coração, pois é uma tristeza tão intensa que endurece e entorpece os sentimentos. Terrível como o tempo em que fui atrás do meu pai em direção do oceano e encontrei [*sic*] apenas o corpo sem vida; ainda assim, pelo meu próprio bem, eu preferiria aquilo a ver seus sentidos desaparecerem um a um, seu pulso enfraquecer e, sem dormir, por assim dizer, devorar sua vida com os olhos. Ver a vida em seus membros e saber que, em breve, ela não estaria mais ali; ver a respiração quente sair dos seus lábios e saber que em breve ela seria gelada; não continuarei descrevendo essa assustadora visão; você já sofreu essa tortura uma vez; já eu, nunca[109]. E a lembrança enche seu coração, às vezes, de amargo desespero quando, caso contrário, seus sentimentos se teriam desfeito em leve tristeza.

Então, dia após dia, fico mais fraca, e a vida tremula no meu corpo debilitado como uma lâmpada prestes a perder seu óleo vivificante. Neste momento, contemplo o agradável sol de maio. Foi em maio, quatro anos atrás, que vi pela primeira vez meu pai; foi em maio, três anos atrás, que minha loucura destruiu o único ser que eu era fadada a amar. Maio voltou, e eu morro. Três dias atrás, foi o aniversário de quando nos conhecemos; e, ai!, da nossa separação eterna, após um dia de emoção destruidora, em que me fiz ser levada mais uma vez a contemplar a natureza. Forcei-me a ir até alguma campina a quilômetros de distância do meu chalé; a grama estava aparada, e havia um cheiro de feno nos campos; toda a terra parecia fresca, e seus habitantes, felizes. A noite chegou, e contemplei o pôr do sol. Três anos atrás, naquele mesmo dia e hora, ele brilhava por entre os galhos,

[109] Ver nota 40. Mary Shelley havia sofrido essa tortura quando Clara e William morreram.

e as folhas das faias e seus raios tremeluziam no rosto dele, a quem vi pela última vez[110]. Agora vi aquela esfera divina, enfeitando todas as nuvens com um esplendor fora do comum, desaparecer no horizonte; ela sumiu de um mundo em que aquele que procuro não existe; aproximou-se de um mundo em que ele não existe. Por que estou chorando tão amargamente? Por que [*sic*] meu coração está ofegante com um esforço em vão para deixar de lado a cruel angústia que o cobre "como as águas cobrem o mar"? Vou deste mundo, em que ele não está mais, e em breve devo encontrá-lo em outro.

Adeus, Woodville, o gramado em breve será verde no meu túmulo; e as violetas florescerão nele. *Ali* estão minha esperança e minha expectativa; as suas estão neste mundo; que elas sejam realizadas[111].

---

[110] Ver o final do Capítulo V.

[111] Esta frase não está em *F of F–B* nem em *S-R fr*.

THE FIELDS OF FANCY[112]

112 Aqui está impressa a abertura de *F of F–A*, que contém o cenário fantasioso abandonado em *Mathilda*. Ela tem um interesse intrínseco por mostrar que Mary, assim como Shelley, estivera lendo Platão, e especialmente por revelar a ligação próxima da escrita de *Mathilda* com o próprio sofrimento e depressão de Mary. O primeiro capítulo é um primeiro rascunho razoável. A pontuação no original em inglês, é claro, consiste amplamente de travessões ou é inexistente, e há algumas correções. Mas não há tantas alterações quanto no restante deste manuscrito ou em *F of F–B*.

CAPÍTULO 1

Foi em Roma, a Rainha do Mundo, que sofri um infortúnio que me submeteu à tristeza e ao desespero[113]. O sol brilhante e o profundo céu azul eram opressivos, mas nada era tão odioso quanto a voz do Homem. Eu amava caminhar pelas margens do rio Tibre, que eram solitárias e, se o vento quente soprasse para ver as nuvens velozes passarem pela Basílica de São Pedro e as várias cúpulas de Roma, ou se o sol brilhasse, eu desviava os olhos do céu, cuja luz era forte e alegre demais para ser refletida nos meus olhos cheios de lágrimas, desviava-os para o rio, cujo rápido curso era como a ligeira partida da felicidade e cuja cor túrbida era sombria como o sofrimento.

Se eu dormia, não sei, ou se era em uma das muitas horas que passava sentada no chão, com a mente no caos do desespero e os olhos sempre molhados pelas lágrimas, mas aqui fui visitada por um agradável espírito a quem sempre adorei e que tentou compensar minha adoração distraindo minha mente das memórias terríveis que a atormentavam. A princípio, de fato, esse espírito atrevido desempenhou um papel falso e, aparecendo com asas escuras e um semblante sombrio, parecia ter prazer

---

[113] Foi em Roma que o filho mais velho de Mary, William, morreu, no dia 7 de junho de 1819.

em exagerar todas as minhas tristezas; e, quando pequenas esperanças surgiam, parecia roubá-las de mim e dar-me, no lugar, medos gigantescos que, sob sua mão encantada, pareciam próximos, iminentes e inevitáveis. Às vezes, ela me deixava, com crueldade, enquanto eu estava assim, à beira da loucura, e, sem me consolar, deixava-me nada além de um sono pesado como chumbo. Mas, outras vezes, esperta, ela ligava pensamentos menos desagradáveis àqueles mais assustadores e, antes que eu me desse conta, colocava esperanças diante de mim (fúteis, mas consoladoras)[114].

Certo dia, esse agradável espírito, cujo nome ela me disse ser Fantasia, veio a mim em um dos seus humores consoladores. Suas asas, que pareciam coloridas pelo tom da sua mente, não eram alegres, mas eram belas, como de perdizes, e seus amáveis olhos, embora sempre queimassem com um fogo inextinguível, eram sombreados e suavizados pelas pesadas pálpebras e longos cílios pretos. Assim ela falou comigo: "Você lamenta a perda daqueles que ama. Eles se foram para sempre e, por maior que seja meu poder, não posso trazê-los de volta para você. Se, de fato, eu balançar minha vara de condão sobre você, imaginará que está sentindo seus amáveis espíritos no ar leve que passa nas suas bochechas e nos sons distantes dos ventos, e as águas podem espelhar para você suas vozes, que lhe mandarão que se anime, pois estão vivos. Isso não tirará a sua dor, mas você derramará lágrimas mais doces do que aquelas cheias de angústia e desesperança que, no momento, jorram dos seus olhos. Posso fazer isso, e também posso levá-la para ver várias das minhas províncias, minhas terras encantadas, as quais você ainda não visitou e cuja beleza fará com que o pesado tempo passe de

[114] Ver duas anotações no diário de Mary Shelley. Em uma anotação não publicada de 27 de outubro de 1822 está escrito o seguinte: "Antes, quando escrevi Mathilda, triste como eu estava, a inspiração foi suficiente para abrandar minha miséria temporariamente". Outra anotação, do dia 2 de dezembro de 1834, é citada de forma abreviada e um tanto deturpada de R. Glynn Grylls em *Mary Shelley* (Londres: Oxford University Press, 1938), p. 194, republicada pelo Professor Jones (*Journal*, p. 203). A passagem completa é a seguinte: "Minha imaginação causou-me pouco prejuízo, e fez-me muito bem! Meu pobre coração perfurado de novo e de novo encontrou alívio; ela tem sido o amparo para minha sensibilidade. Às vezes, houve períodos em que a Tristeza deixou-a de canto, e esses foram, de fato, períodos que tremo só de lembrar. Mas a fada só ficou de canto, observou esperando pelo seu momento e, na primeira oportunidade, seu [...] rosto reluzente surgiu, e o peso da angústia mortal ficou mais leve".

forma agradável. Tenho sob meu comando muitos lugares graciosos que poetas antigos visitaram e viram as paisagens, cujos relatos têm sido como uma revelação para o mundo. Muitos lugares que ainda mantenho guardados, de campos adoráveis ou rochedos horrendos povoados pelos belos ou espantosos, que deixo reservados para meus futuros adoradores. Para um desses lugares, cujos horríveis terrores afugentaram o sono dos seus olhos, já a levei antes[115], mas agora você precisa de imagens mais agradáveis e, embora não prometerei mostrar-lhe nenhum cenário novo, se eu a levar para um que geralmente meus seguidores visitam, você pelo menos verá novas combinações que a acalmarão, isso se não lhe trouxerem deleite. Siga-me".

"Ai!", respondi, "quando é que demorei para obedecer à sua voz? Às vezes, de fato, eu a chamei, e você não veio. Mas, quando antes não segui o seu menor sinal e deixei o que fosse alegria ou tristeza no nosso mundo para morar com você no seu, que você não me tenha dispensado, eu que nunca queria partir? Mas, agora, o peso da dor que me oprime tira de mim aquela leveza que é necessária para seguir seus rápidos e alados movimentos, ainda mais como estou, em que um pensamento me faria desfalecer no chão enquanto você me ultrapassaria até seu Reino de Glória e me deixaria aqui, às escuras".

"Ingrata!", respondeu o Espírito. "Não estou lhe dizendo que a sustentarei e consolarei? Minhas asas auxiliarão seus passos pesados, e comandarei que elas dispersem a névoa que a está nublando. Eu a guiarei a um lugar em que você não ouvirá risadas que a perturbam nem verá o sol que lhe turva a vista. Escolheremos alguns dos caminhos mais escuros dos Campos Elísios."

"Os Campos Elísios", exclamei com um grito ligeiro, "posso, então, vê-los?". Engasguei e não consegui perguntar o que ansiava saber. O amigável espírito respondeu-me, mais sério: "Eu lhe disse que você não verá aqueles pelos quais lamenta. Mas preciso ir. Siga-me ou terei que a deixar chorando, abandonada pelo espírito que agora está estancando suas lágrimas".

---

[115] Uma referência óbvia a *Frankenstein*.

"Vá", respondi, "não posso segui-la. Só posso sentar-me aqui e sofrer, e ansiar por ver aqueles que partiram para sempre, pois não consigo ouvir nada que não seja relacionado a eles".

O espírito deixou-me gemendo e chorando, desejando que o sol fosse apagado em escuridão eterna, acusando o ar, as águas, tudo, todo o universo pela minha completa e irremediável tristeza. Fantasia retornou e, como sempre quando vinha, tentou-me a segui-la, mas isso queria dizer deixar, por um tempo, de pensar nos meus amados, cujas memórias eram tudo para mim, embora fossem minha tormenta; eu não ousava ir. "Fique comigo", exclamei, "e ajude-me a vestir meus pensamentos amargos com cores mais agradáveis, dê-me esperança, mesmo que sejam falácias e visões do que costumava ser, embora nunca será novamente. Não aguento a distração, fada cruel, pode deixar-me, ai, toda a minha alegria vai-se com a sua partida, mas não posso segui-la".

Certo dia, após um desses combates, quando o espírito me deixara, perambulei pelas margens do rio para tentar dispersar a tristeza excessiva que sentia até ser superada pelo cansaço. Meus olhos pesavam com as lágrimas. Deitei-me sob a sombra das árvores e caí no sono. Dormi por um bom tempo e, quando acordei, não sabia onde estava. Não vi o rio, nem a cidade distante, mas estava deitada ao lado de uma bela fonte às sombras de salgueiros e cercada por murtas floridas. Ali perto, o ar parecia penetrado pelos pinheiros pontudos e pelos ciprestes, e o chão era coberto de um musgo baixo, e o ar da charneca era perfumado. O céu estava azul, mas não ofuscante como o de Roma, e por todo lado eu via longas alamedas, cheias de árvores com gramados intermitentes e belos rios. "Onde estou?", exclamei e, olhando à volta, vi Fantasia. Ela sorriu, e nesse momento toda aquela encantadora cena pareceu ainda mais adorável. Arco-íris refletiam na fonte, e as flores da charneca aos nossos pés pareciam ter sido refrescadas pelo orvalho. "Eu a capturei", disse ela, "enquanto você dormia e, por um tempinho, vou fazê-la minha prisioneira. Vou apresentar-lhe a alguns dos habitantes destes Jardins pacíficos. Não será a ninguém cuja felicidade exuberante fará um contraste desagradável com seu luto pesado, mas será àqueles cuja maior preocupação aqui é adquirir conhecimento [*sic*] e virtude, ou àqueles que, tendo acabado de escapar da preocupação e da dor, ainda não recuperaram um senso completo do prazer. Esta parte destes Jardins Elísios é voltada àqueles que, como antes, no seu mundo, desejavam tornar-se sábios e virtuosos pelo estudo e pela ação, aqui se esforçam para atingir os mesmos objetivos por meio da contemplação. Ainda não sabem seu destino final, mas têm uma clara noção do que, na Terra, poucos sabem, que é o fato de que sua felicidade momentânea e eterna depende do seu aperfeiçoamento intelectual. Eles não apenas estudam as formas deste universo, mas buscam no profundo de suas mentes e amam conhecer e conversar sobre todos esses nobres assuntos dos quais os filósofos de Atenas amavam tratar. Com sentimentos profundos, mas nenhuma circunstância externa que desperte suas paixões, você talvez imaginará que a vida deles seja uniforme e monótona, mas esses sábios têm uma disposição para encontrar a sabedoria em tudo e de todos os tipos, ou para formar ideias que estimulem seu amor. Além disso, muitos anos são consumidos antes que cheguem aqui. Quando uma alma que anseia pelo conhecimento e está definhando em suas concepções reduzidas escapa da sua Terra, muitos espíritos esperam recebê-la e abrir seus olhos para os mistérios do universo; muitos séculos costumam ser consumidos nessas viagens e, por fim, elas se recolhem aqui para digerirem seu conhecimento e ficarem ainda mais sábias com o trabalho do pensamento e da imaginação na memória[116]. Quando o período de adequação termina, elas deixam este jardim para morar em outro mundo, feito para receber seres quase infinitamente sábios, mas o que esse mundo é nem você pode entender nem eu posso ensinar-lhe. Alguns dos espíritos que você verá aqui ainda não conhecem os segredos da natureza. São aqueles a quem a preocupação e o sofrimento consumiram na Terra e cujos corações,

[116] Com as palavras de Fantasia (e as de Diotima), ver a associação da sabedoria e da virtude em *Fédon*, o mito de Er em *A república* e a doutrina do amor e da beleza em *O banquete*, de Platão.

embora sejam ativos em virtude, foram privados do conhecimento devido ao sofrimento. Eles passam um tempo aqui para recuperarem a tranquilidade e ficarem com sede do conhecimento por meio das conversas com seus companheiros mais sábios. Agora, eles com certeza esperam ver de novo aqueles que amam e sabem que é apenas a ignorância que os separa deles. Quanto àqueles que, no seu mundo, não conheceram a amabilidade, a benevolência e a justiça, eles são separados, alguns reivindicados pelo espírito do mal e, em vão, procurados pelo do bem, mas Ela, cujo prazer é reformar os perversos, faz tudo o que pode e entrega-os aos guias dela não para serem punidos, mas para serem treinados e educados até adquirirem um amor pela virtude para que sejam adequados para os jardins em que adquirirão amor pelo conhecimento".

Enquanto Fantasia falava, vi vários grupos de formas passar pelas alamedas dos jardins ou que estavam sentados nos canteiros de gramas, ou em contemplação, ou conversando, várias indo em direção à fonte em que eu estava sentada. Conforme se aproximavam, observei que a principal forma era a de uma mulher de cerca de quarenta anos de idade, com os olhos queimando com um fogo profundo e cada traço do rosto expressando entusiasmo e sabedoria. A poesia parecia sentada nos seus lábios, que eram lindamente formados, e cada movimento dos seus membros, embora não fossem juvenis, era inexprimivelmente gracioso. Seu cabelo preto estava trançado em volta da cabeça, e na sua testa havia uma faixa. Seu vestido era uma simples túnica presa à altura da cintura por uma larga cinta e um manto que caía sobre o braço esquerdo; ela estava rodeada de vários jovens de ambos os sexos, que pareciam ater-se às suas palavras e receber inspiração conforme fluía dela, com olhares de ávida admiração ou de constante atenção, todos os olhos voltados ao seu rosto eloquente, que brilhava com a mente que estava por dentro. "Vou embora", disse Fantasia, "mas deixo meu espírito com você, sem o qual esta cena desapareceria. Deixo-a em boa companhia, aquela mulher, cujos olhos, como o planeta mais belo nos céus, levam todos a contemplarem-na; é a profetisa

Diotima, a instrutora de Sócrates[117]. O grupo em volta dela são aqueles que acabaram de escapar do mundo; ali, eles eram descuidados ou tinham um comportamento impróprio na busca pelo conhecimento. Ela os guia à verdade e à sabedoria até que chegue o momento em que estejam aptos para a jornada pelo universo que todos devemos fazer um dia. Adeus".

E agora, caro leitor, devo pedir sua graça; estou sendo fraca demais em registrar as palavras de Diotima, sua sabedoria incomparável e eloquência celestial. O que repetirei será uma sombra ligeira de uma árvore sob a luz do luar; um pouco da forma será preservada, mas não haverá vida nela. Apenas Platão, dentre os Mortais, poderia registrar os pensamentos de Diotima; sem esperança, portanto, não me alongarei tanto nas suas palavras como nas dos seus pupilos, que, por serem mais terrenos, podem ser relatadas melhor do que as dela pelos lábios de um ser vivente.

Diotima aproximou-se da fonte e sentou-se em um morro musguento ali perto, e seus discípulos sentaram-se na grama próxima a ela. Sem me perceber, por eu estar sentada próxima, mas abaixo dela, continuou seu discurso, dirigindo-se, como fosse o caso, a um ou outro dos ouvintes. Mas, antes que eu tente repetir suas palavras, descreverei os principais deles, a quem ela parecia querer impressionar. Uma era uma mulher de uns vinte e três anos de idade, gozando da mais extraordinária beleza; seus cabelos dourados flutuavam em cachinhos sobre os ombros; seus olhos castanhos ficavam à sombra dos seus pesados cílios, e seus lábios pareciam soprar sensibilidade[118]. Mas ela parecia pensativa e infeliz; sua bochecha estava pálida; parecia que era acostumada a sofrer e que as lições que agora ouvia eram as únicas palavras de sabedoria às quais ouvira. O jovem ao

---

[117] Ver *O banquete*, de Platão. De acordo com a anotação de Mary na sua edição de *Essays, Letters from Abroad, etc.*, de Shelley, (1840), Shelley planejou usar o nome para a professora do Estranho em seu conto de prosa não finalizado, *The Coliseum*, que foi escrito antes de *Mathilda*, no inverno de 1818-1819. É provável que nessa mesma época Mary estivesse escrevendo um conto não finalizado (e não publicado) sobre Valerius, um romano ancião trazido de volta à vida na Roma moderna. Valerius, como o Estranho de Shelley, foi orientado por uma mulher que conheceu no Coliseu. A história de Mary deve à de Shelley de outras formas também.

[118] Mathilda.

seu lado tinha um aspecto bem diferente: seus traços eram belos, mas ele era magro e cansado, e seus olhos reluziam como se animassem a aparência da decadência. Sua testa era larga, mas havia uma dúvida e perplexidade no seu olhar que pareciam dizer que, embora ele tivesse buscado alguma sabedoria, ficara envolvido em alguns labirintos misteriosos dos quais, em vão, tentou libertar-se. Conforme Diotima falava, sua cor ia e vinha com mudanças rápidas, e os músculos flexíveis do seu rosto mostravam cada impressão que sua mente tinha. Ele parecia alguém que, durante a vida, estudara muito, mas cujo corpo fraco afundou com o peso do mero esforço da vida; o brilho da inteligência queimava com força incomum dentro dele, mas o da vida parecia sempre prestes a apagar[119]. No momento, não descreverei mais ninguém do grupo, mas, com profunda atenção, tentarei trazer à memória algumas das palavras de Diotima. Eram palavras ardentes, mas seu caminho está marcado de forma vaga nas minhas lembranças[120].

"Só é preciso uma mão", disse ela, continuando o discurso, "para pesar e dividir o bem do mal. Na Terra, eles estão emaranhados de forma inextricável, e, se você quiser lançar fora o que parece ser um mal, uma multidão de motivos ou efeitos benéficos atêm-se a ele e zombam do seu trabalho. Quando estive na Terra, andei em uma região solitária durante o silêncio da noite e contemplei a multidão de estrelas, o tenro esplendor da lua refletido no mar, que era enfeitado por belas ilhas; quando senti a brisa suave soprar nas minhas bochechas e, como as palavras do amor, ela me acalmou e afagou, então minha mente pareceu quase sair do corpo que a confinava a Terra e, com um rápido senso mental, misturar-se

[119] Não consigo encontrar um protótipo para este jovem, embora ele lembre Shelley em alguns aspectos.

[120] Após este parágrafo, há um incompleto que está riscado do manuscrito. O comentário quanto à complexidade da vida moderna é interessante. Mary escreveu: "O mundo que você acabou de deixar, ela disse, é um mundo de dúvidas e perplexidade e, com frequência, de dor e tristeza. Os modos de sofrer parecem-me muito multiplicados ali desde que fiz um dos muitos sentimentos modernos parecer ter adquirido uma complexidade até então desconhecida; mas agora o véu foi tirado. Os acontecimentos que você sentiu profundamente na Terra passaram, e você os vê nus, vendo que tudo, exceto o seu conhecimento e afeições, passou como um sonho; agora você se surpreende com os efeitos que coisas sem importância tinham sobre você e que as ocorrências de uma cena tão passageira lhe tivessem interessado tão profundamente. Vocês reclamam, meus amigos, de".

à cena que mal vi. Senti, e então exclamei: ah, mundo, como você é belo! Oh, universo radiante, contemple sua adoradora! Espírito da beleza e da harmonia que permeia todas as coisas e agora eleva minha alma como se com asas, como você animou a luz e as brisas! Profundo e inexplicável espírito, dê-me palavras para expressar minha adoração; minha mente está apressada, mas com palavras não consigo dizer como sinto seu encanto! O silêncio ou o canto do rouxinol, a aparição momentânea de algum pássaro que passa voando, quieto, tudo parece animado com você e, mais do que tudo, o céu azul profundo enfeitado com planetas! Se os ventos rugissem e dividissem o mar, e os temíveis raios parecessem cair ao meu redor, ainda assim, o amor era misturado ao sagrado terror que eu sentia; a majestade do encanto foi profundamente gravada em mim. Assim também me sentia quando via um semblante gracioso, ou ouvia uma música solene ou a eloquência da sabedoria divina fluindo dos lábios de um de seus adoradores; um belo animal ou até mesmo as graciosas ondulações das árvores e objetos animados despertavam em mim o mesmo profundo sentimento de amor e beleza; um sentimento que, ao mesmo tempo me tornava viva e ávida por buscar o motivo e o animador da cena, ainda me satisfazia com sua profundidade, como se eu tivesse encontrado a solução das minhas perguntas [*sic*] e como se, ao sentir-me parte de uma grande totalidade, eu tivesse encontrado a verdade e o segredo do universo. Mas, quando isolada em meu aposento, estudando e contemplando os vários movimentos e ações no mundo, o peso do mal confundia-me. Se eu pensasse na criação, via uma cadeia eterna de mal ligado um ao outro, desde a grande baleia que, no mar, engole e destrói multidões e o menor peixe que vive nele também e atormenta-o à loucura até o gato, cujo prazer é atormentar sua presa, vi toda a criação cheia de dor; cada criatura parece existir por meio da tristeza da outra, e a morte e a destruição são o lema do mundo vivo. E o Homem também; até mesmo em Atenas, o lugar mais civilizado da Terra, inúmeras paixões maldosas (inveja, malícia), um desejo incansável de depreciar tudo o que era ótimo e bom foi o que vi. E, nos domínios do grande ser, vi os homens [reduzidos?][121] muito abaixo dos animais do campo, fazendo presas dos corações [*sic*] uns dos outros, felizes na queda alheia; eles mesmos agarrando-se com os pescoços curvados e olhos cruéis a um desgraçado mais escravo, se possível, do que eles de suas paixões miseráveis. E, se eu dissesse que essas são as consequências da civilização e voltasse-me ao mundo selvagem, via só a ignorância não ser paga por nenhum sentimento nobre; um mero animal, o amor da vida juntado a um amor baixo ao poder e um amor perverso à destruição. Eu via uma criatura atraída pelos seus sentimentos e suas paixões egoístas, mas intocado por nada nobre ou até mesmo Humano.

"E, quando eu buscava por consolo nas várias faculdades que o homem possui e que sentia queimando dentro de mim, encontrava aquele espírito da união com o amor e a beleza, que formava minha alegria e meu orgulho, degradado em superstição e desviado de seu crescimento natural, que poderia dar apenas bons frutos: crueldade, e intolerância, e tirania estavam enxertadas no seu tronco e dele saíam frutos adequados a tais enxertos. Se eu me misturasse com meus semelhantes, a voz que eu ouvia era aquela do amor e da virtude, ou a do egoísmo e do vício; ainda assim, a tristeza sempre vinha junto a ela, e as lágrimas da humanidade formavam um vasto mar, sempre movido pelos seus suspiros e raramente iluminado pelos seus sorrisos. Tomar apenas um lado da situação e tirar a sabedoria da vista é apenas um retrato da criação como ela é vista na Terra.

"Mas, quando eu comparava o bem e o mal do mundo e desejava dividi-los em dois princípios separados, encontrava-os inextricavelmente interligados e ficava, mais uma vez, perplexa e duvidosa. Eu poderia ter considerado a Terra uma formação imperfeita em que, por haver materiais ruins com os quais trabalhar, o Criador poderia apenas aliviar os efeitos maléficos das suas combinações, mas eu via uma malignidade gratuita em tantas partes e, em específico, na mente do homem que me desconcertava, um prazer na maldade, um amor pelo mal e por causa do mal, um tomar

[121] A palavra está borrada e praticamente ilegível.

partido da multidão, um aplauso covarde que, em seus corações, o povo dava à perversidade triunfante em detrimento da virtude humilde que me enchia de sensações dolorosas. A meditação e o pensamento trabalhoso e contínuo apenas aumentavam minhas dúvidas. Eu não ousava cometer a blasfêmia de designar o menor dos males a um Deus benevolente. A quem, então, eu deveria atribuir a criação? A dois princípios? Qual era o superior? Eles eram, com certeza, independentes, pois o bom espírito não poderia permitir a existência do mal, nem o mau, a existência do bem. Cansada dessas dúvidas, para as quais eu não conseguia pensar em nenhuma solução, cansada de formar teorias que eu destruía com a mesma rapidez que as construía, certa noite, no topo do monte Himetus, contemplando a bela vista enquanto o sol punha-se no mar reluzente, olhei em direção a Atenas e, em meu coração, exclamei: ah, ocupada multidão de homens! Que heroísmo e que baixeza existe dentro de seus muros! E, ai! tanto aos bons quanto aos perversos, que tristeza incalculável. Vocês se chamam de homens livres, no entanto todo homem livre tem dez escravos para construir sua liberdade, e esses escravos são homens assim como eles, mas degradados pela sua posição a tudo o que é ruim e repugnante. Ainda assim, em quantos corações que agora batem naquela cidade vivem pensamentos do alto e uma generosidade que, penso eu, redimiria toda a raça humana? O que, embora o homem bom seja infeliz, ele não tem em seu coração que o satisfaça? E será que uma consciência satisfeita compensará as esperanças perdidas, um nome difamado, afetos dilacerados e todas as tristezas da vida civilizada?

"Ah, Sol, como você é belo! E quão glorioso é o oceano dourado que o recebe! Meu coração está em paz. Não sinto nenhuma dor. Um amor sagrado acalma meus sentidos. Sinto como se minha mente também fizesse parte do encanto inexprimível da natureza ao redor. O que devo fazer? Devo perturbar essa paz ao misturar-me com o mundo? Devo, com o coração doendo, buscar o espetáculo da tristeza para descobrir sua casa ou devo, desanimada, deixar a busca pelo conhecimento e entregar-me aos prazeres que dizem que este mundo oferece? Ah, não! Eu me tornarei sábia! Examinarei meu próprio coração e, descobrindo ali, como posso descobrir, a fonte das virtudes que possuo, ensinarei os outros como procurá-las em suas próprias almas. Encontrarei onde nasce esse amor inextinguível pela beleza que possuo, que parece ser a estrela-guia da minha vida. Aprenderei como posso direcioná-lo da maneira correta e com que amor posso tornar-me mais parecida com aquela beleza que adoro. E, quando eu tiver seguido os passos do sentimento divino que me enobrece e faz-me aquilo que me considero ser, então ensinarei os outros, e, se eu ganhar um convertido sequer, se eu puder ensinar uma outra mente sequer o que é a beleza que eles devem amar e o que é a compaixão a qual devem almejar, qual é o objetivo verdadeiro do seu ser, que deve ser o de todos os homens, aí estarei satisfeita e acharei que fiz o bastante.

"Adeus, dúvidas (meditação dolorosa do mal) e grande e sempre inexplicável causa de tudo o que vemos. Estou contente em ser ignorante a respeito de tudo isso, feliz porque, descansando minha mente de quaisquer teorias instáveis, cheguei à conclusão de que *não posso saber de nada* do grande segredo do universo. Há um véu diante dele; meus olhos não são penetrantes o suficiente para ver através dele, meus braços não são longos o bastante para alcançá-lo a fim de arrancá-lo. Investigarei o objetivo do meu ser. Ah, seu amor universal inspira-me; ah, sua beleza, que vejo resplandecendo ao meu redor, ergue-me a um entendimento justo quanto a você! Essa foi a conclusão dos meus longos delírios; eu buscava o objetivo do meu ser e descobri que era o conhecimento de si mesmo. Não pense que este é um estudo limitado. Ele não só me levou a buscar os labirintos da alma humana, como também a descobrir que não havia nada na Terra que não contivesse uma parte daquela beleza universal com a qual era meu objetivo e minha intenção tornar-me mais familiar. Os movimentos das estrelas do céu, o estudo de tudo o que os filósofos revelaram de extraordinário na natureza tornaram-se, por assim dizer, [*sic*] os passos pelos quais minha alma despertou para a plena contemplação e aproveitamento do belo. Ah, vocês, que acabaram de escapar do mundo, não sabem as fontes de amor que serão abertas em seus corações ou os prazeres primorosos que suas mentes receberão quando os segredos do mundo lhes forem revelados e vocês se tornarem familiarizados com a beleza do universo. Suas almas, que, agora, estão cada vez mais ávidas por adquirir o conhecimento, descansarão ao possuírem-no, desligado de toda partícula do mal, e, sabendo de todas as coisas, vocês serão misturados ao universo e se tornarão parte daquela beleza celestial que admiram[122]."

Diotima parou de falar, e seguiu-se um profundo silêncio. O jovem, com as bochechas coradas e os olhos ardendo com o fogo transmitido dos dela, ainda os fixava ao rosto dela, que estava erguido ao céu como se inspirado. A adorável mulher estava com o rosto inclinado para o chão e, após um profundo suspiro, foi a primeira a quebrar o silêncio.

"Oh, profetisa divina", disse ela, "como são novas e, para mim, estranhas as suas lições. Se esse for o objetivo do nosso ser, que caminho caprichoso busquei na Terra. Diotima, você não sabe o quanto os afetos dilacerados e a tristeza, incalculável tristeza, definha a alma. Como as ações da nossa vida terrena parecem mesquinhas quando todo o universo é aberto ao nosso olhar; ainda assim, ali as nossas paixões são profundas e irresistíveis [*sic*] e, conforme vamos flutuando, desanimados e, no entanto, atendo-se à esperança pelo curso impetuoso, podemos entender a beleza de suas margens que, ai, minha alma era túrbida demais para refletir. Se o conhecimento é o objetivo do nosso ser, por que as paixões e os sentimentos são implantados em nós, [*sic*] impelindo-nos da sabedoria para uma tristeza egocêntrica e um sentimento egoísta e mesquinho? É um julgamento? Na Terra, eu achava que havia cumprido bem o meu julgamento e meus últimos momentos

[122] Com a conclusão de Diotima aqui, ver suas palavras em *O banquete*: "Quando qualquer pessoa ascendendo de um sistema correto de Amor começa a contemplar essa beleza suprema, ela já toca a consumação de seu trabalho. Pois aqueles que se disciplinam nesse sistema são conduzidos por outro, começando a ascender por meio desses objetos transitórios, que são belos, em direção ao que é a própria beleza, continuando como se subissem degraus do amor de uma forma para a de duas, e desse de duas formas para aquele de todas as formas que são belas; e das belas formas aos belos hábitos e instituições, e das instituições a belas doutrinas; até que, por meio da meditação de muitas doutrinas, chegam àquilo que não é nada além da doutrina da própria beleza suprema, no conhecimento e na contemplação da qual, por fim, repousam" (tradução de Shelley). Amor, beleza e autoconhecimento são palavras-chave não apenas em Platão, mas nos pensamentos e na poesia de Shelley, e ele era muito preocupado com o problema da presença do bem e do mal. Alguns desses temas são discutidos por Woodville em *Mathilda*. A repetição pode ter sido um motivo pelo qual Mary descartou essa construção.

ficaram pacíficos com o pensamento de que eu não merecia culpa alguma. Mas você está tirando essa sensação de mim. Minhas paixões, lá, eram tudo para mim, e a tristeza desesperadora que me possuía privava todo o amor e todas as imagens da beleza da minha alma. A natureza era, para mim, como a noite mais escura, e, se os raios da amabilidade fossem desviados para a minha escuridão, era só para arrancar lágrimas amargas de angústia desesperada dos meus olhos. Ah, que consolo há na Terra para a tristeza?"

"Receio que seu coração", respondeu Diotima, "tenha sido partido pelos seus sofrimentos. Mas, se você tivesse lutado, se, quando descobriu que toda a esperança da felicidade terrena murchava dentro de você enquanto o desejo por ela secava sua alma, se você tivesse um amigo por perto para erguê-la à contemplação da beleza e à busca do conhecimento, talvez você tivesse encontrado não novas esperanças dentro de si, mas uma nova vida, diferente daquela de paixão pela qual existira antes[123]. Conte-me o que era essa tristeza que tanto a monopoliza, conte-me quais eram as inconstâncias de sentimento que você suportava na Terra. Após a morte, nossas ações e nosso interesse mundano desaparecem como nada diante de nós, mas os vestígios dos nossos sentimentos existem, e as memórias deles são o que nos suprem aqui com um assunto eterno de meditação."

A bochecha da bela garota ficou corada. "Ai", respondeu ela, "que história devo relatar para contar as sombrias e frenéticas paixões que devo expor. Quando você, Diotima, vivia na Terra, sua alma parecia misturar-se no amor apenas com sua própria essência e desconhecer as várias torturas que o coração suporta, as quais, se ele já não sentiu, já foi testemunha das lutas terríveis de uma alma enfeitiçada por paixões tenebrosas e profundas que foram seu inferno e das quais não podia escapar. Existem, no linguajar pacífico usado pelos habitantes destas regiões, palavras que ardem o suficiente para retratar as torturas do coração humano? Você consegue entendê-las? Ou consegue, de alguma forma, ter empatia por elas? Ai, até

[123] Mathilda tinha mesmo um amigo assim, mas, como admite, ela pouco aproveitava seus ensinamentos.

morta eu consigo, e minhas lágrimas caem como quando eu estava viva quando minha memória traz de volta as horríveis imagens do passado."

Enquanto a adorável garota falava, com meus próprios olhos enchendo-se de lágrimas amargas, o espírito de Fantasia parecia desaparecer da minha frente, e quando, depois de colocar minhas mãos nos meus olhos molhados, eu as tirei, encontrei-me sob as árvores nas margens do Tibre. O sol estava se pondo e tingindo de carmim as nuvens que flutuavam sobre a Basílica de São Pedro; tudo estava parado, não se ouvia nenhuma voz humana; o próprio ar estava quieto. Levantei-me, desnorteada pela dor que sentia dentro de mim com a lembrança do que ouvira. Fui às pressas para a cidade, a fim de poder ver os seres humanos; não para que eu pudesse esquecer-me das minhas lembranças vagas, mas para que pudesse gravar na minha mente o que era realidade e o que era um sonho ou, pelo menos, não era deste mundo. A Via del Corso, em Roma, estava cheia de coches, e, conforme eu passava pela Igreja da Santíssima Trindade dos Montes, fui ficando aborrecida com a multidão que via à minha volta e a falta e escassez de beleza, para não dizer a deformidade dos muitos seres que se moviam para lá e para cá ao meu redor sem propósito. Fui depressa para meu quarto, que dava vista para toda a cidade, que, à noite, acabava ficando tranquila. Silenciosa e encantadora Roma, agora olho para você; suas catedrais são iluminadas pela lua, e as lembranças de adoráveis memórias flutuam pela brisa noturna entre suas ruínas. Contemplando seu encanto que acalma um pouco meu triste coração, lembro-me do que vi. Amanhã persuadirei de novo Fantasia a levar-me aos mesmos lugares e a convidarei para visitar-me com suas visões que eu antes negligenciava. Ah, permita-me aprender essa lição enquanto ela ainda pode ser útil para mim, que a uma mente desesperada e infeliz como a minha, um momento de esquecimento, um momento em que ela pode sair de si mesma vale uma vida de dolorosa recordação.

CAPÍTULO 2

Na manhã seguinte, enquanto estava sentada nos degraus do Templo de Esculápio nos jardins da Villa Borghese, Fantasia visitou-me de novo e, sorrindo, acenou para que eu a seguisse. Minha viagem foi, a princípio, pesada, mas as brisas comandadas pelo espírito para transportar-me ficavam mais fortes à medida que eu avançava. Uma agradável fraqueza tomou conta dos meus sentidos e, quando me recuperei, encontrei-me perto da fonte Elísia, próxima a Diotima. A bela mulher a quem eu deixara prestes a narrar sua história terrena parecia ter esperado pelo meu retorno e, assim que apareci, falou o seguinte[124]–

---

124 Em *F of F–B*, há uma outra versão mais longa (três páginas e meia) deste incidente, riscadas, relatando o retorno da autora aos Jardins Elísios, o consolo de Diotima a Mathilda e seu pedido pela história de Mathilda. Após vaguear pelas alamedas e pelos bosques ao lado dos jardins, a autora deparou-se com Diotima sentada ao lado de Mathilda. "É verdade mesmo, disse ela, que nossos afetos sobrevivem às nossas formas terrenas, e posso compadecer-me da sua decepção de que você não encontre o que amava na vida, que agora acabou, para recebê-la aqui. Mas um dia todos vocês encontrarão; se será logo, depende totalmente de vocês. É por meio da obtenção da sabedoria e da perda do egoísmo que agora é ligado ao único sentimento que a possui que você se misturará, finalmente, àquele mundo universal do qual, agora, todos nós fazemos parte de forma separada." Diotima incita que Mathilda lhe conte sua história, e ela, esperando que, ao fazer isso, quebrará os grilhões que pesam sobre ela, vai em frente para "contar essa história de uma estranha angústia".